U0641017

噬忆狂鲨

THE RAW SHARK TEXTS

Steven Hall

[英] 史蒂文·豪尔◎著　查玮◎译

重庆出版集团　重庆出版社

版贸核渝字（2007）第 85 号

图书在版编目（CIP）数据

噬忆狂鲨/[英] 豪尔（Hall，S.）著；查玮 译. -重庆：
重庆出版社，2009.10
书名原文：The Raw Shark Texts
ISBN 978-7-229-01276-2

Ⅰ. ①噬… Ⅱ. ①豪…②查… Ⅲ. ①长篇小说-英国-现代
Ⅳ. ①I561.45

中国版本图书馆 CIP 数据核字（2009）第 178010 号

噬忆狂鲨
SHI YI KUANG SHA
[英] 史蒂文·豪尔 著
查玮 译

出 版 人： 罗小卫
策　　划： 华章同人
责任编辑： 陈建军
特约编辑： 肖　瑶
封面设计： 回归线视觉传达

重庆出版集团
重庆出版社 出版
（重庆长江二路 205 号）

北京凯达印务有限公司 印刷
重庆出版集团图书发行公司 发行
邮购电话：010-85869375/76/77 转 810
E-MAIL：sales@alphabooks.com
全国新华书店经销

开本：787mm×1092mm 1/16 印张：19 字数：260千
2009年11月第1版 2009年11月第1次印刷
定价：28.00元

如有印装质量问题，请致电023-68706683

第一部分

关于赫尔波特·阿什，一个南方铁路工程师，
有限的、正在消褪的记忆，
仍然在阿多格市的旅馆里，
在怒放的忍冬花丛中，
在镜子的幻象深处，
徘徊不去。

——豪尔赫·路易斯·博尔赫斯

1

记忆成灰

我失去了知觉，呼吸也停止了。

不知道这样过了多久，平时保障我的身体正常运行的某种系统，一定是觉察到这种静悄悄的情况不对劲，于是在恐慌之下作出了反应。就像司机在自动驾驶仪失效时，会切换到紧急情况下的手动驾驶一样。

我就这样苏醒过来，开始了我的第二次生命。

我贪婪地睁大眼睛，肩膀和脖子一起向后用力，把身体舒展开，同时，猛吸了一大口气。登时，觉着大股干燥的氧气夹杂着地板上的灰尘，呼啸着冲进喉咙，我剧烈地咳嗽起来。我呛住了，可是又想把吸进去的灰尘吐出来。这一折腾倒叫我咳得更厉害，简直上气不接下气了。两行鼻涕夺路而下，眼泪热乎乎地流到了脸颊上，视线也不由得模糊了。

这一阵让人无法呼吸的剧烈干咳过后，我头晕目眩，地板仿佛在我身下倾斜了。我用双手紧紧捂住因为咳出口水而潮乎乎的嘴巴，试图只透过指缝喘气，好控制自己的呼吸，让它稳定下来——

慢慢地，慢慢地，我眼前的世界终于开始重现。最初，它混合了让人难受的绿色和叫人犯晕的紫色；也许过了一分钟吧，这世界终于恢复了平衡，尽管还有点晃晃悠悠的错觉。

我把潮湿的手在裤子上蹭干，忍不住又干咳了一阵，方才腾出手擦掉眼泪。

行了。好好呼吸，我们挺过来了。

我不知道自己是谁，也不清楚自己身在何处。

我没有顿悟，也没有震惊。在喘气咳嗽的当口，我根本无暇顾及这个念头。即使是现在，我的身体基本恢复了正常，脑子也清醒过来时，这个念头也没让我恐慌或者害怕。在那些身体上的不适过后，这个念头退居次位，就像是角落里某件不起眼的小东西。此刻，对我来说最重要——比其他任何事情重要一千倍——的是空气，是呼吸。如果能大口大口地呼吸，那就太爽了。这一事实如此美妙，让我如在天堂，如闻天籁——我能呼吸了，那就是说，我还活着。我用前额抵住被口水弄得湿乎乎的地毯，想象着自己正身处南美大平原，在绵延不绝的蓝色天空下呼吸，然后，体内不禁划过一阵战栗。

我从一数到十，然后从地板上抬起头来。先用胳膊肘支撑起身子，感觉还行；又加上膝盖，跪坐起来。于是，我发现自己正跪在一间卧室的双人床边，这卧室塞满了一般家庭里的那些寻常物件。角落里有一个衣柜，床边有一张桌子，桌上放满了来自不同年代的玻璃杯。还有一只闹钟，红色的数字，现在是下午四点三十四分。五斗柜上搁着各种空气芳香剂的瓶子，还有一瓶复合维生素，一卷用剩下的卫生纸，皱巴巴的，好像人洗过澡后起了皱纹的手指头。这一切都是卧室里再正常不过的东西，可是，我一件也认不出来。在我看来，它们并不陌生，也谈不上熟悉。一切都在那儿；每件东西都不起眼，却又让我感觉怪怪的。也许，是我摔跤了？我失足绊倒在卧室的地上，别的东西都没碰着，只是撞坏了自家的脑袋？我摸摸头，想确定一下，却毫无发现。

我小心翼翼地站起身，但这个直立的姿势，对我回忆往事丝毫没有帮助。正在此时，一阵强烈的不安突然袭上心头，苏醒以来，我第一次有这种感觉。

还是什么也想不起来。我一件家具也认不出。

一种深深的恐惧刺入骨髓，只有当你意识到情况非常糟糕时，才会产生的那种恐惧——比如在危险的丛林中迷失方向，或是犯了什么后果严重的错误——想到这里，我脖子后面直冒凉气，就好像看到了吸血鬼德古拉伯爵[①]似的。

我不知道自己是谁，也不清楚自己身在何处。

就这么简单。

就这么令人恐惧。

我咬紧牙关以便集中注意力，然后原地转过身，缓缓地打量了一遍卧室。我的目光落在每件普通的物品上，试图找出线索，可徒劳无功，

---

①吸血鬼德古拉伯爵：历史上真有其人，他的全名是弗拉德·泽别斯·德古拉，绰号恶龙之子，他曾打败来自奥图曼帝国的入侵者，解救了自己的国家罗马尼亚，成为民族英雄。但他是嗜血的暴君，为了震慑敌人而把上千万的俘虏用尖木桩戳死。400年后，英国作家斯托克以其为原型写成吸血鬼小说《惊情四百年》，他才得以闻名天下，并随着小说被一再改编、搬上银幕、舞台、电视而成为吸血鬼的代名词。

我什么也想不起来。于是，我又在心里重复了一遍同样的过程——紧闭双眼，只在脑海中苦苦搜寻，希望穿过黑暗找到蛛丝马迹，结果，大脑还是一片混乱。真相仿佛迷失在密密的蜘蛛网中，躲在重重的阴影背后，我一无所获。

我走到卧室的窗户旁，打量着外面的世界。窗外，是一条长长的街道，街道两边是一排排房屋。有整齐的街灯，也有看起来不那么整齐的电线杆。我听到远处某条热闹的马路上传来嘈杂的声音——小汽车的引擎嗡嗡作响，大卡车轰隆隆驶过，间或有低沉的碰撞声，也许在装卸货物。可是——尽管我把鼻子都贴上了窗玻璃，四下打量——街上居然没有一个人。阴天，灰暗。让人心里也很沉闷。突然，我有一种冲动，想冲出这间屋子，跑到街上大声呼救，能跑多远就跑多远，这样就有人能看到我，兴许还能认出我。他们会为我找个医生，或者找到某个能让我的生活恢复原状的人，就像钟表匠把一块坏掉的手表的零件重新排列就位那样。然而，一股跟眼下的冲动同样强烈的畏惧感挡住了我，我害怕，就算我这么心血来潮地跑出去，大声呼救，也不会有人看见我，帮助我。我生怕跑到这条街道尽头，却发现还是空荡荡的无人世界。那些汽车发出的声音也许并不存在，它们兴许只是来自一台老式录音机，而录音机就在一个废弃的、堆满垃圾的角落里。

不行！千万别这么想，这么想于事无补。我用手掌使劲揉揉眼睛，力图赶走这没来由的恐慌，清醒一下头脑。放下手时，碰到了我口袋里的钱包。我在钱包里翻找，发现了现金、收据、公交车票和一本空的集邮册，然后，还有一本驾驶执照！

我死死盯着驾照上的照片和人名。

衣柜镜子里，那个人正仔细地用手指抚摸自己瘦削的脸颊，然后是鼻子、嘴巴，还有脏乎乎的褐色短发。他看起来有二十八九岁，面容疲惫、苍白，还透出一股子病态。他正皱眉看着我。我力图从他皱起来的眉头中，读出隐藏着的那段历史——什么样的人才会像他那样紧锁眉头？什么样的生活经历才会在一个人的额头上印下如此深的皱纹？——但是，我一点线索也没解读出来。镜子里是个陌生人，他的面部表情也是用一种我完全看不懂的语言书写而成。我们向对方伸出手去，彼此的指尖相碰了。我的手指温暖，还泛着点油光；他的手指却冰凉而光滑，只是镜面的反光。我缩回手来，对着镜子里的那个人影，叫着他的名字，他也同样念着那个名字，不过是无声的，只看得见嘴唇在翕动。

埃立克·桑德森。

埃立克·桑德森。当我听见自己说出这个名字时，它听来坚定、真实，而且正常。可我明白，事实并非如此。它就像一件被遗弃的东西，是记忆留下的灰烬。

“我想你一定有很多疑问，埃立克。”

我点头。

“是的。”是的？我明明什么也说不出来。因为我根本不知道说什么才好。除了害怕和一片空白的记忆，笼罩我的，还有极度的尴尬，对现状的无能为力。我不明白，自己怎么会蠢到陷入这样的困境。我怎么会坐在这儿，让这个陌生人帮助我回忆生活中的事实？这就好像一次大采购后，袋子破了，所有的东西都滚出来，散落在拥挤的人行道上。我手忙脚乱地在后面追赶，弯腰拣东西，撞上别人，被绊倒在地，不断说着：抱歉，能不能请你让一让……对不起。

这时，距离我在卧室地板上睁开眼睛，已经有一个小时又五分钟了。

“没错，”医生说，“我认为，这对你来说的确不容易，这是一种令人感到非常不安的情况。你做得很不错，但还应该试着更放松些。”

这是一间墙壁呈浅绿色的会客厅，我们坐在藤椅上，一张摆放了茶杯的小巧玻璃茶几位于我们的椅子之间，一只棕色的小狗躺在门边的盆栽绿色植物旁。所有这些都令人感到很放松，很慵懒。

“你想来片小饼干吗？”这位面庞宽大的女医生一边问，一边自己弯腰去拿那碟子里的巧克力消化饼①。

“我不要，谢谢。”

她点点头，自己拿了两片饼干，特意把有巧克力的那一面朝外，合二为一，放在茶杯里蘸了蘸，并时不时地抬起眼皮打量我。

“你现在感觉很糟，我知道。”

兰道医生给人的感觉更像是一场电子风暴，或者什么复杂的反应堆之类的东西，而不是一个真正的人。这位女士是个矛盾体，她花白的卷发与身上那件宽大俗气的衬衫很不相称；这衬衫反过来，又让她穿的格子呢裙显得不大协调。可是一对炯炯有神的银灰色眼睛，就藏在她已经松弛的眼袋后面。她能令你感到空气凝重起来，几乎具有某种放射性。你能预料到，后面她要发表的高论。

她吃完饼干时，我把头扭向了另一边。

因为我不知该怎么开始谈话，她看起来似乎也很想打破这种尴尬的沉

---

①巧克力消化饼：一种易消化的巧克力饼干，热量高。

默。“那么，我们应该一起找出要点，然后从那儿开始。”

我点点头。

“好吧。”她使劲拍拍手。“我认为，你现在的症状属于失忆，是由我们所说的人格分裂障碍[①]引起的。”

当你想问的东西太多时，常常意味着你什么也问不出来——无论从哪儿开始，都会显得荒唐可笑。我觉得事情已经够荒唐的了；而且我毫无头绪，心怀惭愧。所以我只是木呆呆地坐着。

“哦，分裂障碍，”我说，“我知道了。”

“是的。这就是说，你的身体没有任何问题，也可以说，从生理意义上看，根本没有什么不对劲的地方。”

在提出这个说法的同时，她其实是在强调另一方面，一件她没有说出来的事情。这让我想起了彼特·库克[②]的那句台词：我对你的右腿完全没有意见。麻烦在于——你也没有。

“你是想说，我的精神有问题吗?”

兰道竖起食指。“你受伤了。每天，人们都在遭受各种各样的伤害。只不过，你受的伤害碰巧是一种……非身体创伤。”

她没说出口的那个单词应该是精神。事实上，她在引导我这么想。

“哦。”我说。

“好消息是，你没有患上那种会对大脑造成永久伤害的疾病。你的身体没有问题，也就是说，你有很大的可能会完全康复。”

“你是说，我现在的失忆只是暂时的?”

自从我在地毯上睁开眼睛以来，什么也不知道的那段时间就像心头的一块坚冰。可现在，它似乎出现了融化的迹象。一种温暖的感觉自心里传来。

“我相信这点，”兰道医生冲我笑了一下，但笑意不浓。这也止住了我刚才的那丝轻松感。

“但是?”

“但是我恐怕，你的康复时间可能会久一些。”

“要多久?”

她举起手，做了一个刹车的手势。“我想，我们不应该操之过急。我会

---

① 人格分裂障碍：人格分裂障碍往往指自我意识障碍，人格分裂障碍表现为在同一个人身上，同时存在着两种或两种以上的人格状态，而且每种人格状态交替地、完全地控制该人的全部思想和行动。

② 彼特库克（1937—1995）：英国著名喜剧演员。

尽可能诚实地回答你提出的所有问题，但在我们深入讨论之前，有些非常重要的事情，你必须了解。我认为，一开始你就知道这些事情，是最好的解决方式。”

我什么也没有说。我只是坐在那儿，将被汗浸湿的冰冷的双手紧紧握着，放在腿上，等着将要听到的关于自己的生活的介绍。

“你曾经发生过一场意外，埃立克。我很抱歉，但必须告诉你，你的女朋友在这次意外事故中不幸身亡。”

我只是坐着，大脑一片空白。

“地点在希腊，是在海上发生的意外。”

还是一片空白。

“这让你想起什么了吗？

什么也没有。

“没有。”

所有这一切，让我突然感到非常难受。我觉得自己愚蠢，缺乏人性，而且恶心。我用手指揉了揉鼻子两侧。我抬起头，看向旁边。我抛出了两个热辣辣的问题，是从成百上千个问题里不假思索地随便抓出来的。“我女朋友叫什么名字？她从事什么职业？”

“她叫科莉·埃米。遇难前她正在接受律师培训。”

“这意外是我造成的吗？我是说——有没有什么我本来应该做，却没有做的事情导致了这次事故？”

“当然不是，纯粹是意外。我认为没有人能阻止它的发生。”

“那么，有其他的安排吗？有什么需要我现在去做的吗？”我在这么问的时候，才意识到这些问题的存在。“通知她的家庭成员？准备葬礼？谁在负责这些事情？”

兰道医生沉甸甸的眼睛从茶杯后面向我瞟过来。“科莉的葬礼已经举行过了。你亲自为她守了灵。”

我静静地坐着。

“为什么我完全不记得了？”

“我们会谈到这一点的。”

“什么时候？”

“嗯，那得看你现在是不是想谈这个话题？”

“我问的是，我什么时候为科莉举行了葬礼？”

“科莉早在三年前就过世了，埃立克。”

所有那些刚刚积累起来，被我紧紧抓住，联系在一起的关于我生活中的事实，仿佛突然间断裂开来，土崩瓦解，我感到自己的心又沉了下去。

"我像这样什么都不记得的状态已经有三年了?"

"不，不，"兰道医生向前俯过身来，用长了几块白斑的胳膊支撑着穿了格子呢裙的膝盖，说道，"你现在的情况，我恐怕，非常特殊。"

离开那间卧室后，我发现自己身处一个小小的楼梯平台上。我看见一扇门，但被锁了，于是便走下楼去。

这段陈旧的楼梯通向一条狭窄的走廊，走廊尽头是一扇门。在门边是一张有衣帽架功能的桌子，桌上有一个蓝色大信封，竖放着，面对楼梯，所以我不可能忽视它。信封的正面写着几个硕大的黑体字：**这是写给你的。**下面还写着：**现在就打开。**

当我走近时，看见这个信封只是桌面上一堆东西里最显眼的而已。信封的左边还有一个电话。一个即时贴纸条，粘在电话按键上，还有一个圆珠笔画的箭头指着电话听筒，写着：**快速拨号 1——拨打我**。在信封右边，是几把钥匙；再往右，是一张宝丽来照片[①]，上面有一辆黄色吉普车；车子往右，是另一张即时贴，上面写着：**开我**。一件棕色的皮夹克悬挂在旁边的衣钩上。

我打开信封，发现了两张纸——包括一张打印出来的信，还有一张手绘地图。纸上写道：

埃立克：

按部就班，保持冷静。

如果你正在读这封信，就说明我已经不在了。你赶快拿起电话，拨打那个紧急号码按键 1。告诉接电话的女士，你是埃立克·桑德森。这位女士是兰道医生。她会明白发生了什么，你马上就能见到她了。拿上钥匙，开着那辆黄色的吉普去兰道医生那儿。如果你无法找到，信封里还有一张地图——她那儿不远，而且很容易找到。

兰道医生将回答你所有的问题。这件事非常重要，你得马上就去找她。不要犹豫不决。不要东想西想。

房子的钥匙在楼梯底部的扶手上挂着，走的时候别忘了带上。

心怀悔恨　寄望将来

曾经的埃立克·桑德森

① 宝丽来照片：一种能一次成像的照像机和胶卷的商标。

我把这封信通读了好几遍。曾经的埃立克·桑德森。这对我到底意味着什么呢?

我把皮夹克从衣钩上取下来，又拿起地图。房间的钥匙确实挂在信里提到的地方。我拨通了电话。

“你好，这是兰道医生的诊所。”一个声音说道。

“兰道医生吗?”我把车钥匙塞进夹克口袋，“我是埃立克·桑德森。”

兰道医生沏好茶，又拿来饼干和一盒面巾纸，重新开始了和我的对话。盆栽植物旁边的那只棕色小狗，抬起头来，睡眼蒙眬地耸耸鼻子，然后又闭上眼打盹去了。

“分裂障碍，”兰道医生慢腾腾地向后坐进她的柳条椅中，椅子发出吱吱嘎嘎的声音，“相当罕见。他们往往与患者曾受过的严重心理创伤有关，它会主动屏蔽那些对患者过于痛苦的记忆。这也可以理解为，就好像给大脑配置的一个电路短路开关。”

“可是我并不觉得自己忘记了什么，”我说，又一次在脑海当中摸索着，“只是觉得脑子里一片空白。我是说，我没发现自己对那个叫科莉的女孩有什么感觉。我甚至都不——”我摊开手掌，做了个无奈的姿势。

兰道医生硕大的身体在藤椅里挪动了一下位置，然后伸出肉乎乎的手，拿出一张纸巾，拍了拍我的膝盖。

“最开始的几个小时对你来说总是最难熬的，埃立克。”

“你这是什么意思?”

“好吧，正如我说过的，我不想用独一无二这个词去描述你的情况，但这确实很不寻常，跟过去几次——”

“我像现在这样大脑一片空白地苏醒过来，到底有多少次，医生?”

在回答这个问题时，她倒是毫不犹豫。

“这是你的第十一次复发。”她说。

“大多数情况下，分裂障碍的发生和治疗都相当迅速。一般说来，起因是某个特定事件，某种带来伤害的意外事件会导致这种情况，可这个起因本身却被遗忘了。有时候，这种记忆丧失可以，”兰道医生用手虚画了一个圆圈，“覆盖更广的范围，但发生概率不高。哪怕只是一次复发也非常，非常罕见。”

“那么十一次复发可以说是前所未有了。”

“没错。这种事情从来不是非黑即白那么简单，埃立克，但即便如此，我不得不告诉你——”她犹豫着想找到合适的字眼，可最后还是放弃了。

“我明白。”我说，把手里的那张纸巾揉来揉去。

兰道看上去在思考什么。她在思考问题时，沉重感消失了一会儿。可当她的眼光再次投向我时，前额打上了结。

“你还没有任何想要离家出走的冲动吧？有吗？”

“离家出走？”我说，“去哪儿？”

“任何地方。有一种我们叫作‘神游症’[1]的非常罕见的情况——”

“那是什么？”

“那可以说是一种‘飞离’。遭受这种症状折磨的人们通常会这么做：他们从现实中飞走，逃离。离开他们原来的生活，放弃原先的身份，丢掉一切。”她做了个一切烟消云散的手势。“他们就这么走了。在我们继续讨论之前，必须先确定，你没有任何这样的念头？”

“我确定，”我说，试图弄懂这个念头，“不想。我完全不想去任何地方。”

“很好。你能不能说出一句出自电影《卡萨布兰卡》的台词？”

“再说一次好吗？”

“说一句出自电影《卡萨布兰卡》的台词。”

我感觉自己丈二和尚摸不着头脑，可我还是照做了。

“尽管世界上多的是提供杜松子酒的酒吧，可她依然会走进我开的这间。”

“好的，”兰道点了点头。“这句话是谁说的？”

“鲍嘉[2]。或者，立克[3]。你问演员本人的名字还是男主角的名字？”

“这无关紧要。你的头脑里出现了他说这句话时的样子吗？”

“是的。”

“这部电影是彩色片还是黑白片？”

“是黑白的。说这句话时，他正拿着一杯酒坐在——”

“你最后一次看《卡萨布兰卡》是什么时候？”

---

① 神游症：神游者在发病时完全过着另一种角色的生活，历时较长，短则几天，长的可达数年。神游与遗忘症也有区别，主要是神游症发作时，患者的人格彻底改变了，而遗忘症患者的人格却没有改变，只是将做过的事忘记了而已。神游症与多重人格的区分是，多重人格患者的人格变来变去但生活地点不变，神游症患者则是出游外地。出游时人格保持相对稳定，一旦从神游状态中清醒过来，则完全恢复原来的人格。本例中埃立克的身上却综合出现了几种症状，故引起了兰道的研究兴趣。

② 鲍嘉：主演经典电影《北非谍影》的男演员，全名是汉弗莱·鲍嘉。

③ 立克：电影《北非谍影》中男主角的名字。有趣的是，它与本书主人公的名字埃立克只有一字之差。

我的嘴张开了，答案几乎就要从我的喉咙里跑出来了。但我没能说出时间。

“你明白了？选择丢掉记忆的，是你自己。我恐怕这是典型的神游症状。”兰道思索了一会儿，“事实上，我不愿意用一个所谓的最终诊断来控制它。你的情况实在特殊。比方说，你的失忆症①在这次事故的前一天晚上还没有开始。在此之前大约整整一年，你都没有表现出任何症状。”

“这有什么不对劲的吗？”

兰道医生扬起眉毛。

“只是问问而已。”

“当这种情况发生时，你的失忆只和某个特定的晚上有关——在希腊发生意外的那个晚上。你接受了三个月的健忘症治疗，甚至也取得了一些进步，可就在那时，你遭遇了第一次失忆复发。”

“这意味着什么？”

“你突然失去了更多的记忆。”她停顿了一小会儿，让我的思维能够跟上她所讲的内容。“所有你在希腊度假的记忆都变得支离破碎，而你生活中其他部分的记忆也出现了漏洞，有些记忆漏洞是完全没有联系的。”

小洞。丢失的点点滴滴。被小虫子啃咬得到处都是洞。

“这些小洞越来越大了吗？”

“恐怕是这么回事。每一次你复发后，都只记得更少的东西了。”

我仿佛感觉到自己内部的空无，深入骨髓，深入内心。

“现在我什么记忆都没有了。”

“我知道现在提醒你不是时候，埃立克，但是，你必须注意到这一事实，你的记忆并没有真正丧失。你正在遭受的困扰——无论你的病情有多奇特——纯粹是心理障碍。这是一种对记忆的压制，而不是真正的损伤。所有的记忆都还在你大脑中的某个地方，无论你把它藏在哪儿，它都会以某种方式再度出现。问题的要点在于，想出是什么引爆了这种不断的失忆症复发，然后才能找到拆除炸弹的办法。”

我茫然地点点头。

“我想今天就先谈到这儿吧，”兰道说，“对你来说，这一次来访已经够你消化好半天的了，不是吗？也许你现在该回家了，试着休息好。明晚我们再见面如何？”

---

①失忆症：因受脑外伤而突然失去知觉，患者神志恢复后，常不能回忆起受伤前后的经过，也回忆不起苏醒前他正在做什么、在什么地方等，但谈话、书写及计算力保持良好。无神经系统其他异常。发作可持续1～24小时。一般认为是大脑某些动脉缺血累及有关组织所致。

“好的。当然。”很痛，我的眼睛很痛。我开始从柳条扶手椅上直起身来。

“哦，等等。在你走之前，还有一点事情要交待。”

我停下来。

“好的。”我再次说，不厌其烦。

“过去，你曾经给自己写过很多信，供你自己在每次复发之后阅读。我请你一定——这点很重要——在任何情况下，都不要写那样的信或者读那些信。这对于稳定病情非常不利，甚至有可能会导致另外一次——”

我脸上的表情一定出卖了我。她的话没说完便停下来，观察着我的反应。

“难道你已经收到自己写的信了吗？”

“没有。”这完全是条件反射下的回答，反正事情已经够复杂的了，无论再做什么应该都没有什么太大的关系。这么说能算是撒谎吗？我平息了一下心跳，决定随后再考虑这个问题。“好吧，是这么回事，”我说，“前门边上确实有张纸条告诉我应该给你打电话，还有怎么来这儿，别的没什么了。”

半真半假。或者说，不到一半是真的。对不起，我出卖你了，曾经的埃立克·桑德森。

“当然，”她说，“你应该留下这样的字条以备后用。但是，请别读其他的——如果你碰见别的东西，直接把它们带过来，交给我就好。千万不要自己读。我知道，让你这么做很难，但我的确是为了帮助你，这真的非常、非常重要。知道吗？”

“知道了，”我说，“我会照做，没问题。”

2

厨房考古学及其发现

无边的黑色，笼罩着深达数千英尺的幽暗海底，那是久远记忆和本能意识的隐藏之处，古老的神灵和原始的呼唤，如巨大的隐形幽灵飘浮于此，某种生物游弋其中。

沉淀了一百万年的海洋上的残骸，始终起伏回旋在它留下的古老航迹里。

s

H

u

c o

he

it m

p

lo o

a

r

Aust habilis

我在一阵恐慌之中猛醒过来，脑海里翻腾了一会儿后，我发现自己还能记住昨天发生的事情。卧室的地毯，兰道医生，她的柳条椅，我的黄色吉普车，还有那栋房子。虽然只是一个晚上的记忆，但足以让我知道，失忆没有再度降临，我还是昨晚的那个埃立克·桑德森。我正躺在沙发上。从兰道医生那儿一回来，我就倒在沙发上睡着了，电视还开着，所有这些彩色的、兴高采烈的、轻松愉快的画面在过了这么长时间以后，丝毫未变。我坐起来，揉了揉眼睛。一位早间节目的电视主持人，梳着精心设计的发型，正在采访一位美国的电视连续剧演员，他刚刚在一部新出的动画电影中为一只狮子配过音。我不禁想知道，如果把电视机就这么留在一个空荡荡的房间里，不断播放这类节目，它能挺多久。不过令我恼火的是，我自己也知道，这答案很可能是永远。

这不是我的房间。虽然我身处其中，也尽量让自己自在得好像回到了家，但还是有种很不对劲的感觉。我感到自己仿佛是个夜间入室行窃的盗贼，因为疲倦不堪而停止偷窃，打了个盹儿，结果醒来之后却发现天已经亮了。我半真半假地期待着能听见前门打开的声音，有人拎着短途旅行箱或者一堆购物袋走进房来，看到我，便在走廊上站住，尖叫起来。可惜——这就是我的房子。埃立克的房子。无论记不记得住这个事实，我都在自己家里，即使我能花上几百年时间紧张兮兮地躺在沙发上，侧耳倾听钥匙在门锁里转动的声音，也甭指望有一个人前来拜访。我觉得摆脱这些无聊想法的最好方式就是亲自去探索一番，去熟悉属于我自己的所有这些房间和空间。我必须打破僵局。给自己弄顿早餐是个不错的开端。不管发生了什么，反正现在我是饿得要命。

冰箱里塞满了典型的英国食物。我在碗架上找到一些盘子，又费了番功夫找到了搁放餐具的抽屉。随后，一种突如其来的感觉击中了我，就像我的胃部突然被抽空了一样。

我是一个病人，身患某种人格分裂障碍。

这意味着什么呢?

兰道说过，我无需为工作发愁，因为我的银行帐户有“相当丰厚”的储蓄。而且我也在钱包里发现，跟一张租借影碟卡放在一起的小纸条，上面写着的一行数字，很可能就是我的身份证号码，所以我暂时不会面临任何经济方面的危机。兰道还说，在我向她寻求心理治疗的帮助之前，我主动断绝了和所有亲戚朋友的往来。不管曾经的埃立克·桑德森为何要这么做，我决心打破他的规矩。我要找到地址簿，跟我的父亲母亲，或者别的什么重要人士取得联系。

我是一个病人。

我切了几片咸火腿，随手放在镀铬的餐台上，点着火，自言自语了好几遍这句话：我是一个病人。我的心理出现了某种分裂障碍。我努力想理解其中的含义。可是，对于一个独自身处一所空荡荡的陌生房子里的人来说，这个话题未免太难于消化了。我要找到一个写有电话号码的地址簿，在今天结束之前，我要和我曾经的生活搭上线。我向后倚靠在厨房的水槽上，看着那几片开始滋滋作响的烤肉。

我注意到屋子里一些小小的细节，它们意味着这间房屋并非长期空置。水壶底部有烧过的痕迹，洗涤剂瓶子里有剩了一半的洗涤液。冰箱和橱柜之间的缝隙里，掉落着几段意大利通心粉，已经干透了。这些都是生活的迹象。近期有人在这儿居住过，使用过这些东西。我想在碗橱里找到一听烤豌豆罐头，却看见了一包已经开口的企鹅牌饼干，已经被吃掉了好几片。我在那儿蹲了几分钟，呆呆地盯着搁在几听意大利面和番茄酱上面的那袋饼干，盯着那撕开了的袋口。吃掉那几片饼干的我曾经在这儿生活过，他是个真实的、活生生的人。也许昨天，他还在这间厨房里，可能正像我现在这样做着饭，他做的那顿饭还在我的体内发挥作用。这些都是刚刚发生过的事情，可现在，他却已经消失了。我不禁想到，在我们死了之后，都会留下一大堆东西：没吃完的饼干，没喝掉的咖啡，没用完的半卷卫生纸，搁在冰箱里没来得及饮用的半盒牛奶。我们身后留下的每一件日常用品都将活得比我们长久，证明我们在还没有准备好的情况下就离开了人世；证明我们不聪明，不博学，更不是什么英雄；证明我们不过是普通的生物而已。我们的身体在没有任何预兆，没有征得我们同意的情况下就会停止工作。

但是——

但是昨天并没有人死在这儿。

这儿既没有他，也没有我。这只是我的饼干，是我过去吃的。存在过一个曾经的埃立克·桑德森，而我就站在这儿，站在我的房子里，我的厨房中，我的早餐正在烤炉上滋滋作响。我知道这些都是，能说明当前情形的无可辩驳的逻辑；是我试图把自己一次又一次带回过去的日常情形。可是这个念头如此空洞，不堪一击，而且正逐渐消失在一个深不见底的黑色空间。我对曾经的埃立克·桑德森一无所知。我到底怎样才能名正言顺地变成他呢？

我坐在电视机前吃着早餐，电视里的人还在喋喋不休，我在脑海里草拟出一张清单，列着我想在房子里找到的那些东西，清单内容如下——

地址簿：让我能够联系亲友，告诉他们发生了什么。

相册：我需要看看我过去的生活是什么样子，我需要一张我和那个在希腊遇难的姑娘的合影。

钥匙：我记得楼上有一个上了锁的房间，就在我醒来的卧室旁边。我要找到房间的钥匙，看看里面有什么重要的东西，居然在还算安全的房子里面被锁上。

我的搜寻以客厅为起点，我不断捡起东西，观察两眼，试图找出某种与过去的联系；我不惜花时间阅读书架上每本书的书名，随机替换一下书本的位置，让现存的无序变成我的无序；我趴在地上看电视机后面伸出来的电线，和墙边踢脚线上的灰尘以及碎屑。我试图和这个环境亲密起来，熟悉每一个角落。我还拉出抽屉，把里面的东西一件一件翻出来。

这样搜寻了大约两个小时之后，我还是没有找到任何一件清单上的东西。没有地址簿，没有房间的钥匙，更别说相册了，我连一张照片都没有找到。时间过去越多，找过的房间越多——客厅、卧室——我就越意识到还有其他的东西不见了：我没有找到哪怕一封信，一张银行帐单，甚至连邮寄的广告单都没有。没有看见一张有我名字的纸头。无论在沙发下面，床底下，或五斗柜背后，我都一无所获。也没有任何关于科莉·埃米的踪迹。这一番搜寻让我意识到过去痕迹消失的彻底程度，其背后的暗示，让我震惊不已。我被吓着了，同时深受打击。我的这场搜寻本来只是以熟悉情况为目的，进行得仔细、彻底，现在它却开始冲出轨道，失去控制，变成了我心里一股火热的怒气——只想拼命找到与我自己有关的资料。很快，我便开始翻箱倒柜，在储物箱和杂志堆里折腾，在碗橱深处搜寻，还掏空了衣柜。我红着眼大声怒吼，带着一股沮丧情绪在家里乱翻，乱找，乱扔。当体内的怒气好不容易平息下来时，我发现自己停滞在一片由自己一手炮制的废墟之中，不知所措地吞咽着绝望的泪水。时间越是推移，我越是进入那种空白的静寂之中。这是一种过度消耗情绪之后，随之而来的安静。可我还是没有找到任何东西。没有照片。没有报纸。没有信件。房子里每一个够得着的角落都敞开着，可就是没有一点关于我或者我的过去的踪迹。

这一切让我转了一圈，又回到了起点。现在我可知道这些东西都被藏在哪儿了。我觉得我早就想到了，但这一念头并没有阻止我，而是让我更努力地寻找，想要通过房子里其他地方的一片空白，来证实这一事实的冷酷性。当一切搜索都证明了不可能有任何其他的藏身之处时，我一边翻箱倒柜一边告诉自己，我要冲上楼去，把那扇该死的破门踢开。

可是我没有这么做。当这一时刻真正到来时，已经是折腾了好几个小时之后，我的那股子愤怒已经不够新鲜，或者说不够炙热了。现在，我心里反而产生了一点朦胧的谨慎，取代了原先那种破坏性的恐惧和伤害。我站在门前，所能做的只是将手掌平贴在门上，然后缓缓跪坐在地，精疲力尽，我的指甲从门板白色的烤漆表面滑落时，发出了悠长的摩擦声。

空荡荡的房间，各种障碍、谨慎和意志力，这就是我身处的游戏规则。正如兰道提议的那样，游戏的关键就在于，必须区分清楚，哪些障碍阻止了进步，可以被一脚踢开，哪些障碍是应该予以保留以便起到防卫作用。眼下的这扇门，就是支撑起其他所有事情的关键。

整个上午的其他时间都用来清理我制造的废墟了。到目前为止，我完全笼罩在危机过后的沉静氛围里，我机械地走过各个房间，不急不忙地重新摆放着每件东西，眼神游移不定，穿行在房间之中时就像是个脚底安了滑轮的鬼魂。

中午十二点刚过，走廊传来了门铃的响声。我猛然直起身，一动不动，一声不出地站着。当声响传来时，我正把拖出的衣服放回衣柜里，所以当我下楼去查看怎么回事的时候，手里还捧着两件衬衫。门垫上放着一个 A4 纸那么大的信封，用黑色水笔写着我的名字和地址。

我扯开信封，两行文字刚刚跃入眼帘，大脑就恢复了运转，兰道医生曾经建议我不要阅读任何这样的信件。但已经太迟了；我的眼睛已经被信里的内容吸引，而且很快就从头看到了尾——

编号：1

埃立克：

无论兰道医生跟你说了什么，我都不会再回来了。没有什么能回来。一切都结束了，我很抱歉。

这是一系列信件中的第一封，我写这些信是为了帮助你适应你的新生活。你将定期收到它们。每天都有信，会持续几个月。这是预先安排好的步骤。锁着门的那个房间的钥匙很快就会邮寄给你。请不要在拿到钥匙之前去强行开门，相信我，这是为你好。

接下来的事情是这样的。你要作出一个重要的选择。兰道医生已经告诉了你，关于你的状况，她是怎么想的。她甚至可能已经告诉你不要阅读任何我写来的信件了。我之所以安排兰道医生作为你的第一时间联系人，是因为我知道你醒来之后肯定有很多问题。这些问题需要通过面对面的对话解决，但出于显而易见的原因，我无法胜任这一工作。然而，我必须告诉你，兰道医生关于你失忆的观点毫无价值，最多是废话一通。埃立克，她关于你的论断是错误的。更重要的是，她既不能帮助也不能保护你。这是我的经验之谈。另一方面，如果你能让自己足够信任我以至读完这些信件，那么你就能了解如何应付危险——由于我自己的愚蠢行为造成的——你很快就会遭遇到的危机。我也知道，处在我这样的位置，很难在此时说服你相信任何事情。决定由你来作，当你确认自己在这个更辽阔的世界中的身份之前，你完全可以自由考虑你的选择。可是一旦你的身份确定下来，我恐怕你用来考虑的时间就很有限了。

这个信封里还有一个小信封，上面写着雷恩·米切尔。请仔细读一下里面的内容，尽可能多记住些。即使你决定完全不理会我随后发出的那些信件，也请你一定要完成这件事情。万一有紧急情况发生，这条信息会有用的。

留给你作决定的时间不多了。请三思而行。

心怀悔恨　寄望将来

曾经的埃立克·桑德森

我把手伸进大信封里，找到了第二个信封，摸起来鼓鼓的，信封上写的字正如我，也就是他，曾经的埃立克·桑德森所说——雷恩·米切尔。

我穿过客厅，走进厨房，然后又走回了客厅，把信读了一遍。*她既不能帮助也不能保护你。这是我的经验之谈。*

午后的阳光透过窗户，在地毯上投射下一个拉伸开的长方形，一只小鸟正站在对面那栋房子的电视天线上啾啾唱歌。我听见几条街道外传来的汽车喇叭声慢慢远去，这个瓦解了的世界留下的碎片在我的脚下蔓延开来。

我苏醒过来的第二天下午，三点半左右，一只姜黄色的雄猫出现在厨房里。他拖着肥胖的身子从厨房窗户钻进来，走过橱柜操作台，纵身一跃，稳稳地立在地板上。然后就坐在那儿，圆睁双眼，略带嘲讽地盯着我。我也回瞪着这只大猫，惊讶不已。我以为如果我试图向它靠得太近，它可能会跑开，可它一动不动地看着我，于是我跪下去读着它脖子上的挂牌：你好！我是伊恩。——下面还有完整的地址，就是本宅。不过仅仅名字就足以告诉我一切。

我有室友了。

“你好啊，懒家伙，”我微笑着说，“你藏到哪儿去了？”

大猫只是看着我。

我又试着和它沟通，“你饿了吗？”

大猫还是看着我。

“嗯……”我向后退了两步，“为什么要给一只猫起伊恩①这个名字呢？”

大猫仍然看着我，那张黄色的猫脸上像是同时流露出恼火，不耐烦，还有点自鸣得意的表情。它看着我的样子，仿佛我是一个不折不扣的傻瓜。

① 伊恩：在英语中是较为正式的名字，多为圣人或国王所用，极少用于宠物。

3

神游太虚，心陷重围

人体的每一个细胞在七年时间里都会完成一次新陈代谢的循环。也就是说，现在你身体里最微小的一个部分，都已不属于七年前的你。

一切都在变化。

在我苏醒后的早些天里，我注意到一个现象，街道对面那根电线杆的影子怎样一寸一寸地在两栋房子的花园之间缓缓移动——从152号房子到150号房子——这一周期要花上好几个小时，从午饭时分延续到傍晚。在对这一现象观察了好几次之后，我开始在脑子里做起了数学题：从这个花园到下一个花园之间这种阴影的移动意味着，两栋房子，那根电线杆，街道，我们所有的人，都围绕我们居住的地球表面移动了1160英里[①]。同时，我们围绕着太阳做公转，移动了七万六千英里。要是说到在更广范围的银河系里的移动距离，那就更要远得多得多了。可是没有人注意到任何变化。静止是不存在的，变化才是永恒的。今非昔比，昨天的此地并不是今天的此地。昨天的此地现在早已挪到了俄罗斯的某个地方，或者加拿大的荒野里，又或者是大西洋中央的一片深蓝水域。它在太阳之后，在太空中，成百上千，甚至数百万英里被它抛到背后。每天，我们醒来时，其实已经不是身处昨晚入睡的某地了。宇宙中，我们的星球，还有宇宙本身，每分每秒都在发生着越来越快的变化。地球上的每一个人，都在不断向前进，再也，再也无法回头。事实上，静止仅仅是一个概念，一个梦。它好比一束友善而温暖的光，照耀着所有那些被我们在不断前进中抛在身后的所在。

“你说猫？”

---

①这种计算基于地球本身的自转和公转，地球绕自转轴由西向东自转，平均角速度为每小时15度，赤道上的线速度是每秒465米；地球公转平均速度是每秒29.79千米。

“没有。”兰道医生穿着一件绿色的套头毛衣，上面印着一群红色的牡鹿或者驯鹿，下面是一条粗花格的呢子裤。“我是说——你从来没有提到你养了一只猫。”

“哦，反正现在我有只猫了。我来这儿的时候，它正坐在沙发上看电视呢，理查德和朱迪。①”

“挺有意思。”

“是吗？”

“你刚才说，这只猫的项圈上有你的姓名和地址？”

“不，是有它的名字和我的地址。你觉得会不会是有人在跟我开玩笑？”

“嗯……不太像是个玩笑，你认为这是个玩笑？”

“不，我希望不是。也许是有人喜欢把自己不想养的猫儿塞给我，因为他们知道，反正我也认不出来猫儿到底是不是我自己的。”我试图开个玩笑。但没有奏效。

“埃立克，我的确不太清楚。但不管怎么样，你说这只猫挺喜欢你？”

“天哪，不，不，那可不叫喜欢。他只是不怕我罢了。”

“好吧，也许因为它是只小猫。很有可能，你在最近这次复苏之前养了它，但是还没来得及跟我提起。”

“它看起来可不是小猫。它已经成年了，而且总摆出一副跟我作对的样子。”

兰道大笑起来。我还没听她这么笑过。这笑声听起来介于一匹马的嘶鸣和转轮烟花②的鸣响之间。

“好吧，”她说，“那就不要问它从哪里来，我很高兴，至少他能让你打起点精神。这猫叫什么名字来着？”

“伊恩。”

“哦。”她说。

“我知道，给猫起这个名字是挺奇怪的。”

在与兰道进行第二次会面之前，我就决定不把曾经的埃立克·桑德森写给我的信件带给她看。一开始我就撒谎了，我没有告诉她，在苏醒第一天，从衣柜上找到的全部东西——有一半原因在于——既然已经说谎了，那就不如干脆把假话说下去，反而比回过头来再说真话还容易些。若要问另一半原因？就算是采取等着瞧的态度吧。我还决定，不再拆看曾经的埃立克写来的那些信件，哪怕以后收到了也不看，但我同时决定，暂时不告诉兰道这件事

---

① 理查德和朱迪：这是一档周一至周五下午播出的电视脱口秀节目，由一对夫妇理查德·马德利和朱迪·芬尼根联合主持。

② 转轮烟花：一种能旋转喷发出火花和火球的焰火，伴有巨大的声响。

情。这对我而言就是目前情形中的死点[①]，在路的正中间。我会在不必上交信件的情况下，听从兰道医生的指示中最重要的部分。我知道那些信可能有助于兰道治疗我的失忆，但是，但但但，我怎么才能解释清楚呢？只是感觉太快了——我回到这个世界上的时间太短，还不能随便就相信她的诊断。衣柜上的那封信，我几小时前刚收到的第二封信，还有即将到来的那些信件，都会静静地待在厨房的碗橱里，一直待到我作好交出它们的准备为止。我想，再经过几个疗程，当我适应得差不多、可以独立行事时，我会全盘招供的。

当话题从名叫伊恩的猫儿身上一转移开，我就向兰道打听起我的家人和朋友。她说她对此一无所知。

"一无所知？"我说，"你怎么可能一无所知呢？"

"我的确不知道，埃立克，"她说，"因为你从来也没有告诉过我。"

"但是你不觉得这些与我有关吗？了解这些信息难道不会很有帮助吗？"

"我当然这么想，但是我无从问起。"

"你是说，我拒绝透露任何信息？"

"当然。还能有谁？"

显而易见，在曾经的埃立克·桑德森失忆之前，他决定把他自己与过去的生活彻底隔离开。甚至在他的症状开始变糟以后，他也还是不愿意谈论联系家人的可能性，他仍然坚持，如果要他跟希腊发生的那件意外打任何交道的话，还不如就让他保持彻底的空白状态。我发现，兰道对这一现象非常感兴趣。她又提起更多神游症的罕见症状，还把埃立克作出的与过去的生活一刀两断的决定称作一个有趣的案例。我问，她是否也认为，哪怕在埃立克的症状变糟时，也不应该联系家人。（在说出"我的症状"时，我还特意放大音量以示强调。）

"也许是我对我们关系的性质认识得不够清楚，"兰道是这么说的，"但你是从你的立场出发来考虑问题，而不是我的。我只能在你允许的范围内行使职责。"

"但我当时有病啊。无意冒犯，我是说，我怎么不找个真正的医生呢？"

"我就是真正的医生，埃立克。"

"哦，得了，"我说，"你知道我是什么意思。"

"恐怕我不是很明白你的意思。我们现在讨论的，所有正在发生的事情，

---

① 死点：机械术语，指一个可移动的曲柄和连接杆间行程末端的一点，此时两者在同一直线上并且连接杆所施加的转力为零。

都是你自己选择的结果。这是你想要的治疗方式。我确实相信我能够帮助你，但是如果你不想再采用这种方式了，也可以，当然没问题。你完全有自由选择一个家庭医师或者去医院。你一直都有这种自由。”她在说上面这些话的时候，故意用了一种令人愉快的完全中立的语调，但我还是很容易发现她话里有刺，仿佛带有辐射般的小芒刺。我感到自己的脖子被T恤领子刺弄得隐隐作痒。

兰道对于曾经的埃立克·桑德森如此迁就，让我感到一种本能的担忧，他要求处于彻底隔离的状态，她便轻易地听从了，目的就是为了保证对于他脑袋里发生的那些非同寻常的事情享有唯一的研究权。埃立克当时是不想跟他的家人再有任何联系，但问题在于，最后他的大脑是否清醒得足以作出这样的决定？我不清楚对于兰道的做法应如何评价，但是她的态度看起来冷漠而不对劲。我感觉，兰道这么做并非出于恶意，但至少有一股子冷冰冰的学术味。又也许，我只是希望在情况有所不同、我想与现状妥协时，能够有人罩着我。至少现在，我是孤军奋战。

我算是独自一人吗？兰道喋喋不休地捍卫着她那套漏洞百出的医学伦理时，我也匆匆思考着我的选择。也许在那个锁起来的小房间里就能找到写满了联系人号码的地址簿，我要做的只是强行冲进去拿到它。不过，打开那扇门对我来说也许不够安全。也许触发我现在这种失忆情况的什么玩意儿同样也被锁在那儿呢。万一下次我在地板上醒来时，不记得怎么说话，怎么走路甚至不会呼吸了怎么办？也许在上次还没打开的曾经的埃立克·桑德森制作的那个雷恩·米切尔小信封里有联系信息。“万一出现紧急情况时备用。”我应该冒险打开它吗？当你穷尽目力，可见的只是地平线时，又怎能找到方向呢？我估计很难；我估计你能做的就是什么也不干，直到有线索自己冒出来。

安静而空虚的日子过去了一天又一天，一周又一周。伊恩和我的新世界在我们小小的轨道里有条不紊地运行着。

周一和周二的上午我会去购物。我买了一本著名大厨的烹饪书，开始从头到尾学做每一道菜，每日一款。我在吃午饭的时候看看书，伊恩也跟我一起吃，通常都是切片火腿和金枪鱼。下午我们会一起看斯诺克台球比赛。我发现，伊恩也是个斯诺克台球迷。周末我会多赖一会儿床，读读报纸。周五晚上我观赏影碟，或者去电影院。银行账户里的钱足够我过这样的生活长达两年半，或者三年之久。我也不必操心账单——所有一切都是办理了到期划扣。完全没有什么需要我劳神的事情，可谓无事一身轻。星期天，我会开着那辆黄色吉普车出去，随心所欲地兜兜风，最远有一次开到了海边。

通过这些日常活动，我开始培养出一些固定参数。这些参数被设定好之后，就构成了一种微小却完美的存在方式，仿佛是脑海中酝酿的一个整洁的四四方方的小花园——布满鲜花，点缀着雏菊的草坪，周围有一圈尖桩篱栅——就像一枚邮票在不见边际的高原沼泽地所能起到的控制作用。我开始里里外外地塑造自己，既有埃立克的成分，也有不属于埃立克的成分，在世界上的一个自我区域。有时候我也会想，这种生活到底算不算快乐，但提出这样的问题好像已经不再与我有关，一旦提问，就好像我已不再是适应这个状态的那种生物。我是一个小小的机器人，一台为了存在而存在的机器，只是为了执行我为自己设定的那些连环套似的程序，除此以外，我没有别的存在意义。

我端坐在扶手椅里，伊恩趴在我的膝盖上，电视里放着斯诺克球赛，我看着电线杆的影子在花园之间移动，脑子里想着自己这样的状态还算不算活着。这样的生活方式并非不快乐——正如我前面所说，“不快乐”对我而言是个感觉很遥远的东西——也不是以一种情景剧似的浪漫感存在。现在的生活只是一种安静的、简单的、空虚的游荡而已。我的日常活动，起到了药物氟西汀[1]作用的规律性活动的效果在于——过了一阵子，我不再关心情况是否会好转，不再去想曾经的埃立克·桑德森，也不再管兰道医生是否会采用最有利于我的治疗方式。我就是不再考虑任何事情了，一切都是徒劳。我感到自己神游太虚，心陷重围。

我的生活只是一张购物清单。

一天早上，我从沥干架上拿出一个杯子，拿得太快以至于把一个盘子撞进了水槽。虽然盘子没有破，但是发出了咣当一声巨响。这响声让我突然泪如泉涌，就连我自己也不知道是什么原因。

要么发生点什么大事，要么什么也别发生。我早就知道我必须作出决定，这就是诱因。我没有办法勉强自己去找出将要在我身上发生的事情，所以我仅仅端坐在自己时钟般的小世界里，随着它滴滴答答地精确走时，静静等待机会。

曾经的埃立克·桑德森的来信几乎每天都会到达。基本上，每天的午饭时间我都会收到一封信，我把它放到厨房的碗橱里，从不拆开。有些信封厚重得很，有些干脆就是鼓鼓囊囊的小包裹，其他一些则又小又薄，只装得下一张折起来的信纸。当里面装着一个硬纸板包的那封信到达的时候，我知道

---

① 氟西汀：最普遍的开出来的治疗抑郁症的药品，可以帮助病人从严重的抑郁症中振作起来。全世界现在有三百七十万人使用这种抗抑郁药物，仅英国就有一百万人使用这种药物。

自己已经做好准备，可以用那把钥匙开门了，但是了解那门后的空间对我而言已经不是什么紧急事件。门后的那个世界不再是我一直努力拼凑起来的那个我的一部分。如果说有什么不同的话，上锁的那个房间对我现在的稳定状态是一个威胁，我可不想挑战我自己好不容易修筑起来的那道防卫屏障。于是，装着钥匙的那个信封跟所有其他的来信一样，原封不动地被塞进了碗橱。

不过，我倒是打开了夹在第一封来信里面的那个“紧急”信封，上面写着雷恩·米切尔。那是在我和兰道第二次见面之后，我实在无法摆脱这样的想法，雷恩·米切尔也许是埃立克过去的朋友之一，通过他我也许能找到与往日生活的联系。但当我打开信封之后，发现完全不是这么回事。信封里，我只找到了十六页打印出来的、关于雷恩·米切尔的纯私人的特定信息。这些对我毫无用处——包括他叔叔婶婶的名字（只有名没有姓），他的过敏症，他到十岁为止曾考过的 32 次拼写考试的成绩，一串性伴侣的名单，他的房间里曾经粉刷过的各种颜色的顺序——但是没写地址，也没有电话号码。完全没有留下任何联系埃立克的方法，也没有这个天知道是谁的雷恩·米切尔的联系电话，没有任何我想要知道的东西。曾经的埃立克·桑德森给这 16 页纸张起的标题叫做“雷恩·米切尔咒语”。我把这些纸贴在厨房的留言板上，试图在每天晚上照着菜谱做饭的时候，想出这些信息到底能有什么用。

我每周去见兰道医生两次，如我所言，我很快就不再对这样的约见发表自己的观点了。她会回答我的问题，我也会回答她的问题，然后我们会一起喝茶。这就是我们关系的全部，并且越来越成为我想要的方式。我从来没有去找家庭医师或者上医院。我从来没有对她提过那个上锁的房间，她也从来没有暗示过她可能知道这个房间的存在。我没有告诉她那些源源不绝的来信。我没有说起过雷恩·米切尔咒语。我其实什么也没有告诉她。我能有什么非说不可的事情呢？我的生活很完美，完美得毫无意义，就算这不是什么好事，至少也不是什么坏事。

随着时间的推移，我发现自己对科莉·埃米想得很多。我想知道她和埃立克之间发生的一切，他俩如何相处，他俩怎样做爱，他俩吵架的时候会无心说出的那些伤人的话。我想象着科莉的形象。兰道说她接受过初级律师的培训。在我的想象中，科莉时而是金发女郎，时而是黑发姑娘，有时是长发，有时是短发。有时候我觉得她敏感而可爱，有时候又觉得她难以相处，不可理喻。这就像是做游戏，某种跨越障碍的测试。真实的科莉·埃米是什么样——她的皮肤、声音、眼睛，她的过去、理想、爱恨悲欢，她的血型、指甲、鞋子，她的经期、眼泪和噩梦，她的牙齿、唾液和笑声，她在玻璃杯上留下的真实的指纹——而拥有由这些真实历史组成的她，实实在在存在过的她，哪怕想一想，对我来说也太奢侈了（这是我不愿意打开那个上锁房间的另一个原因）。不，我不愿那么做，我在午夜梦回时，在长途驾车散心时，在观看斯诺克的下午，无端想起的那些幻象，都由我亲手涂抹在我空白脑海里的墙面上。我只想跟任何人或任何事保持那样的距离。

我在卧室的地板上苏醒过来的大约第十六周，一个装着电灯泡的箱子被放到了我面前。

那道黑色的阴影
滑进了由对话和未倾诉的故事组成的河流，
它游过周末深夜开放的酒吧里
传出的那些鼎沸人声，
它绕着由人们互相交换的手机号码
组成的环状曲线和边缘，打着转。

一个拨错了的电话，
传到远处，
铃声的打扰，
让我无意识的本性从梦中醒来。

尽管身处不同的空间，
水下的那道黑影还是
捕捉到了我的气味。
于是，一个弯曲的信号，
缓缓浮出水面
那是一道黑色的鲨鱼鳍，
充满力量，目标明确
穿过我们之间的一片弥母①
破浪而来。

我睁开双眼。我正躺在客厅的沙发上。走廊里的电话在响。除了兰道曾经打过一次电话来更改一次约见的时间外，家里这部电话从来没有响过。

① 弥母：衍生于一个表示“模仿”的希腊语词尾。弥母指的是思想基因，它同样具有复制遗传能力，但不是通过身体传递，而是在人们的大脑之间传递扩散。

我慢吞吞地拖着脚步迈向走廊，犹在梦中，还想挣扎着从梦境中走出来，但当我晃悠到电话那儿时，电话不响了。铃声空洞的余音还在我四面的墙壁回荡。我拨了1471[①]，电话线那端传来一种噪音，就像把耳朵贴在海螺边能听到的那种呜呜风声；然后，近在耳边的海浪般的声音渐渐远去了。我按下话筒上那个小小的黑色回拨键。最后，我听见话筒那头传来电脑编程后的带有金属质感的女声："您的号码……在……二十六分……被拨打过……拨打人隐藏了来电号码。"

我挂上电话，正要转身回到客厅时——啷啷啷——突然有人用巴掌猛拍前门，我被吓了一跳。我把门打开一条小缝，雨夜潮湿的空气不断从门缝中扫进来。一个上了年纪的男人站在门外。他瘦长而结实，长着大鼻子和宽下巴。他的头顶只有几缕日渐稀疏的头发，横着梳过去，不断有雨水，砸在他那秃顶上，然后沿着他的大耳垂淌下，好像两条晶莹的耳坠。他把雨衣紧紧裹住，但还是有雨水滴下来，让他不时眨巴着眼睛。

"什么事?"我说。

"你得把这个包裹拿进去。不然它要被雨淋坏了。如果现在还没有被淋透的话。"

我顺着他的眼神向台阶看去。有一个被水浸透了的纸箱就在我脚下。

"噢。"我说，"好的。"

他抬起下巴，无声地冷笑了一下，然后就转身缓缓走下台阶，仍然用雨衣裹紧自己，一言不发地走下了昏黄路灯笼罩着的街道。

台阶上的那个盒子挺大，就像搬家时从特易购超市[②]拿来的那些大纸盒一样。外面用棕色的纸包着，已经浸湿了，而且也确实很重。我抱起盒子，在台阶上有些笨拙地转过身，进门时试着不要把盒子的纸板在门框上碰坏。

最后我总算成功了，小心翼翼地迈进走廊，然后把腿伸向背后去把门带上。就在门嘭的一声关上时，盒子的底部也恰到好处地破裂了，里面所有的东西喷涌而出，散落在地板上。

全是信件。一大堆淋湿了的信件散落在走廊的地毯上。我把那个不经用的箱子放到旁边的架子上，跪下去想把那堆信看个仔细。信封上的人名和地址五花八门，谢菲尔德路90号希米安·凯思立夫收。玛丽大街102号哈里森·布罗迪收。约克街3栋斯蒂芬·豪尔收。查尔斯特路60号鲍勃·范顿收。

---

① 1471：英国的追查来电号码，拨打它可查询来电。

② 特易购：特易购在世界连锁超市中位列第三，仅次于沃尔玛和家乐福，拥有702家商店，是英国最大的食品零售商。

可没有一封信是写给我的。我在筛分这堆信件时，发现还有些其他类别的东西也埋在里面：一盒用保鲜膜紧紧包起来的录像带，两本装在透明塑料袋里的破旧练习簿，一个更小的纸板箱也用塑料薄膜紧紧包着。当我把它捡起来以便更仔细地察看时，里面传来破玻璃或者碎陶片晃动的声音。我跪坐在这一堆奇怪的东西中间，意识到，我接下来应当做的，是把所有东西塞回大盒子里，再把盒子跟以前那些来信一起放进厨房的碗柜，然后把这件事彻底忘掉。如果这堆物件更普通些，我很可能就这么做了。但是我没有。练习簿和一盘录像带？处理它们太简单了。哪怕像我这样过着钟表般机械生活的人，也不会对这样的东西视而不见。

没去理会地上散落的那堆信件，我径直捡起录像带、装练习簿的包裹，还有里面晃动着碎玻璃声音的盒子，走回客厅。

录像带里是用便携式录像机拍摄下来的画面，一个电灯泡在黑暗的房间里不停地明暗闪烁，长度大约有一个小时。

仅此而已。

我把录像带快进和倒回播放了好几次，以便确定没有错过什么，但从头到尾，画面上确实只有一个电灯泡安静地闪亮熄灭，再闪亮再熄灭。接下来，我把那个小纸箱里的东西倾倒在铺开的报纸上——灯泡的玻璃碎片，电线，还有一个残留着灯泡锋利碎片的坏掉的电灯泡插座。我当时的感觉，就好像看着电视上还在播放的古怪家庭电影频道上的明星。我把这些碎片小心翼翼地放在一边，以便稍后再查看出——鬼才知道是什么线索——然后把注意力放到那两本练习簿上。

这两本练习簿中的第一册实在难以参透，里面一页又一页地写满公式和表格，红笔圈起来的段落，还有整页整页的乱涂乱画。我速战速决地把它浏览了一遍，好尽快阅读第二册练习簿。这本的情况还不错，且封面上写有标题——电灯泡片段。我把它打开，刚看到第一个单词就震惊得呆住了。我迅速翻阅着这本练习簿，前前后后地翻了两遍之后才确定我手里拿着的是怎样重要的东西。

我把它合上，深吸了一口气。我想到历史上的某个时刻是怎样被压平和保存下来的，就像在一本厚书的书页中压平和保存一朵鲜花一样。回忆也可以被压缩成文字。电灯泡片段像是某种日记或者手稿，它打开一扇窗口，通向我失踪的过去。

颤抖着，我再次翻开了它。

4

电灯泡片断（一）

科莉戴着面罩和呼吸管的脑袋冒出了水面，她向我挥手。挥动的幅度很大，很慢，带起了一串水花；先是向左，然后向右，就像人们在八十年代的摇滚音乐会上经常做的挥手那样。这让我不禁微笑起来。我从放在大遮阳伞阴凉下的沙滩椅上坐起身来，故意向她做了一个酷似纳粹式敬礼①的挥手姿势。我还特意延长了伸出手臂的时间，好引起我旁边那对老夫妻的注意。与此同时，科莉正站在齐腰深的海水里，挥舞着胳膊想要在不断涌过来的浪头中站稳脚跟，保持平衡。看见我这种纳粹式的挥手，她愣住了，吓呆了半秒钟，然后就想找个出路逃回海里。

不过，我对这种远距离示爱总是更加擅长。

“科莉！”我大声喊道，有点太大声了。旁边那对老夫妻和一大堆其他人都转过头来瞧着我，然后又向远处的她看去。“科莉！”我又大喊了一声，非常夸张地挥动了一下手臂。我把手罩在嘴边做成喇叭形，尽管她离我并没有那么远。“科莉·埃米！”我又挥了挥手，“科莉，我爱你！”我喊着，不断挥着手。

科莉穿过浪花走上沙滩，一边拉下面罩和呼吸管，一边用另一只手把湿润的头发梳理成松散的马尾，这时已经有一小群海滩游客在注视着她。她没有戴胸罩，尽管这时我们没有在玩我们之间的“哈哈哈，大家都在朝你看”的游戏。科莉对暴露身体不以为意，让她觉得尴尬的，是我的刚才的纳粹式举止。我们放弃希腊岛屿的考古之旅，转而来海滩晒太阳，已经快一个星期了。在此期间，只有一天她穿上了比基尼的上装，中间还脱下来十分钟，但是用啤酒瓶盖那么大的乳贴遮住了乳头，并美其名曰“先让它们适应一下希

① 纳粹式敬礼的挥手姿势：右臂斜上举45度角，这曾经是纳粹党内系统的致敬方式。

腊气候”。接下来的四天半时间里，她则是“有节制地露出奶头”。

事实上，科莉身上有些不得不提的特质；当她说“奶头”时，听起来聪明、性感并富有二十一世纪的气息。“埃立克，你纠缠这种事情没什么意思，”——某些女人总是可以毫不费力就显得与众不同，所以我想，也许某些男人也行。可是，当我说“奶头”的时候，听起来就像是个低俗小报的记者。我尝试过一次又一次，就是不行。我过去还喜欢说“奶子”，但现在已经不这么说了，因为科莉总笑话我，说这样听起来更糟，我就像个色情狂。所以，近来需要表扬科莉的身材时，我换成了极为中立的“你不戴胸罩看起来更棒”。这么说倒是能换来科莉“噢”的一声，还会在我脑门上亲一口。她还能把别的脏口说得同样风趣。

当科莉走回我们的沙滩躺椅这边时，那些看客的兴趣多少消减了一些。她把面罩和呼吸管挂在我们那把巨大遮阳伞的伞骨上，又把毛巾拿走。本来，这条毛巾一直替我的双腿遮挡着悄悄溜进伞来的阳光。她脸上装出一副很不赞成的表情，看来有点夸张；但如果你仔细观察，就能发现，她的嘴角其实藏着一丝微笑，并在慢慢扩大。

“来，跟我说，”她说，“像希特勒那样敬礼一点儿也不好笑。”

“像希特勒那样敬礼一点儿也不好笑，”我跟着她说，然后取下墨镜，朝上斜瞅着她。“可是彼得·塞勒斯[①]敬纳粹礼的时候，大家都觉得很好笑。”

“没错，”她一边用毛巾擦头发一边说，“不过也只有他能表演好滑稽的纳粹式敬礼，不是吗?”

“哦，那倒是，”我傻笑了一下，“我给忘了。”

“那么，”她说。“接下来你要怎么做呢?”

“再也不像希特勒那样敬礼了。”

“然后呢?”

“去买很多酒来把你灌醉，这样你就不可能坐船离开这个岛屿，抛下我这个不像话的家伙了。”

“然后呢?”

“什么?”

“然后呢?”

“然后什么?”

“你一点儿也不好玩。”

“还有呢?”

---

① 彼得·塞勒斯（1925—1980）：当代最好的喜剧演员之一，曾出演《一树梨花压海棠》、《奇爱博士》、《富贵逼人来》等影片。

她用完了毛巾，扔到我头上。“抓住喽，”她说，“去把我的比基尼胸罩拿过来，我要戴上。”

我们去了宿营地的酒吧。

营地酒吧不错，因为那里供应的冰镇阿姆斯特尔啤酒[①]很不错，我们白天就爱喝这种啤酒，当湛蓝的天色暗下来，我们就去喝劲头很冲的鸡尾酒。运气好的时候，你能看见橙黄色的落日，不过还有些时候，应该说是大多数时候，天空的那抹蓝色只会越来越灰暗，在天色变黑的过程中，有时你会意识到脚下踩着的石头和沙滩正变得比空气还要温暖。你能感受到，凉爽的微风从海面吹来。

通常，在喝阿姆斯特尔啤酒之后和喝鸡尾酒之前的那段时间，我们会去海滨的小酒馆吃晚饭。我们的宿营地远离岛屿上的那些酒吧，只有一条颠簸不堪的土路把酒馆、一般的商店还有宿营地的入口与海滩隔离开来。

点菜的时候，科莉会入乡随俗，尽量品尝本地菜。我通常吃披萨，因为我是个老土的非利士人[②]。因为我在度假，因为我可以爱吃什么就吃什么。

在这次小小的比基尼胸罩－纳粹式敬礼事件之前几天，我发现，小岛上我们扎营的这个位置几乎没有受到任何污染。如果你凌晨三点躺在生着灌木的小沙丘上，你就能看见夜空中的银河那蓝紫色的光辉。以前我可从来没有看见过银河，还以为它只是二十世纪五十年代科幻小说的产物，比如《迷失太空》。[③]

“你真俗气。”科莉说。

我点点头，转过身向下看着她，用吸管喝了一大口营地酒吧出售的冰冻果汁鸡尾酒。

“你总是有这种倾向，喜欢把现实生活跟电影里的生活比较吗？”

“什么倾向？”

“就是，”她说，“让你看起来肤浅，没品位而且——”她抿起嘴唇，低下头，黑发垂落在胸前，脸上装出一丝怜悯的笑意，“——活像一个讨厌的倒霉蛋，实话跟你说。”

“好吧，我就是个讨厌的倒霉蛋。你应该甩了我，因为，你比我强，你多厉害啊。”我双手交叉抱在胸前，“你太自以为是了，科莉。无论怎

① 阿姆斯特尔啤酒：产自荷兰的著名啤酒，畅销世界，尤其是欧洲。阿姆斯特尔是荷兰首都阿姆斯特丹的一条主要河流。

② 非利士人：约公元前12世纪居住在非利士地古城的爱琴海民族的一支。另指庸人、市侩和不懂文学、艺术的低级趣味者。

③《迷失太空》：本片改编自全美第一本科幻小说，故事讲述的是罗宾森一家人被派遣至银河太空探险，目的是找寻适合人类生存的星球，但是，同行的史密斯博士，却暗中勾结邪恶势力，率领他所发明的高智慧机器人，企图阻挠这次的冒险任务。

样——”

“说什么呢？呸呸呸，我是在讲最早的原创的《迷失太空》，那个经典的电视连续剧，而不是上个世纪九十年代翻拍的那部好莱坞电影，明白吗？

我无语，低头看着手里的饮料。

“你就是个讨厌的倒霉蛋，”她又说道，用的是一模一样的口气，但这次还伴随着一个缓慢而坚定的点头。

我耸了耸肩。

“啊哈。”她说。

科莉那种坏坏的笑容又是另一码事了——在她微笑时，嘴角会变得很薄，仿佛锐利的小刀片，而她的眼睛会闪闪发亮，像在放电。我想，这笑容尽管只持续半秒钟，可它蕴含的顽皮、性感、不怀好意，还有酷酷的感觉，让它成了我有生以来见过唯一最完美的东西。就像存在了十亿年之久的星空中，一道温暖明亮的闪电。

“我爱你。”

“哦，宝贝儿，”她笑起来，凑近我，把指尖轻轻搭在我的手背上，“你可真会说话。”我没有回答，她向后倚靠在自己的椅子腿上，扬起了眉毛。

我心底有一个秘密：科莉·埃米是个真实的人，实实在在属于这个世界。一想到这个，我就会忍不住心痛。

我在桌子底下悄悄把脚抬起来，伸过去，想把她推翻在地。她很快弄明白了我想跟她捣乱，就把背后的椅子举起来假装砸向我的脚。

“别这么淘气。”她说。

那天晚上稍迟，我们跟一对来自伦敦的背包客情侣聊上了天。那时，我们远离都市生活已经有五周时间了，而我们跟人们有深入点的谈话，这才只是第二次。谈话的感觉很奇怪，用的是那种在酒吧里聊天的方式。我们俩必须不停地解释，重复说明，拾漏补遗。我们这才意识到，由于默契，我俩之间的谈话早已进化成了一种简洁的最小化速记式问答。因为有外来人士的加入而不得不额外费力解释的感觉，就像是在浪费话语、时间和精力。随后，当我们晃悠回帐篷时，科莉称之为：需要加脚注的对话。不过，这种对话还是很有意思，我们确实从中得到了乐趣。显然，他们俩的公寓就在伦敦希思罗机场附近。

“你渐渐就会习惯那种噪音，”叫简的那个姑娘说道，“刚开始时，大约有一个月，我们都觉得无法忍受，不过后来也就克服了。现在对我们来说，噪音就好像根本不存在似的。”

“住在帐篷里的头两个晚上，”叫保罗的那个男人说，“我们还真是难以入睡。听不见公寓附近传来的飞机噪音，反而睡不踏实了，你说怪不怪？”

他想了一会儿，“就好像，在一片寂静中的空洞。”

“这比喻真酷，”我说，“反声音。”

科莉瞪了我一眼。

“还有灰灰，”简插嘴说，“我们刚搬到机场附近时，我以为灰灰可能会精神崩溃。”

“灰灰是谁?”科莉问。

“我们的猫。她老了，原来是保罗姨妈的猫。她是只暹罗猫[①]，相当敏感。”简谈论了好一会儿那只叫灰灰的猫的轶闻趣事，不过我都记不清了。

“我们也刚养了两只猫咪，”科莉微笑着说，“两只小雄猫。”

“哦，”简说，“他们叫什么名字?”

我在心里窃笑。

“加文，还有伊恩。”科莉说。

简和保罗脸上原先预备好的那种意料之中的表情不见了，僵住了。这俩名字果然物有所值；我和科莉为了能给猫咪起个别具一格的名字，好看到人们的这种意外表情，可没少费功夫。加文、伊恩确实不像猫的名字，而且根本也不适合用在猫身上，但奇怪的是，还是能用。

“哦。”过了一会儿，简才又开口。

“跟不懂咱俩聊天之道的人谈话有点累人，对吧?”科莉随后说。

“是啊，多费了不少口舌。”我表示赞同。

那天晚上，我们一直在喝冰冻果汁鸡尾酒，很奇怪的是，我们夜间的撒尿次数居然没有增加。明天，我决定，得再多喝点，好多尿几次。我们向帐篷走去，沉默了一阵子。

“你知道我正在想什么吗?”

“你正在想，我们喝的酒还不够多?”

“没错，”我说，“你怎么总是知道我要说什么呢?”

“当然。”

“总是能?”

“没错。”

“哇哦，”我说，“再猜猜我现在又想什么呢?”

“下流话。”

“哇哦，”我又说，“又猜中了，我晕。”

---

① 暹罗猫：又称泰国猫，最早饲养在泰国皇室和大寺院中，曾一度是外界鲜为人知的宫庭秘宝，现在是最为流行的纯种短毛猫的代表。

她紧紧抓了抓我的手，又放开，然后用胳膊搂住我的腰，手指插进我短裤后面的口袋里。我们走回去时，她的脑袋一直靠在我的肩膀上。

我们帐篷前面的拉链有点不管用了。很快就会坏得一塌糊涂，但在那时候还是能打得开，只要你有手感。科莉有，我没有。在她捣鼓帐篷的拉链好让我们钻进去时，我站在一边看着一只肥胖的蛾子，正绕着营地微弱的电灯不断上下扑腾。那天晚上，能看见的只有星空，能闻到的只有蜡烛散发出的油味儿。感觉不到微风。

我们做爱，高潮过后，科莉趴在我身上，我还停留在她体内，她把头搁在我的肩膀上，前额轻触着我的下巴。

这种感觉是如此清晰，如此独特。我用指尖轻轻滑过她汗湿的背部，又抚摸着她的肋骨。她的娇躯随着我的呼吸而起伏，传来微微的痒意。我们同呼同吸。我的肺部胀满的压迫感传递着这样的信息：这是科莉的重量，世界上独一无二。我满脑子想的都是这个。我尽可能轻柔地抚摸着她鬓角的发丝，顺着她耳朵的小弧线，感受那里最最细小的绒毛。我的爱抚轻得好像没有动作。这就是我要的全部，在全部之中，我只要这简单的甜蜜，这感觉太完美了。

科莉的胳膊从我的身子底下伸过来，环抱着我，手指抓住我的肩膀。当她开口说话时，我几乎能感觉得到她嘴里吐出的气流和每一个字的形成。

“答应我，如果有必要，你会离开我。”

“什么?”我把脸挪开一点，想要看清她是不是在开玩笑，“我不会离开你的，别犯傻了。”

她也正抬起眼睛注视着我。

我皱起眉头。

“我不是在开玩笑，”她说，“如果你想要离开我，如果我让你不开心了，你必须这么做。”她撑起胳膊，翘起臀部让我从她的身体里滑落。“你得发誓，埃立克。这很重要。”

“嗨，”我捏捏她的胳膊，“怎么说起这种话来?”

她俯视了我很长时间，我还以为她要哭出来了。“嗨。”我又说道，把她的头发拨到耳朵后面。

“没什么，”她说，同时心不在焉地笑了一下。随后又笑了一下，这次的笑意更明显一些，是我熟悉的那种笑容，“没事，是我在说傻话。”

我用胳膊搂住她，她从我身上顺势滚下来，躺在我身边。我们紧紧拥抱着，她的小脑袋紧靠我的胸口。

“别自个儿胡思乱想，”我说，“跟我说说。”

“你浑身都是汗。”她说，抬起头来嗅了嗅，又倒下去。

“你还不是一样。”

我们静静地躺了一会儿。

我侧耳聆听，帐篷外面一片寂静。

“我无法容忍自己毁掉你的生活。”最后，科莉说。

“科莉，”我说，把她的头发抚到耳后，“你不用为全世界负责。”

在希腊，人们喜欢喝冷咖啡。这种咖啡也称做冰咖啡，雀巢冰咖啡，或者干脆就是雀巢咖啡。希腊人喝冰咖啡的时候不加牛奶和方糖，但他们端给游客的咖啡里两样都有。

我们在纳克索斯[①]镇上的一间咖啡馆外面闲坐，俯视下面的港口，打发时光。人们管纳克索斯叫绿岛，尽管现在它还不是那么绿意盎然，但是夏天很快就要到了；也许只有英国人才会固执地认为绿岛就应该全年都为绿色覆盖。不管怎样，人们这么叫还是有道理的。其他的希腊岛屿可没有这么多养眼的绿色，都是遍布岩石和沙砾。根据旅游手册上的介绍，古希腊人砍光了大多数海岛上原生的森林，种上了橄榄树。但是橄榄树的树根不足以固定土壤，所以土壤的肥力慢慢流失到大海里或者变成了灰砾。现在，那些海岛只剩下光秃秃的山脊，点缀着少量枯黄的干草，时不时还能看见样子古怪的蜥蜴出没。

纳克索斯很美，可惜它还没有完全披上绿装，至少目前没有。

不待我们发问，女招待就送上了加奶加糖的冰咖啡，不过当时我正是一副典型的游客装扮：卡其布短裤，天蓝色的夏威夷风格衬衫，上面飞满海鸥，再加上我的大墨镜和窄边太阳帽，怎么看怎么像亨特·汤普森[②]——所以只能怪我。

冰咖啡刚端上来的时候，如果是正宗的，冰块会沉在杯底。当咖啡平静下来，泡沫消掉以后，冰块才会浮到上面。我呆呆地注视着面前这杯咖啡的动静，就像看着流动的水或者燃烧的火焰一样。

科莉说，在纳克索斯岛的另一面，一个古代采石场里，有一尊二十五英尺高的巨石像半成品。我惊讶而茫然地从墨镜上方向她看过去。

“怎么了？”

她把旅游手册放到桌上，取下自己的墨镜：“你该清醒清醒啦。”

“我知道，”我微笑着说，“都怪天气太热，我热晕了。”

科莉把墨镜又架回到鼻梁上，盯着我看了一会儿。

---

① 纳克索斯：是希腊基克拉泽群岛中最大，也是最富饶的海岛。

② 亨特·汤普森：一个美国记者兼作家，曾任职于《滚石》杂志，以其华丽得像火焰似的写作风格闻名于世。

“你可得保留精力啊，桑德森。你要是不中用了，我可不要你。”

我向她俯过身去，装出一副很受伤的样子：“我对你就只有这么点用处吗?”

“没错。”她说。

前一天晚上，就在我自以为是地认为科莉的高潮已经过去之后的几个小时，我们又做了一次爱，大概是凌晨一点的时候。第二次做爱进行得很缓慢，带着睡意，仿佛是某种无意识的漂移。当我在科莉的身体里律动的时候，她轻声诉说着什么，我回答她的声音也同样轻柔，那些词语好像是自己不知从哪儿冒出来的，完全不是那种经过思考才说出来的东西，也构不成完整的意思。这是黑夜之词、性爱之词抑或梦呓之词，我也说不清，反正不是谈话，也不属于白天的词汇。不是那种能用墨水和信纸写下来的词汇。我真的不知道该如何解释，但那时的情形就是如此。

“我爱你。”当我伸手去够桌子上的旅游手册时，科莉突然冒出这三个字。

“我知道，”我点点头，把书拿到手里，翻了几页，“我也喜欢跟你一起消磨时光。”

“坏蛋，”她大笑道，“我讨厌你这调调。”

“这调调可是你先发明的。”

“把书给我，”她说，“我把有石像的那一页找给你看。”

5

白云飘飘，山峦蓝

里面有电灯泡密码的那盘录像带就放在录像机的上面，电视机的下面，位于暗处。破损灯泡的那些玻璃碎片都还在盒子里，被小心地用报纸包起来了，以防喜欢夜游的伊恩把猫爪踏上去。装有灯泡碎片的这个盒子，立在壁炉上面，仿佛是个供奉起来的圣物。十六周来，曾经的埃立克·桑德森持续不断的来信和包裹，都原封不动地搁在厨房碗柜那黑暗的小空间里。屋外落着雨，每一滴都仿佛一个蓝色的微型星球，从窗玻璃上滑落，与风声相应和。灰尘在墙角慢慢堆积起来，家具的影子投射在窗台和墙角线上。几只蜘蛛和小虫子们忙着在地板和天花板的大片空白处划分领地。房子里，楼下的夜晚并不如我们假想的那么沉寂，那么安静。

楼上，过道边就是那扇锁着的门，坚实，熟悉，不可撼动。卧室的门就在它隔壁，真切，实用，半掩着。留出的空隙刚好容一只猫钻过，门和门框之间的缝隙，经桌边的黄色灯光一照，投射出一道楔形的光柱，从地板直到天花板。穿过这缝隙，走进卧室，地毯上就丢着那本被涂成天书般难以识别的练习簿。翻开朝上的那一页，有几行数字和一张被划掉的表格。伊恩蜷缩成皮球状，睡在双人床的床脚，尾巴正好摆到鼻子跟前。标题为电灯泡片段的那本练习簿，已然滑落到枕头和裹着被子的我之间，我用胳膊挡住刺眼的灯光，渐渐进入了梦乡：

我走在一条林荫大道上，两边生长着过于茂盛的灌木丛和藤蔓。阳光透过枝条斑驳地洒下。沿途能看见破败的希腊式石柱和古代的白色雕像，大都缺胳膊少腿甚至掉了脑袋。它们破损的底座已经歪歪斜斜，但还勉强支撑着上面饱经风霜的主人们，这要换做真人，是不可能站住的，非掉下来不可。空气中有股甜蜜湿润的味道，还夹杂了一点桉树[①]、亚麻树或是樟树的气味，我也说不准。这空气是如此炙热活跃，它钻进我的嘴里，仿佛温柔亲密的一个深吻。我经过一个古老的大理石塑像，主角就是我平时学习的那本烹调书的作者，那位知名大厨。他的脸庞长了青苔，正瞪着一双空洞的眼睛，站在高处，而且颇富挑战意味地高举着他的锅铲，就像一个英雄挥舞他的宝剑一样。在一片茂密的丁香丛那边，一个处在阴影之中、身上布满蜘蛛网的汉弗莱·鲍嘉[②]塑像正倚靠在一架雕刻得很粗糙的钢琴上，他脏兮兮的石头手搁在脏兮兮的石头晚礼服上，手里还拿着一副同样脏兮兮的石头眼镜。

在这条林荫道的尽头，我经过一个破败的拱门，又走到了一个巨大的露天广场废墟上，广场中心有一个罗马式浴池。浴池半空着，曾经盛水的地方，现在被潮湿的落叶织成的垫子静静覆盖。落叶来自旁边的老柳树，这棵老树一路奋力生长，部分遮住了这个广场。我朝那棵树走过去，小心翼翼地避免踩到脚下一行忙忙碌碌的黑色大蚂蚁。这都是大自然的开垦回收大军。

当我走近时注意到，有一个白色沙滩躺椅立在树荫里。一个女孩侧躺在上面，背对着我。当我又靠近一些时，她忽地坐起来，在身边的手提包里摸索着什么，我的心突然像要跳出喉咙似的，一种强烈的熟悉感袭来。

---

① 桉树：一种原产于澳大利亚的桉属高大树木，具有能生产医药用油脂的气味芳香的叶。
② 汉弗莱·鲍嘉（1899—1957）素有影坛铁汉之誉，曾主演《卡萨布兰卡》。

“科莉。”

科莉·埃米停下手里的动作，转过身来，把墨镜推到黑色长发上面，就像爱丽丝乐队①的主唱似的。

“我的老天，”她说，“瞧，这是谁来了。”

我走到树荫下，她直起身子迎向我，我弯下身搂住她，用胳膊感受这坚实的夏日炎热带来的温暖现实。她也紧紧地回抱着我，我们一起跌坐到了躺椅上。我们就这样坐了很长时间，紧紧拥抱着彼此，脸庞埋在对方的脖颈处，安静地呼吸，不说话。

“你还好吗？”我轻声地问道，几乎只和喘气的声音差不多大，我的嘴紧贴着她的耳垂。

“是的，我想，我挺好。”她说话时带出的小气流吹到了我的脖子上，“我想你，埃立克。”

“我把你忘了，科莉。我把过去的事情都给忘了。我很抱歉。”

“嗨。别这样，没事的。”她的手环绕着我的脖子，手指轻轻地在我的头发上一圈圈划动着，“没什么，一切都好。”她把我推开了一点，好正视着我的眼睛，“没事。我们现在不是在一起了吗，一切都好。”

“科莉。”我说。

“没事。我知道。”

“你不在了。”

“我就在这儿呢。”

“不，你不在这儿。你死了。”

科莉松开了搂着我的手，坐直身子。

“实话告诉你，”她说，“我想我现在看起来很棒。”科莉一边说，一边自己用手从比基尼胸罩一路抚摸到比基尼短裤那儿，以强调重点。随后，她转脸看着我：“这你得同意吧？”

“你看起来棒极了。”

“死人看起来会这么棒吗？”

我没理会她的话，只是咧开嘴笑了。

“别管我刚才说的，埃米。不过，我很纳闷，你居然开始穿比基尼胸罩了？”

我伸手过去想抚摸抚摸她，就像她自己刚才做的那样，可是她把我的手重重地打开，还故意夸张地做出吃惊的样子。

“天哪。科莉，你都死了。嗨，科莉，我就不能看看你的奶头吗？”她模仿着我的口气说到，“送你一个词：你是个——”她说到一半停住了，然后伸出

① 爱丽丝乐队：著名摇滚乐队，成员均长发披肩。

手指一字一顿地说"——恋尸狂。我走了以后，你居然都堕落到这一步了?"

我尽可能地忍住笑意，装出一副严肃的表情盯着自己的脚尖，用劣质武士电影里那种故作嘶哑的嗓音答道：

"我感到羞愧极了。"

"很好，"她说，把腿蜷起来，用膝盖顶住下巴，"现在告诉我，《东伦敦人》[1]的情节又有什么新发展了?"

于是我开始按照她的吩咐讲故事。这一集的情节复杂而虚假，围绕着节目里某个反面角色如何返回展开，我讲到一半时，科莉朝我靠过来，用手搂住我的脖子，亲吻着我，开始是轻轻地吻，然后就是坚决而投入地深吻。

"嗨，等等，"当我们的嘴唇分开的时候，我轻声说，"我还没说到那个肿眼泡的笨家伙，是怎么又怀孕的呢。"

科莉微笑起来，只是笑容显得有些空洞，然后用自己的额头顶住我的额头。

"我真抱歉，会发生这样的事。"

"是啊，"我说，"这电视剧越往后越没意思了。我猜连收视率都要下降了。"

"埃立克！你知道我指的是什么。"

"我知道，我很抱歉。只是，你知道，我们能怎么做呢？我们怎么还能开玩笑?"

"一团糟，糟透了。"科莉说，她微微点了点头，让我也不由得跟着点头。我们就那样待着，额头顶着额头，过了好一会儿。

"能不能——有没有什么是我本来能为你做，却没有做到的?"

她往后挪了挪身子，好让我们的目光对视。她的手仍然放在我的肩头。她摇了摇头。

"连我自己都不知道会发生这种事情。"

我抓住她的另一只手，用双手握住，放在我的大腿上。

"科妮[2]，说点什么，好让我相信这不是在做梦。"

"说点什么好呢?"

"说点儿我不知道的事情，这样我就必须去把它寻找出来，当我这么做的时候，这梦就变成现实了。"

"我觉得这可能行不通。"

"那就告诉我，我不是在做梦。"

"也许你正在做梦，"她说，"很可能你就是在梦中。"

---

① 东伦敦人：BBC的主打肥皂剧，以伦敦老城区为故事背景，在英国拥有1500万观众。从1985年演到今天，十几年仍然生命力十足。

② 科妮：对科莉的昵称。

“可我不想。科莉，我不能没有你。”

突然传来啷的一声巨响。

我们都惊跳起来，转头看着那边的古罗马浴池。一片落叶正缓缓地在水面旋转着。

“有什么活着的东西在那底下吗?”

科莉点点头：“是的。”

“那会是什么?”

“我不清楚，”她说，看着水面，“只知道它来自黝黑水底的最深处。”

又传来一声啷的巨响。

漂浮着杂物的水面上出现了小小的波浪，拍打着浴池那倾斜破旧的边缘。

“你准备好了吗？它就要来了。”科莉挽着我的胳膊，送给我一个微笑，好像是让我鼓起勇气，坚强起来。

“怎么了？科妮，发生什么事了?”

啷。

6

捕食者在行动

啷!

我惊跳起来，睡意全无，在电灯下眨着眼睛。我不知道这声巨响是刚才梦境的延续，还是真实存在的外部世界的一部分。伊恩也在床脚坐得笔直，警惕地睁大双眼，盯着墙壁。我尽可能冷静下来，在脑子里机械地数数：一条密西西比河……两条密西西比河……三条密西西比河……四条密西西比河……五条[①]……

啷!

---

① 密西西比河：发源于美国西北的落基山北端，是北美洲最长的河流，世界第四长河，注入墨西哥湾。通常也作为儿童在玩游戏中，用来计时的数数方式。

伊恩紧张得猛一激灵，随即跳起来，嗖的一声没了影子，我心里也一阵惊惧。

又传来一声巨响。

接着是砰的一声。

啪。砰。哗啦。

接连不断的轰响。

我通体的血液好像都冻结了，指尖、嘴唇和耳朵感到一阵麻木，胃里翻江倒海像要呕吐，浑身汗毛倒竖，就跟触电了似的。我的动物本能让我准备拔脚逃跑，可是我没有跑。体内的某种超逻辑思维占了上风，让我稳住阵脚，小心翼翼地坐直身子，仿佛冥冥中伸出一只稳定的手抚平了我的神经，让我的行动没有陷入恐慌，而是转变成了某种别的状态。我居然能平静地做四五次深呼吸，然后伸腿下床，蹑手蹑脚地来到楼梯平台处。

这些砰砰砰、啷啷啷的巨响，不断从那扇一直锁着的门后传出来，声音越来越大，越来越有挑衅性。我站在门外，颤抖着，稳住呼吸，保持镇定，我开始意识到这巨响之中有些不对劲的地方。我琢磨了一会儿，到底是哪里不对劲了，然后我发现：门后面所有这些巨响听来好像是从某个遥远的地方传来。从房子的总体面积来判断，这间锁起来的屋子大不到哪里去，最多也就跟我的卧室相仿，也许只是个储藏室。然而，不可能的事情还是发生了：这些巨响似乎就是在空荡荡的墙壁后不断回荡，好像从一个空荡荡的大仓库的另一端传来。

而且，这狂暴的巨响愈来愈猛烈，变成了一种愤怒的猛砸猛敲金属的声音。我向前靠了靠，想听得更仔细些。我轻轻地，贴近了那扇锁着的门，越来越近。就在我的耳朵贴上门的那一瞬间，我的身体刚刚接触到门的表面，所有的噪音，那些砰砰砰、啷啷啷的巨响，就都停止了。

我惊得往后一退，就像被火烫了似的。我试着不出动静，大气也不敢喘一口，用手捂住了嘴。

深深的寂静从锁着的门后透出来。纯粹的、沉重的、意味深长的寂静。

我等待着。

我等待着发生点什么。

一分钟过去了。

两分钟过去了。

什么也没有发生。十分钟以后，我从工具箱里取出一把大锤，又在装满曾经的埃立克·桑德森来信的碗橱里搜寻着那把钥匙。我找到了装着钥匙的那个信封，撕开封口，然后倒过来晃了晃，那把钥匙落进我手里。

“我要进来了，”我在门外说，一片寂静中，我惊讶于自己声音里的那种清晰音调。但我心里就像有十五个水桶，七上八下。还总有想要撒尿的冲动，“我要进来了，我在开门了。”

钥匙在锁眼里发出了咔咔声。我把门把手转下去，慢慢地推开了门。一片安静。我用右手把锤子举过肩膀，随时准备把它砸向某个从黑暗中冲出来的人或者怪物，我侧着身挪进去，在墙面上摸索着。找到开关，打开了灯。

只有一个鲜红色的文件柜矗立在房间正中。

别的什么也没有。

连个鬼影子都没有。

这房间比我的卧室小，小多了，根本不可能传出刚才那些带着回音的巨响。唯一的窗户也锁上了，完好无损。就我所见，没有任何能让人进来或者出去的通道，但我还是攥紧了手里的锤子。

这个文件柜的五个抽屉里有四个是空的。在第五个抽屉里，我找到了一个红色硬纸板做成的文件夹，里面有一张打印出来的纸。

我没有拿出那个文件夹或者去读里面的那张纸。一秒、两秒、三秒、四秒钟过去了，我什么也没干。最后，我合上了抽屉，背靠着文件柜，试图找出整件事里不对劲的地方。这不仅仅是巨响的来源问题。从我复苏的第二天开始，我就以为，这个上锁的房间里有关于曾经的我的全部事实和数据。比如曾经的埃立克·桑德森的书面档案，照片——他自己的、科莉·艾米的、所有那些亲戚朋友的。持久的彩色照片和文本能够证明这些生命曾经存在过，这些人，这些事，都曾经是真实的，曾经在这个世界上占有一席之地。我还隐约期望，这个房间里装满了科莉使用过的东西——这本应是个符合逻辑的解释，否则为什么单单这间房子会被锁起来呢？可是，现在房门已打开，这里什么秘密也没有。我又检查了一遍这个文件柜和房间的其余角落，以便确定。我把鲜红色的文件夹从抽屉里取出来，夹在胳膊下面，走出房间，关掉灯，锁上门。

我从冰箱里拿出一瓶伏特加——我已经养成了这个习惯，在每周五晚上看录像的时候喝上一两杯伏特加，或者是下午看电视的时候，时不时来那么一杯——我用一只大杯子，给自己斟上半杯酒，加上冰块。伊恩又重新出现在厨房里了，现在它倒是摆出一副勇敢的派头，好像天不怕地不怕似的，胖胖的身子在我的裤腿上蹭来蹭去。我给它开了一听金枪鱼罐头，然后拿着那杯伏特加和酒瓶走进客厅。

电视，最了不起的机器，总能让你觉得生活恢复了常态。我打开电视，一屁股坐进沙发，把伏特加搁在脚边，红色文件夹放在身旁。我喝了几口酒，伏特加热热地直灌进喉咙，稍稍平抚了一下心情，然后我打开文件夹，取出里面的纸。开始阅读：

想象你正在湖上泛舟。

现在是夏天的清晨。太阳还没有完全从地平线上升起来，长长的阴影投射出去，仿佛老虎身上的条纹。当你穿过这些光柱时，光线照在你的皮肤上，有一丝暖意，但是在阴影笼罩的地方仍然有些阴冷，灰蒙蒙的颜色无处不在。

在这个清晨，光影交融的间歇，湖面拂过一阵微风，来了又去，在水面掀起层层波纹，轻轻晃动着你和你的小船。鸟儿在歌唱，这清脆而明亮的歌声，让你根本意识不到，一天就这么拉开了序幕。偶尔传来风吹动树叶的声音，间或有一个大些的浪头打在船上带来哗啦一声，别的什么动静也没有。

你把手伸到船沿外面去感受湖水的动荡，湖水有规律的上下浮动让你的指节感受到一种微带凉意的韵律。你把胳膊缩回来；你享受着手指上残留的那种感觉。你闭上眼睛，伸出手去，去感受重力和阻力的微小物理学，手上的水沿着特定的路线流过你的皮肤，形成了水滴，当达到一定的重量后，它们就跌落下去，每一滴水珠落入湖面的时候，都能听见“嗒”的一声。

现在，就在这“嗒”的一声发出时——停止。停止你的想象。我来告诉你游戏的精髓。无论何时，这都是最明显最精彩也最可怕的地方：原先位于我脑子里的这个湖泊，我想象着的这个湖泊，刚才完全变成了你大脑中的湖泊。就算你根本不认识我，对我的一切一无所知，也无关紧要。我可能已经死了，我可能早在你出生的一百多年前就已经不在人世了，但我脑海中酝酿的湖泊仍然——请仔细考虑一下这个，从它的明显含义思考到它里面蕴含着的巨大而令人惊讶的奇迹——变成了你脑海中的湖泊。

在我那段由两百一十八个单词构成的描述中，在我运用的那九百六十九个字母中，存在着某种流动之物。它是一股纯概念的河流，没有重量，不含物质，没有牵挂，也不受地心引力或者时间的束缚，这股河流只有从特定的精确角度才能看得见，正如我们现在所见识到的一样，因此，我想象着的湖泊可以直接通过这条河流，连接到你的想象之中。

接下来，试着在眼前想象出所有由人类的互动和沟通形成的那些河流。这些彼此连接的河流在人们之间蜿蜒流淌，通过文本、图片、言辞、电视讲解词，通过共同的回忆，偶然发生的关系，亲眼所见的事件，与过去和未来的接触，因果关系，等等。试着去看见由这些湖泊和河流组成的巨大的网状结构，看看它的规模有多大，复杂性又多么令人惊叹。这真是个巨大而富饶的环境。是由所有信息、身份认同、社会和自我组成的水中天堂。

现在，再回到你的湖泊，回到你轻轻晃动的小船里。但这一次，你知道了这个湖；你知道这个地方的来龙去脉，当你做好准备时，去看一看船沿外的水面。湖水清澈而深邃。破碎的阳光投射下一些蓝色的楔形光线，照进清澈寒冷的深处。安静地坐好，等待并观察。别动。一定要非常、非常安静。他们说生命是顽强的。他们说，只要有一线生机，甚至半线生机，生命都有可能存在并进化，即使是在最荒凉最不可能存活的地方。生命总能找到一条出路，他们说。现在，保持安静。看着水里。一直看，一直观察。

我把这张纸读了好几遍，然后放回文件夹里。我一口喝干了杯中的伏特加，使劲揉揉眼睛，喃喃地说，上帝啊。然后又倒了一杯酒，懒散地倒进沙发。伊恩从旁边溜过，对我的存在完全视而不见。冰箱嗡嗡作响。除了雨滴敲打窗户的声音和夜间虫子的鸣叫声以外，别无动静。这张纸完全让我摸不着头脑，即使有什么奥妙，我也疲惫不堪，无力看穿了。我闭上眼睛，品味着伏特加酒带来的那种火烧火燎、晕乎乎的感觉，呼吸越来越轻，我坠入梦乡。

我从一个生动无比的梦境中醒来的时候，还躺在沙发上，我梦见了第二次会见兰道医生时的情形。

“但这不是——”我大声说着，然后闭嘴了，意识到我是在做梦。

当我睡着的时候，有什么东西发生了变化。

我半睡半醒着，注意力还在刚才的梦境中，就像一束明亮的探照灯扫过，它照射出的清晰度突然吓坏了我。我能看见自己复苏十六周以来的全部意识活动，还有十六周里的自己。这种播放全面而彻底，连细节都那么生动明显。我甚至还能看到记忆的梦境在我的大脑中播放，只是这盘磁带绞带了，不再连贯。

我在沙发上坐直身子。这种清楚的感觉更加扩大开来。房间里的一切，所有东西和它们之间的空间联系，所有颜色、光线、阴影、结构，整个空间、气压，以及不断反弹的回声都拥有了锐利的边缘，一切都处于炙热明亮的焦点之中。我张大眼睛四处观望，看到了我自己腿上放着的那个伏特加酒杯时，我怔住了。我小心翼翼地把它轻轻拿起，尽力不影响杯子里面正在发生的事情。杯底的三个冰块已经融化成了棱角圆润的菱形小块，每个菱形都是一个错综复杂的小迷宫，带着透明的冰壁还有断面。在每一个冰块周围，溶解的水分和变得有些黏稠的伏特加酒搅合在一起，形成了一个迷你气候圈和风暴前锋。看着它们，我突然想到，油不溶于水而留下的脆弱的彩色螺旋，想到宇宙星系伤感的转动和消散，想到绿色草坪上的小小雏菊也能推动进化之轮，想到热奶油在杯中转着圈儿扩大融化，留下孤零零的咖啡。所有这些乱七八糟的念头不知怎的一下子冒出来，但又不至于让我精神错乱；这些念头与玻璃杯中那些冰块的形式、运动和光线完全吻合，它们都是美丽的、脆弱的现实。我的眼眶感到一阵刺痛，我意识到我哭了。

好像有什么东西动了一下，吸引了我的注意力。我定睛看去，透过伏特加酒杯的玻璃，看到电视屏幕陷入一片空白，正发出单调的嗡嗡声。我一动不动地待了好一会儿，然后把酒杯放到地板上，同时仍然紧盯着电视屏幕。在电视屏幕那白色的嗡嗡作响的深处，好像有什么活物在移动——一条活生生的思维蠕虫在往前游动，某个移动的东西，半是概念半是图像。

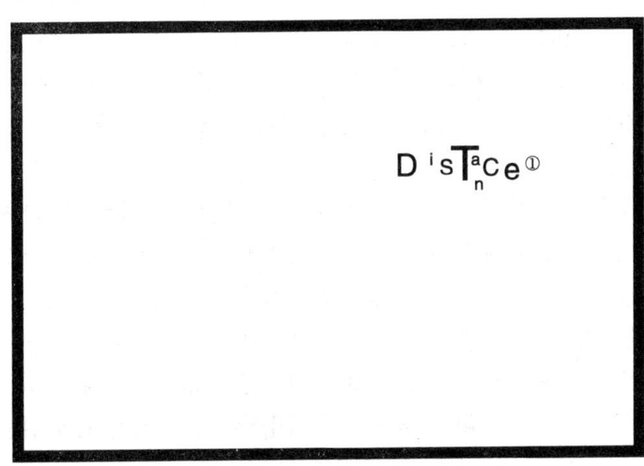

我从沙发上慢慢地挪下来，弯下身子，穿过地板向电视机爬过去，想要把荧光屏后面那发出嗞嗞声的幽深之处看得更真切些。我靠近时，那条四处滑动的蠕虫好像觉察到了我。它加快速度，冲出了我的视线，然后轻快地一弹，消失在屏幕右下方的角落里。

我爬得更近一点，想再看看躲在幽深寂静之中的那个似曾相识的东西，然后——

屏幕猛地一阵闪动，爆发出一阵电磁脉冲的亮光，紧接着，光亮消失

① Distance，意指“距离。”

了。电视机砰地一声坠入了黑暗之中，我吓得手忙脚乱地往回猛退了好几步，就像陷入恐慌的动物一样。我的肩膀抵到了沙发，笨拙地反着蹭了上去，我把膝盖抬起来离开地板，直顶到下巴颏底下，两手紧紧抱住小腿。我的身体像刺猬似的紧缩着，有种不顾一切想要逃跑的冲动，但这黑暗之中的寂静和恐慌让我动弹不得。我试着轻轻地呼吸了几口，但我的呼吸和思绪仿佛同时被撕开、剁碎、扯裂，变得支离破碎。屋里一片漆黑。

不对。

不完全是一片漆黑。还有一盏小小的绿色烟雾探测器①高悬在天花板上，它变成了远方的那颗北极星，指引着我。尽管它只是悄无声息地释放出最最微弱的光芒，却让我能重新在黑暗中分辨出书柜和杂志架的边缘，还有电视机的后部。我把注意力放在这一小圈绿莹莹的光芒上，专注地调匀呼吸。只要稍微再给我点适应的时间，哪怕是这么微弱的光线，也足以让我突围了。一旦我能够，能够看见那扇房门，我就能让僵住的两腿再动起来，猛冲出去。

突然，好像有某个重物猛地砸向沙发的另一端，这巨大的冲力把所有的东西都撞到了一边。我不由自主地往右倒去。我赶紧用手指死死抠住沙发扶手上柔软的面料，使劲抵挡这突如其来的巨大冲力，不被撞翻在地，还好，成功了。我又坐回到原位，只是吓出一身冷汗，惊恐得浑身发抖，说不出话。我仍然用一只手紧紧抓着沙发扶手，然后另一只手探到沙发后面，用胳膊肘反扣住靠背，就那么把自己牢牢固定在沙发的这个角落里。毫无头绪，

① 烟雾探测器：安装于天花板上，绿色指示灯配合无线防盗报警系统一起使用，主要用于火警，当发生火灾冒出浓烟时，即可报警。

我的脑子里好像只剩下一堆碎玻璃，呼吸也急促不已，黑暗好像正在把我吞没。我有一种冲动，想奔到墙边，也许能凑巧把门撞开，或者至少能摸索到门在哪里，可我就是没法让僵住的双腿挪动一步。啷——又是一次撞击，就从我身子底下袭来，这次更加猛烈，就像慢动作里的撞车，沙发被撞得翻了过来，我自然也往前趴去，免不了摔了个嘴啃地。眼看着铺了地毯的地板扑面而来，可就在这一瞬间，地板——消失了。

我脑海里关于地板、地毯的概念、感觉和词汇全都不知去向，随之而去的还有知觉、结构、记忆构成、字母以及单词发音。这些都随着我跌入海中而消失不见。我跌到了水下，被自己坠落的力量拽入深渊，没有思绪，没有图像，也没有关于任何氧气或者呼吸的记忆。

我浮上来，咳嗽着，大口喘气，想找回空气这个概念。我还依稀记得地板的物理实在性，但现在我只是上下浮动、漂流，不断踩着水，我在液态的概念河流中挣扎，它永远滚动着历史和联系的波浪，地板这个概念也包含其中。

周围漆黑一片，除了那盏北极星发出的微弱绿光。再也看不见什么轮廓了，再也辨认不出书柜的边缘或是电视机的背部，只有我孤独地踩着水，漂浮在这个巨大的基本概念中。这个概念环境，有自己独特的深度和广度，会随着时间而改变，随着所有单词、想法和概念的那种角度而变化。不，不不。我试图摆脱这种状态，努力让自己只想物理世界的东西，我逼迫自己的身体去寻找并认可地板的坚实存在，它是砂砾和石头还有水泥组成的实体，是由不包含任何词汇、概念，信号或者与之有关的任何东西的坚实物理原子组成，但是我的思绪只能找到那些词汇、想法、信号和与之有关的这些虚幻东西，根本抓不住任何坚实之物，我的身体动弹不了，我的意识也做不了主。我再次紧闭双眼，决心把自己带回到那个熟悉的固体空间。但甚至我的肢体，也记不住坚实地面到底是怎样的了，我的双腿在虚幻的黑黝黝的水里不断踢动。这个世界，我的意识，连接这两者的途径，无论这种知觉改变的根源何在，我都控制不了它，更不能避免已经发生了的事情。但我必须挣脱出去。无论如何，我必须摆脱脚底幽深的黑色水体，电视上那条活动的蠕虫，还有把我撞到这边来的那股力量，我抬头看着我的北极星，用它来判断客厅房门的方向约莫在哪儿，然后开始朝着那个方向游过去。

但我没能游远。

有个巨大的东西从我身下的水中快速游过，它身后留下的余波还把我拖进了一个小小的思想旋涡当中，这些四分五裂的思想混淆了我的计划，扰乱了我的判断力。这就是那个从静态世界窜出来的东西。天啊。我的腿踢动得更勤了，在概念液体中一阵乱蹬，努力想在脑海中回忆起一块坚实的干燥陆地。但我只能击打出水花，让记忆的碎片四处飞溅。又涌过来一个回头浪，我被卷起来又掉下去，那个东西再次从我身下游过，我被它身后搅起的一阵汹涌波涛推过来滚过去，压入水中。

我浮出水面寻找空气，同时大声咳嗽着呼喊：鲨鱼。这个单词颤栗着从我嘴里蹦出来，我开始大喊起来：救命！鲨鱼！救救我！我喊着：哦，上帝！哦，上帝！哦，上帝！我踢动着腿，胡乱在水里窜动，大喊大叫。随后，不知怎么的，从我那一串支离破碎的思绪链条背后，居然浮出了某个记忆的细节——埃立克·桑德森的紧急信封，还有钉在厨房留言板上的雷恩·米切尔咒语。我拼命回想着上面的内容。历次考试的分数？房间墙壁的涂色顺序？

“蓝，黑，灰，黄。”我把这些颜色依次喊出来，大口喘着气，被眼下的情形震惊得丧失了任何逻辑思维的能力。我大喊着，猛力踢打着水，在黑暗中胡乱摸索。“蓝，黑，灰，黄。蓝——”又有什么东西从下往上直冲过来，撞向我的臀部和腰部，带着一串水花把我抛出水面，我的嘴张着，好像是在呼喊，但其实我的喉头根本发不出声音，只是干咽了几口。接着，我重重地落下来，溅起一片不相关联的碎片。

然后——

然后开始下雨了，信件、词语、图像、事件片断、熟悉的脸庞和地点组成的瓢泼大雨浇下来——一座森林，一座午夜时分的城市——我周围的海洋跟所有这些纷纷落下的其他东西搅和在一起，缠绕在一起。我迷失在海里的某个地方，每一个地方。接着，所有这些慢慢散去，弥漫开，我也失去了全部思绪和意识。

我睁开眼睛。湿漉漉的光线从窗帘后面透过来——清晨已经到来了，同时也带回了我脚下坚实的世界。我发现自己正蜷缩在客厅中书柜的下半截，书柜的上半部分已经摔得支离破碎，把我埋在雪崩也似的塌下来的书本和碎木条中间。我一边咳嗽，一边倒吸了口冷气。一团糟。我慢慢地、颇为痛苦地迫使自己调整成坐姿，书柜受到震动，又发生了一次小小的滑坡。电视机面朝下倒在地毯上，电线一直拖到沙发那边远处的角落里。东西掉的满地都是，碎的碎，破的破，但它们毕竟还在那儿。坚实的，物理物质。是这个由水和岩石构成的星球上，砖瓦结构的房间里的东西。它们是沉默的，然而，再真实不过的物质。

体力恢复了一点以后，我站起来，拖着沉重的脚步迈出这堆废墟，先是有点摇摇晃晃，然后站稳了。一句话在我的脑海中闪过：兰道医生既不能帮助你也不能保护你。

我踉跄着走进厨房，从碗橱里拿出曾经的埃立克·桑德森陆续寄来的那些信件。

7

研究纯概念鲨鱼的神秘动物学，
留声机防御体系，
通过曾经的埃立克·桑德森的来信解读电灯泡密码

(收信时间：9 月 22 日)
编号：2

亲爱的埃立克：

过去我知道很多事情。我学到的那些东西，我掌握的看问题的方法，我相信的那些事情，这一定让你大吃一惊吧。可现在，大多数情况下，我能记得的只有支离破碎的片段。我得赶紧把剩下的这些片段写下来，保存好，因为这些碎片越来越不完整，越来越让我自己摸不着头脑了。

这就是我知道的，我内心深处明白的真相：所有迷失的研究，走过的路途，危险的选择，都是为了一个叫科莉·埃米的女孩。我爱她，埃立克。我多么爱她啊。可是她死了。我只能抓住过去的感觉，它们又流逝得如此之快，就像童年那种熟悉的气味，在感动你之后又随风而去了。可是，可是可是可是，写下这些话总是让我产生一种奇怪的感觉——我觉得，我曾以为我能够改变发生了的事情，撤销它，阻止它，在科莉已经离开之后我还能设法拯救她的生命。其实，我无能为力。死了就是死了，就是死了。如果你正在读这封信，那么我也已经死了，所以，很快你就要为你自己的生活而战。

埃立克，我很抱歉。

我失去了很多，太多记忆从我的大脑深处被啃噬了，可我还是努力保存起来点点滴滴的内容，希望能够对你有所帮助。我没有什么答案，我的无知状态跟现在的你相差无几，但我还有几样工具和一丁点知识。还有一些武器和一些记忆的碎片。其余就要看你的了。你总得做出选择。

我太健忘了。那个家伙会找到我忘掉的那些东西，因为它从不停止搜索，它的感觉又那么敏锐。它有办法找到你，而且很快它就要冲你来了。水已经淹到卧室窗口那么深了。我不能老是让那些球浮在空中。我也不能永远待在这个防鲨笼子里。

猎食你的这个巨兽是一条路德维希安。它是那些纯概念鱼类中的一种，这些鱼游弋在人类互动关系的河流中，出没在因果关系的浪头里。听起来，我好像是在疯言疯语，可其实不是。生命是顽强的，不屈不挠的。那些由人类的知识、经历和互动沟通组成的小溪、水道以及河流，在我们人类相对短暂的历史中不断发展，现在已经形成了一个广阔富饶的环境。我们凭什么认为，这样的环境里没有生命存在呢？

生命总有出路可寻。看看你我，就知道这话没错了。

我不知道这些纯概念的鱼类是怎么来到这个世界上的，但是在社会和文化那广袤而温暖的大池子里，数以百万的词汇、概念和想法正在不断进化。它们之中有一两种，在进化过程中超越了它的单细胞亲戚们，就像我们在进化史上超越了灵长类一样，这并不是完全不可能。这是过于自我的推断？也许吧。

路德维希安是捕食者，一条大鲨鱼。它靠吞食人类的记忆和自我意识存活。路德维希安是孤独的、领地意识很强并且有策略的猎手。一条路德维希安会选择一个特定的人作为捕食对象，找到他，在以后若干年内都以他为食，直到这个牺牲品的记忆和身份被消耗殆尽。有时，目标对象也许能侥幸逃过这场折磨，在最初的自我和记忆被吞食之后，借着第二次生活得以苟延残喘。最后，这样的一个人也将重新建立起他们自己的身份，但是路德维希安最终将重新捕捉到这个人的气味，再度返回，完成它的彻底杀戮。

如果我说得太直率了，请原谅我。

我知道你现在正想着什么，如果你不想相信我说的话，你可以一点都不信，但是路德维希安可能已经出动了，最后他总会找到你。千万读一读我寄给你的雷恩·米切尔咒语。不为别的，就当让我高兴一下吧，就当是老朋友给你的忠告。我恐怕，最后你会自己发现，我现在告诉你的都是真的。

心怀悔恨　寄望将来

曾经的埃立克·桑德森

（收信时间：9月24日）
编号：3

亲爱的埃立克：

雷恩·米切尔咒语仅仅是一个概念上的伪装，作用有限。你存在于这个世界上的时间越久，它就越没有效力。你要学会在更长久的基础上保护自己，这很重要。实现这个目标，有好几种短期或长期的方法。制造一个无辐散的概念回路是最快捷最安全的方式，所以我们就从这个方法开始学习。

这个包裹里应该有下列物品：

* 四个能循环播放的口授录音机[1]和交流电转换器
* 四盘事先录好的口授录音机磁带
* 四条长度为八米的延长电线
* 一个四向交流电插座
* 十六节AA电池，以防停电或者户外使用

功能：这个设备的功能是制造一个无辐散的概念回路。也就是说，一个流动的圆圈，一股单纯的单一的联系按顺序围绕着留声机运行。从第一台到第二台，从第二台到第三台，从第三台到第四台，从第四台再到第一台。由此而产生的概念流强大而洁净，注意把其他杂流（因果关系，隔离度等）排除在限定区域之外。就我目前的知识储备而言，无论路德维希安还是其他任何概念鱼类，都不能冲破这个概念回路。从本质上说，它起到了防鲨笼的作用。

使用说明：把四盘磁带分别插入各台留声机。把留声机分别放在房间的四个角落，或者均匀分布在你身处的无论哪个空间里。如果可能，最好给每台留声机装上一个电流适配器。确保每台留声机都设定在连续播放模式。然后按下录音重放键。记住，安全只存在于留声机划出的那

① 口授录音机：又叫录音电话机，留声机，这种设备可完整地记录和播放口述以便抄写，本书多次提到该设备，为方便起见，后文一律称之为留声机。

片范围之内。

注意事项，解释和以防设备损坏的相关信息：四台录音机里播放的磁带必须由不同的人录制完成。制作者在录制磁带时，不一定非得讲话，他们可以照样处理他们的日常事务，把留声机放在口袋里随身携带几个小时就可以了。录制磁带的时间越长，这个人的特征就越明显，你的防护圈也就越安全。现在——我要说的事情有点复杂，埃立克，所以你可以多读几遍，以确保你完全弄懂了我的意思，某天你也许不得不试着去制作你自己的替代磁带——录制第一盘磁带的人必须把另外三盘空白带和他自己录制好的第一盘磁带转寄给要录制第二盘磁带的人。录制了第二盘磁带的人随后也必须把他的作品，第一盘已录好的磁带和其他两盘空白带转寄给要录制第三盘磁带的人。以此类推。最后，所有四盘录音带必须寄回给第一个磁带录制者。所有录制者都绝对不能听其他人录制的磁带。除了邮寄磁带这个单一的互动渠道以外，这四个人必须是完全互不相识，否则分道和交叉流就可能出现，导致环形防护圈出现旋涡并很快崩溃。显然，出于同样的原因，你自己也不能同时和这四个参与录音者接触。同样显而易见的是，这几乎是不可能的。因此，保存好我现在提供给你的这套原始设备尤为重要。

心怀悔恨　寄望将来

曾经的埃立克·桑德森

(收信时间：9 月 25 日)

编号：4

亲爱的埃立克：

这儿还有些别的方法可以在水道中提供很好的伪装。

陌生人的来信 / 邮件：说到如何混淆、扰乱、纠结、迷糊那些概念流，这些陌生来信或许是最有用的东西。显眼的猎物可以通过被埋藏在装有一堆陌生信件的大箱子里得到有效伪装。如果没有箱子，一大堆信件也管用。信件来自越多不同的人，伪装就越有效果。这一体系之所以奏效，是因为一封信就好像是一个沟通流的物理化身。哪怕最简短的来信都会引出并巩固某次有意的互动流，让它更加坚固。如果什么东西，或什么人，比如你，沉没在陌生人的来信中间时，就好比身在一大堆互相交织的乱流的中心。对路德维希安或者其他概念鱼类而言，这就像是上百条错综复杂的潜流，难以定位发送者和接收者。显眼的东西被隐藏起来，变成了众多目的地暗流中的一条，任何一条想要接近它的概念鱼都会被弄糊涂，迷失方向。

纪实书籍 / 小说书籍：纪实书籍从很多方向提供坚实的信息渠道。图书馆的书籍最理想，因为它们还会把书籍与以前的借阅者，还有文本的引用联系起来。小说书籍也能够产生关于人们、事件、东西的幻想流，从某方面来说可能并不存在，或者半真半假。这样就会制造出一个玻璃和镜子的迷宫，把一条粗心的概念鱼困住很长时间。我以前有一张纸条，可现在已经丢掉了，上面推荐了一些最了不起、情节最复杂的书籍，比如一千零一夜，它是非常古老的保护性谜语，古时候阿拉伯的人们就用这张概念的大网来捕捉那些较小的概念鱼群。我不知道这传说是真是假。不过，用书籍在你自己周围建一面小小的防护墙准没错。我那张字条好像说过，最理想的围墙高度是三至五本书叠起来那么高。

心怀悔恨　寄望将来

曾经的埃立克·桑德森

（收信时间：11 月 23 日）

编号：60

亲爱的埃里克：

正如我答应过的，这就是能打开上锁的那个房间的钥匙。

你应该重新读一遍编号为 3，4，17，44，58，和 59 的信件，并且在打开红色的文件柜之前，按照其中提到的那些步骤行事。记住，你在文件柜里将要找到的文本是“活生生”的，并且极度危险。

心怀悔恨　寄望将来

曾经的埃立克·桑德森

(收信时间：11月30日)

编号：67

亲爱的埃里克：

就我所知，这些概念鱼看不见以物理形式存在的植物、树木和动物。它们也看不见天空或月亮。它们的眼里只有人，人们做的事情，人们说出的话。人类历史的长河、人类的文化和人类的思想就是它们赖以生存的环境。路德维希安总是不停地搜寻猎物。我小心翼翼地躲藏起来，可我记性不好。

我正在把我知道的一切都告诉你，在我完全忘记之前。

心怀悔恨　寄望将来

曾经的埃立克·桑德森

(收信时间：1月9日)

编号：108

亲爱的埃立克：

我刚刚意识到，你苏醒过来已经有三个月时间了。你已经收到了我的一百多封信。我希望你能抓住线索，我在尽我所能。

很快你会收到一个里面装着一个电灯泡、一盘录像带和两本练习册的包裹。你一定要在留声机创造出的环型概念圈里打开这个包裹，因为阅读里面包含的信息会在水路中释放出非常强烈的气味。

电灯泡的闪亮频率经过仔细调整，是按照二进制的莫尔斯电码[①]，结合电脑上的键盘排列（后面我会详细说明）完成的，它包含着你的历史中另一部分片段。你还将看到，两本练习簿中有一本里面记录的是我自己辨认编码的工作成果，另外一本页面整洁的则是到目前为止，我解读出来的内容。还有更多内容有待破解，这项任务就交给你了。录像带里的内容是电灯泡完整的闪亮周期，供解码之用，这是为了以防万一。

读这些文本的时候，千万小心。时刻都要想着它们是“活着的”。

① 莫尔斯电码：是美国人莫尔斯于1844年发明的，由点（·）、划（–）两种符号组成。

就像其它活生生的文件一样，确保你把它们保存在塞满邮件的盒子里以保安全。

心怀悔恨　寄望将来
曾经的埃立克·桑德森

(收信时间：1 月 11 日)
编号：110

亲爱的埃立克：

我写下的关于科莉和希腊的日记看起来很正常，不是吗？我几乎认不出我自己了。我觉得我再也没办法像那样写日记了。我最后的结局，就像收藏家手中的一枚蛋，里面所有的内容都被吸空、抽干了，只剩下一个看似完整的脆弱的空壳。表面看起来还是一样，完全一样，但再也不能算是一枚蛋了。我不知道我刚才说的那些东西是不是有道理。当我抵达某个东西的中心时，往往发现自己找不到出发点了。就好像我使劲想抓住狂风中一张巨大的床单，却不可能整个抓住它，所以，床单的边边角角总会逃逸出去，在我的势力范围之外飘动。你明白我在说什么吗？在我离开之后，还会不会有一个你呢？我努力不让自己丧失信心。所以，埃立克，你也不要对我失去信心。如果你确实存在，你就需要我提供的这些信息来生存下去；我需要你相信我。我的这种慢性自杀花费了好些年的时间，而我自己都不知道原因何在。我不想死。我害怕垂死挣扎的状态，我更不想陷入到这种垂死状态中。我还记得科莉说过的那件事，我把它记下来了。当时，我们正走出一个建筑物，可能是酒吧、电影院或者购物中心，科莉说，“我想要在大脚趾上纹一个笑脸。”我问为什么，科莉说，“当我死去的时候，人们会在我的脚趾头上挂一个识别牌，他们要是看见这个笑脸纹身，太平间里肯定能传出阵阵大笑声。”诸如此类的记忆，就像是蝴蝶翅膀上的彩色粉末，从我的手指间掉落，被风吹走。我想，科莉之所以喜欢这个脚趾纹身的念头，是因为这就是她的风格，当她的身体死去之后，她那与众不同的幽默感还多少留存人间。这就像是个善意的小骗局。你懂我在说什么，不是吗？请不要对我失去信心，埃立克。

心怀悔恨　寄望将来
埃

（收信时间：1月12日）

编号：111

亲爱的埃立克：

电灯泡片段的密码编制由两个步骤组成。第一步是简单的莫尔斯电码。电灯泡按照长短不同的间隔闪亮熄灭，分别代表电码里的圆点、短横和破折号。具体可以比照下面的表格：

A .-	H	O ---	V ...-
B -...	I ..	P .—.	W .—
C -.-.	J .—-	Q —.-	X -..-
D -..	K -.-	R .-.	Y -.—
E.	L .-..	S ...	Z —..
F ..-.	M —	T -	
G —.	N -.	U ..-	

搞定这一步骤之后，你会发现破解出来的字母仍然呈无序排列状态，没有任何意义。这是因为还有更多工作有待完成。

编码的第二步利用了电脑或者打字机的键盘，如下所示（第二排和第三排的位置稍稍重新调整了一番以便形成一个完整的网格）：

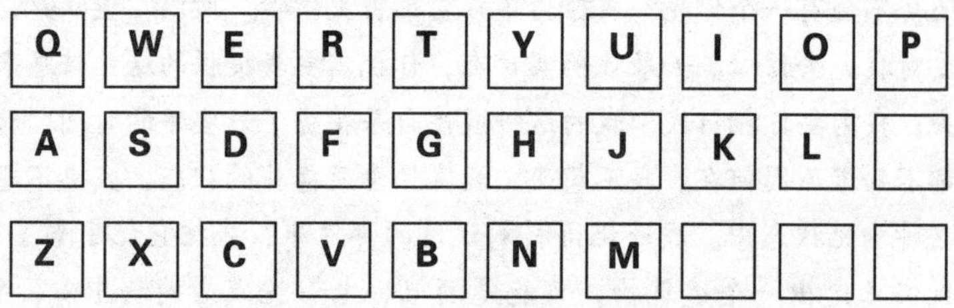

根据莫尔斯电码破解出来的每个字母都可以在键盘上找到：

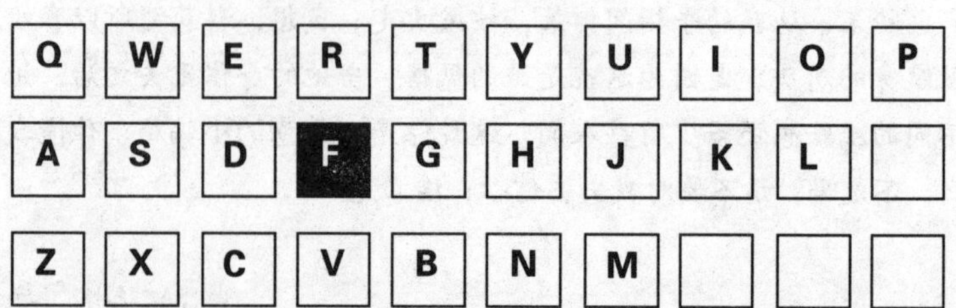

最后，被译解出来的正确字母就藏在根据莫尔斯电码破解出的那个字母附近。比如，你根据莫尔斯电码破解出了字母“F”，那么，最终正确的那个字母将是键盘上字母“F”周围那八个字母中的一个：

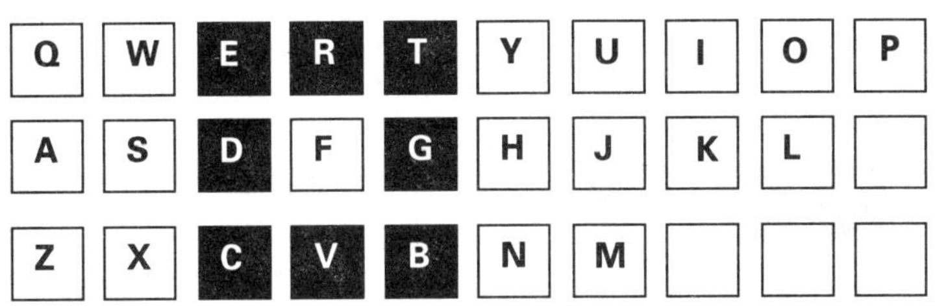

这些待破解的字母还会“移形换位”。也就是说，如果根据莫尔斯电码破解的字母位于键盘的边缘，比如字母“B”在最下面一排……

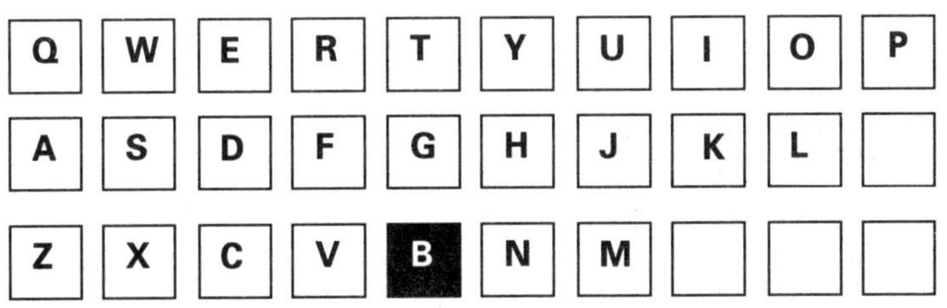

……那么，我们要找出的最终那个正确字母将不仅仅包括V、F、G、H和N，还要包括R、T、Y，因为“B”的底部没有空间了，所以可能性自然转向顶部的三个字母。

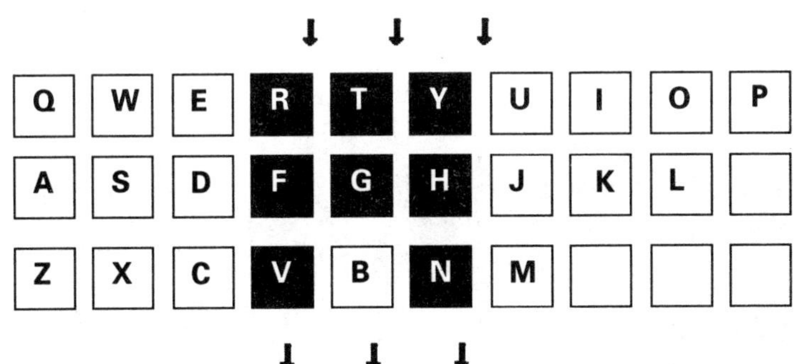

这种字母的移形换位适用于所有那些处于边缘位置的字母，如下所示，“A”在最左侧，所以最终可能的字母隐藏在在Q、W、S、X、Z以及P、L、M之中。

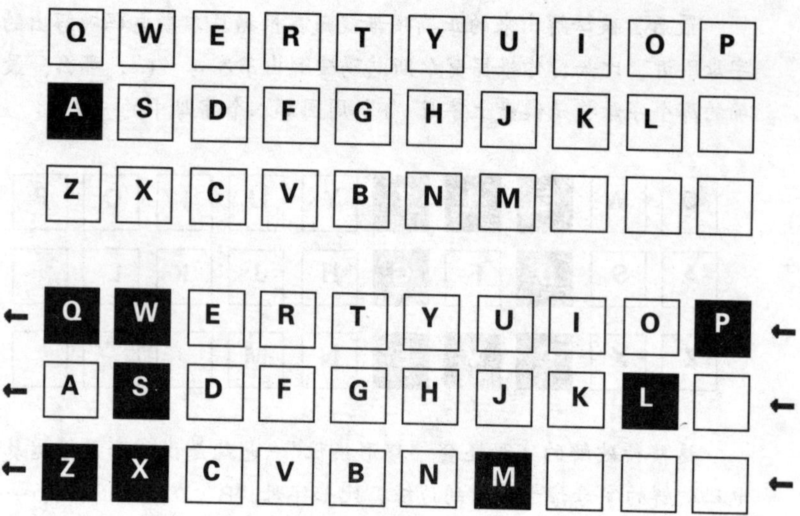

正如你可能已经注意到的，这种编码本身并不特殊。根据莫尔斯电码翻译出的每一个字母，都会随之带出八个可能的候选字母。这八个字母中只有一个是最终的正确答案。这也就意味着，想要把单个的字母拼凑成清晰明白的文本是不可能的。唯一可行的解码方法就是先以词汇为单位，再从句子的角度进行评估，最后整合成段落。换句话说，解开密码并不难，但非常耗时耗力。你要花很长时间去工作。我想，我在编码过程中加入这种双关性，就好像又披上一层伪装一样，是为了更好地对抗那条概念鲨鱼。否则，何须如此大费功夫呢？我希望在你读这封信时，天气能更好些。

心怀悔恨　寄望将来

埃

(收信时间：4 月 29 日)

编号：205

亲爱的埃立克：

半年过去了。你还在倾听我的故事吗？这也算是你半周年生日了吧？我很抱歉。我很抱歉让你处于这种孤身一人的境地。

现在，我要告诉你，这封信的内容：

这是一个故事。我一直在逃避，不想面对的故事。这个故事说明了今天这一切的来龙去脉。路德维希安为什么会选择你作为猎食对象。全怪我，都是我的错，埃立克。

许多故事。我曾经记得更多的故事，记录过更多的事情，把更多的记忆碎片写下来或者编成密码。我还能记得这些片段的名字。以前，有过尘埃片段、影子片段、信封片段，还有就是你手头已经有的电灯泡片段。但是，过去我所处的地方非常危险，东西很容易被弄乱、弄丢或者弄坏。我在努力，努力挽救尽可能多的记忆，但最后那些片段还是不知所终，我也记不起来上面的内容了。

以前还有一份记忆的纪录，标题是水族馆片段。我手头还有水族馆片段里的一小张纸。它记录了今天这一切的起因的一部分。我将试着在讲述这个故事时，不偏差太远。

下面就是我要讲的故事：

为了挽回发生在科莉身上的悲剧，我去寻找一个名叫特里·费得罗斯的人。我不知道，我也不记得我认为这个特里·费得罗斯教授能有什么能耐，但我当时就是竭尽全力地寻找他。我想，他是个作家、学者。一开始，我是从大学地下室里书架上的故纸堆中，翻出了他晦涩难懂的大部头著作。通过这些书籍，我又追踪到了豪尔[①]的一个图书馆，从中找到了他潦草涂写在一系列古老百科全书上的注释。这些注释又将我吸引到了利兹[②]，从利兹满大街的小广告和海报上，我找出了新的线索，从而来到谢菲尔德[③]，读到了用黑色记号笔写在地下通道瓷砖上的一系列文章。这些写在地道里的文章把我领到了曼彻斯特[④]的一个古老塔楼区，我在那儿看到了墙壁上一组用粉笔书写的文本。

我把这条路线记得这么清楚，是因为，每天我都要在心里默念一遍："豪尔的百科全书，利兹的海报，谢菲尔德的地下道，曼彻斯特的塔楼区。"接下来，就是这条路上的最后一站，也就是我最后发现特里·费得罗斯教授的地方：我在黑泽市[⑤]的某栋房子的门外找到了他。当时，他显然遭到了什么变故。可我想不起来具体是怎么回事了。

豪尔。利兹。谢菲尔德。曼彻斯特。黑泽。

豪尔。利兹。谢菲尔德。曼彻斯特。黑泽。

接下来，我和费得罗斯一起去了那个空荡荡的、不为人知的世界，我们把它称为次空间（下次我再另写一封信，告诉你什么是次空间），

---

① 豪尔：英格兰中部东北的自治城市，位于寺尔河哈姆伯三角洲的北岸。

② 利兹：英国英格兰中北部城市，在曼彻斯特的东北部。

③ 谢菲尔德：英格兰中北部一个自治城市，位于曼彻斯特以东。

④ 曼彻斯特：英格兰西北部的一座具有自治特权的城市，位于利物浦东北偏东方向。

⑤ 黑泽：英国西北一个自治城市，位于利物浦以北的爱尔兰海边，是受人欢迎的海滨胜地。

我随他在这个地方学习。我学会了不少东西，就是我现在传授给你的那些求生技巧，等等。既有他希望我了解的事情，也有他希望我不要知道的事情，还有我不应当知道的事情。我以为我能救回科莉了，明白吗？埃立克。我脑子里有那么多的想法。可细节都不知上哪儿去了。

在次空间的某个地方，有一个洞。它黑暗而幽深，是一台废弃的电梯留下来的。我当时一直在寻找那个洞口，想办法到它的底部去，我找了很长时间。大多数时候线索是零碎的、粗略的，我手头能够把握的只是一种被抛弃的感觉，情感阴影，而不是事实。我清楚地记得，我离开费得罗斯去寻找那个洞口，我还雇了个人帮我一起找，那人来自次空间探险委员会（随后我还会专门写封信跟你解释次空间探险委员会），不过每当我想要仔细记起那些关于寻找部分的细节、路线和原因时，它们就像一块烂掉的抹布一样分裂开来，消失了。

后来，我的确找到了那个黑洞，并下到了底部。

在黑洞底部，挤满了一排排鱼缸，这些鱼缸因为缺乏护理而发出阵阵恶臭，缸里都是病鱼、死鱼、奄奄一息的鱼；废弃了的水族馆真是可怕。在这个水族馆的中心位置，我找到了那条路德维希安。那时候它还小，比现在小得多，但还是很危险。我把它从那个概念环形圈的监狱里放出来了，埃立克。是我干的。就是我。我舍身饲喂那条概念鲨鱼，它不断地啃食我的记忆，长得越来越大。现在，它是条成年大鱼了，没有什么能够阻挡它。我害死了自己，可能我也害了你。我都干了些什么啊？我怎么会干出这样的蠢事？

我想，是因为我当时以为我能救得了科莉。

我真傻。真的。都是我干的傻事，现在，一切已成定局。

这是我手头剩下的唯一关于水族馆片段的资料，是这个故事的结尾。不过，总有些部分，有些意思，已经残缺不全了：

我走进那圈鱼缸之中。

[此处文字缺失] 突然，关于我祖父的回忆生动地浮现在脑海中，他高高的个子，鹰钩鼻，一头银发，我看见他正站在一个陈旧发暗、溅了很多油漆的活动梯上，往墙壁上贴墙纸。我想着我的祖父怎么就从一个活生生的人变成了我脑海里的一堆景象，我还能记得他有时和蔼可亲、善于调侃，有时又怒发冲冠或不苟言笑的样子，但是这些记忆中的事件并不能恰如其分地组合在一起，而是不知怎么以一种抽象拼贴画[①]般的效果交错混乱地出现，根本不是那个我从孩提时期就熟悉的那个真

① 抽象拼贴画：通常以统一的线条和色彩，在画面上拼贴各种原料和物体的艺术拼合作品。

实而饱满的老人。这让我的精神几近崩溃。

我感觉自己努力在这片混乱中想再度集中注意力，突然我好像冲出了重围，回到了现实。世界清晰得可怕，我感到所有一切都是［此处文字缺失］彼此相关，明显，一股明亮的［此处文字缺失］不消思索地，我的意识自动转回到了站在活动梯的祖父形象上。接着，我就看见它了，亲眼所见，或者是用心灵之眼。我也听见它了，我记得它的声音和动静都是以文字形式出现的。概念，想法，对于其他生命，书写记录或者感觉的观点。而且它是活着的，它肯定充满活力，而且正随自己的意愿游动着。它扭动着朝我［此处文字缺失］记忆中那些脆弱的联系，我挣扎着朝上游游去，拼命抵抗着思绪里那种惊恐的快速流动。那条路德维希安，从方方面面游进了我的生命。

都是我干的，埃立克。我把它放出来了。我要对此负责。

我真的非常，非常抱歉。

心怀悔恨　寄望将来

埃立克

(收信时间：5月1日)

编号：206

亲爱的埃立克：

问：什么是次空间？

答：次空间包括那些没设标志的停车场，仅能供人匍匐前进的隧道，弃之不用的阁楼、地窖和掩体，维护房屋时使用的走廊，废弃的工业区，被栅栏阻断的房屋，被砸烂窗户的废旧厂房，报废的发电厂，地下设施，储藏室，废置医院，消防通道，屋顶，拱顶，破败的带有危险尖顶的教堂，垮了的磨坊，维多利亚时代[①]修建的下水道，黑暗的地道，过道，通风系统，楼梯间，电梯，商店更衣室后面黑黢黢的弯曲走廊，下水道盖子底下的无名场所，还有火车铁轨支线那多出来不知伸向何处

① 维多利亚时代：亚利山德拉·维多利亚于1837年继承王位（当时她18岁），统治英国直到1901年逝世，是英国历史上统治时间最长的一位君主。她统治英国的一段时期被称为“维多利亚时代”。维多利亚时代被认为是英国工业革命的顶点时期，也是大英帝国经济文化的全盛时期。

的末端，等等。

问：次空间探险委员会的成员是些什么人？

答：他们为次空间绘制地图，制作表格，同时在次空间展开探险和研究。

很抱歉，用这种死板的问答格式来写信。今儿天气太糟糕，我的结构感都不知上哪儿去了。

心怀悔恨　寄望将来

埃立克

(收信时间：5 月 22 日)

编号：214

亲爱的埃立克：

我希望你已经掌握了那些技巧，我寄给你的信中告诉你如何处理票据的技巧。至于因特网，记住，电子信息的处理过程中毫无安全可言。无论怎样都要尽量远离因特网（详情可参看第 5 封信里关于自动取款机和银行账户管理的内容）。

心怀悔恨　寄望将来

埃

(收信时间：5 月 30 日)

编号：222

亲爱的埃立克：

我掌握的大部分知识，我留给你的那个装满策略诡计的小盒子，都来自特里·费得罗斯博士。他了解那些思想水道和概念鱼群。他知道科莉·埃米和我认为我能够挽救她的事。他什么都知道，知道我已经失去了的部分，我确定他知道。你需要再去找他，埃里克。找到特里·费得罗斯。他知道路德维希安，所以也许他有办法阻止那条鲨鱼。

豪尔。里兹。谢菲尔德。曼彻斯特。黑泽。

心怀悔恨　寄望将来
埃

(收信时间：6 月 16 日)
编号：238

亲爱的埃立克：

我希望你能顺利找到工作。在选择合适的学习对象时，一定要小心。一旦你决定踏上征途，一个计划周密、广泛认可的伪装身份将给你提供最实用的日常保护罩。你想要完善模仿别人的行为举止和态度，可能要花费好几个月的艰苦努力，但这会让你在世界上自如行动，而不会在水路中激起哪怕一道小小的波纹。

路德维希安将会永远围着你打转，如果它认为有这必要。它所需要的，它所等待的，就是，你用一种熟悉的方式搅起了水花——一种它可以辨认出来的方式——经过与它相隔不远的水路。记住，练习练习再练习。这种伪装也许不能从近处抵挡鲨鱼的攻击，可是至少能保证它觉察不到你的存在。

心怀悔恨 寄望将来
埃立克

8

印象派演员

“这周工作得还顺利吗?”

我已经工作好几个月了，但是兰道医生仍然对此津津乐道。

“工作挺好，不过，总觉得有点无聊。你知道。”

“觉得无聊是正常的，埃立克。你最近这次记忆复苏已经持续一年了。我想你甚至可以把这种无聊的感受也看做一种胜利。”

“那么，你是说感到无聊也是好事喽?”

“是的，这至少意味着你没有退步。”

“可我还是什么也想不起来。”

“别急，一步一步来。与我们刚刚开始时的那种状态相比，你真的应该把无聊看做一种进步。有时候，你必须要做很多工作才能保持稳定状态。”

“瞧你这话，听起来就好像说，我拼尽全力，只为了原地踏步而已。”

“埃立克，你知道我没有那个意思。”

今天，兰道医生穿着一件宽松的红色针织套头衫，上面印了一只骆驼，要么就是只画得不怎么样的马。过去一年里，她一直蓄着头发，所以现在已经能在脑袋后面扎成一个马尾巴了。不过还是有很多古铜色的碎发从这儿那儿冒出来，气势汹汹地从各个角度立在她的脑袋上示威。她的那双眼睛也还是同样坚毅而沉重，蕴含着力量，有种压迫感，只可惜还是没什么眼力见儿。

“谁让你是医生呢，”我说，“我逃不出你的手掌心啊。”

“这是我们两人共同努力的结果，埃立克。要相信我们坚持到最后就是胜利。”

我近来发现，兰道医生大多数时候只能看见她自己预先设想好的东西，而不愿正视事实真相。我逃不出你的手掌心？我以前可不会这么油腔滑调。当我第一次来见她的时候，我根本说不出这样的话，但是——天哪——这样的时候一去不复返了，我再也不用忍受她暴躁的脾气和其他一切了。也许绝大多数人都不会去关注他们真正看见的事情。

“我当然相信你，”我说。

罗斯特——兰道医生的小狗——在我腿边嗅来嗅去，它闻到了伊恩留在我身上的那股猫味，兴奋不已。而当我回家时，伊恩也会在我的裤子上闻出罗斯特的狗味，它会瞪我一眼，用那种你真倒我胃口的眼神；然后就竖起它那条姜黄色的尾巴阔步走开，把屁眼冲着我以示轻蔑和划清界限。

“它饿了。”兰道微笑着看着她的小狗，“如果我不喂它的话它又会去撞冰箱门。”

我蹲下身去，挠挠罗斯特的耳朵。它腾地翻过身，把小肚皮朝上，迎接我的抚摸。

“我要走了，”我说，一边搔着它的肚皮，“星期五再过来看你。”

小狗斜瞟了我一眼，好像知道我在说谎似的。

我走出兰道医生的居所，从黄色吉普车的挡风玻璃上摘掉了几片湿漉漉的黄叶，然后钻进车里，关上车门，发动引擎。这是个秋高气爽的午后，但有些寒冷。我把车灯打开，又把双手在腿上使劲摩擦了几下，好让它们暖和起来，接着打开收音机，调到播放摇滚老歌的频道。我的黄色吉普车吱吱嘎嘎地从路边开走，融进了街上的交通洪流。

用钥匙打开房门，走进去。这可真滑稽，哪怕一所房子里面所有的东西都变了样，它的外表看起来也总是一成不变。现在，走廊，客厅，直到厨房，看起来都是空荡荡的。一切都清空了。所有东西都被清洗过、擦拭过，抹去灰尘，保存起来。形同鸡肋。所有值钱的东西，都打包装进了柳条箱，然后堆进那个上锁的房间。所有可能触发危险的东西，都被我放进了保险箱。

我放下厨房的百叶窗，又拉上客厅的窗帘，然后在沙发上坐了一会儿，想着兰道如果发现我在星期五没有准时赴约，会作何反应？当她意识到我已经离开了，会怎么想呢？也许她会松一口气。也许她会想，原来她那套神游症理论一直都没错。很可能她会这么想。不过我希望她至少能有一点儿怀念我本人。

我坐在写字台边，我的打字机在卧室里。伊恩就在床上，睡在我那堆笔记本上。留声机运行的噪音已经不对它构成骚扰了。而且，我也渐渐习惯了这些声音的存在。待会儿我要把伊恩装进便携猫笼里，装好留声机，离开这所房子，也许这是好事。

还记得那一夜，客厅的地板瓦解成了一个潮湿而幽深的概念，我在里面挣扎，背诵着救了我一命的雷恩·米切尔咒语。那个惊恐之夜过后的第三个晚上，那条鲨鱼又回来了，就在凌晨两点，我坐在床上，惊恐得浑身都是冷汗，用力抓着被子，直到指节发白。但是我刚刚拆开的曾经的埃立克·桑德森寄给我的留声机，在卧室的四个角落运行起来，那条吞噬记忆的鲨鱼——路德维希安，被关在防护墙外无法进入。它没能穿越那圈环形屏障。它冲不破那个无辐散的概念回路。曾经的埃立克·桑德森的那些来信，有些明晰清楚，有些却晦涩难懂，但其中提到的种种策略奏效了。它们都派上用场了。

所以，一开始我是抱着试试看的心理，接着就是小心翼翼，然后越来越信心十足地，向曾经的自己不断学习。我知道了什么是路德维希安，还有特里·费得罗斯教授留下的词汇线索。我了解到，埃立克对于构成次空间的那些无名停车场、隧道和废弃房屋已忘记得差不多了。我学会了怎么创建一个虚假的概念河流，怎么截断现在的概念河流，还学会了怎样把那些全然陌生的想法移植到我的脑海里，怎样把另一个完全不同的自我移入体内，直到我能随心所欲地变成一个隐形人，直到无论什么人看着我，都无法看到真正的我。

曾经的埃立克·桑德森寄给我一份简历，我利用它找到了一份工作。曾经的埃立克·桑德森还寄给我一张非常有用的性格特点清单，根据这张单子，我找到了马克·理查森，一个数据分析师。我和他是共享一间办公室的同事。在工作中，我了解到理查森的家庭，他的过去，他的信仰，他的世界观，他的希望和梦想。我还研究他的声音、举止、面部表情。回到家后，我对着镜子不断练习，还用摄像机和录音机记录下自己的影像和声音，以便改进。我天天练，月月练，终于，我能在几秒钟之内就把自己变成理查森，我能让真实的自己消失得无影无踪，我能在完全不泄露真实身份的情况下四处游荡。如果说雷恩·米切尔咒语是早些时候一个粗糙的抵挡危机的盾牌，那么，现在我假扮的马克·理查森这个角色，就是一个更坚固、更灵活、也更先进的替代品——一个近乎完美的面具。

当曾经的埃立克·桑德森给现在的我写信的时候，他就像一个装满策略和演习计划的空盒子，一个上足了发条却无能为力的士兵。我花了不少时间才意识到：他在训练我完成某种本来应该由他自己完成的任务，他无力完成的某件事。

此时我迎来自己的新生命已经有一年了，我终于尽我所能学会了所有我能掌握的窍门和策略。

曾经的埃立克·桑德森源源不断的来信在四天前终于停止了。就像科莉希望在她的大脚趾上纹个鬼脸的念头一样，埃立克利用最后的时间，在幕后策划了他自己的未来走向，这个计划被细分成300多封信件和邮包发送出去。终于，最后一封信也到达了目的地。一个人能活许多次，每次都有不同的经历。每次经历也都有各自的终点。

如果我回不来了，或是我回来的时候什么也不记得了，我已经把曾经的埃立克·桑德森的所有来信都做了备份，放在那个红色的文件柜里。如果还有另一个埃立克·桑德森能读到这些，请理解，我已经竭尽所能留下了线索。抱歉，这些线索可能并不充分。

现在，我要去寻找特里·费得罗斯教授。

现在我所学会的只是如何保护自己，在整个情势的理解上，我还没有取得任何进展。曾经的埃立克·桑德森说得对，即使有答案，也都随他而去了。我的计划是按照所有这一切开始时，曾经的埃立克·桑德森找到费得罗斯教授的路线行进。我要从豪尔开始寻找，穿越整个国家。豪尔。里兹。谢菲尔德。曼彻斯特。黑泽。从东到西。费得罗斯留下的词汇线索一定有年头了，但这是我唯一能抓在手里的线索。我不能总这样傻待着，像上一个埃立克那样满足于消极防御。

还有一件事：我总是梦见科莉·埃米。在梦中，我见到她，认出她，了解她，而且搂着她。但到了早上，梦境消逝，这些都离我而去，就像薄雾从游乐场散去一样，我还是孑然一人。只有那情愫萦绕心头，一种若有所失的感觉。我采取行动的真正原因是：我不能再这样下去了。

在街对面的花园，电线杆的影子还在以它自己的方式缓缓地周游世界。电线杆顶部，站着一只欧椋鸟[①]，正蜷着身子，耸起翅膀，抵挡着夏末的消逝。

---

①欧椋鸟：一种椋鸟科欧洲雀鸟，生有短尾尖翅和暗色带有光泽的羽毛，尤指广泛生活于北美的野椋鸟。

第二部分

每当夜幕降临，
成群的鲑鱼便从栖身的河流
游进人们的城镇。

——雷蒙德·卡弗

9

追寻特里·费得罗斯的踪迹
被复原的古生物学及其他发现
(从豪尔到谢菲尔德)

a

e

e

1.单细胞生物

在利兹，我首先发现了两张飞贴小传单[①]，很可能是费得罗斯教授留下的（尽管从表面看来，这两张单子和曾经的埃立克在信里提到的那些布满圆珠笔痕迹的纸张不太一样）。这一份和下面那份的文字似乎都是作为利兹中心车站重新装修的一部分张贴出来的。尽管我搜寻了几个星期，但还没有在这个城市里发现其他可能的费得罗斯的飞贴。单细胞生物是海报的原始标题（就印在传单的左下角）。

①飞贴：敏捷地张贴上去的传单，以免被人发现。

AaBbCcD
dEeFfGgHhIiJj
KkLlMmNnOoP
pQqRrSsTtUuV
vWwXxYyZz

2.细胞核包含着生物信息

这是第二份可能为费得罗斯手稿的传单，是和第一份同时发现的。同样也有一个标题，即细胞核包含着生物信息。

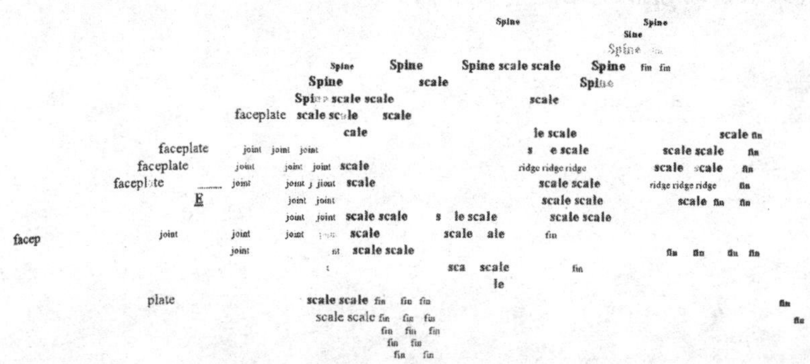

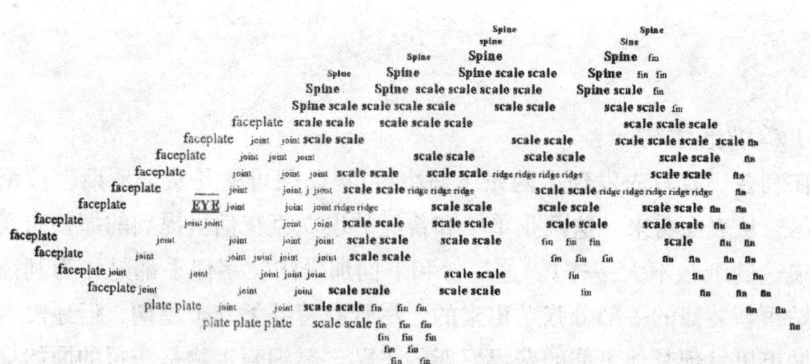

3.鱼化石的重构

第一幅图是在谢菲尔德市的阿登代尔大路的地下道里发现的，这是一个文本结构的复制品。原图被画在地下道楼梯底部的两块地砖上（可参看地下通道示意图)，并使用了一些字母变换。尽管原图因为地面大块的磨损而不完整了，还能看出这个结构似乎画的是一种史前剑鱼。第二幅图是我自己推断出来的重构画面，组成图画的那些文本与原先的大小一样。我并未在地下道发现其他类似画面。

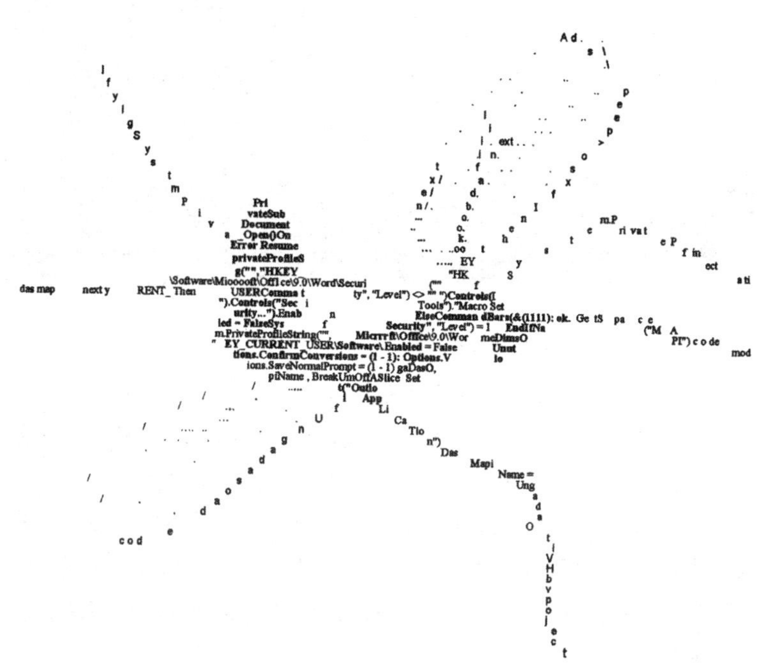

4.琥珀里的计算机病毒蚊子

这幅图是在谢菲尔德市的一个商品交换市场里找到的，原本是作为一个3.5英寸软盘表面的标签，在此被放大了十几倍。这个结构很像是一只蚊子。携带有这幅图画的软盘材质是透明的橙色塑料（不是常见的那种不透明黑色），因而给人造成的印象是一只困在琥珀里的昆虫。组成文字的这些字母看来好像是编程源代码，很像2000年到2001年间一度肆虐的美莉萨病毒[①]代码。这个软盘跟费得罗斯可能有联系吗？可惜里面的内容已损坏，读不出来。

① 美莉萨病毒：是一种迅速传播的宏病毒，它作为电子邮件的附件进行传输，当该附件被打开以后，Word97和2000中的几项安全防护功能将会被关闭；这个Word宏脚本病毒感染了全球15%~20%的商用PC。病毒传播速度之快令英特尔公司、微软公司以及其他许多使用Outlook软件的公司措手不及。为了防止损害，他们甚至被迫关闭整个电子邮件系统。

5.希腊纳克索斯岛的明信片

这张明信片发现于谢菲尔德市布鲁姆希尔地区的路旁停车带。这张卡片是空白的，在反面印刷的文字说明，这幅照片拍摄的是“清晨的纳克索斯岛”。卡片有被雨水打湿过的痕迹。这张卡片不大可能跟费得罗斯教授或者曾经的埃立克·桑德森有什么联系，但这个偶然的发现还是给了我某种鼓励。因为这张明信片不能算做严格意义上的“发现”，我用透明塑料纸把它包起来，夹在两片起保护作用的硬纸板中间，并且把它单独存放到我的帆布背包顶部的口袋里。

10

浪迹天涯，四海为家

雨下得很大，雨点砸下来时带着实实在在的分量，我不得不缩着脑袋抱着肩膀，雨水倾泻在我湿透的衣服上，然后又从我的帽子、胳膊肘、外套底下分成好几股流下来。凶猛、沉重、愤怒地咆哮着的大雨。难得一见。我举起一只手来想挡住眼睛，但我的手又形成了一个新的架子，落下的雨点很快就在我的手上形成了一道道的小溪流，然后沿着我的指尖，蜿蜒顺着我的帽子淌下，流向我的双颊和下巴。我努力眨着眼睛想尽可能多避开雨水。

我看见那边有什么了，真让我吃惊不小。

天啊，我的嘴唇翕动着，想说。可这个词还没说出来，就像粒小石子般被一阵狂风卷走了。

我原以为这条道路会通向一栋老房子，根据地图上的指示，应该是柳树旅馆，可并不是这样。可能我从大路上转弯的时间不是过早就是过晚了；这是通向一个停车场的入口，而不是正规的车道。停车场那边，所有的一切都狂躁不安：一条大河，河水猛涨到吓人的程度，疯狂地流淌着；河岸被冲垮了，棕色的河流奔涌着怒气，仿佛贪婪地想要吞噬什么。这条河的规模和力量大得让我难以承受，让我感到头晕目眩、恶心不已。受不了。

我被雨水弄得不断眨巴的眼睛好不容易从河流上转开，看向脚下。在我的高帮鞋周围聚集起来雨水也是泥浆的颜色。无边无界。河流就在眼前，四处蔓延，攫取一切，而且我的脚踝和小腿也感觉到了巨大的吸力，伴着一种美丽的，无意识的疼痛。真是对意志力的一场考验。这条河流想要把我拉下去，把我碾碎，再重新塑造成它自身的一部分，把我融入这毫无意义、却又带有惊人力量和热情的洪流之中。这洪流将改变一切，抹去一切。

我好像被钉在那儿，在我意识到、感觉到这股力量的那一刻起，我就被钉在那儿了。当所有一切快速集中到一起时，这个东西，我无意闯进的这条河流就包围了我，一切发生得迅速而真实，我希望它把我带走。我想让我的膝盖颤栗不稳，让我的肩膀消失下沉，就让这一切都离开——只需向前跌倒，就可以结束一切，谢天谢地，所有的事情可以落幕了。这条鬼怪般咆哮着的大河可以把我带走，释放我，爱把我怎样就怎样，因为，坦率地说，终于，我感到彻底厌倦了这种无休止的努力，厌倦了想把自己支离破碎的各个部分拼凑成一个完整的人的这种徒劳。我想融入这条大河，卷起浪花，带走泥沙，拥抱河边的树干，什么也不用想。就这样一路空虚下去，一路离开，不再留恋人间。

时间一分一秒地过去了。

我猛吸了一大口空气，又从嘴里吐出来——我能感觉它在缓缓地、潮湿地流动。我谨慎地往后迈了沉重的一小步，抵制着河水狂野的召唤。在稳定了一会儿自己的情绪之后，我又后退了一步，再一步。我转过身，慢慢地，很慢，很小心地，往身后那辆黄色吉普车走去。

毕竟，一只猫就是肩头的一份责任。喂它，养它，照顾这个肥肥的笨猫可能不算什么，在人之所以为人的整体之中算不了什么，在人们通常做的那许多事情中也算不了什么，但毕竟是做了点事情。就是这点事情让我感到心存温暖。它是我现在所拥有的东西。

我站在柳树旅馆的大厅里，背包客标志性的帆布背包搭在一边肩膀上；另一只手，提着我装猫的笼子。室内的暖意让我脸颊和额头流下的雨水热热的，小股的水还在从我的鞋里往外流。把雨水赶出身体的这种热量让我感到奇怪。现在，棕色的河水变得平缓而无力了，对我再也没有什么威胁。这条河变得奄奄一息，或者已经死了。

天气变得真快。

“上帝，瞧瞧你的样子，看起来糟透了！我们这里落难的人多得都要开始打造诺亚方舟了[①]。”大厅的接待前台相当高，但说话的这位女士可能个头太矮或者坐得太低，不方便工作，我只能看见她的脑袋露在柜台之上。“广播里播了防洪警报，约翰说现在河水涨得都能冲走车辆了。车辆啊，你现在肯定不想待在山谷里头。”

“的确不，”我浑身滴着水，“我刚才就在那儿来着，河水涨得相当猛。”

“真的？”她把脖子向上伸了半英寸，“真像他们说的那样吗？车都能被冲走？”她大约五十出头，深黄色的头发，明亮的眼神，红通通的脸颊下方是一张大嘴，一看就是热心肠、爱管闲事的类型。一张歌剧演员似的嘴，我想到，大而体面。

我对人的面相颇有研究。识人的第一步就是观察。

“是啊，我当时开车转错弯了，”我说，“当时在河边还挺惊险。”

“哦，亲爱的。”她给了我一个坚强的男人般的笑容，“再瞧瞧那个小家伙。我们一般不招待宠物。约翰，我的丈夫，他不喜欢小动物。但现在我们肯定不能把你再送回大雨里，对吧？”

最后那句话是对伊恩说的。

“谢谢。它非常感激你的好意，”我说，低头看着我的猫笼，“是不是，小家伙？”

从她的大笑里我知道那只猫还在从笼子里往外看，胖脸上肯定是一副“滚开，别惹我”的不配合的表情。“好吧，不管怎样，”我说，“我代表我俩表示感谢。”

“别担心，亲爱的，我跟约翰在一起二十五年了，”她对着这房子的后面

---

① 诺亚方舟：诺亚建造的方舟，让自己和家人以及每种动物，在上帝为了惩戒人类恶行而发起的四十昼夜的大洪水中保全了性命，并得以繁衍。

点点头，然后又转过头来对猫投以一笑。“也许你们俩能处好关系。”然后，对我眨眨眼，“你和你的小伙伴，走了很远的路吧？”

“是啊，远得我都想不起来了。”我说。

远得我都想不起来了。使劲推开阻碍，拧动门把手。不断测试自我。不断测试自我并最终过关——从此，我在世界上不会再激起一点波澜。不会瞪大眼睛，不会涨红脸颊，不会抽动嘴角，不会抓耳挠腮，不会在水中留下一丝气味，什么也没有。远得我都想不起来了，我说，没人能了解我们一路走来的那些坎坷。

我微笑着说：“它是我甩不掉的小尾巴。”

女老板点点头，很高兴听我这么说的样子，然后收敛了笑容：“不过，你瞧。我很抱歉，亲爱的，当你们在外面被风吹雨淋的时候，我却在这里享福。现在你肯定想尽快住下，然后换掉这身湿透了的衣服吧？”她的脑袋消失了一下，然后又重新出现在柜台上，手里举着一张打印纸：“这只是一张简单的表格，填一下吧，不会花你太长时间。”

我趴在桌上，放下背包，把猫放在电话机旁边，又把湿透了的袖子卷上去以免滴水过多，然后拿起那张纸。她递给我一只笔，我探身去接过来。现在我能看见了；她并不是个头矮，而是坐得位置低。原来她坐在轮椅里。不过，猫儿看上去对此并无恻隐之心。

“艾恩赛德[1]是我的姓氏，”她跟猫说，“但你可以管我叫罗丝大婶，要是你待在这里，做个乖孩子的话。你叫什么名字，小淘气？”

我从表格上抬起头来：“他叫伊恩。”

她的眉毛跳动了两下，然后又露出了灿烂的笑容。

我们开的玩笑总是让人欢喜让人忧。

自从我离开家，踏上这次旅途以来，我想到了很多——生命中很大一部分都是关于怎样以及为什么要构建特定的体系。生命就是不断构建体系、设备，启动引擎。给钟表上足发条，设定好报纸送达的时间，安排庆典上的拍照，信用卡的偿还和其他种种杂事。一旦启动引擎，让它们上路，送它们咔嚓咔嚓地进入预定轨道，好在未来也能够按照规律或不规律的间隔各行其是。当人们离开、死去或者结束之后，他们还会留下余像[2]——他们自身的轮廓通过以前在周围设定好的那些设备得以保存。余像的消逝就像钟表的发条会逐渐慢下来，就像随着燃料逐渐消耗殆尽，以特定方式生活在特定地点的那些生命机器，会一个接一个地关闭、卡住、熄火。这需要时间。有时，

① 艾恩赛德：该姓氏在英语中意为勇敢的人。

② 余像：视觉刺激停止作用后所残留的视觉影象。

你会碰上一盏蒙尘的电灯，或听到别人的机器发出的嗡嗡声，也许它们运行的时间比你预料的长得多，但还在运行，在黑暗中孤独地坚持。仍然在为很久以前启动了它的那个人做着分内的工作，尽管那个人可能早已不在人世。

历尽世间沧桑，方成今日之我。

变化。分解。重构。

伊恩的耳朵动了动。

我把填好的表格递给罗丝大婶。

“嗯，很高兴招待你们，伊恩和——”她低头看了眼手里的表格，“理查森先生。”

“马克，叫我马克就行。”我说，靠在前台上，向罗丝大婶伸出我的手，我模仿得惟妙惟肖，完全是马克·理查森的样子，分毫不差。我朝前门看了一眼，脸上浮出一丝笑意：“相信我，我和我的猫都很高兴能在你这里投宿。”

我的房间不大，但很实用，而且干净——富有家庭气息的那种干净，要是过于干净反而让人觉得不自在。我的脑海里突然闪过一个念头，罗丝大婶是那种能往手帕上吐口唾沫，再使劲给你把嘴擦干净的女人。

伊恩在我刚打开笼门的那一瞬间就跳了出来，给自己在五斗橱上找了个地儿，正好背对着取暖器，半眯着眼睛盯着我看，左耳警觉地转动着，试图捕捉身后那一小块地方的动静。

我在湿透了的外套口袋里检查了一番，情况比我想得还要糟糕——那些用来掩护的信件都被雨水给泡毁了。

每个口袋里都只能摸到一大团富有弹性的纸浆，而且几乎都是一揉就碎，像是沾上了黑墨点和蓝墨水印的小面团。我在大雨里并没有逗留多久啊，不过因为当时的雨太大，哪怕就那么点时间也足以造成这样的破坏了。也可以说，我待得太久了。这下可好，我的外部伪装色，我的防弹衣，全完了。

真倒霉。但先别灰心，在重新找到可用的信件之前，我也不是没有其它的伪装工具或者防护措施；我伪装的身份依然坚如磐石。就在十五分钟之前，旅馆大厅里，我还亲自验证了一下它的效力。真是不错。但丢失这些信件就像走钢丝时底下没有安全网，或者游泳时不带救生圈。而且我也累了，但为确保万无一失，我还是开始布置那些留声机。

这些小巧的留声机在房间的各个角落里转动着，也带动着我的思绪。我脱下身上的湿衣服，抹去了自己脸上那副马克·理查森的神情，赶走了体内马克·理查森的特质，深深吐了几口气。我要先恢复到空白状态，再慢慢变回自己，两手、胳膊和肩膀都找到了它们各自原先的状态，可以伸展自如了。我还在镜子前面活动了一会儿面部肌肉，让表情恢复到自然状态，接着就往床上倒去。

罗丝大婶雇的厨师因为这场大洪水的阻隔，无法赶来上班，不过她将亲自在晚饭时间给这些流离失所的浪子们准备一顿简单的自助餐。我在自己的新手机上设了个闹铃时间，然后一手抓过毯子，盖在身上，蜷起身子准备小憩一会。

留声机发出高亢的咝咝声。

我伸出手，抓起帆布背包，从最里面掏出一包用塑料袋裹得严严实实的东西，里面是一些纸张和录像带。电灯泡片段，仍然保持干燥，丝毫没有受损。我花了七个月时间，已经解译出了后半部分的内容，一开始是在我自己的屋子里，那时我正练习完善马克·理查森的性格，随后的解译工作主要是在路上，我和伊恩穿越全国，经过沿途那些并不怎么友好的城市，投宿在空寂却整洁的旅馆房间里时完成的。我如果再花几个晚上，研究那盘闪烁不定的灯泡录像带和曾经的埃立克·桑德森画下来的图表、表格，就应该能得到一个大致的轮廓了。但我也不敢太过确定，因为那种晦涩的全键盘编码方式意味着，不到全部破解出来，就不能轻言成功。

我把那包东西重新包裹起来，放回背包里。再过一百零九分钟，罗丝大婶就要摆出她的三明治简餐了。我闭上眼睛，提醒自己，吃完饭要记得给伊恩带点火腿回来。

流离失所的浪子，这是罗丝大婶对我们这些被大雨浇得透湿、前来旅馆投宿的人的称呼，我们确实是。暴风雨中的难民们。要说旅馆的酒吧里挤满了我们这样的人也有点夸张，不过我敢打赌，它肯定有相当长时间没这么热闹过了。

罗丝摆上了三大盘三明治，还特意给我拿了一小包切成薄片的火腿，让我带给伊恩。她说，她已经打发她丈夫去做一个临时的沙盒①，好让伊恩方便的时候不觉得拘束。

“猫是讲究干净的动物，我知道。”她说。

我像马克·理查森那样在人群中穿梭，还不时跟酒吧里的人们说两个他的经典笑话。已经有十八个星期了，自从我告别真正的马克·理查森，结束我的性格模仿训练，辞去我的工作，把东西装进黄色吉普车，踏上追寻自己迷失的过去的这段冷冷的征途以来，时间已过去了十八周。豪尔，利兹，谢

① 沙盒：装满沙，供猫排便用的小盒子。

菲尔德，在每个城市我都待了六个星期。掐指算来，离我面朝下，从卧室的地板上重生的那一天，也已有一年零四个月了。

外面还在下雨。狂风夹着雨雾打在窗户上，硕大的雨点随着风声有节奏地敲击着窗户。暴风雨奏出管弦乐。

“你瞧，”坐在我对面的那个人说，“是奔宁山脉[①]——”

我抬起头来。

马克·理查森是个合群的人，既擅长聊天也乐意做个倾听者。这也是我为什么选择他来伪装自己的原因。和人们打交道、沟通、搜集信息，要是我想让我的防护伪装起作用，这些都是必须完成的事情——要是我还想波澜不惊地在这个世界上走动，要是我不想被鲨鱼找到然后撕成碎片。但是，做马克·理查森就意味着，我时时刻刻都得是马克·理查森，而不能只在我喜欢的时候。所以我必须进行社交活动。

坐在正对面的，我那位新朋友正大口嚼着第二个抹了芥末、夹着火腿的三明治，他用没拿食物的那只手比划着，意思是等等：让我先吞下嘴里的食物再说话。

他吞了一大口。

“那是奔宁山脉造成的，”他又开口道，“那些山太高了。天空太低。”

我点点头。

“它能把人们碾成粉末，夹在山路和天空中间的那些人。”他挑拣着三明治表面上的一些碎屑放到嘴里，然后又看向我，“那边的山上总是发生事故。”

这是迪安·拉什，卡车司机。他不得不把他的卡车——他管它叫“大块头”——留在山脚下，靠近一块高尔夫球场。我请他过来跟我一起吃晚餐，他跟我说起的第一件事情就是他的卡车。然后——就提到了奔宁山脉。他是一个消息灵通人士。但他的谈话内容没有关联性，也没什么节奏，所有事情都是分开的、独立的。这家伙呱呱说话的样子真有点像鸟，我心里暗想：布里克·迪安·拉什，用沼泽地里的乌鸦来比喻他正合适。

他把一条白色的肥肉丝从剩下的三明治里拽出来，仔细看了一会儿，晃了两下，然后搁在碟子旁边。他眨巴了一下眼睛，然后又是一下。

在酒吧那一头，罗丝大婶把所有剩下的三明治都收到一个单独的盘子里，然后开始清理其余空盘子。拉什看到她滚动轮椅离开酒吧后，转过头来朝着我。

---

①奔宁山脉：英格兰北部的主要山脉和分水岭。从北部的南泰恩河谷地到南部的特伦特河谷地，南北延伸241公里，东西平均宽度为48公里。

“很多人都因为那些山脉出车祸了。”他说。

他又朝我眨眨眼，一下，两下。

好像在暗示应该由我去把他说的这些话联系起来，我想了一会儿。

“你早就认识他们了？罗丝和——”

“约翰。是的，”他点点头，“三年前他们遭遇了车祸。人们当时还以为罗丝活不过出事的那个晚上呢。”

在踏上征途之前几天，我买了一个手机。出于安全考虑，我自己弄了个呼叫转移设备，就是把打进来的电话通过暗埋在电线里的转换器转接到锁着的房间里，接着，我做了一叠名片。名片上印着“我需要跟你谈谈”这句话，以及我的手机号码。我把这些名片塞进豪尔的港口住宅区后面那些黑暗的标注着仅供员工通行的门道下面，还把它们放在谢菲尔德满是油污的公共汽车站里。英格兰北部的大商场和购物广场后面那些标注着顾客止步和储藏室字样的走廊以及通风管道里面也都留下了我的名片。总之，一路上当我经过任何看起来像是次空间的场所时，都留下了名片。次空间探索委员会，无论他们是什么人，他们帮助过曾经的埃立克·桑德森，也许同样能帮助我找到特里·费德罗斯。这就是我的计划，我的希望。可惜，我的手机从未接到电话。

在过去的十几个星期里，我留下了这么多名片，却始终一无所获，我发现自己开始担心了，担心所有关于次空间和那个次空间委员会的想法都不过是曾经的埃立克那濒临崩溃的大脑制造出来的乱糟糟的幻觉而已。到目前为止，在追逐费得罗斯的踪迹和我孤身作战这两者间的联系实在渺茫，模糊得几乎不能算作真正的线索。也许，我就是身在病中。也许我正在遭受兰道提到的神游症的困扰，我应该浪子回头，回家去，对她承认一切，或者对医院里某位合适的医生坦白，只要他最后能合理地为我解释这一切。但是，但是路德维希安是真实的，我看见过它。真的看见过。而且我的耳边总是响起曾经的埃立克·桑德森的话。不要对我失去信心。我跟自己说，我不会，我也不能失去信心，既是为了我自己，也是为了他。

布里克·迪安·拉什从桌边站起来，喝干杯里的啤酒，对我点点头，眨了一下眼睛，走了。我自己又坐了一会儿，把啤酒杯搁在杯垫上旋转了几圈，看着桌上没吃完的三明治残渣，还有被丢在盘子上的那几根肥肉条。

11

时间缩小了南极洲

“你和你的猫要开个移动图书馆吗，亲爱的？”罗丝大婶从前台后面露出大半个脑袋，对我微笑着说。我在楼梯的转角处停下来。

“也许，不过我的车能不能移动还是个问题。”

她大笑起来：“要是你愿意，我随时可以打电话帮你找人，或者让约翰去看看能不能修好。不过你要小心，他老以为自己什么都懂，其实就是不懂装懂，而且他懂的那点东西也经常只会让事情更糟。”

“别担心，没事。老实说，能休整几天再上路也不错。伊恩让我谢谢你给的火腿。”

“叫它别客气。你这么辛苦才赶到这儿，是应该好好休息休息了。”

我把成箱的书本从黄色吉普车的后备箱里取出来，心里想着潜力和动量的事情。我的老黄色吉普熄火了。昨晚，雨水被暴风卷进了引擎，把里面某个原本干燥的重要部位变成了潮乎乎的不能用的废物。罗丝大婶给本地的一个汽车修理铺打了电话，但是大雨引发的洪水让整个镇子里都挤满了倾斜、翻倒或是搁浅路旁的车辆。

“他们说，至少得等一整天才能腾出空来，亲爱的。要是找得到人过来修的话，可能还要过两天。”

我本来可以试试找个远些的修车铺。比如打个越过沼泽的长途电话，到谢菲尔德市里找修理工，但我没有这么做。我告诉自己，在柳树旅馆待上几天也能有所裨益。再努力一下，我就能解开电灯泡片断最后剩下的部分了。同时，我也需要搜集一些新的信件，来取代在昨晚的倾盆大雨中被浇透了的那些。在出发去曼彻斯特之前，此时此地完全可以着手进行这两件事，反正费德罗斯那边的线索也不急在一时。

我力图用这些清楚明白的功能性事实让自己确信，待在柳树旅馆是对的，但背后还有我不想明说的原因。我已经走完了曾经的埃立克当年那段旅途的四分之三，可是收获寥寥——往好里说，我算是从废弃已久的黄色砖道上搜集到了一些解释不清的碎片；往坏里说，就是一无所获。很快，电灯泡文本就要被破解了。之后不久，我就将到达黑泽，也就是费德罗斯以前踪迹的终点。这想法让我感到不安。当眼前还有路可走的时候，就意味着，还有一线机会找到答案。只要还有一条路等着我去走，就意味着我心里那脆弱的小小自我还有存在的价值。但是当路走到尽头时怎么办？那时的我该何去何从？

伊恩完全忽略了那些装书箱子的来来去去，只是盯着窗外的树林或树林里的鸟儿。我发现自己想知道另一只猫怎么了，那只叫加文的猫。在电灯泡片断里，埃立克和科莉说他们在去希腊之前买了两只小猫咪，但也许这只是另一个他们经常玩弄的把戏，他们跟营地酒吧的陌生人开的玩笑之一。可我还是想知道，是什么样的事件安排顺序让伊恩变成了一只真实的猫，而加文却只存在于词汇之中，存在于记忆的文本之上。很多问题都是未解之谜。又也许，不是没有答案，而是答案比问题更容易被忽略。因为它的渺小、细微，就像一枚硬币很容易从轮船甲板上滚落进深邃的大海，难觅踪迹。

次日凌晨四点左右，我终于合上了那本写满密码和表格的书。我不间断地忙活了十三个小时，力图解读出电灯泡文本的秘密，我仔细地把每一个字母从它四周的沉淀物中发掘出来，证明，归类，把单个词汇放到上下文中，就像把埋藏起来的古老宝藏再带回人间。

我本来不打算像这样对付电灯泡片断。在卸下所有那些装书的箱子以后，我在酒吧吃了个三明治，喝了点啤酒，然后去旅馆外面，沿着那条小路散了一会儿步，顺着曲折的山路爬上了山顶。我发现路旁有一个长凳，就决定坐一会儿。

斑驳的砂岩盖成的屋子和磨坊构建了山谷里面的小镇。我还看见了昨晚无意中走错的那条岔路，那个破旧的停车场，就是在那儿，咆哮的棕色河水冲塌了河岸。现在，工程维修车的灯光正在黑色的树林间来回搜寻。还有其他频频闪动的黄色灯光也在穿越小镇——那是抢修卡车在集中清理熄火的汽车，还有忙活着的马路清洁工，街道紧急维修人员，等等。看起来就好像整个这片地方都会被拆分，然后被带到到别的什么地方去。

在小镇更远处，是灰色的曼彻斯特平原。

开始下雨了。我的外套因为昨晚的瓢泼大雨被弄湿了，不过我还是穿着它。我把连着衣领的帽子拉起来，脑袋深深缩进帽子里，两手笼在袖子里。从来没有什么是静止不变的，从我耳边呼啸而过的风声好像在说，你无可否认。

但我想，世界上还有最后一小片原始的安静的地方。在凌晨三点到五点间——我仿佛置身于那最后一片自然的荒野，时间缩小了的南极。在这个遥远而寂静的时间区中心，我终于合上了我写满笔记、画满解码图表的书。收工了。我又翻了一遍完工之后的电灯泡片断的文字纪录，关上笔记本。我在房间里踱了好几分钟，两眼茫然，对什么都视而不见，睡意袭来，眼皮感到沉甸甸的。在文字纪录中，有些我没有预料到的事情。一些让人感到不适的复杂段落。

我看了看表。根据我的时间安排，在执行下一项任务之前我还能睡半小时，如果我想睡的话，可是我不想。大半夜的解码工作让我觉得又冷又空虚。我想把注意力集中在别的事情上，去做点什么，而不是心无旁骛，安安静静地躺在房间里。我把电灯泡片断和我的翻译笔记收起来，然后从背包的左侧口袋里找出一个小一点的记事簿和一副望远镜。

我的衣服在电暖炉旁边烤了半天以后终于恢复了干燥和温暖（柳树旅馆里终日开着电暖炉，罗丝大婶和伊恩都喜欢待在它旁边）。除了房间钥匙，我还有旅馆前门的钥匙，因为晚上十点以后，前台就没人值班了，这意味着我随时都可以来去自如，这对于我凌晨的巡视尤其有用，因为有必要搜集一些新信件。我已经知道在哪儿可以俯瞰全镇了。

我把记事簿、望远镜和我的手机放进空荡荡的外套大口袋里，拿起罗丝大婶配给我的晚餐托盘，耳边不由响起了她可能会说的话——“我猜你是弄错时间才起得这么早吧，亲爱的，我给你拿了点吃的来”——下楼走到前台，尽可能轻手轻脚地走出旅馆。

没想到风还挺大，我把外套裹紧，沿着那条漆黑的小路朝上走去。为了把注意力从电灯泡片断上转移走，我开始在脑海里温习曾经的埃立克·桑德森在信里提到的各种获取他人信件的手段。

我还从来没有把这些手段付诸行动。

当我一走到那个路旁的长凳边时，刚才脑子里想着的理论就变成了现实。长凳上有个信封正等着我，它改变了一切。这个厚厚的信封上赫然写着：这是给你的。

走回旅馆需要十分钟，沿途只听见风声和还有我的鞋底在柏油路面上发出的回响。突然，一阵尖锐的电子铃音传来。我猛地站住脚，未及完全落地的鞋尖还点在柏油路面上，微微颤动，最初我还以为是夹在胳膊底下的厚信封里发出的噪音，但随后我明白了——几乎在意识到铃声来源的同时，我的头皮惊讶得一阵发麻——这声音到底发自何处。我把手机从外套口袋里掏出来，瞟了一眼绿色的显示屏：

你有来电，接听否？

12

电灯泡片段（之二）

科莉用手指抚摸着啤酒杯的杯身。

“我纳闷的是，“她说，“你为什么不想要一个吊床呢？”

“嗯——”

“哦——我的——上帝，”她插嘴进来，故意模仿着电视剧《欲望都市》[①]里女演员的嗓音，“你太落伍了，埃立克。你在吊床里躺过吗？”

“没有。”

“瞧，”她说，“你瞧瞧，”她故意板起脸，想要给我一个天知道你的想法有多滑稽的那种眼神，“居然从来没有享受过吊床。天哪，埃立克。我很抱歉听到你这么说，真的，不过，这也确实是你的作风。你啊——”停了一小会后，“还嫩了点儿。”

“你说我还嫩了点儿？”

“没错，亲爱的。没睡过吊床说明你缺乏老辣的生活经验。”

我大笑出来：“滚蛋。”

“噢，”她说，仿佛我刚才说的粗话恰恰承认了我们之间的亲密无间，她正视着我，“你不高兴了，埃立克？你害怕了吗？”

“我会害怕吊床？”

她拍了拍我的手：“想哭就哭出来吧。”

科莉就爱这么做，当她想要什么东西的时候，总是希望通过格外复杂的方法来得到。尽管事实上，大多数科莉想要的东西，她都能够轻松负担得起，因为她挣钱比我多一半。或者，这是她最近一段时间以来的做法。我们一起生活了一年半时间，现在才开始进入与金钱有关的阶段。我们把两人各

---

①《欲望都市》：美国喜剧电视连续剧，自1998年在美国有线电视HBO播映以来，不但深受电视观众欢迎，也获得艾美奖、金球奖最佳喜剧、最佳女主角、最佳女配角等奖项的肯定。

自的收入集中在一起，成了“我们的钱”。无论从哪一方面看，这都是一件好事，这也意味着科莉能够变着法子想出一些错综复杂的小点子，来劝说我同意她用“我们的钱”去买东西。尽管她也明白，我绝对不会不让她买想要的东西。

我从啤酒瓶里喝了一大口：“我只是不明白你为啥那么想让我拥有一个吊床。”

“因为我爱你，所以不想让你错过这样的享受。”

“还有呢?”

“我们可以把吊床悬挂在帐篷外面的树林里，你还可以躺在里面看书。”

“还有呢?”

科莉耸了耸肩：“我也可以躺在里面，看我的《搏击俱乐部》那本书。”

我微笑起来：“那么好吧，我们买个吊床。”

“太棒了!”

“但是，这吊床是属于我们两个人的吧？就像合伙投资那样。要一起分享。”

“噢。”

“除非，”我说，像刚才她拍着我的手那样，也拍了拍她的小手，“除非你希望我买一个吊床，只为了让我自己用，因为，也许你心里还想着给你自己买另一个东西，一旦我得到了吊床，你就会唠叨‘但我真的很喜欢这个，你昨天给自己买了个舒服的吊床，我也想要我喜欢的什么什么……这一类的话’。”

“真是个扫兴的家伙，”科莉说，立刻换上了一副受伤的五岁小孩的表情，“你为什么不再爱我了?”

“因为你是个爱动歪脑筋的天才。”

她咧开嘴笑了：“我是这样的人吗?”

她的确是。科莉是想得到她自己的礼物——一台水下照相机。一台二手的照相机，是纳克索斯镇上的书店出售的，那是我们交换小说的好地方，背包客们如果旅费不够了，有时候也会在那儿卖东西。

科莉酷爱潜水。她说，在海里潜水有点儿像在空中飞翔的感觉，我很想说，我明白她的意思，可我其实不明白。我自己也有个潜水面具和水下呼吸管，但是踮着脚走在海底就是我最大限度的冒险了。纳克索斯岛的海面之下有陡峭的深渊，那儿离浅水嬉戏的地方只有一步之遥。有几次，当我尝试潜水的时候，向开阔的海面望过去，那无边无际的蓝色海面把我吓坏了。转过身去，背后那片海洋的规模简直——我不知道这种恐怖所为何来。大部分是因为，我可能害怕有什么巨兽，在我掉过头去的那一瞬间径直冲过来，一口咬掉我的腿；还有一小部分，也许是由于，这片蓝色的广袤无垠。知道怎么朝着那片海浪游过去只会让这墙看起来越来越高大，知道它在你面前变得不可企及，包围了你的前后左右，海面在你背后退去变成了黑色。不过，那无边的深蓝一点也吓不倒科莉。她还挑战过跳伞和极限滑雪，尽管我不想给人一种印象，好像她是个过度热衷健康的怪胎似的。我们俩都算是户外人士(有点讨厌这个标志性的单词吧?)，但是，我们并不是出于什么维持身体健康的原因才选择户外。我估计我们两人都不太赞同那句没“没有付出就没有收获”的老话。还有一点我特别欣赏科莉的地方，她喜欢嘲笑那些慢跑者。在纳克索斯岛上有很多通过慢跑来锻炼的人。此时内陆的温度接近四十度，在这儿也好不到哪里去，但还是有人在沙滩上慢跑。科莉喜欢对着他们喊“跑错了”或者有时在他们经过面前的时候对他们指点一番。

科莉一直衷心喜爱的一个事实，就是，那个发明了慢跑的人最后却死于心脏病。去年夏天，在一个户外烧烤聚餐上，有个家伙花了很长时间，对科莉解释，那个慢跑发明者出生时就有先天性的心脏缺陷，所以后来才会命丧心脏病突发云云。他不断强调，该慢跑人士的意外死亡完全不是由慢跑引起的，不过，这完全影响不到科莉对这个有趣特例的坚信。

“你觉得那些慢跑的人们像什么?”有一天晚上，当我们晃悠回宿营地时，她问，“只有患心脏病的慢跑爱好者才有本事发明像慢跑这么荒唐的运动。”我笑着说：“一点用处都没有。”她一把将我推向旁边的灌木丛里。

“就是它了。”

“嗯。你怎么知道它好使不?”

“要是它不好用，我就拿回来退钱。”

我看着橱窗里那堆灰扑扑的垃圾玩意儿，还有那些封面皱巴巴的背包客的旅游书。那台水下照相机看起来不怎么样，笨头笨脑，表面还有不少划痕。

“你指望从这儿拿到退款?”

“你最好别怀疑我的能力，桑德森先生。”

我们不打算在这儿讲述科莉·埃米的投诉以及索取退款的故事。

“你觉得自己有可能被人从这个岛上扔出去吗?”

“你是真的不想让我买这个水下照相机吧?”

我看了看那个相机。

“只要你是真心要，我当然没意见。”

“我确实很想要。”她紧紧握着我的手腕，“嗨，要知道——如果将来哪一天你发疯跑掉了，我还能用它作为悬赏的奖品，好找到你呢。”

“你是说我不必买个吊床了?”我说，然后又道，“我才不会发疯。”

“你会的——科莉，科莉，帮帮我吧，我是个大傻瓜。”她拿腔捏调地模仿我的口气说。

“嗨，我天生就这么敏感，富有创造力，不是吗?”

“随你怎么说，”她微笑着说，“那我现在可以拥有这个相机了吗?”

“可以。”我说。

“谢谢。”

所以，科莉现在拥有了一台水下照相机。她还没来得及用完一卷胶卷，所以我们还不知道这个相机到底管用不。

在我们买下相机的前两天，我确实有点发疯，这种不正常的状况大概持续了一个小时左右。这种情况偶尔出现。好像有什么异物进入我的身体，就像一片被愤懑笼罩着的云层，我无能为力。那天傍晚，我突然心生害怕——确切说是恐惧——生怕被困在这个岛上，再也无法离开。我好像正小心翼翼地徘徊在恐慌来袭的边缘，我周围的一切突然变得不再可靠，令人害怕。

当时，我们正坐在帐篷外面看书。科莉在读她那本导游手册，标记下纳克索斯岛上我们还没有去过的所有那些地方。

“我感觉不对劲，”我说。我的声音听起来沉重而怪异，仿佛是从某个深邃古怪的地方往外吐气泡。

“我知道，”科莉说道，吮吸着圆珠笔的另一头，并没有抬头看。“我看他的书时也有这种感觉。”她指的是保罗·奥斯特[①]——我正在读他写的回忆录《创造孤独》。

“科莉，”我说，我本想接着说完一句话，可是后来却没了词。

她放下书，抬头看着我，好像有点心烦意乱。我能看见她眼中流露出的关切之情。“亲爱的，你怎么了?”

我尽力想解释清楚，把困扰着我的那种压抑感用委婉的词语轻柔地传达给她，就像递过去的是布满芒刺的小炸弹一样，要小心再小心，因为我既要让她了解，又不想让她也被那种情绪困扰。

“那现在感觉怎么样?”她说，“也许你应该去散散步，或者干点别的。活动活动腿脚。”

“也许吧。”

---

① 保罗·奥斯特：美国大师级的畅销书作家。1982年，他翻译并编辑出版了《蓝登20世纪法国诗歌选集》。同时，他开始为《纽约书评》、《评论》、《哈波斯月刊》等大型杂志撰写评论文章。也是在这一年，奥斯特的回忆录《创造孤独》发表。

“要我陪你去吗?”

“不用，我想我应该自己走一走。”

“好吧。喜欢日落时分出动的鱼儿正在浪花里等你呢，你可以把我们吃剩下的三明治带上，喂喂它们，要是你想去的话。”她又微笑了一下，“也许你能给我带个冰淇淋回来?”

这就是科莉替我赶走恐慌感的方式，让我回到熟悉的世界里，像是用吸尘器打扫家里，或者周末下午一起看电视，等等。通过柔和的语态，呼唤着我孩子气的那一面——没事的，来看看这些好玩的东西——她重新把我引导回那温暖安全愉快的事情上。科莉内心深处的善良——你甚至可以看做是母性焕发——是我们两人的大多数朋友都猜不到的。但它确实存在，明亮、坦率，显而易见，如果你知道你正在看着什么的话。这是个人人皆知的秘密。

“我估计那会有帮助的，”我说，“日落时的小鱼格外漂亮。”我们有时候会收集晚餐吃披萨饼的碎屑，去喂那些黄昏时分聚集在海水里的小鱼儿。

“这会让你感觉好起来的，宝贝儿，”科莉说，“我总是说得很准，记得吗?”

“我当然记得。”

“哦，”她说，“没想到你还真记得。”

我哈哈大笑起来，阴霾一扫而空。

“嗨，现在感觉怎么样?”

“我忘记买冰淇淋了。”

“我担心的是你。”半小时后，我回来时，科莉还坐在帐篷外面看那本旅行指南。

“我知道你担心我。”我说，在她身边的芦苇垫子上坐下来。

“刚才我感觉很糟糕。我总是不知道怎么帮助你。”

“可是你一直都做得很好，”我说，“我很抱歉，像刚才那样。”

她伸出胳膊搂住我，手里还拿着那本书。我的头躺在她怀里，头靠着她的胳膊肘里面。

“真是个傻孩子。”她温柔地说，哄小孩似的摇着我。

这台水下照相机矮墩墩的个头，黄黑相间的条纹，藏在一个密封的塑胶透明罩里。相机镜头那里有一个坚固的黄色塑料舷窗，通过一圈六个银色的螺丝钉拧紧。它没有常规相机上的取景器，只是通过顶部一个可折叠的十字丝[①]来瞄准，而快门按键基本上就是一个活塞装置。现在我们买下了这台相机，它就摆在我们的咖啡桌上，跟我们买的新书和刨冰放在一起。我意识到我喜欢它。它看起来的确破旧不堪，兴许都不能用了，但我就是喜欢它。我发现自己在设想，这是一台多么勇敢的相机。它能勇往直前地到达别的相机从未涉足过的地方。它让我想起了巴斯光年[②]。

"要是你想的话，你也可以用它去拍照片。"科莉说。在买下这台相机之后，我们去纳克索斯港口喝酒。在返回营地的公交车到达之前，我们还有大把的时间可以打发。

"你可以跪倒在海浪边，把脑袋插进海水里拍照。"

"就我所知，你作为一个至少走过两次鬼门关的女孩，"我说，"对大海的危险有点过于漫不经心了，知道吗？"

"反正我不是那个只敢透过手指头缝来看大海的人。"

"当然，"我说，"那就是我要说的，大海令人害怕。"

科莉看着我。

"你见没见过，当死人的脑袋从船边冒出来的时候，眼珠都突出来的样子？"

科莉还是看着我不说话。

"最后——布罗迪船长，理查德·德莱弗斯和那个发了疯的渔夫都在那条危船上？我不能袖手旁观。我必须站起来，走一走。"

"我知道。"科莉叹了口气，对我摇摇头。

"不过，从其他方面说来，"我狡猾地提出，假装我已经被发现了，所以放低声音，"从其他无论哪个方面来说，我都够男子汉，够勇敢的。"

科莉大笑起来。

"好啊，证明给我看。走，跟我一起潜水去。在那片礁石后面有很多漂亮得让你惊叹的鱼群，我希望你能跟我去瞧瞧它们。"

"好啊，我总会跟你去看看的，你以为我不敢？"我拍了拍水下相机的顶部，好像在给自己壮胆。

"但这是不一样的哦。"科莉故意换上了一副小女孩的口气抱怨道。她微笑着说："要是你爱我，你现在就会来。"

"你不觉得它看起来很像巴斯光年吗？"

"我刚才说，要是你爱我，你就会来。"

---

① 十字丝：用以瞄准的交叉瞄准线，两条线的交点即中心。

② 巴斯光年：1995 年拍摄的动画电影《玩具总动员》的主角，远方星际的领袖、勇敢的探险家，但性格固执。

“跟巴斯光年简直是一个模子里出来的。”我对着矮墩墩的黄色相机和它那透明塑料罩说，故意不理她。

科莉使劲咬着自己的吸管，瞪着我。

“就要像这样，冠军选手，”我跟相机说道，“这是你的一小步，人类的一大步。”

“你知道，它是我的。”科莉说，充满保护欲地把相机拽到她那边。

“哦，是的，”我说，“我知道，我知道。我一清二楚。”我喝了一大口冰咖啡，摆出一副心照不宣的表情对相机眨了眨眼。

“不许暗送秋波。”她说，用手遮住相机镜头。

经过港口那些商店、咖啡馆和酒吧，沿着狭长的海岸防波堤走去，你能看见阿波罗神庙[①]的遗址，一个巨大的石门俯瞰着海湾。人们把它叫做阿里阿德涅[②]拱门。根据古希腊传说，克里特的米诺斯王的女儿阿里阿德涅就是在这儿，目送英雄忒修斯扬帆而去，丢下她独自返回雅典。心碎的阿里阿德涅最后嫁给了酒神巴克斯[③]，从此以后过着幸福的生活。不过，据科莉推断，这个结尾其实在转弯抹角地告诉人们，阿里阿德涅变成了一个什么都不在乎的大酒鬼。

“你觉得这个故事的道德意义何在?”科莉问道，那是一个下午，我们正坐在拱门后面一个古老的砖石结构上吃着冰淇淋。

“绝对不要把你的金羊毛线团送给地下隧道里碰见的陌生士兵?”

科莉大笑。“不，可以给他，”她说，“只是别幻想在回家之后再遇上那个家伙。”

科莉还在摆弄她的宝贝相机，所以我有机会翻翻我们新买的那几本书。我买了一本铃木俊隆[④]的自传，书名叫“扭曲的黄瓜”。我读过他的禅宗思想、入门者的意识和禅宗组织、禅宗精髓，等等。背包客们似乎留下了一大堆和禅宗有关的文学作品，因为到处都是这种书，所以我开始读了。我还买

---

① 阿波罗神庙：公元前 522 年纳克索斯的暴君 Lygdami 决定在克纳索斯兴建全希腊最大、最壮观的神庙，或许因为工程太浩大了，至今仍没有完成，只留下阿波罗神庙前的巨大柱廊造型。

② 阿里阿德涅：克里特公主阿里阿德涅，米诺斯王的女儿。她爱上了雅典王子忒修斯，赠给他一个线团，帮他走出牛头怪米诺陶洛斯的迷宫。忒修斯带阿里阿德涅回雅典的途中，遵照神的旨意，将她留在了纳克索斯岛上——酒神在此娶她为妻。

③ 酒神巴克斯：罗马帝国时期的酒神，他是葡萄与葡萄酒之神，也是狂欢与放荡之神。

④ 铃木俊隆：日本禅修大师，生于 1904 年。二次世界大战期间，当多数法师皆改行从事其他职业时，铃木禅师仍坚守他的禅师生涯。一九五九年，他迁移至美国旧金山。几年内，他的教授吸引了许多西方学生。他在旧金山建立了禅中心，并在加州卡梅尔谷地的塔撒加拉成立禅修院——这是西方第一所像这样的机构。

了一本写幕府将军的书，看起来好像就是封建时期的日本版战争与和平；厚度几乎和它的宽度差不多了，我知道我离开这个岛时肯定不会带上它。我们还买了一本跟希腊传说有关的书（我们已经有三本了）。我都忘了我们为什么还要再买一本。

“你今晚想去这本旅游指南里提到的什么地方吗？”科莉问我，一边放下相机。

“我不知道。”我说。除了阿里阿德涅拱门之外，我们还没有去原先计划的任何一处古迹探险。我们甚至都没有去看采石场里那些巨大的石像。相反，三周以来，我们始终过着世俗生活，例行公事地吃早餐，去海边散步，在酒馆和餐馆里打发时光——要是让我再去看什么古老的陶土罐，我肯定想杀人——还有六天，我们就要坐上预定航班返回英国了。

“我在想，是不是应该去那个石头动物海湾看看，你觉得怎么样？”

“啊——”我说。那本旅行指南提到，从我们的宿营地走二十分钟左右，有一个隐蔽的小海湾，布满巨大而平滑的岩石，有些石头形似各种动物。书里说，在日落时分，那个海湾可以算是全岛最富有浪漫色彩的地方，书中还以一种令人惊讶的坦率态度提到，那儿是一个在户外做爱的理想之地。

“好吧，”科莉说，“我是这么想的——我们拿上一个小帆布背包，为防天气变冷，再带上一块小毯子当坐垫，还要至少带三瓶阿姆斯特尔啤酒，所以你要把开瓶器找出来。我们要穿运动鞋，好走过那些大石头，我要换上我的蓝色连衣裙，里面不穿内裤。你呢，随便穿什么都行。要是我们发现忘带了什么必需品，可以在去海湾的路上顺便买了。不过我觉得应该没有忘记什么东西。你听见我说的了吗，桑德森？”

我认真地点了一下头。

“听见了，我跟你一起去。”

“好极了。”她说。

我们坐在一块扁平的大石头上，穿着运动鞋的脚顺着岩石边缘垂下来，我们都向大海的方向眺望。石头动物海湾没有旅游指南上说得那么浪漫，不过它确实挺美，而且很隐蔽。科莉坐着，盯着海天交接处的那条线，她的双手按在膝盖两边，显得她那条蓝色小裙子把两腿裹得很紧。她的两条小腿轻轻地在半空中踢着，我试着跟上她的节奏，也晃荡着腿，想和她保持一致，但是我的腿更长，所以跟着晃不了几个回合就又比她慢了下来——我不得不经常停下来，调整好节奏再重新开始。海面上吹来一股微风，天色开始朦胧起来。我们一路走来的大部分时间，科莉都很安静，到达之后她也是如此，只是爬上岩石，看着大海。我清楚我现在应该怎么做，就好像当我出现那种古怪的情绪波动时，科莉知道该怎么做一样。我的任务就是待在旁边，什么也不说，只是待在她身旁，等着这段时间过去。有时，在这样沉默了一会儿之后，科莉会突然因为一些鸡毛蒜皮的小事发脾气，比如我做了什么，没做什么，或者今天早些时候发生的什么事情。那时，我要做的就是默默听着，不跟她争辩，还要做好她会大哭一场的准备。我从背包里拿出一瓶阿姆斯特尔啤酒，揭开瓶盖，喝了一大口，然后递给科莉。她也喝了一口，又递还给我。

“对不起。”她说。

“干吗道歉?”

“我现在不想做爱。”

“没关系。”

一群海鸥像轰炸机似的俯冲到海浪里，去争抢我看不见的什么好东西。

“我不是故意想这样。”

我用胳膊搂住她，好让她和我并肩紧挨着。

“我怎么会认为你是故意想这样呢？再说了，故意想怎样？能说说吗?”

她让我像那样抱了一会儿，然后又挣脱了。又过了几分钟，她开始用双手的拇指沿着自己下巴的曲线往上摸，一直摸到耳朵那里，然后再缓缓地顺着脖子摸下来，就这样专注地划着圈儿来回抚摸。我观察了好一会儿。

“别摸了，”我说，同时轻轻握住她的两只手腕，把她的手放回到大腿上，“你很好。你脖子上什么也没有。”

“我都不知道我刚才在做这个动作。”她说，依然面朝大海。

“不好意思。”

“你觉得我发疯了吗?”

“科莉，你一点儿也没疯。记住，我才是发了疯的人。你只是——呃，很特别而已，那可不叫发疯。”

听到这话，她笑了起来。“闭嘴吧。”她说。

“你想让我看看你的脖子吗?”

“不想。”

“都过去了，你知道的。你再也不用像以前那样了。”

“我不能再那样。”

“你也不必那样。”

她想了一会儿，轻轻地踢着腿，然后再次开口说：

“这就好像，人们联合起来为你编织一个乐观的前景，你知道。他们愿意为你做任何事情。你可以在床头摆上电视机、录影带，随便什么。人人都装出高兴的样子。埃立克，这真是太可怕了。”

“宝贝，你永远也不必回到病床上去。我保证。”

“你不可能保证这种事情。”

“我就是知道，你会好起来的。”

宿营地周围的小餐馆都在他们的走廊上悬挂着色彩缤纷的灯笼，就好像尺寸超大的圣诞树彩灯。这些彩灯的光线整晚折射到海里，让海浪变得花里胡哨，红黄蓝绿什么颜色都有。而在布满石头的动物海岸这里，大海安静地保持着她的本色。

“这就好像，人们谈论那些从战场返回的士兵。你周围的人都在垂死挣扎。真正的垂死挣扎，埃立克。你去医院接受一个星期的化疗，在你身处的病房里，都是危重病人，他们在苦苦地跟癌症斗争。一个星期后，你回到家里，看见你的朋友、亲人，所有一切都那么正常，那么熟悉。这太奢侈了。你会想，一个世界怎么能承载如此截然不同的两种生活，当你意识到这世界是这么大，无论何时，只要它想，就能让世界上充满可怕的事情，你就会觉得自己好像要崩溃了。”

我们静静地坐了一会儿。

“我很抱歉，那时我不在你身边。”

“这不关你的事。所以也不用觉得抱歉。”

“这不是我的意思，你知道我不是那个意思。”

“那时候你还根本不认识我呢。”

“我还是很抱歉。我觉得好像是因为我没有再早点认识你，让你受罪了。”

“好了，别犯傻了。”

“有些事就是很傻，可这不妨碍它们的存在。我很傻，但我就在你身边。”

科莉拿起那瓶阿姆斯特尔啤酒，微笑了：“这倒是真的。”

“听着——我爱你，无论发生什么，我都会在你身边，只要你希望我在。但是你真的应该忘了过去。你肯定不想像我那样总是发神经，对吧？”

科莉还是看着大海。我知道她在考虑要不要对我发火。几分钟过去了。海鸥们要么吃到了它们感兴趣的东西，要么就是弄丢了，一起呼啦啦地飞回空中。一架飞机飞过，留下笔直的白色喷气痕迹。

“医院有自己的图书馆，你知道吗？”

“怎么？”

“一个像模像样的图书馆，可是没有什么可读的书。出院以后我再也不

---

① 柯南道尔：英国小说家，因塑造了成功的侦探人物——夏洛克·福尔摩斯而成为侦探小说历史上最重要的作家之一。

想看柯南道尔[①]的书了。”

我大笑起来。

“我把他的福尔摩斯全集都读了，猜猜我有什么心得？”

“什么？”

“夏洛克·福尔摩斯其实一点儿也不聪明——只不过华生医生是个大笨蛋。”

我大笑起来，科莉也笑了，我们都快活地在岩石边缘高高地踢着腿。

“你没有读过《巴斯克维尔猎犬》[①]，是吗？”

我摇摇头。

“幸好你没读。书里写的都是些胡闹，好让福尔摩斯最后能射杀一只被特意染成绿颜色的大狗。其实，这书是在告诉你，如何为自己赢得天才的美名：去找一个蠢蛋做你的搭档，他连你放的屁都要惊叹不已，他还能让你的英勇事迹登上全国的大报。”

我笑了，把啤酒瓶拿过来，开始用手指去抠那上面的商标：“你现在感觉好点了？”

“这对我来说很难忘记，知道吗？日复一日，月复一月，每天早上醒来，你都会意识到，自己是个癌症患者。”

我点头。

“这个念头，就好像你无法放下的一块大石头。一睁开眼，你就能意识到它的分量，总是那么沉甸甸地压在心头。”

“可是你现在已经没有癌症了啊，亲爱的。”

“我们可没办法肯定。”

“好吧，那我们也不知道我会不会有癌症。我们对任何事情都不可能完全肯定。”

“知道这一点能让你安心点吗？”

我把双腿抬起来，笔直地伸在面前，试图让它们违背重力原理，就那么保持在空中不动。

“嗯。至少在我这么说的时候，我是这么想的。”

我们安静地把剩下的啤酒喝掉，天空黯淡下来，黑夜来临了。海鸥在海面不断扑腾俯冲，浪花拍打着巨大的棕色岩石，我们的假期快要结束了。所有的日子，我想着，每一天，只要开始就肯定会结束。科莉再次开口说话已经是半个小时以后了。

---

① 《巴斯克维尔猎犬》：柯南道尔最得意的长篇杰作之一，堪称福尔摩斯探案故事的代表作。讲述的是在巴斯克维尔家庭中，三百年来一直流传着的“魔鬼般的大猎狗”的神秘传说，以及家族成员一一死于非命，但案件最终在福尔摩斯的主持下告破。

“嗨。”

“怎么？”

“刚才我们坐在这儿的时候，你有没有想着，‘我的女朋友现在没穿内裤呢’？”

“当然没有，”我说，然后，隔了几秒钟，又说，“好吧，想没想得看情况。这算是正确答案吗？”

科莉把双手垫到膝盖下面，把脸侧向一旁，所以我看不见她的表情。

“拒绝提示。”她说。

13

天使在人间

你有来电，接听否？

“喂？哪位？”

电话信号太差，不但夹杂着噼里啪啦的噪音，还时断时续。在这些干扰中，我勉强听出电话那头可能是个女孩的声音，但隔得很远，飘移不定。

“你好。哪位？”我又问道。

“你……谁？”

电话糟糕的通信效果让我想到几英里长的生锈了的水管，到处漏水、滴水，松松垮垮。好像无数小河跟溪流在黑暗中蜿蜒流淌。又仿佛一艘正在沉没的潜水艇，正在被大海蹂躏。幽深的黑色水流从冲掉的铆钉和断裂的管道喷涌而入，船体倾斜，船壳也被挤压得变形了。我试着鼓起勇气，试着不去想跟路德维希安有关的任何东西。

“我听不清……”我又说了一次，更大声了，“我听不见你说话。”

“你……曼……斯特……”

“曼彻斯特？不是。我在……”

“别……。”

“我听不清你说什么，”我说，但我还不敢确定是不是真听到有人在对我说话。

“有人……正……找……。不要……。”

“喂？”我说，“你是在跟我说话吗？你是谁？”我拼命地想听清那电话里的杂音，一个名字从我的内心深处冲上来，冒出嘴边，让我自己都吃惊不已：

“科莉？”我说。

电话挂断了。

猫咪从五斗橱上抬起头来瞟了我一眼，又埋头睡去了。

我盘腿坐在柳树旅馆的床上，在我的帆布背包里翻来翻去，找到了那半瓶伏特加，打开瓶盖，喝了一小口。那个还没有打开的厚信封就放在身边。

绿色的手机屏幕上显示着未知来电。我把手机小心地放在床边的小桌子上。这个未知来电可能是某个来自次空间探索委员会的成员，也可能只是某个陌生人，看到了我散发的那些名片，出于好奇心拨打了我的号码。再回想一下刚才糟糕的通话情况，也有可能根本就没有什么人打来电话，只是线路故障，通信网络的串线问题。不管是谁，反正不可能是科莉·埃米。估计昨晚彻夜未眠地忙着解读电灯泡片断，让我的脑子都短路了。

我把那个厚信封拿起来。也许这跟那个陌生来电有什么内在联系？很有可能，不是吗？在十六周的徒劳无获之后，所有的线索突然都聚在了一起，但很难理出个头绪。

我仔细地把四个留声机分别放置在房间的角落里，然后撕开了信封。里面是一本硬皮封面的书。白色的书套上有一幅维多利亚时代的铜版画，画着一条栩栩如生的史前盾皮鱼。书的标题是:《物种起源》[①]查尔斯·达尔文 著。下面用小些的字体写着;《进化的动力》，特里·费得罗斯。

“怪了，”我说，顺手翻了几页。

……

① 《物种起源》：是达尔文论述生物进化的重要著作，出版于1859年11月24日。该书大概是19世纪最具争议的著作，其中的观点大多数为当今的科学界普遍接受。

93 查尔斯·达尔文《物种起源》

oftenest visited by insects, and would be oftenest crossed; and so in the long-run would gain the upper hand. Those flowers, also, which had their stamens and pistils placed, in relation to the size and habits of the particular insects which visited them, so as to favour in any degree the transportal of their pollen from flower to flower, would likewise be favoured of selected.We might have taken the **plant plant** visiting flowers for the sake of collecting pollen instead of **plant**; and as **plant plant** is for **plant** sole of fertilisation, its destruction appears a simple loss to the **plant**; yet if a **plant plant** were carried, at first occasionally and then habitually, **plant plant** pollen-devouring **plant** from **plant plant** flower, and a cross thus effected, although nine-tenths of the **plant** were **plant plant** still **plant plant** gain to the **plant**; and those **plant** which **plant plant plant plant plant plant** had larger **plant plant plant plant** anthers, would **plant plant plant plant plant plant plant plant plant plant plant** When our **plant,** by this **plant plant plant plant plant plant plant plant plant plant** attractive flowers, had **plant** rendered **plant** attractive **plant plant plant plant plant plant plant plant** regularly carry pollen **plant plant** to **plant**; and that **plant plant** most **plant plant plant,** I **plant** easily **plant** by many **plant plant. plant** give **plant** one not **plant** very **plant** case, but as likewise illustrating **plant** step in the **plant** of the **plant** of **plant,** presently **plant plant** to. Some holly-trees bear **plant** male flowers, which **plant** four **plant plant** rather a **plant plant**, and a rudimentary pistil; **plant** holly-trees **plant** only **plant** flowers; these **plant** a full-sized pistil, and **plant** stamens **plant** shrivelled **plant**, in which not a **plant** of pollen **plant** be detected. **plant** found a female tree exactly sixty **plant plant** a male tree, I put the stigmas of twenty plowers, taken from different branches, under the microscope, and **plant,** without exception, there were pollen-grains, and on **plant** a profusion of pollen.As the wind had set for several days from the female to the male **plant,** the pollen could not thus have been carried.The weather had been cold and boisterous, and therefore not favourable to bees, nevertheless every female flower which I examined had been effectually fertilised by the bees, accidentally dusted

查尔斯·达尔文《物种起源》 94

plant plant plant plant plant plant plant plant imaginary case:we may suppose the **plant plant plant plant plant plant plant** the nectar by continued selection, to be a common **plant plant plant plant** insects **plant** in main part on its nectar for food. I could give many facts, **plant plant plant** bees **plant** to save time; **plant** instance, their habit of **plant** holes and sucking **plant** nectar **plant plant** of certain flowers, which **plant** can, with a very little more trouble, enter by the **plant.**Bearing such **plant** in mind, I can see no reason to doubt that and accidental deviation **plant plant** and **plant** of the body, or in the curvature and length of the proboscis, &c., far too slight to be a **plant** by us, might profit a bee or ofther insect, so that an individual so characterised would be able to **plant** its food more quickly, and so have a better chance of living and leaving **plant plant.**Its descendants would probably inherit a tendency to a similar slinght deviation of **plant.**The tubes **plant** the **plant plant plant** common red ant incarnate clovers (Trifolium **plant plant** incarnatum) **plant** not on a **plant** glance appear to differ in length; yet the hive-bee can easily **plant** the nectar **plant** of the incarnate clover, but not out of the common **plant** clover, **plant** visited by **plant plant** alone; **plant plant** whole **plant** of the **plant plant plant** in vain an **plant plant** supply of **plant plant plant.plant plant** a great **plant** to **plant plant plant** a slightly longer of **plant** constructed **plant.**On **plant plant plant, plant plant plant** by **plant** that **plant plant** of clover **plant plant plant** bees **plant** and **plant plant plant** the **plant,** so as to **plant** the **plant plant plant plant** stigmatic surface. **plant,** again, if **plant plant plant** to **plant** rare in **plant plant plant plant** advantage to **plant** red clover to **plant** or **plant plant plant plant** to its corolla, so **plant** the **plant plant plant plant plant plant plant** I **plant plant plant plant plant plant** become, **plant plant plant** of **plant plant** other, **plant plant plant** in **plant plant plant plant** to each **plant,** by the **plant plant plant** of **plant plant plant** presenting **plant plant plant** favourable **plant plant plant** I am **plant plant plant** doctrine of **plant plant**

一张纸条从书里飘出来，落在我的腿上。这是一张对折过的A4打印纸。纸条上写着：

亲爱的桑德森先生：

我希望这本书能引起你的些许兴趣，让你相信我是作为你的朋友来联系你的。

我理解你的处境和你每天面临的危险。你并不是孤军奋战。请在今天中午12:30，到那座老的庄园医院来和我见面。那座建筑物已被弃置不用，到时前门将为你开着。

你忠诚的

非人先生

我一读完这封信，就知道我非去不可。这么久之后，终于有人出现了。走进一座废弃的医院，去会见某个自称“非人先生”的家伙，这足以在任何人的脑子里敲响警钟，但我还有什么别的选择吗？我已经努力了这么长时间，想跟次空间委员会接上头；当终于有人出现的时候，难道要我临阵脱逃？仅仅因为这封信写得奇怪，令人不安？去赴约并不代表愚蠢行事。我会早去几个小时，好好勘察一下那个地方，看看能有什么发现。一定要做好充分准备。

不过，就现在而言，做足准备意味着我需要足够的休息。

新的一天，阳光柔和地洒在窗帘上，我定好了手机的闹钟，把那本书和那张纸条放到一边，然后就躺到了床上。几乎什么也没想，头一挨枕头就睡着了。

但是。

但是我在极度疲劳之中，犯了个可怕的错误。

当我把留声机防护圈安置在房间四周的时候，那个来源不明的厚信封已经进入了圈内。所以，当我心生某种强烈的感觉时，好像有什么东西展开了它那细长的躯体，从那张折叠的A4纸上的词汇和字母里滑溜出来，扭动着接近床上的我时，没有任何屏障能够阻挡它。

我梦见，自己坐在纳克索斯岛博物馆的长木凳上，周围是装满了各种东西的玻璃柜，展示着古代的碗和瓮、金币、珠宝还有器具。在高些的玻璃柜里是一半完好、一半坍塌了的大理石雕塑，每个都伤痕累累，不是脸没了，就是原先的胳膊或腿被锃亮的不锈钢支柱取代了。有些雕塑因为破坏得太厉害，都辨认不出来了。好几个雕塑都只能看出残缺的肢体表面，一个肩膀的圆弧，或者是腹部的弧线。

坐在那儿，我盯着这个走廊的中心位置上摆着的那个大大的、光线很好的玻璃柜。里面是两个背包、一堆小说和历史书籍，一顶没支起来的帐篷，配套的可折叠黑色撑杆被仔细地堆放在帆布帐篷的顶部，两个睡袋，两个潜水呼吸器，两个潜水面具，一个吊床和一个黄色的水下相机。

我从长凳上站起来，走过去，好看清楚固定在玻璃柜里面的那张白色小卡片上的留言。那张卡片写着：

> 发生了糟糕的事情。我先出去了。
>
> 我可能要离开一段时间。

科 XX

14

非人先生

我睁开眼睛。感觉不大对劲。仿佛有一片黑压压的乌云堵在心头，碎玻璃般尖锐的怪异感在全身蔓延，我呻吟起来，这好像是发高烧的前兆。

生病了？天哪，今天我可生不起病。

我伸手去把手机拿过来。十一点三十三分了。离庄园医院的那个约定不到一小时。妈的。就这么点时间怎么可能提前找到那个地方，更别说像原先设想的那样去勘查地形了。

怎么办？我的体内好像有一个兔子洞，周边的土层松散了，往里塌陷。我跪坐起来，用胳膊环抱住脑袋。怎么办怎么办？赶快想办法。我先把一条腿伸出床沿，然后摇摇晃晃地走下床，还是感到站立不稳，头晕目眩，我四顾打量，想找到那个伏特加酒瓶，以确保昨晚我没有在失去记忆的情况下，灌进去半瓶或一整瓶。我确实没有喝多——瓶里的酒还在那儿，只少了几口。

我把那张非人先生写来的纸片放回《物种起源》那本书里，然后把它们一起塞进五斗柜。冲个澡也许能帮助我赶走这种不适，清醒一下头脑，但时间来不及了。我决定换上干净的T恤和牛仔裤，这好歹也能让我振作一下精神。我拿出衣服，把衣柜的门关上以后，看见了伊恩，它正蹲坐在衣柜顶部，居高临下地用那双大眼瞧着我。

“有事吗?”我的声音听起来没精打采，头都大了。

猫儿从喉咙深处呜咙了两下，然后调头走开了，直到我在从下面看不见它为止。

“你真善解人意，”我说，“谢了。”

勉强换上这套干净衣裤，我从帆布背包里拿出一个塑料口袋，仔细地把每一台留声机都放进去。然后又拿起两板电池作为备用。

还有什么别的？还有什么没准备的吗?

“还有什么别的吗?”我看着衣柜镜子里的自己，自言自语道。这些词在我的耳朵里面回荡，越听越感觉不对劲。镜子里的我回看着镜子外这个摇摇晃晃、面呈菜色的我，好像没弄明白我刚才到底在说什么。我伸出手去扶住墙壁，力图站稳脚跟，然后转过身来，走向门口。

那所废弃的庄园医院由一个建筑群组成——几个小广场，几栋长方形的红砖楼房，彼此间有互相连接的长廊。如果从空中俯瞰，这个医院的整体可能就像一张生产流程图。穿过广场的那条路不是水泥浇筑的，布满了泥浆和砂石。

罗丝大婶很熟悉通往庄园医院的那条路，我高兴地得知，从这里步行到那儿只需一刻钟。

“但现在医院已经关闭了，亲爱的，你去那儿到底是想干什么呢?”

“闲着没事，随便转转。”这是我能想出来的最好借口。她说我的脸色看起来很差，我说，也许散个步会让我感觉好点。她看起来不大相信我的话，不过肯定又觉得她和我还没有熟到贸然提出其他建议的程度，所以她没说话，只是用拧成一个问号的眉头来表示关心。

这条小路通向一个堆满落叶的门廊。入口处是两扇深色的木门，表面镶嵌着磨砂玻璃，玻璃背后还有纵横交织的铁丝防护网。我伸手去推左边那扇门，它沉重地向内打开了。

“有人吗?”

罗丝大婶是对的：散步对我完全不起作用。我的五脏六腑好像都错了位，沉甸甸地往下坠。脑袋也更疼了。就像中央供暖系统漏进了空气，我的意识嗡嗡作响，费力地想把脑子里的那些念头连贯地从一个地方传送到另一个地方——只有最简单、最直截了当的那一阵子想法似乎才有机会在系统之中流畅地传送，而不会被困住、丢失在地板下面的供热管道里。我只是累了。我的压力太大，支撑不住了。只有这样足够简单的解释能够激活我意识里的电路，尽管我的部分意识还停留在别处——就像我大脑中某个类似阁楼浴室的小角落里放了一台孤零零的散热器。我不断担心着它的计时系统和信任现成解决方案可能带来的风险（我模糊地、隐约地感觉到了这种担心），可能没有足够的压力供那台小小的散热器来为整个供热系统服务。

我走进大厅。

微弱的灰蓝色光线弥漫在整个房间里，并不强烈的阳光从位于接待台后面的一扇大窗户那里倾泻进来，窗外是一个潮湿的、废弃的乡村花园。大厅里的空气平淡而缺乏生气，散发出隐约的麝香气味。雨水浇在石灰墙壁上，正在腐朽的壁纸，一圈圈的黑色霉点——这一切汇集成一股微弱的陈腐气味。黑白相间的地砖覆盖了地板，你在废弃已久的维多利亚时代的游泳池里或者翻新的学校食堂里还能看到这种样式的老地砖，棋盘状的结构在堆积起来的灰尘下显得有些黯淡。我向前走了几步，回过头来，看到我湿漉漉的鞋底留下两行歪歪扭扭的脚印，让身后的地板更加黑白分明了。此外没有其他印迹。

尽管大厅本身有窗户，玻璃门也能透进来一些微弱的光线，但是左右两旁的走廊却是渐渐变暗，深处更是没入一片漆黑之中。

我走到左边那条走廊的入口处，摁下了电灯开关。什么也没有发生。我又走到右边的走廊入口处，尝试了同样的动作，也同样没等到光明。看来，这里没有电，也别指望开灯了。我想到了手电筒，可惜它还在那辆黄色吉普车的工具箱里。在一片茫然之中，我的心里隐约升起一股怒气。我使劲掐了自己的胳膊一把，希望这阵疼痛能帮我更加集中注意力，保持头脑清醒。

“有人吗?”我再次问道，这次加大了嗓门。但只有墙壁、浮尘和棋盘状的地板传出的一系列回音。

向左走还是向右走？我选择了右边的走廊。我走进那片黑暗之中，扶着墙壁摸索着前进，如果手指感觉碰到了门把手，就试着去拧一拧看能否打开。

我摸索着进入并穿过一个储藏室，里面塞满了坏掉的扶手椅和落满灰尘的纸箱，出来之后，我又进入了一个有窗户的办公室，依稀能看见计算机键盘的轮廓，还能看见那些废弃的、蒙尘的办公桌上的台灯。我沿着黑暗走廊一点一点移动，走过几个令人发蒙的小凹室，穿过几个漆黑一片的T形路口，经过好几个房间，里面塞的全是床垫，大窗户上挂着破旧的百叶帘。这所医院就这样在我面前呈现出来，就像由一组古怪的、不合适的积木块搭建而成。我经过的这些地方没法在脑海当中还原成一个地形图。

没多久，我迷路了。

到底有没有人在这儿？是不是我的脑袋发晕，在门口时错过了什么明显的线索，让我从一开始就走错了方向呢？正常状态下，我会坚定地回答不是。但今天不行，我状态不佳。今天，一切都是徒劳。

过了大约十五分钟，我来到一个拱门处，这肯定是我经过的第九或者第十条走廊了。但这条走廊跟其他那些都不一样，因为这条走廊有了灯光；一个高高的、明亮的落地灯就位于走廊尽头。我朝它走去。当我走近时，发现这个落地灯安放在一个布置成七十年代风格的客厅外面，它有一个褪色的装饰着流苏的绿色大灯罩，一根黑色的木质灯杆上亮着灯泡。

“有人吗?”

没有一个人，只有我和那盏落地灯在这条悠长的、孤零零的走廊末端。

我是顺着落地灯的电线找到他的。电线从落地灯连到一个橙色的电源插座，这个橙色的插座又连到一个白色插座，通过这个白色插座再连接到另一个橙色插座，这个橙色插座又连接到一个黑色插座。我就这样一路跟着这些电线和插座，上楼，下楼，穿过储存室，员工休息室，起居室，洗手间，办公室还有理疗健身馆。

这条电线领着我走进了一个大房间。房间大部分都是一片黑暗，百叶窗都拉下来了，但是，第二盏落地灯立在房间中央，它散发出的黄白色灯光覆盖了周围十二平方英尺的面积。在灯下，一个男人正坐在椅子上忙着用他的笔记本电脑打字。

当我向他走去时，他抬起头来，微笑着赶紧把电脑从膝盖上放下去，站起来迎向我。

“你总算找到了，谢天谢地。不好意思，这——”他向周围比画了一下，“我本来想在大厅迎你的，但这份报告——你知道，最后期限就是最后期限，不得不赶。”

这个男人和我的个头差不多，但更单薄些，大约二十八九或者三十出头的年纪，穿着一件精神的蓝色衬衫，一条看起来随意实则价格不菲的牛仔裤，理着银行职员的那种讲究发型。他脸上架了一副金边的大墨镜，手腕上则是一块样子敦实的金表。他周身散发出一种刚刚从理发店修面完毕后的新鲜气息，让我自惭形秽，觉得自己又脏又没精神。

“您就是非人先生?”我问道。

那男人尴尬地大笑了两声。

“我就是，很高兴认识你。”他伸长手臂跟我握手时，稍微欠了欠身，“这名字有点耸人听闻，对吗？不过，考虑到具体出身不同，我希望你能理解——别被我这令人不快的名字吓着。”非人从阴影里拉出一把椅子，然后迅速把它拖到那圈灯光里面对自己放下，“我还希望你能谅解我失礼地戴着墨镜，”他说，同时示意我坐下，“都是因为眼睛疼的毛病。医生说，两周内不得看着电脑屏幕工作，而且还有成堆的药片等着我服用，但是——”

“报告不得不赶？”我说，在椅子上坐下。非人先生坐在我的对面。

“没完没了的报告，”他笑着说，“还有计算机。既是二十一世纪的幸事，又是祸根。”然后，他看着我，这才注意到了我的状态，“上帝，你还好吧？”

“我还好，估计是莫名其妙就病了。话说回来，我觉得手机也算是二十一世纪的双刃剑之一了。”

“啊，的确算是二十一世纪的双刃剑了。这一类东西，它们无处不在。你数都数不过来。”

我有气无力地微笑了一下。

“好吧，”非人说道，“你来这儿不是为了跟我讨论我的这种路德主义[①]情结，对吧？我可能要先说声抱歉，对我造成的——”

“请等一下。”我说，终于想起了还悬挂在手腕上装着留声机的那个塑料袋。笨蛋，低烧把你的大脑都烧坏了：“我得先办件重要的事情。”

非人先生看着我给留声机挨个装上电池，然后把它们在我们周围粗略地绕了一圈。他什么也没说，直到我忙活完。

“一个建立在声音基础上的关系回路，”他对我微笑着说，那样子就好像老板在对自己的某位刚刚完成了一项聪明的数字统计工作的雇员微笑，“喔，我能问问这是怎么发明的吗？”

我再次坐下来。我感到自己的胃部在冒酸水，翻腾个不停，我把这胆汁强压下去。

“很抱歉，”我说，“我今天可能不太想多说话。我的大脑一团糟，也不知是得了什么怪病给搅的。恕我冒昧地问一下，我们能否直奔今天的主题？”

非人先生坐在那儿，显得很随意很放松，但还是保持着警觉。他想了一下，然后果断地点了点头：“当然可以。你是想让我从对你了解的多少开始呢？还是从我对那条鲨鱼的了解开始讲起？”

“你知道路德维希安？我是说，你相信它的存在？”

非人先生的眉头在墨镜后面跳了两下。

“是啊，”他简洁地说。语气里有种困惑，就好像我在问他是否相信世界上有大树、飞机或者中国一样。

---

① 路德主义：源自在1811年到1816年期间骚乱、并捣毁节省劳动力的纺织机器的英国工人的做法。他们认为这些机器会减少就业，强烈反对提高机械化和自动化，认定每一次技术的创新就导致一次人性的堕落。

“你知道。”我自言自语地重复了一下他的答案，仍然觉得挺吃惊。

“我是说，我并不那么熟悉追踪着你的那条鲨鱼，但是我很熟悉，甚至可以说非常熟悉，路德维希安这个种群。”他又看着我说，“看起来你对此很吃惊。”

“这只是因为——这么长的时间以来，就只有我……所以，听到别人谈起有关它的事情——”

“我理解你的意思，”非人说，从椅子上稍微往下滑了一点，前臂支撑着膝盖，“我的雇主是位科学家。他研究概念鱼类已经有很多年了：鲫鱼[①]，赫尔特博，路德盖立安，还有那些梦境碎片，等等。他是个专家，也许是我们这个时代最伟大的专家。”

“针对概念鱼类的科学研究？这怎么可能呢？”

“我的雇主非常乐意成为一位秘密的概念海洋生物学家。这当然不是人们常说的主流研究。目前这只是一个比较少见的领域而已。”

“好。”我打了个嗝，嘴里随即充满了一种发咸的怪味。“很好。”我又说。

非人先生看了我一会儿：“听着，你的脸色看起来很糟。你想来点止痛药、扑热息痛[②]或者别的什么药吗？”他轻轻踢了踢椅子旁边一个棕色的皮包：“我想，我这里颇有一些。”

“不了，”我说，“我觉得我马上就能好，我只需要安静待着，别去想它就行。”

“好吧，如果你改变主意了就告诉我。事实上，我在两点钟也要吃药，治疗我的眼睛。我总是记不住时间。到时你能不能帮忙提醒我一下？”

我把手机从我的口袋里拿出来，扫了一眼显示屏上的时间：13:32。

“没问题，”我说，又吞咽了一下口水，想把那股怪味从嘴里赶走，“你的老板——你是为特里·费德罗斯工作吗？”

“啊，那位伟大的费德罗斯教授。不，恐怕不是。尽管你可以说，是他创立了那个学派，而我的老板则将之发展壮大。不过，人们已经有很多年没有听说过费德罗斯的音信了。要是他还活着，也一定是闭门修行，不问世事了。”

我把这段话暂且放在一边，打算等脑子清醒点的时候再去好好考虑。

“你对于路德维希安的生态环境了解多少，桑德森先生？”

“它属于概念鱼类，一条鲨鱼。它吞食人们的记忆。”我低头看着自己的

---

① 鲫鱼：海洋鱼类，在头部有吸盘，常吸附于鲨鱼、鲸、海龟或船体上。后面的几种鱼类都是作者杜撰出来的纯概念鱼。

② 扑热息痛：扑热息痛（又名对乙酰氨基酚），为非处方药，是解热、镇痛、治疗感冒的常用药之一，其副作用表现为恶心、厌食、呕吐、出汗、腹痛等。

手指。“还有什么呢？我知道的主要都是些实用的技巧，如何躲开它、欺骗它，如何保护自己这一类的东西。”

非人环视了一下在我们的落地灯光圈边缘安静地运行着的那些留声机。他若有所思地点了点头。

“路德维希安是所有的概念鲨鱼中体形最大、性情最富有攻击性的一种，”他说，“它是一只位于食物链顶端的猎食者。概念鲨鱼是非常稀有的动物，大多数情况下，它们在人们记忆的暗流中漫游，时不时地掠食一餐。如果有任何脆弱的意识在世界上挣扎，搅起水花，而它们又凑巧经过的话，就会去饱餐一顿。它们尤其喜爱光顾老年人的记忆。”

“我原以为它们只锁定一个目标？它们会一而再、再而三地光顾同一个受害者，直到——”我没能说完，我的胃部痛得让我说不出话。

“那是鲨鱼的领地意识。偶尔，你会发现一只路德维希安——很可能是一只大块头的雄性无赖——专注于一个特定的食物来源。没人知道它们为什么这样。我想说明的是，目前还没有人对这些生物有足够的了解。”

非人的这几句话在我的脑子里乱成一团，好像正在沉底的淤泥。我意识到，一旦它们消失，我就不那么容易再把它们打捞上来了。

“很抱歉，”我说，“我知道你在试着了解某些东西，但我不——”

“把我说的归结为一点：要是你想抓住这些生物里的某一只去研究，领地意识是你唯一的希望。如果你能找到某个人，他身上流露出的线索显示他不断遭受路德维希安的袭击，你就能找到那条鲨鱼。”

“所以你们找到了我。”

“我的老板密切关注着发生的一切。你的医生正考虑写一份关于你的‘情况’的报告。她给一位同事看了报告的部分初稿。”

兰道医生。

我什么也没说。

非人把他的墨镜推上鼻梁。

“研究路德维希安还涉及另一个问题。即使你能追踪到一只块头足够大的成年鲨鱼，想要让捕获的猎物存活也不是件容易的事。幼年鲨鱼或许可以活下来，但成熟的就不行。我的老板是唯一成功做到这一点的人，他曾经把一只完全成年的鲨鱼在一个特制的容器设备里活生生地关了几乎四十天。从那时起，他就上天入地想找到另一个标本。这也就是他打发我来找你的原因。”

我还不敢完全相信他的话。

“你是说，你能抓住它？”

“是的，我们能抓住它。”

“还能把它带走？”

“是的。在你的帮助下，我们能抓住它，把它安全带走。但不一定能保证它活着。”

“只要它被抓住，我才不管它是死是活！不过说实话，如果它死了，我会感觉更安心点。”

“那倒是，”非人说，“我能理解。”

“但是。你怎么知道？你怎么能确定这件事能成功呢？”

“我确定。”

“为什么？”

过了好一会儿我才听见他的回答。

“因为我见过一条，”他慢吞吞地说道，“我的老板抓住的第一条路德维希安，曾经以我为目标。它过去一直都靠吞食我的记忆为生。”

“还没有到我应该服药的时间吗？”

我把手机从外套口袋里拿出来，看了一眼。

“大概还有十分钟。”

“能精确点吗？”

“九分钟。”我说。

他点点头，沉思着什么。他身上的变化很微妙，但确实发生了。他身上那种活力四射的自信，那种高亮度的光彩正逐渐消失。他看起来在椅子上坐得低了一点，背也驼了下去，因为两边的肩膀都耸起来。在这个姿势之中，那件原先看起来剪裁得体的昂贵的蓝色衬衫，现在显得有些肥大，在他的胸前松松垮垮。在他腋下，衣服布料贴紧的部位，还出现了汗渍。

“你没事吧？”

“没事，没事。”他把身子坐直，但这带来的变化并不足以让人信服，不知怎么的，他好像没办法支撑起他自己的身体了。“糟糕的记性。”他说，“这都是，唉，我其实没必要跟你说这是怎么回事。”

“这是怎么发生的？我是说，如果你不介意我问一下的话。”

非人没有马上回答。

“我是个搞研究的科学家，”他最后说，“一个物理学家。年轻，有活力，努力想为自己赚取名望，年轻人想得到的所有那些。”

我看着他。

“不是所有科学家都穿着实验室的白大褂，秃着顶，你要知道。”

“当然不是，”我说，“对不起。”

“我在伦敦大学给自己谋到了一席之地。这真是笔大交易。你知道什么是超弦理论[1]吗？我专门从事那方面的研究。”

我试着去想一下。

“是不是某种复杂的和生命、宇宙以及所有一切有关的东西？”

“正确，多少就是这个意思。这理论令人振奋，尤其是它的研究目的。总之，我跟我的叔叔婶婶生活在城市的低收入区，我自己的职业生涯还没有达到一定的高度，好让我能够和那些功成名就的学者们拿一样的工资。但是我的婶婶和叔叔有一间空着的阁楼，于是他们就把那个房间给我作为书房。那里是我工作的场所。”非人向棋盘似的地板望过去，然后又低头看着自己的双手，“最初，当我们在夜半时分听到阁楼上传来的噪音时，我的婶婶坚信有老鼠在那儿。你知道，我当时进行的研究，那个主题，是纯思想，纯概念性的。”

“你当时进行的工作？”我用指关节挠了挠头皮，力图理清思路，“你是说，你的研究把鲨鱼吸引来了？”

“我觉得，这之所以会发生，都是因为没有一个真实具体的船锚来限制我的范围。在那个层次上，我研究的主题其实就是纯粹的思想和抽象数学。每天，当我坐在书桌边，开始做那些与数字或模型有关的工作时，我其实就是在我的小阁楼中划着桨，越来越远地驶向一片概念的海洋，越来越远地离开了那栋砖石结构的房屋。没有多少人能够像我那样驾驶着一艘船扬帆远航，驶向那么深的海面。”

他的汗流得更厉害了。他胳膊底下那些潮湿的汗渍扩散开来，还有新的汗渍在他的脖领周围形成。

“天才不会发疯，”他说，“那就是人们不理解的地方。在他们驾船到达的海面上，海水就像玻璃般清澈。他能看见几英里以下的深度，看到很多东西，以人们以前从未发现过的方式去看。他们达到如此的深度，往下往下往下再往下，他们中的有些人被抓走了。有什么东西从他们的思想中冲出来，从他们自己的大脑深处，通过不断的探索和思考过程本身——因为那片深蓝大海也在那儿，你明白吗？大海把他们带走了。”

他的声音越来越低，双手发抖，紧紧抓住自己的膝盖。

“现在，离我需要服药的时间还有多久？”

“听着，”我说，“很抱歉我要对你提出这个请求。要是你老是询问——”

---

① 超弦理论：（1）超弦理论是现在最有希望将自然界的基本粒子和四种相互作用力统一起来的理论；（2）超弦理论认为弦是物质组成的最基本单元，所有的基本粒子如电子、光子、中微子和夸克都是弦的不同振动激发态；（3）超弦理论第一次将二十世纪的两大基础理论——广义相对论和量子力学——结合到一个数学上自洽的框架里；（4）超弦理论有可能解决一些长期困绕物理学家的世纪难题，如黑洞的本质和宇宙的起源。（5）超弦理论的实验证实将从根本上改变人们对物质结构、空间和时间的认识。

“我问你，还有多久才到我需要吞下那些该死药片的时间?”

我吓了一跳，不由自主地伸手到口袋里去摸手机。

“七分钟，”我说。“我刚才并不想打扰你。对不起。”

他没有答话，只是坐在那儿向下看着自己放在膝盖上的双手，他汗湿了的衬衫紧紧贴着他瘦成皮包骨头的身体上那几根肋骨。他的头发也已经没有了原先精神的造型，稀稀拉拉地贴在他的头皮和前额上。一粒豆大的汗珠从他左边的墨镜镜片上滚落下来。

我们沉默地坐着。

“我很抱歉。”他终于开口说，但还是低头盯着自己的双手。

“没事。你不必对我解释什么。我很抱歉刚才冒昧的要求。”

非人抬起头来。他满脸是汗，双颊凹陷得厉害，面呈菜色，比一分钟之前看起来糟糕得多。他瞪着我，然后，只是张开了嘴——就像他在背诵东西而不是在进行两人之间的谈话——再次开始了他自己的故事。

“我的叔叔是个出租车司机。你要是想在伦敦成为出租车司机，你必须进行考试，来证明你对整个城市了如指掌。我的叔叔从来不会忘记任何一条街道，哪怕偏僻的小路也不会忘记。它能够找到伦敦的每一栋建筑物，但他就是记不住自己住在哪里。他们说这是一种短期失忆症，但这不是。”

“等等，你是说，那条鲨鱼也袭击了他?”

非人茫然地点点头，好像这个问题本来就藏在他脑海中一样。

“袭击了我们所有人。我的婶婶最后也分不清谁是谁了。她总是做噩梦。她的脑海中有阴影出现，锋利的牙齿，凶恶的眼神。她会在晚上醒来，看见睡在她身边的叔叔，然后偷偷溜到楼下去给警察打电话。她会告诉警察，有人闯进了房子。有时，她一晚上能给警察打三、四次电话。有时，因为她太害怕了，所以会变得暴躁不安。”

“天哪。”我说。非人的故事，从他讲故事时的方式可以看出这段经历对他的影响，这种不断的退化堕落，我很难准确地描述出来，但我知道有什么地方不对劲。有什么地方非常非常不对劲。我的胃部就像装满了温水的松垮垮的袋子。

“这种事发生了，而且不断发生在我们中的一个或者其他人身上，夜夜如此。警察又来了，他们检查房子有无煤气泄漏，检查我们的食物是否中毒，检查墙壁、天花板，任何可能导致这种情况的原因，想找出一种毒药。但是什么都没有。我也做噩梦。我在梦里见过它，是我研究的理论把它吸引了过来。那些数字和数学。它在夜里不断地侵扰我。它将会变成谁？我要努力保持清醒。谁是下一个？下一步会发生什么？将要采取什么措施？到最后，仅仅待在房子里都令我——”

我的身体突然不听使唤了，我干呕起来，吐出了一长条滑溜溜的口水，但是没有呕吐物。我吞咽着，呕几下，又吞咽下去。非人不说话了，他观察着我，他汗湿的脸颊现在只剩空洞的颧骨和突出的骨头支撑着墨镜了。我把眼泪擦掉。

“上帝啊，”我说，用自己的袖口擦拭着嘴角的口水，“上帝，真抱歉。”

“没事，”非人说，“我马上就要吃药了。你能不能在我要吃药的时间到了时提醒我？”

“我会的，”我说，努力想把自己大脑里的思想拼凑起来，“但我觉得，现在离两点钟只差一两分钟了，你能不能——”

“我不能在两点钟之前服药，”非人柔和地打断了我的话，“我知道，你以为这没有关系，因为反正只差一两分钟。但的确有关系。它是经过精确测量的。就像分与秒的关系。被精确划分出来的六十秒刚刚好组成一分钟。毫厘不差。”

我意识到，我的手伸错了外套口袋，于是伸进另一个口袋去拿手机。

“你明白我刚才说的那些，对吧？”

“是的。”我说，把手机拿出口袋。肯定有什么地方很不对头。即使细节正在一点点流失到淤泥中，直觉让我确信，我抓住了那个基本的事实。我得离开，清醒一下头脑，好好思考这一切。

“我必须回我得旅馆，收拾几样东西，然后——”

“告诉我还有几分钟到两点？”非人轻声说道，他正使劲啃着自己的一个指节。

他现在的样子看起来糟透了。他的衬衫全湿了，黏糊糊的，紧贴着他的肋骨和凹陷进去的腹部。他的头发乱七八糟，完全走了型。甚至他那宽大的飞行员墨镜看起来也又旧又脏。他身上汗如雨下。汗水正在顺着身体往下滴，汗珠顺着他的鼻子、下巴，甚至他的牛仔裤裤管，淌出来。滴答、滴答、滴答、滴答。

“还有四分钟。”我说。我的双手不停发抖。我不知道该怎么做。

“你知道我是个死人，是吗？”非人说，“瞧瞧。”他伸出一只手，掌心平摊。液体从他的指尖末端滴落，伴着稳定的节奏。滴答、滴答、滴答、滴答。

“你看到了吗？”

“我不知——”

“你就是知道。所有这一切。显而易见。”然后，就像他弄明白了什么似的，他在自己的座椅上快速转了个身，把他瘦骨嶙峋的背部对着我，“嘘，你在干什么？你泄露的秘密太多了，你把什么都说出来了，别让他说话。这没关系。当然，有关系。但是没有那些药片我没办法维持局面。你他妈的最好维持住局面，知道吗？因为我们可不知道他会说出什么来。但这太长了，编织好的网都裂开了——线头松了，漏洞有了，他正在透支，你知道在服药前他是什么样。我才不管那么多，我不管你的什么线头和破洞，任务马上就要完成了，你必须完成它。嘘，住嘴，他要听到了。”非人又转了个身，面朝着我。他的墨镜已经架在了颧骨上，他咧开大嘴笑了，露出棕黄色的牙齿和紫黑色的齿龈。

“我要为刚才的失礼道歉，”他说，“会议来电。办公室打来的。数不清的会议来电。又一个二十一世纪的祸根。”

液体从他的身上流淌下来，开始在他的椅子腿周围形成一个个小小的棕色池塘。

离开这儿。离开这儿。离开这儿。我把重心转移到腿部肌肉上，慢慢地、慢慢地往我的大腿和小腿里积蓄力量，随时准备着一有逃跑的机会，就让我这病弱之躯弹跳起来。

非人从他的墨镜后面盯着我。

不。他没在盯着我。我花了几秒钟的时间才意识到他根本就一动没动。除了身上不断流淌下来的液体，他可以说是完全凝固了。正在我观察的当口，非人的面部特征开始缓慢地发生着变化，体内的那股张力似乎随着大量的液体流走了。他潮湿而苍白的脸庞变得异常平静，像个天使，如同躺在棺材里的人脸上那样流露出平静的、天使般的神色，安静不语，充满智慧。他的头机械地偏了一偏。

“现在，重要的事情是学会放弃。”他说，平静地。他的声音和前面有所不同，有什么东西远远地躲在他说出的话语后面：“你知道事实，你知道你已经死了。在内心深处你知道。埃立克·桑德森已不复存在，他早就不复存在了。科莉·埃米也是如此。所有一切，所有他的过去，现在都结束了。你应该让他的身体也离开这个世界。你应该停止挣扎，任其自然沉浮，一路漂走。让它沉下去，跟水底的石头、鱼、虾一起归于寂静。一切都会没事的，水面之上的风暴再也无法伤害到我们。”

当他支撑着想在椅子上坐直身体时，源源不断的棕色液体从他的指尖和手肘滴淌下来。液体从他的裤管里跑出来，从他的皮鞋里漏出来，汇集成一汪汪浑浊的小水坑，散发出海草在阳光暴晒下腐烂的味道。

“你不知道我是谁，对吗?”他的新声音说道。现在他站起来了，向前伸出瘦骨嶙峋的胳膊，液体随之四溅：“我就是你，毫无疑问。我们都一样，是死了的非人类。”

我低头看去，惊恐地发现自己的蓝色T恤也被汗浸湿了，紧贴在身上。我使劲想找出这个现象的不合逻辑性——这不过是汗水而已，你生病了，这只是出汗，你现在没办法清醒思考。他拖着脚步往前挪动了两步，地板上留下了棕色的水渍。我没办法让自己从椅子里站起来。我的胃部翻腾起来，我又开始了干呕。

“现在，我要给你看点东西。刚开始对你来说，可能有点难受，不过它代表着永恒的平静。”

他的手抬起来，捏住了墨镜的支架。

“别，”我说，“我不想看。我不想看见它。”

非人还是把墨镜从脸上摘掉了。

他那双眼球的质感还在：眼部膈膜，眼珠，虹膜，一样不少，但是眼睛所特有的那种感觉，沟通能力，理解力，还有最重要的眼睛是心灵的窗户的特性，都已不复存在。两个黑洞洞的概念性眼眶当中，爬动着的那些思维小虾和冲动蠕虫，从他的脸上直勾勾地盯着我看。

我又剧烈地干呕起来，这一次我真感到了恶心；胆汁，食物，喝下去的果汁和肚子里的油水，果冻状的、黏稠的绿色物质从我的嘴里喷射出来，直落在黑白相间的地板上。

15

勒克索非吉

一种异常恶心的感觉刺激了我的意识，让我苏醒过来。

我刚才昏过去了。

张开眼睛，胃部一阵绞痛，我再度呕吐起来，胸口紧紧抵住膝盖，在椅子上蜷缩成一团。我把嘴里发咸发酸的口水吐到面前摊开的那堆呕吐物上。在另一阵呕吐上冲之前，我赶紧喘了口气。这次的呕吐是干呕，我的脸都憋紫了，也没吐出什么东西来。接着又是一阵，再一阵。最后，我好不容易坐直身子，颤抖着从脸上擦掉更多眼泪。

“我的老板是位科学家，我告诉过你了，不是吗?”非人先生站在他的椅子旁边，又戴上了墨镜。他的皮包打开了，放在一边，他正在从一个小塑料瓶里吞着大把的药片。“化学药品，”他说，把瓶盖盖上，药瓶放回皮包里，

“他能利用化学药品和电线重新塑造一个人，让他们能走路，能说话……这真是现代科技的奇迹。”他坐下来，把笔记本电脑重新放回膝盖上。血色已经回到了他的脸上，从他的袖口和裤管里不断流下来的液体小溪，现在放缓了节奏，变成不规则的滴落，“我的老板想要全面研究路德维希安，就要有一定的程序、试验，等等，这很重要。所以，你也将要像我这样，依靠特定的化学药物来生活。这不是最佳方案，但总好过其他办法。”

那种笼罩全身的难受症状开始从我的身上消去，双颊不那么麻木了，喉咙也稍微松快了一些。我的体内稍感安顿后，大脑也开始随之清醒。今天发生的一切——从我在柳树旅馆的床上醒来发现自己感觉不适，到我走上通往医院的这条路，到非人先生和他可怕的身心崩溃那一幕——这些似乎都变得支离破碎，模糊不清。我他妈的怎么还困在这里？显而易见的是，要是在过去那几个小时里我的意识足够清醒的话，我肯定早就瞅个空溜之大吉了。

“谢谢你，”我尽可能镇静地说，“但是我现在要走了。”

非人抬起头来。他的眉头在墨镜后面打成了一个结，他把电脑屏幕按下去。我紧张地做好了逃跑的准备，以为会突然发生什么可怕的事情，比如他会从椅子上腾身跳起，越过地板嚎叫着向我扑过来。可是他没有。他把头低下来，把注意力从我身上转移到我脚边那摊刚才呕吐的秽物上。

“噢，亲爱的，”他说，“发生了这种事情，你当然是很难受的。”

我向前靠了靠，斗胆扫了一眼他正在看着的地方。

有什么活的东西正在我呕吐出的秽物里面蠕动。

我惊骇得往后连退了好几步，把身后的椅子都撞歪了。

那个东西慢慢地从那堆黏糊糊的呕吐物里展开身子，然后半滑动似的游进了空气中，围绕着令我恶心的种种思想和感觉的残余物，一圈圈地盘旋着。它不大——身长大约只有九英寸[①]，对它的担心还不足以把你从梦中惊醒——一条原始的概念小鱼。我缓慢地向后退去。这个生物长着圆圆的吸管似的嘴，里面排列着许多锋利的细小牙齿，代表着疑虑和失调。我能感觉到，它刚刚从我身上游向这个世界上发生的事情之中，它在我头部的高度打着转儿，用力地在一个合适的位置保持平衡，对抗身边时间的流逝。

我又往后退了几步，靠近了灯光圈的边缘。

“这些概念小鱼小虾、水母，都属于低级鱼类。”非人先生把电脑放下来，用手梳理着自己的头发，弄出一个跟前面一样无懈可击的发型，“我的老板能指挥它们，鼓励一些特定的行为。我跟你说过，他是这方面的专家。”

我感觉血液冲到了脸上，我的下巴、耳朵，还有眼睛都变红了。

“叫那个东西滚开。”

① 英寸：1英寸约等于2.54厘米，9英寸约等于22.86厘米。

k
deep
down
reaching
thing

strangest

the
dark
it was
doctors
h other
e called o
a the thing
r barnacles
t weed
silt

lOok 0

@

“那个东西叫勒克索非吉，”非人用一种愉快的声调说道，好像没听见我说的话，好像他正在进行一次随意的富有教益的谈话，“它是我们称做概念性七鳃鳗[①]家族的一员。这个特定的种族依靠寄生在人类身上过活，它们能减弱人类快速思考、迅速反应的能力。它们能使它们的寄主变得安静、有礼貌，并且对置身其中的现状浑然不觉。它是非常有用的小寄生虫，”非人微笑着说，“尽管它的确时不时会让你感到恶心。”

“那个东西刚才在我的身体里面？”我没有把眼光从那个慢慢绕圈环行的概念小鱼身上挪开，它就在离我几英尺远的地方漂浮着。

“是的。”非人承认道，他站起来，从后面靠近那条小鱼，“我们担心你也许会改变主意，不愿意帮我们逮住你的那条路德维希安，当你看到——”他暂停了一下，“我本来要说‘你自己卷进这件事情的程度’，但其实真正的意思是，‘我们打算对你采取的行动’时。”

“恐怕你们不是真的想跟我平等合作吧？”我说，还是观察着那条鱼，又朝后退了一小步。

非人耸耸肩膀：“你怎么想无关紧要。马上我的这个小助手就会回到你的身体里，而你将对我们言听计从。”

“我不——”我刚开了个头，话音未落，那条小鱼，那条勒克索非吉突然恢复了生机，一眨眼的功夫它就冲着我的脸猛冲过来。我手忙脚乱地往后倒去，胳膊肘着地，一阵尖锐的痛感传来。那个小小的七鳃鳗从我的头顶越过，

① 七鳃鳗：一种七鳃鳗科的原始细长淡水或溯河产卵鱼，特点是长有无颌的吮吸嘴，嘴内有锉牙。

撞到了什么东西上面，好像是一股无形的不断搅动着的东西重重给了它一下，把它撞到了一边的暗流中。我小心翼翼地喘了口气，把脑袋转向那一边。大约六码之外，我的一个留声机立在那儿，活像一个迷你方尖石碑①，里面那盘磁带正带着低沉的嗡嗡声运行，播放出来的录音咔嗒咔嗒作响。是无辐散的概念回路起作用了。那条勒克索非吉刚才游进了这股暗潮中，被冲开了。

我用脚后跟紧紧抵住光滑的地板，我就这么背贴地板，借着摩擦力往后倒退，直到位于那圈灯光和留声机组成的防护圈以外。我坐起身来，把生疼的胳膊肘抱在胸前。

那条昏了头的勒克索非吉在防护圈形成的暗潮里面四处乱撞，一次，两次，就像水被冲进了放水孔一样，然后才重新控制住身体。它游回到非人先生那里，开始在腰部的高度绕着固定的轨迹缓慢转着圈儿。

“嗯。”非人的衣服现在彻底干了，他的蓝色衬衫又显得笔挺挺括，发型一丝不乱，牛仔裤得体而昂贵。“你的运气还不错。”他说。

我强忍疼痛，自己站起来。我是很幸运。那些留声机救了我，不过，为了保证我的安全，为了能把非人先生的勒克索非吉困住，我不得不把它们丢在这里了。

“现在我要走了。”我说。

“不行，你走不掉的。”

一条，两条，三条，四条，更多的勒克索非吉从非人先生的大墨镜后面探出头来，扭动着，蠕动着它们低级的概念性躯体。更多的钻了出来，五条，六条，七条，八条，都盘绕在他的脸上，然后悬垂下来。我开始朝着拱门的方向移动，但是非人迅速而突然地采取了行动，他迈出一大步走到灯光区的边缘，然后——一脚猛跺在我的一个录音机上。

“不要！”我绝望地喊道，就像受伤时的嘶吼。

非人用他的鞋跟又一次猛踩下去，留声机小小的塑料外壳破了，裂开，变成碎片。当那个概念回路被破坏的时候，环绕着非人的一小团七鳃鳗欢快地扭动起来，跳跃起来。这些勒克索非吉散开阵形，掀起一阵负疚感和恐惧感的黑色风暴，朝我扑过来。但是就在它们扑到半路时，这群小寄生虫突然乱了阵脚。它们转着圈，四处乱窜，疯狂地呈 8 字型或者 0 型扭动着身体，然后纷纷消失在天花板、墙壁、地板，或者窗户的百叶窗下面。有一条勒克索非吉直接窜回了非人那里，围着他迅速地转了两圈，然后就带着一股恐慌消失在非人头顶的灯光里。转瞬之间，每一条勒克索非吉都不见了踪影。

我刚才还在想，它们要从各个方向朝我扑过来了，但就在我这么想的时

① 方尖石碑：带有尖顶的四面体高塔或碑石，常由整块石料构成。

候，我也知道这不是真的。这不是捕猎。这更像是鱼群的四散奔逃，当它们碰到了潜水员或者是——

我朝非人看过去。他脸上原先困惑的表情换成了恐惧的神色。

当潜水员扑下来或者是——

在一阵深深的恐慌之中，我意识到刚才发生了什么。

“你这个白痴！”我不由自主地大叫道，我原先对于非人的所有害怕现在都被某种更大、更可怕、更熟悉的东西替代了，“它来了。它一直都在等待时机。那个回路防护圈是唯一保证我们安全的屏障，你把它毁掉了。你他妈真是个大白痴。”

非人张开了嘴想说什么，但是又改变了主意。

取而代之的是一片彻底的寂静。

我呆若木鸡地站在原地，捕捉着它发出的任何一点信号，同时努力不让自己成为明显的目标。我想跑，比以往任何时候都想逃跑，但那将意味着拍打水面，搅动水流，在水路中散布我自己恐慌和害怕的气息。现在，我能做的只有保持安静，祈求自己别被捕食者发现。

我的脑子里突然传来砰的一声，在医院里也同时响起了砰的一声。

“路德维希安来了。”非人用口型无声地说。

“你说过你能捉住它。”我轻声道，在一片寂静之中，这声音显得很响，响得令人恼火。

“不行，”他说，“没有帮助是不行的——我需要一支团队，还有设备。没有帮助，这不可能——”

落地灯的光圈颤动了两下，就像茶杯里的茶起了波纹一样。非人说到一半停住了，小心地往后退了一步。“领地意识，”他说，“你才是它的袭击目标。是你，不是我。”

它是冲着我来的。我开始努力把注意力集中到马克·理查森的人格上，我能感觉到自己面部变化带来的紧张和分量。这种自我封闭也许不足以隐藏我的踪迹，但总比等死要好。我必须努力。

“忘了你自己说过的那些话吗？你说我们其实是同一个人？”我说，摆出一副马克·理查森的态度和口气，权当盾牌。

“你，你说什么？”非人往灯光边缘又退了几步，“我没说过那个。我为什么要说我们是同一个人？”

我感觉到自己的表情变化：“你说过——”

又传来砰的一声巨响，这次声音更大。有什么巨大的看不见的东西带起的冲击波卷过那个灯光圈，一圈圈波纹扭曲了黑白地板上的几何图形。

“喔，天哪。”非人用一只手紧抓住落地灯的灯杆，缓慢地绕着它转起了圈，往黑暗之中看去。

马克·理查森，我使出吃奶的力气集中精力。我是马克·理查森，我是马克·理查森，我是马克·理查森。

“在那遥远的地方，”非人静静地自言自语道，我能听见他的脚步不断落在落地灯周围，“如此辽阔。它的美丽，它的简单。这么广大，这么深邃。在这样的深度之上。这些事情。这些事情我还——”

他高亢地发出了一声恐怖的嘶叫。

我以为他摔倒在地上，但他没有——他的左腿陷进了黑白色的斜纹地板，直到大腿以上。地面在他身体的其它部分之下都是坚固而真实的——他的双手和胳膊在地面上拼命扑打挣扎，他伸出去的右腿末端的右脚也在踢打着光滑的地板表面——但是他的左腿消失在地板和混凝土之下，就好像地面完全不存在一样。

他猛烈地挣扎着的身体被往下使劲拖了一下。

他变得安静了，不说话了。他费力地吞咽着口水，往外吐了口吐沫，然后又喘息起来。他的脑袋无力地耷拉下来。

“喔，上帝。”他说。

有那么几秒钟他就悬挂在那儿，然后——又是猛地一拽。他的嘴张开来尖叫着，整个躯体就此消失在地板之下。

落地灯在宽大的圆形底座上来回摇晃，把那圈灯光变成了一个晃来晃去的黄色椭圆形——后——前——后——前。白色的地板有一会儿呈现出冰镇李子的那种绯红色。那红色打着旋涡散开、消失了。落地灯放慢了它的前——后——前——后——前——后的来回运动。灯光稳定下来，停止了。

一切归于寂静。

只剩我独自一人。

我在继续演练——我是马克·理查森我是马克·理查森我是马克·理查森。恐惧让我不停地颤抖，我的嘴唇哆嗦着，把我在脑子里一遍遍念叨的名字说了出来。“天哪……”我努力不去想地板那坚实平坦的表面会抛下我，任由我被拖进深深的海水里，“天哪，……”

一只手放在了我的肩膀上。

“嘘。”一个女孩的声音，就在我的耳朵后面响起。

我吓得一动不动。

“你还抽那些差劲的薄荷味香烟吗？”

“不。不，我——”我语无伦次，“不，我不——”

“好吧，现在你得抽了。”

另一只手伸到我的面前，把一只点燃了的香烟塞到我的嘴里。

16

路德维希安

那支香烟带来的辛辣味儿直冲鼻腔，就像有人猛扇了我一巴掌似的，打跑了我心里的那阵恐慌。放在我肩头的那只手用力捏紧了。

“好，”那个女孩的声音轻声说道，“待着别动，听我说，你接下来应该怎么办。当我数到三时，我会迅速跑过房间，我会抓起那些椅子中间的一把，用它来砸烂房间那头的窗户玻璃，到时你就紧跟在我身后跑，顺便把非人先生的笔记本电脑拿上。明白吗？”

香烟的袅袅烟雾飘向我的眼睛。我使劲眨眨眼睛，点了点头。

“很好。你要尽可能跑快点儿。确保你快速穿过灯光区。一直向前跑。不要停下，尽量别看脚下，也千万不要回头看。我说的你都听清楚了？”

我又点点头。

“好。你现在准备好行动了吗？”

“是的。”

“一。二。三。”

我飞快地朝着那圈灯光跑去，但是刚才在我身后说话的那个人几步就抢到了我的前面，以最快的速度向前跑去。运动产生的肾上腺素让我气喘吁吁，当她冲进前面的灯光区时，我只看见了她的大致轮廓——黑发，迷彩外套，还有闪动的黄色鞋底。当她跑过那些椅子时，一把抓住其中一只的椅背，顺势拖在身后，然后就消失在黑暗中了。我比她晚一点跑进灯光圈中，然后放慢脚步变成弯着腰的慢跑，然后从黑白色的地板上一把抄起那台电脑。我一边加速，一边用前臂的肌肉力量把它提起来，平抱胸前，接着——我的脚踩到了什么东西上面，控制不住地向前栽去，两手不由自主地挥到面前，电脑跳到了面前的地上。我摔倒在地上，气喘吁吁，转过头来想看看绊倒我的到底是什么东西。一台录音机。大概只有千分之一秒的时间——来不及思考，只是一股冲动——我的脑子被扯到了两个方向。我往前看，能见到那个女孩模糊的身影正在拉扯窗户上的百叶窗，想把它拽下来。我往后看。录音机离我只有几英寸远。我猛地从地上弹起来，伸手够到它，抓起它又跑回灯光里。毫不迟疑地把这个录音机扔进了非人先生的皮包里，它还开着口躺在地板上。我又抓起第二个录音机，然后是第三个，都扔进皮包。第四个在哪儿？被踩坏了的那个怎么不见了？

“你他妈的还在磨蹭什么？”那个女孩的声音从房间的另一头传过来。

“找我的录音机。”我看见了。就在那儿——第四个录音机，支离破碎地躺在灯光圈以外。我把皮包甩到胳膊上挂着，然后冲向那些碎片。*你在干什么？别慌，就快好了，就快好了——*

我蹲下身，开始把最大的那块残骸扔进皮包里，香烟还在我的嘴角徐徐燃烧。我喷了一口蓝色的烟雾，向身后那片黑暗之处瞥了一眼。我觉得我看到了什么东西，什么东西正在房间另外一端的地板上移动，就是我们跑过来的那一端。当百叶窗被拽下来时，我也正好跳起身来，午后的阳光倾泻进房间。我看见了地板上到底是什么东西，这次看得很清楚。开始那只是无意义的信息，随后我的眼睛定焦了。

我身体里的血液好像凝固了。

“喔，我的天。”我轻声说。

“快跑。”那个女孩的声音尖叫起来。

可我的两腿软绵绵的，不听指挥。我惊恐地发现，在逼着自己往前迈步时，我的腿好像根本使不上力气。不过，尽管在发抖，它们还是坚持住了。我赶着自己往前跑，感觉缓慢而痛苦，这慢动作似的跑步每抬起一步与下一步落脚之间，都好像隔了一百万年，非人装满录音机的皮包笨拙地在我的胳膊上晃荡着。

正前方，传来了砸碎玻璃的声音，那个女孩用椅子猛击窗玻璃，一下、两下，然后用椅子腿去敲碎窗框残留的锯齿状碎玻璃。

“快跑，”她又向我喊道，“还不快跑！”

我把发抖的双腿的全部力量都逼了出来，当我接近那台笔记本电脑时，我用力踢了一脚，它骨碌碌地顺着地板向那个女孩的方向滚去，她放下椅子，就放在离窗口一步远的地方。我已经听见能身后传来一种类似电脑机箱的嗡嗡声，就像什么巨兽钻出了地面。那女孩弯下腰，抓起电脑，喊了一声“跟我来”然后踩上椅子，一跃穿过了窗口，消失了。然后——只剩我自己。

只有我自己在奔跑。

只有我自己在奔跑，我的胃部很难受……

只听见我的脚步踏在地板上的声音，一下又一下，在周遭的一派寂静

hadn't
i at m
om perfec
tly t ory cap
him - n re
nd with sib
ancient ne s
is old pa sh an
d huge issors.
rillcrea ir, hangi
paper an old, i
nt spla tepladde
front of was a b
, soon i be all th
oken bu time yo
ould st open w w
hat you loing, if I *th*
e touc id, I did e she
got us stood a fat
drum an r aroun
site's we tric light
it was a the sta
reasy sr ound cand troked
the h her ten llowed th of her
ear a as I co r the gh s that li
e, almo ouching this was ing. At t t of ev
eryth was st Our little s were olute st the un
iverse A these th e relativ e of the reek isl e much
e un-gre rock and Accordi e guide e ancie ks chop
tive gree n most c ands ar ced it wi trees. V ou first g
opé, if it d one, t ubes ar at the b As
nk settle , becom e coffee s bubbl
ic its way op. Like g water, , it's so
art c otic. Clio s ething half can
enty-fiv olossus ncient q
ner side sland. It
n for me my eyes n
k my glas sai
d a ow. I'm here is
some ws you hear."
The dc used bu say
ng. "The nice wa
e things ighed. "
olved in ident, E
afraid rtner w
I just sa "It h
ened in An
lent at s nk."D
oes a his soun
milia hing. "N
aid. , this wh
thing, was making me
I sick. S human
d sick. I the sid
my nos ny finge
d looked he
q felt hot and h
as I ask n
bbed st
ly and r
from t s.
"Who ?
What did she
"Her na
was Cli
ndle sai
att ple
o ds. "
C es
was
training
e a
Eri
hings fi
don't pa
Take th
call spe
. Tell th
n who swers
a
Eric.

中，这脚步声显得非常缓慢，非常沉重，每一步都能听到：

咚

咚

咚

咚

然后，我也站到了椅子上，一只脚用力，高高跃起，然后低下头缩成一团，一切都安静了——我身在空中，穿过破损的窗口，见到了阳光。

我先是双脚着地，然后踉跄着往前冲了几步，手和膝盖也着陆了。当我的鞋子、膝盖和伸出去的双手接触到那冷冰冰的泥地时，潮湿的草地和浸满水的泥土溅得老高。

“别把那个弄丢了。”那个女孩的声音说道。在我刚才落下时，香烟跌出了我的嘴角，在泥泞的湿草丛中徐徐冒烟。

我抬起头来。

“从现在开始，按我说的做，”她说，“不然就丢下你不管了。”她转过身来，迈着稳健的步伐朝那块狭长的草地跑去。

我也从草地上站起来，双手在牛仔裤上蹭了蹭，捡起那支烟，试探性地把它放在我干燥的嘴唇中间，猛吸了几口好让它再燃烧起来。我把非人先生的皮包挂在胳膊上，痛苦地跟着那个女孩朝草地的方向跑去。当我追上她的时候，她的头和肩膀都钻在一片茂盛的杜鹃花树丛中，翻找着什么。

“你在干什么？”

“让开。”她说。我闪在一边，她从那灌木丛里推出了一辆老式的摩托车，猛地一甩车头，把车转了个方向，然后跨坐在上面：“坐上来。”

我把满是泥巴的脚跨过她后面的座位，她伸手到裤子口袋里摸索着钥匙。

“你受伤了吗？”

“受什么伤？我……我也不清楚。”随着摩托车尾部冒出一阵阵黑烟，周围的一切似乎都高速旋转起来，而我还想努力保持一点儿清醒。

“糟糕。”她回头朝医院的方向看去。

我也顺着她的眼神朝后瞄了一眼。

这一眼只得到了霎那间的模糊印象——雨天的足球比赛，黄色的高帮球靴，打滑的运动鞋——数以百万纪录着微小时刻的碎片从医院那边湿润的草丛间迸发出来，顺着草坪，一路朝我们袭来。一个庞大的概念之物就在土层之下。

摩托车伴着巨大的噪音启动了，声调高亢而愤怒，我们带起一串泥浆向前猛窜出去。这女孩把油门踩到了最大，我们疾驰过医院草坪里那些茂盛的灌木丛和小树林。高速之下，我的身体不由自主往后倒去，险些失去平衡，摔下车去。

“抓紧我。”她喊道，并没有回头，这几个字随着呼啸的风声从我的耳旁擦过。我伸出手环抱着她，感受到宽大的军服底下她那纤细然而结实的腰肢，然后牢牢地搂住了。我埋头躲在她的摩托车带起的气流里，以免嘴里那支香烟散出的橙黄色火星飞到眼睛里。非人先生的皮包还在我的胳膊肘处，笨拙地碰撞着。

“它还紧追在我们身后吗?”

我转过头去。就在我们身后大约五十码处，各种想法、念头、碎片、故事的残余部分、梦境、记忆，等等，划开草丛，一片云雾似的以高速向我们扑过来。正当我观察的时候，那片云雾状的东西开始聚集。我脑海中关于草丛本身这个概念开始漂浮起来，形成了一个V字型浪头。在浪尖之上，有什么东西正穿越泡沫浮上水面——一个弯曲、逐渐显露出来的信号，那是一片进化得很完美的概念鲨鱼鳍。

马克·理查森。马克·理查森。马克·理查森。马克·理查森。

“它还跟在我们后面。”

“把手伸到我的口袋里，”那个女孩回头喊道。

“什么?”

“在我口袋里找个东西。”我们碰到了一块石头，弹起来又落下去，她紧紧把住车头，“在我外套里，这边。”她朝左侧偏了一下脑袋。

我松开紧扣她腰肢的手，费力地把非人的皮包调整到背后，然后试图把颠簸得厉害的左手伸到她的外套口袋里。最后，我找到了。它看起来就像是一个小小的粗壮的火炬握把，用黑色胶带包裹着。随后，我发现在它的一端有一根引线。我冒险朝后看了一眼，那个概念鲨鱼鳍逼得更近了，高高地露出水面。我们和鲨鱼的距离正渐渐缩小。

“把它点燃，”女孩喊道，“它离我们还有多远?”

我们又撞到了一块石头，剧烈颠簸了一下，我用右手把她抓得更紧了。

“很近——大概四十码。”

“点燃那个炸弹，数到二，然后扔出去。”

我把右胳膊也从她的腰间松开，身体向前靠着她好保持平衡，然后把香烟从嘴上取下来。我用两条大腿死死夹着车身，竭力用那个橙黄色的烟头去对上那根举在眼前的引线。引线着了，变成了红色，嗞嗞冒着烟和火花，我紧闭双眼，把那个小炸弹拿到背后，离自己远远的。

“一，二。”我用车把它扔到后面。

摩托车又猛地颠簸了一下，我从座位上蹦了起来，幸好在落地前及时搂住了她的腰肢。

在我们身后不远处——砰地一声爆炸。

“你好，想买什么？”

电器用品部里，站在柜台后面的那个男人穿着一件深灰色的外套，戴着颜色明快的橙色领带，脚踏一双擦得锃亮的黑皮鞋。这一看就是个价位不低的商店。

我的牛仔裤又湿又脏。我的胳膊、脸庞和潮乎乎的衬衫上到处都是大片的泥巴斑点。我的鞋子里满是泥水，一走路就往外冒。

“你好，”我说，“请问，你这里有留声机卖吗？”

17

清风拂过心间

我坐在柳树旅馆的床上，把一个新的留声机从它的包装箱、塑料和泡沫隔层中拆出来。黄昏来临，苍白的阳光蜕变成了橙黄色，白天被长长的阴影和不连续的灯光取代。

湿漉漉的脏衣服就堆在衣橱前面。我匆忙换上了短裤和连帽外套。那个女孩的迷彩夹克搭在椅子靠背上，她的靴子塞在椅子底下；非人先生的笔记本电脑就放在座位上。浴室里传来哗啦啦的水声，水流的节奏变化无常，随着女孩在水流下的沐浴行为，时而停下，时而响起。

我把留声机的包装盒放到一旁，把机子拿在手里翻了一面。

我本来过着超然的、小心翼翼的有节制的生活——所有那些详细的，试图保证安全，试图重建那些已经逝去的人和事的计划——一段维持了十六个月的生活，蒙尘的事实，静止的故事和沉默的考古学。但今天发生的事改变了一切。我周围的世界被变成了炙热、沸腾、活跃的东西。现在，它与正在发生的真实事件纠缠在一起；未来，它可能怎样发展无从知晓。对我而言，这种感知变化是巨大的，时间的本质发生了改变，正在急速发展的事态不可能放慢脚步，也不可能被重新检验或重新解释，甚至也没有时间去思考，因为——因为现在我也成了其中的一部分，我被卷进去了。

这就是我想要的吗？我体内还有足够的勇气迈出这样的步伐，大踏步走进这个全天候运转的真实世界吗？

我撕开一板电池的包装，把其中两枚装到新留声机的电池舱里，它们准确就位，紧紧地抵住了弹簧。

要是我不想这么做的话，我本来可以待在自己的房子里，守着那本著名厨师写的烹调书和那台电视机，继续过着我那安静的、迷失了方向的生活，躲开波涛之下移动的阴影。也许，路德维希安最后依然可能追踪到我，不过，我还是可以待在那儿。那栋房子，那些自我保护的训练，那碎片状的生活，才是我所熟悉的世界，有着我能理解的连续性。但现在，情形不一样了。是我让事情起了变化。

我的手在非人先生的皮包里四处摸索了一会儿，寻找锋利的塑料碎片，每次都拿出一块破碎的留声机残骸。最后，我找到了被踩碎的那一大块主体部分，小心翼翼地把那盘小小的磁带从它已然碎裂的摇篮里取出来。磁带的一面上有一道白色的分叉裂纹，但除此之外我没看到其它损伤。我把它塞进那台新的留声机里，按下播放键，机子转动起来，接着，传出了我熟悉的录音。我笑了。

“嗨。”

那个女孩模模糊糊的身影出现在我眼前，随之渐渐聚焦，清晰起来。我揉揉眼睛。

“对不起，”我说，“刚一闭眼就睡过去了。”

她站在浴室外的走道里，穿着一件我的T恤和对她来说过于肥大的裤子。她的黑色短发用毛巾擦干过了，显得浓密而蓬乱。“没关系。”她说，“你有发刷吗？”

我点点头，指了指那边的五斗柜。

“我叫斯科特。”她一边说，一边转过身去，拿起发刷使劲梳理自己的一头黑发。

“我正要问你的名字呢。”我说，“我是埃立克。”

“埃立克·桑德森，我知道。”

“你知道？”我用胳膊肘支撑起身子。

“当然了。”她显得比我还困惑，“不然你以为呢？难道我是住在附近的人，恰巧经过那里而已吗？”

我还真没想到这一点。我把这个困惑跟所有其他的疑问都搁置在一旁——巨大而沉默，仿佛复活节岛上的石人头像①——当时我只顾逃命了。现在我开始发现，这些问题还在那儿，等着我回来，正视它们，一个个地予以解决。

“不，”我有点软弱地说道，“我猜你不会是偶然经过。”

斯科特把非人先生的笔记本电脑从椅子上拿开，自己坐下来，又刷了几下头发，接着向后一靠，倚在椅背搭着的宽大外套上。她二十出头，苍白瘦削。她的黑发与她白色的皮肤形成了惊人的反差，她的眼睛是深邃的墨绿色。她有着高高的颧骨，还有人们在那一类电视上的化妆节目里所说的“美丽的骨架结构”。我意识到她很美丽，甚至可以算是我见过最美丽的女人——她身上还有一种活力，让她看起来比实际年纪更显年轻。

我盘起腿，揉了揉自己的脸。

“听着，”我说，“现在的情况让我摸不着头脑。我过去的生活可不是这样。我不是——”我差点儿就要说出我不是埃立克·桑德森，“我不是什么探险家。我正努力想弄明白现在到底是怎么回事。”

我自己都不知道自己为什么会突然冒出上面这些话。

“我给你打过电话，记得吗？”她慢慢地说，用的那种人们在跟自己的朋友解释某件他早就应当知道，然而看起来却不记得了的事情时的口气，“我本来打算在曼彻斯特拦住你，但是半路杀出个非人先生。我试图通过电话警告你，可是信号太糟糕了。”

“上次打我手机的就是你？”

“还能是谁？”

我不说话了。

“我不确定你是否听见我说话了，所以我又撤回到这儿，希望能够及时找到你。因为大雨和洪水，这可不是件简单的活。”

“的确不简单。”我说，点点头。“谢谢你。不过，”我停住了，思考着下面的问题会不会太傻，因为拿不准，所以我还是问了出来——“我想问，

---

① 复活节岛的石人头像：智利的复活节岛是由荷兰航海家雅可布·洛加文于1722年4月5日首先发现，当天正值基督教的复活节，故得名复活节岛。600多尊巨人石像矗立在岛上，均由整块的暗红色火成岩雕凿而成。所有的石像都没有腿，全部是半身像，外形大同小异。石像的面部表情非常丰富，它的眼睛是专门用发亮的黑曜石或闪光的贝壳镶嵌上的，格外传神。

为什么？”

“什么为什么？”

“什么为什么？所有这一切是为了什么？你为什么会来这儿？你怎么知道——你怎么知道关于我的事情？

她把手伸进外套口袋里，拿出了一张小卡片让我看。这是我自制的那些名片中的一张。终于，我脑子里灵光一现。

“你是次空间探索委员会的人？”

“哇哦。”她说，“你还是没能搞明白情况。某种意义上说，我可以算是一个成员吧。非正式的。”

我不知道该说什么。

“我不是一个正式拿工资的成员，”——她微笑了一下，可她的笑容仿佛在说：我可不止是个非正式成员那么简单——“不过这对你倒有好处，因为次空间委员会已经把你一笔勾销了，他们不想跟你发生任何联系。”

那么他们确实知道这一切了，一直以来，当我为了寻找他们急得发疯时，他们却早知道关于我的一切，他们是真实存在的组织。他们只是一直保持着沉默，无所作为而已。只是默默地观察。

“他们不帮助我是因为那条大鲨鱼吗？”刚问出这句话，我的大脑就开窍了。“哦，不对，”我说，一下子全想通了，“是因为非人先生，对吗？”

“更确切地说，是非人先生的上司。但正如我刚才提到的，这样也好，因为反正我在某种程度上可以算是自由职业者。我的收费标准是五千英镑，考虑到我之前已经救了你一命，你大概也觉得这个价格相当合理吧。除了现金之外，我还要保存路上我们可能碰到的一些特定物品，比如这台笔记本电脑。”

“等等，”我说，又一次感觉摸不着头脑了，“我还没弄懂你凭什么跟我收费啊？”

“为了给你当导游啊，笨蛋。你不是正在寻找特里·费得罗斯吗？”

“你知道他在哪儿？”

“没错。”

“真的？”

“真的。出五千磅就带你去。你一定觉得我这是乘人之危，对吗？”

我考虑了一会儿。好像没有多少可供我选择的余地。我要么信任她，要么继续一个人孤独地寻找，直到抵达预想中的线索尽头，接下来又会怎样呢？返回家中，在屋子里安静等死？那还能算是一个选择吗？无论我嘴上怎么说，我都不想再坐以待毙了，而且我也没办法结束由我一手开始的这些事情。无论怎样，她说的对——她已经救过我一命了。

“好吧，”我说，“但是找到费得罗斯以后你才能拿到钱。“

“可以。我相信你。这从你的脸上就可以看出来。”

“此话怎讲?”

“你的表情流露出脆弱和困惑。还有点儿迷失自我和无助的感觉，就是这样。”她向我投来狡黠的一笑，我心底的某个地方好像被照亮了，一种遥远的、不一样的、似曾相识的感觉。好像有一阵清风拂过心间。这感觉一降临，我的低迷心情就一扫而空。

“不过，”斯科特还在说她的，浑然不觉我的这些感受，“我不管那些杂事，所以由你负责出钱购买路上需要的所有补给和食物。我们需要的全部给养。”

“好的，”我说，还在回味这种清风拂过的感觉带来的震动，有点心不在焉，试图追踪出它的来源。

“我们还要说好，早饭、午饭还有晚饭都是你埋单。”

“好的。”

“那就从现在开始吧。”

“好啊。”

“你没弄懂我的意思吗？就从现在开始。”

我的眉毛慢慢地打了个结，把我从自顾自的遐想中拖回了现实世界。

“对不起，你说什么?”

“别装了，”她喊道，差点没跳起来，“我都快饿死了。”

罗丝大婶给我们做了一顿地道的英式早餐，包括香肠、熏肉、鸡蛋、青豆还有煎面包片，直到小山般的食物堆在我面前的桌子上时，我才意识到自己有多饿。我身上，尤其是胳膊肘那里，因为过去几个小时的历险中的撞击和摔跤而添了不少淤青。但是我的胃口和精神却恢复得惊人的快。

当罗丝大婶看见斯科特也坐在桌边时，我本来以为她会流露出本能的好奇，或者长辈那种不赞成的神情。我以为，带着一个陌生女孩出现在晚餐桌边，尤其是这个女孩还穿着我宽大的衣服时，这至少也会让罗丝大婶小小地惊奇一下，也许，如果她不喜欢这种事情，还会严厉地说上一句“我能和你谈谈吗?”随之而来的更为私人化的谈话也将不可避免。但是，罗丝大婶只是和蔼地问候了一句“你好，亲爱的”，斯科特咧开嘴，有点尴尬地报之一笑，此外，罗丝大婶没有任何多余的聒噪，她似乎更乐意向我们汇报伊恩昨晚的行踪。

当她把装满食物的盘子和烤面包片从端着的托盘上往下拿的时候，她告诉我，伊恩下午大多数时候都和她待在一起。

“喔，我希望你别介意我这么说，不过当时我的确听见它在不断哀鸣。

我打发约翰去把它送过来。在这儿我都能听得见它的哭声，我实在无法忍受这样的哀鸣，把人的心都要叫碎了。”

哀鸣？我只听见伊恩喵喵地叫过一次，那还是因为我不小心踩到了他的尾巴。伊恩可以连着几个小时开开心心地待在同一个地方，当然，除非它认为待在另一个地方对它来说更有好处。

“当然没关系，”我说，“多谢你替我照看它。”

当罗丝告诉我们，伊恩现在正高兴地在厨房后面的洗手间里吃着特意为他做的英式早餐时，我的怀疑得到了证实。我想，昨晚他不断哀鸣，一定凭借直觉感到了我的危机，它是在为我担心。我谢过了罗丝大婶，还为伊恩给她带来的麻烦道了歉。

“别客气，照看它根本不麻烦。”她说，递给我们一壶茶和一罐牛奶，“无论怎样，你们俩要吃饱吃好。看起来你们经历了很不寻常的一天呢。”

“她人真好。”斯科特看着罗丝大婶向厨房走去的身影，说道，“你有一只名叫伊恩的猫？”

我点点头。

她笑起来：“太好了。”

我知道早晚得补偿一下伊恩，今天早些时候的那次意外事件让它受惊了。我也知道，当伊恩发现我们多了一个新旅伴的时候，不会显得很高兴，也不会让我好过。我眼前好像已经浮现出它那张姜黄色的大胖脸上的表情——布满了厌恶和失望。

“它是个小混蛋。”我说，还在想着伊恩可能会有的反应。

斯科特听见我这么说，点点头，笑了，然后把自己的茶杯加满。

“没什么，养猫就要做好这样的心理准备。”

我考虑了一下，点头赞同：“没错，是这么回事。”

斯科特埋头大吃的样子就跟好几天没吃饭似的。我自己也贪婪地享受着大口大口的美食，可是当我已经放慢速度，开始觉得胃部发胀的时候，她还在专心致志地往嘴里填食物。

我故意摆出一副漫不经心的样子，准备向她打听关于路德维希安的事。

“你现在算是安全了。”斯科特好像读懂了我的心思，她把注意力暂时从正在努力消灭的那块熏肉上挪开，抬起头来说道，“那条鲨鱼不可能这么快就找到回来的方向。我保证，你最少有两天是安全的。”

“坐在你的摩托车上时，”我说，“我扔出去的是什么东西？爆炸了的那个？”

“某种——某种文字炸弹。它的基本构造，相当于用打字机的键盘和印刷出来的成批字母包裹着的一个爆竹。你可以用任何结实的物体与印刷文字结合，做成一枚这样的炸弹。扔出去的那个，是我用便宜的项链挂坠做成的。”

“你觉得我们炸伤它了吗？”

斯科特摇摇头：“不可能。你没看见它的块头有多大吗？毕竟——那不是真正的武器。爆炸会发送出金属字母——包括这些字母组合蕴含的各种联系，过往历史，所有一切——它们往各个方向炸开，以便搅乱鲨鱼游动的那道水流。”她用餐刀在我的茶杯和她的茶杯之间指点了一下：“正是这条水流让它能够找到我们。”

“我知道了。”

“与此同时，爆炸声还会吸引附近每一个听到这声音的人的注意力，鲨鱼会被这些蜂拥而至的大股新水流弄得晕头转向。即使它后来能找出正确的水流并且全速前进，也要花至少四十八小时才能重新找到我们。”

我听得聚精会神：“那你还有更多的吗？”

“你是说文字炸弹？还有两个。不过效果还是第一次使用的时候最好。以后再用，可能就没那么大的威力了。”

“斯科特，你怎么知道这么多东西啊？”

“也许因为我本来就是个天才。再说，我在和你这样的人一起上路的时候，总不能一点调研工作也不做吧？而且——”她停住话头。她没说出来的那些话让气氛变得有点紧张。

“那枚文字炸弹不是用来对付鲨鱼的吧。你本来是打算用它对付非人先生，对吗？”

“随你怎么想。”斯科特耸了耸肩，没有正面回答这个问题，但我捕捉到了她语气里的一丝不安，一种对紧张情绪的遮掩。

我感觉自己的神经也绷紧了：“他是什么人？”

“非人先生？”

我点点头。

斯科特用叉子拨动着盘子里剩下的食物。

“我觉得你不说话的时候更讨人喜欢。”

“我觉得你没有对我隐瞒事实的时候更可爱。”

“我没有对你隐瞒什么，”她抬起头来看着我，眼神中的凛然之气让我为之一震，“而且你对我一无所知。”

我的嘴惊讶地张大了，想要说出一句抱歉的话，但最终觉得还是闭嘴为妙。

几秒钟后，随着“看在上帝份上”的叹息，斯科特的表情缓和下来。

“你瞧，我只是想休息一个晚上而已。我们俩为什么不能装得像所有正常人那样，住旅馆，吃晚餐，做所有那些正常的事情呢？就一晚而已。我真的需要像其他人一样，哪怕只有一会儿。如果你不反对。”

“刚才我无意指责你。你说的对，我对你一无所知，可你也知道，从今天起，我必须开始了解你。”

她想了一下。

“好吧，这样行吗？明天你可以提任何问题，我保证告诉你一切，而且无论你想知道什么我都对你解释清楚，但是今晚，请别提问。今晚，我们只是两个普通人，同意吗？”

“好吧，”我说，“一言为定。”

“好的。现在，”斯科特把盘子从面前推开，做了一个深呼吸，对我挤出一丝疲倦的笑容，“我真的需要好好休息一下了。”

我也向她微笑了一下，顺利达成休战协定：“那么，根据约定，我想我该给你再开一个房间睡觉？”

“天哪，那可不用。”她说，显得很惊奇，“我就待在你的房间里。”

“睡哪儿？”

“床上。”

“那我睡哪儿？”

“你当然睡地板上了。”

“在我自己的房间里睡地板？”

“完全正确。不管怎样，这也算是一种锻炼吧。”

“我还是觉得两人睡两个房间更舒服点儿。”

“不行，要知道，舒服不代表一切。”

当我走过柳树旅馆的前门时，黄昏的光芒正在褪去，最后几缕苍白的橙黄色光芒被不断加深的深蓝色取代了。

我去取黄色吉普车里的睡袋，斯科特自告奋勇去罗丝大婶那里把伊恩带回来。我跟她说过了，这不是个明智的举动，除非她想让自己的身上多出几道抓伤，可她回答说，她就是想试试。反正我们早晚都是要认识彼此的，她这么说道。我本想说，那可未必，接着跟她解释，伊恩的确不是那种容易让你接近的猫咪，甚至不能算是一只和善的猫咪，它更像是一股带着锋利边缘的小旋风。可是，我想起来，今晚我要睡地板，而她却能高卧床上这个事实，于是我说出来的话变成了：“那你去吧，多谢了。”

我从旅馆的侧面踱到停车场，享受着傍晚气息的纯净，享受着今晚不用操心所有那些问题的感觉。我放任自己，假装我是个正常的人。就一晚而已。

因为全神贯注于这些念头，我已经走到了黄色吉普车的近处，也根本没注意到车旁那个正在抽烟的阴影。

我吓了一跳，赶紧猫下腰，但可能太晚了。

“你还好吧？”

我站起身来。

“我没事。”

“我刚干完活。你的车子修好了。”

我的背部肌肉总算放松了一点，但还没有全部松懈。我向前挪动了几步。

“你是修车铺派来的吗？”

“不，我就是旅馆的人。”

我不知道说什么好：“哦。”

“我是约翰。”那个男人说，主动向我迈出一步，伸出手来，“这是我家的旅馆。”

“哦，您就是罗丝的丈夫。”我赶紧走上前去，用两只手握住他的手，我如释重负的感觉流露得太明显了。

“人们总是这么叫我，罗丝的丈夫。你把我当成别的什么人了吗？”

“不是。”我说，随后又补充道，“我也说不清。”

“嗯，”他说，“我估摸着就是这么回事。”他往后靠在车身上：“抽烟吗？”

“不了，谢谢，我不吸烟。”突然我又想起一个细节——斯科特初次出现的时候说了这句话“你还在抽薄荷味的香烟吗？”看来明天又多了一个问题。

“你随意吧。”约翰说，“那么，你们是明天离开吗？”

我懒散地斜靠在旁边的一辆车上：“是的，你怎么知道？”

“今天我看见你和那个女孩一起回来。”

我感觉自己退缩了一下：“对不起，我本来应该——”

约翰挥了挥手，那意思是叫我别担心：“希望你不介意我这么说。你现在正面临一场战斗，对吗，孩子？”

几秒钟的沉默。“是的。”我简单答道。

他点点头：“你一到我们的旅馆，我就看出来了。罗丝也是。我猜有人跟你说起过那场车祸。”

“是的，我听说了。”

“所以，罗丝知道谁是真正的斗士。她自己也是个勇敢的女人。”

“当然。”我再次说，毫不怀疑的口气。

约翰眯起眼睛，点了点头，然后又抽了一会儿烟。

“世界上有各种各样的战斗，”他最后说，直起身来，“你进行的是哪种战斗和我们没有关系。不过希望你知道，无论何时，只要你想回来拜访这里，我们都欢迎你。你和你的猫咪。”他把烟蒂扔到脚底碾碎，然后往旅馆走去。

“谢谢你，”我在背后喊道。他走开时背对着我挥了挥手，好像在说别客气。

我走回房间的时候，斯科特已经在床上睡着了。她抱着棉被蜷缩成一团，她的头为了躲避灯光偏在一边，所以只有一只耳朵、脖子上后面一片白皙的皮肤和一只肩头露在被子外面。我把门关上时，她轻轻动了动，我注意到她胸罩的肩带是黑色的，在苍白的背部皮肤映衬下，那条带子显得磨损老化了。我用手掌揉了揉脸。就像这个崭新的快速变化着的世界上的大多数事物一样，我对这个女人的真实性也没有太大的把握。

伊恩这只肥猫就躺在她旁边的枕头上，睡得直打呼噜。它脸上一副笑眯眯的表情，很可能正做着梦呢，梦见它让我出了洋相。

电视还开着，放着我没看过的三级片。我把电视关上，把睡袋在床脚铺开。现在时间还早，可我实在累坏了。我把灯关上，脱下连帽外套和大短裤，躺下来。这感觉真好，不再是孤单一人：我是团队的一员了。这个三人小分队的成员正在一起休息，为明天做准备，准备着迎接新事物——一次冒险。也许吧。

斯科特又在床上翻了个身，她的脚伸出了棉被，脚踝就搭在床沿上。我躺在那儿看着她的脚，模模糊糊地想着跟我的脚比起来，她的脚太小了，我的脚长得比较滑稽，等等。当我的眼睛适应了黑暗以后，我注意到了什么。我坐起来，以确定我看见的正是我以为自己看见的东西。那不是影子，也不是在地板上蹭的灰尘或者别的什么，它就在那儿。我感觉到心脏都快跳出了胸口。

斯科特的大脚趾上文着一个笑脸。

第三部分

我们眼前所看见的，
只是世界的一小部分。
可我们习惯于认为，
这就是世界的全貌，
但我们错了。
真实的世界要黑暗得多，幽深得多，
水母和各种其它生物游弋其中。

——村上春树

18

啊啊 噢噢 耶耶耶

“太阳出来喽。快点，起床啦。”

我正在做梦，梦见了海滩。黄色的沙滩，一排排的白色遮阳伞，玻璃般清澈的水蓝色海面，一望无际，万里无云的天空。电灯泡片段的梦境，也许是几个星期以来我做的第一个这样的梦。以前，我梦见过自己在清冷的黄昏奔跑在浪花里。我梦见过希腊海边的那些小酒馆门前的灯笼，把彩色的光带投射到灰蒙蒙的海水中。我还曾经，曾经梦见——这个梦已经无法完整地回忆起来，它变成了碎片，梦中那丝带般的彩条散射开来，变成云雾状交织的种种情绪，但是我逐渐清醒的意识驱散了这些由各种情感组成的缤纷小彩云。这就是电灯泡片段梦境的典型过程，每当我完全醒来的时候，梦境也不复存在。

我眯起眼睛看了看打开的电灯。

“现在才几点?”

斯科特的声音不知从哪儿传了过来：“你肯定不想知道。”

我哼了一声，翻了个身，但还是感觉不大对头——我的脑海里隐约记起仿佛有什么紧要事情没有解决。对于还被睡意笼罩着的我来说，这种紧迫感不太明显，就像是一颗小石头被塞在帆布背包的底部，被遗忘在那里带来的一丁点模糊的重量。我半睡半醒的意识正在摸索着那颗石头。它躲到哪儿去了？是否有什么东西，比寻常物品更难以捉摸的东西，从我遗失的梦境中逃走了？也许吧，某种程度上说，它的风格跟我能模模糊糊回想起来的那些梦境几乎一致，但它也具有现实世界里物体的持久性。那么，这就是个具有混合性质的紧急事件了，它跟随我进入梦里，然后又被我带回现实世界。我在脑海里寻寻觅觅，突然，一个激灵，我终于想起来了。

我坐直身子，对斯科特发话。

“你的大脚趾上有一个刺青。”

“早上好。”斯科特说，“没错，是有一个。”

她又套上了我尺码过大的衣服，把她自己的脏衣服卷成一个长条，方便带走。

我把手举起来，遮住直射眼睛的灯光。我睡意蒙眬的大脑还在试图自我调节，以适应突然坐起来的这个挑战。

“你是什么时候把它弄上去的?”

“你是指那个刺青?”

“是啊。”

她看着我，似乎在考虑是回答我的问题，或是仅仅在想我为什么要知道。

“人们通常会问的第一个问题是，为什么要把这个刺青刺在没有人能看见的地方。”

“哦，这个我倒知道。”我说，冲她做了个鬼脸，“这是为了将来在太平间里用的，逗乐那个给你脚趾头上挂牌的人，对吗?”

她自顾自地笑了，把刚才卷成长条的衣服堆起来：“你有没有便携袋或者类似东西?”

我跟她说在帆布背包里有两个袋子，当她伸手进去翻找的时候，问我，为什么对她的刺青这么感兴趣。我还真不知道应该怎么回答她。“让我想起了某个人。”最后我这么说道。

她敷衍地点了下头，好像是说她没有认真在听，或者不想听我说一个冗长乏味的关于我的过去的故事。我也自顾自地笑了：她完全不必有这顾虑。

“那么，你为什么要做这个刺青呢?”

“我过去总以为自己长得又黑又难看。”

“真的?”我说，“没人会这么想。”

她转过身来，看了我一眼。我猜这次对话到此为止。在接下来的几分钟里，我坐在那儿不做声了，想让自己的脑袋清醒一下。在这个空中还点缀着星星的凌晨，我看着斯科特翻出一个袋子，然后把她的衣服都塞进去。整理好之后，她从床边拎起非人先生的皮包，然后把它递给我。

“这是干吗用的?”

“你等于在问非人先生到底是什么。”她说，“拉开边上这个口袋的拉链，把里面的东西都倒出来。”

我第一次认真地打量着这个皮包。这是个昂贵的包，做工精致，里面分几个舱室，外面装饰着口袋。包里主要的空间被分成两半，一半装着几片留声机的黑色塑料碎片，还显得挺空，另外一半用一个铜制拉链半封起来。

“继续拉啊。”她坐在床边看着我说。

我把拉链拉开，把里面的东西摇晃了几下，倒在我紧合的两腿上。一大堆透明的塑料胶囊在我的腿间滚动。它们翻滚的时候发出类似婴儿拨浪鼓那样哗啦啦的声音。有一些滚到了床底下，还有一些滚过了地板。我随便拿起一个，看了看上面的标签。

“注意力。四毫克。”

斯科特拾起另两个滚到她脚边的胶囊。

“推理能力。”她说，“还有一个写着幽默感。”

“礼貌举止。归纳能力。坚定信念。友善微笑。劝说本事。”当我用手指拨动这一堆东西的时候，每个胶囊里的白色小药丸都发出沙沙的响声，“这都是些什么玩意啊?”

“非人先生。”斯科特说道。

我看着她。

“这就是他。或者说，最接近他本质的东西。就是这些使得他的躯体能活动，就像真人一样。”

这些药丸胶囊在我的大腿上堆起来的样子活像一个鼹鼠丘[①]。我用手指尽可能轻柔地又一次在这堆药丸里翻看着。感觉好像在给非人先生做尸检似的。关心。惊奇。怀疑。尊严。

“这就是他?”

“没错，这就是他。”

我觉得自己渺小而虚弱：“他跟我说过，是一只路德维希安把他变成了这样。”

一开始，斯科特没有回答，她只是端坐在那儿，用食指和中指轮流敲打着拇指，每敲两拍就换一下手指。这是她在沉思中流露出的不安举动，但同时也在考虑该如何措辞，就像发电机在发电之前做准备一样。“我很抱歉，”她最后开口道，“我本来应该更委婉些——”

“不，没事。告诉我吧。”

“他不再是一个真正的人了，他只是一个概念上的人。是由皮肤和化学物质包裹起来的一个概念。你的鲨鱼很可能把他看成了一个潜在的对手。”

我不由想到了非人先生用奇怪的声音说的那些话，开始他说我们是同一个人，可随后又予以否认。

“由皮肤和化学物质包裹起来的一个概念。”我重复道，“在我听来，这差不多就是一个人。”

斯科特摇摇头：“不。真正的人可不是这样。”

我没有跟她争论——对于什么是人或者不是人，我自己又知道多少呢?

---

① 鼹鼠丘：鼹鼠在地下挖土时，将泥土堆放在外面，形成鼹鼠丘，通常为圆锥状。

“那么。”我说，好像长舒了一口气，把话题改换到“我们要去哪里？为什么要这么早起床?”上面。

没有回话。我抬起头来，发现斯科特正看着我。我能看出她脸上流露的某种温暖的东西，这东西在她一贯装酷的外表之下，被掩藏得很好，但是，在她的眼睛和嘴唇后面还藏着些什么。

“你不会像他那样收场的，你心里很清楚。”她说。

我默默地点了下头，我知道，但我的眼睛背叛了我的心。

只有一小会儿，就像云朵的阴影掠过地面那么短暂的时间，斯科特脸上那种温暖的东西复又变回了原先的漠然，不是那种无情无义的冷淡，更像是一种无奈的悲哀，让我想到冬季的海岸线。

“准备好了。”她跳起来，打破了刚才那种氛围，“我们朝曼彻斯特进发，然后就钻到地下。我们需要把这些东西打包，半小时后上路。”她扫视着房间，脑子里也许在不断考虑时间、路程、后勤方面的细节，等等。她深思熟虑的眼神掠过我，一次，两次，然后，第三次看过来时，她生气地嚷嚷起来：“埃立克。”她说：“你怎么还干坐在这儿，赶快动起来。”

清晨五点四十分，黄色吉普的轮子已经行驶在黑暗的路面上了，车的后部堆满了一箱箱的书，打包的行李，当然还有睡眼蒙眬、因为被我们搅了好梦而恼火不已的伊恩，它正在猫笼里补觉。我本来一直等着斯科特跟我提出如何处理伊恩的事情——比如把它送到某个猫咪寄养处，或者请罗斯大婶照料几天，但是我们的向导似乎默认了这样的事实，即我们走到哪儿，伊恩就跟到哪儿。我暗自高兴，因为我并不打算把它独自留下，而且我的头脑还有点昏昏沉沉，脑子里满是早晨斯科特盯着我时的那种眼神，根本不可能提起精神去讨论伊恩的去留问题。恰恰相反，我们只是把东西都装到了黄色吉普车上，静悄悄地，然后离开了。斯科特把非人先生那个装满药丸的皮包和他送给我的那本书一起扔到了旅馆停车场后面的垃圾箱里。我们离开时，我在旅馆的前台上放下一张支票和一张纸币，大大超过我应付的数额。知道罗丝和约翰能够理解我这么做的苦衷的想法，让我松了口气。我和伊恩得悄悄地溜到前线去。

斯科特望着车窗外面。黑色的树影、路边的石头，还有路灯，以稳定的节奏一闪而过。这么一大早就起来开车让一切仿佛都变成了梦境。我意识到，街上零星地还有几个司机闪过，就像一个漂亮池塘上漂浮的落叶。

我的思绪迷失在我已经不大记得的古老的曲调中，这调子总是不断地在气势磅礴的副歌部分重复回旋。我需要跟人讲讲话，把脑子里的音乐赶走。

“嗨，我们现在去哪儿?”

“嗯?”斯科特把目光从车窗外收回来，刚才她不知神游到什么地方去了。

“我们现在去哪儿?”

“丁斯盖特[1]。”

“这我知道，你说过要去丁斯盖特，但我的意思是——说得更具体点行吗?”

“要是我告诉你——”

“你就不得不杀我灭口?”

“那倒不至于，不过，”她在座位上不安分地动了几下，“要是我告诉了你，你可能就要说些无聊的话，比如‘那根本不可能’，而我不得不说‘这当然可能，因为什么什么’一类的废话，然后不管怎样，你都会继续和我一路争论下去。当我们在经历所有这些毫无意义的争执之后，还是会到达既定地点，那时你就要说‘斯科特，原来你始终是对的，瞧我，真是个白痴。’所以，为了避免那些不必要的废话，我正在想，还是把全盘计划不说出来为好。”她带着那种令人恼火的微笑向我看过来，“暂时不说为好。”我能感觉得到伊恩正从黄色吉普车背后看着我，露出一脸猫咪特有的坏笑。

“我能打开车上的广播吗?”

我点点头：“那么，今天你准备好回答我所有的问题了吗?”

“哎，我们当时可没有设定时间期限啊，对不?我可没有说‘我保证我会在你提问的三十秒钟之内回答’。我只是说今天。”

“你骗人。”

“这不算骗人。这是策略，两者有很大不同。”车上的收音机嗞嗞作响了一阵子，突然爆发出一阵歌剧的声音，然后定在《欢乐星期一》频率上。“好极了。”斯科特说，接着砰地一下往后靠在座位上。

“你要是不喜欢听，可以再换个台。”

“谢谢，我换过了。”

“我知道。”

希恩·瑞德那沙哑而梦幻的嗓音从老式喇叭里传出来，斯科特也加入了合唱——她一边喊着：“啊啊，噢噢，耶耶耶我今天要把那个人钉上十字架。”一边用手指在膝盖上打着鼓点。我可能碰到了世界上最烦人的女孩。我微笑着想。但不管她多讨厌，我还是感觉到一股新鲜的活力，就像一扇掉了漆的老木门被重新打磨，露出原木色。不管多招人烦，我身边的这个女孩不再是另外一个冷漠的人了。她一边唱歌，一边在膝盖上打着鼓点，斯科特就像一股力量，一股明亮的、小小的能源之波，穿透了我这辆黄色吉普里的

① 丁斯盖特：曼彻斯特市的著名街道，位于城市的心脏地带。

黑暗世界。我不知道世界上还有什么东西能够阻止这样活力四射、边唱边在自己腿上敲着鼓点的女孩。

《欢乐星期一》节目后面，是《亲爱的滑稽罪犯》这档节目，接着播放加里·努曼的歌曲，最后是本地新闻。一听到新闻播报，斯科特喊了声“没劲”，然后又开始转动调谐钮换台。

“我还有个问题。”我说。

“说呗。”

“你怎么知道这么多关于我的事情？”

“女性的直觉。”

“你能凭女性的直觉知道我过去抽薄荷味的香烟吗？”

“哦，你说那个呀。”斯科特把收音机关上，吐了口气，并不是叹气，更像是说话前的清清嗓子。

我耐心地等着。

“想弄明白这点，你就要知道，历史是不断沉淀的，就像恐龙死后陷进坑里，会变成化石一样。次空间探索委员会记录了很多跟他们有关系的人的历史，也有很多无关人士的记录。哪怕你只是在某一次地下冒险中无意扔掉了一个烟头，这也会被他们藏进不知放在哪儿的与你有关的档案里。也许是收在一个玻璃盒子里，外面还挂着姓名标签呢。”

斯科特说的这些话，好像一束手电光线往我脑海深处的黑暗角落里照进去，但还不够亮，照得不够远。我没再多想，说道：

“我想你不能真的算是那个委员会的成员吧？如果他们确实建立了——”我觉得这样说很傻，但还是说了“——关于我的档案，他们为什么要给你看呢？”

斯科特微微一笑：“我想看什么就看，犯不着请示他们。”

“我早想到你会这么说了。”

“你当然应该想到。你还没有表面看起来那么傻。”

我转过头去，扬起眉头，瞪着她。

“算我没说。”她说。

我们在靠近一家麦当劳餐厅后面的一排垃圾桶旁边的小巷里停了车，就在斯科特说的丁斯盖特附近。天色还很暗，时间尚早。这时候，街上只有清晨出来觅食的野猫在游荡，间或开过几辆卡车、出租车，还时不时飘几滴雨。

“这里就是我们停车的地方。”当我关掉发动机时，斯科特说。

“这儿？”

“没错，放心吧，停这里没事。”

“要停多久？”

“这要看你到达次空间和想要返回这里的时间差了。我估计——”她想了一下“——怎么也得四天吧。”

“我不能把这辆吉普车扔在这么个破地方，上面还有我好多东西呢。我要找一个正式的停车场。我们停完车可以走回来。”

“不行，我们必须把这辆车停在这儿。要是我们不把这辆吉普停在这里，会搞砸事情。这是某种潜在协议。做事情得按照一定的顺序来。”

“什么样的顺序？”

“你不用费劲弄明白，只要照办就行了。”

“问题是——”

斯科特的语气里带上了几丝怒气：“好吧，别再跟我争了。”她想了一下：“你知道什么是中国魔盒[①]吧？”

“知道。”

“好吧——我们现在要做的事情就像打开魔盒的过程。你必须知道在什么时候给什么地方施加压力，按照什么顺序来，才能打开那个盒子。”

“好吧——那么我们现在是要打开什么呢？”

斯科特看着我。“整个世界。”她说。

城市也会说话，发出低沉的嗡嗡声，他们在睡梦中吐出蒸汽和烟雾，每条小巷都能感受到城市的颤抖。我关上车门，把我的外套裹紧。斯科特也在发抖，她紧抱双肩，两手缩在宽大的军用夹克袖子里，摩擦着胳膊，还不断在柏油路面上跺着脚。

“那么，”她说，“现在最好是把所有有用的东西都搜集起来，够穿几天的衣服，还有你的确不想留在车里的那些东西。不过尽量轻装上路，我们要走很远的路。”

伊恩看着我把帆布背包清空，然后又塞进衣服，一个睡袋，电灯泡录像带，书本，手电筒，录音机和好几板电池。当我整理背包上的扣件和背带时，斯科特一只手拿起了装着食品的一个大塑料袋，那是我们在路上的一个二十四小时便利店里采购的，然后绕过来，用另一只手把装着伊恩的猫笼从汽车后面拎出来。

“如果要走很长的路，”我说，“它可能变成我们的负担。”

---

① 中国魔盒：嵌套式的装饰性盒子，没有技巧就难以打开，通常用来比喻事物之间的层叠关系。

“它这身肥肉已经是负担了。别担心，我们能搞定。”

伊恩黑色的身影在猫笼里扭动了几下，提醒我们当我们谈论它的时候，不要忽视了它的存在，然后就继续假装呼呼大睡了。

“我还是不清楚我们要去哪儿。”

“好吧，现在闭嘴，待会儿你就知道了。”斯科特深吸了一口气，然后缓缓吐出来，想要控制住自己的发抖，“这有点像《活死人黎明》[①]或者类似的恐怖片，不是吗？”然后又面带微笑对我着说：“你信任我吗？”

“当然，”我承认，把背包甩上肩膀，“我自己都不知道为什么会相信。”

装束停当之后，我们沿着小巷走下去，穿过一条黑暗的街道，没有行驶的车辆，只有呼啸而过的风声，还有一个不小心被踢倒的可乐易拉罐，当它带着丁零当啷的声音滚开时，这就像是世界上最吵闹的噪音了。斯科特领着我来到了一个大书店的后门那里。

“这是水石书店[②]？”

“猜对了。”她说，把手里的食物和猫篮放下来，在口袋里摸索着找什么东西。她拿出来一个金属小玩意，观察了一会儿以后，就把它猛地推进门上的钥匙孔里。

“慢着——我们这不等于是在闯入水石书店吗？”

她转过身来：“你真是啰唆。”

“要是警报响了怎么办？要是门打不开怎么办？要是——你真的在往书店里硬闯？上帝啊！”

“你就不能让我干事的时候耳根清静点？算我求你了。”

我在街上东张西望，胳膊紧紧搂住双肩，真希望自己能找个地缝钻进去，斯科特把那个金属玩意从钥匙孔里抽出来，推了一下，门便向后打开了。

“瞧，”她说，“哪有什么警报？也没有什么打不开的门锁。你还记得我说过的关于中国魔方盒子的话吗？”

“所以，把吉普车停在麦当劳旁边的垃圾箱那里就意味着，当我们在水石书店撬门的时候，警报不会拉响？”

她把食物袋和猫笼重新从地上拿起来：“走吧。”

“斯科特，这实在——”

---

①《活死人黎明》：重拍自1979年的同名电影，该片是讲述吸血僵尸故事的“死亡三部曲”的中间一部。

②水石书店：世界上第一家水石书店于1982年诞生在伦敦的老布隆顿街。到2003，水石已经成长为英国首屈一指的书商，触角遍布英国、爱尔兰和欧洲的200个主要街道和各大院校。也是欧洲最大的连锁书店。

“不管怎么样，我们都得进来，不是吗？快来吧。”

我跟着她走进书店，把门在背后带上了。

开始那一会儿，书店里黑得伸手不见五指，接着，随着前面另一扇门的打开，一束光出现了，并随即扩大成一个巨大的长方形。通过那扇门我看见了很多书架，还有书店里的地板在黑暗中的样子，代表已歇业的橙黄色灯光半亮着。在我的前面，随着斯科特走出门廊、踏上商店的地板，她的影子还原成了真实的人。我紧紧跟上。

我们背着包，带着一只大黄猫，站在那儿——两个跑错了地方的背包客——在一个关闭的大书店里。

“感觉不太真实，对吧？”斯科特轻声道。

“感觉——”我无法找到合适的词来描述此刻的感觉，但当我们置身其中时，斯科特的中国魔方盒子理论似乎更可行了。这个地方，四面封闭，灯光半亮，黎明前的平静，这种时候不是每个人都能碰到的。你不可能随便推开一扇门，无意走进这样的一处场所，在你转动门把手走进去之前，肯定还有什么预备工作要提前完成。“这里还真有点宗教的神秘感觉。”我最后说。

斯科特点点头：“当某个地方空无一人的时候，总是会沾上点神圣的感觉。也许跟那种安静的氛围有关。”

“既然我们已经在这里了，接下来该怎么做？”

“找到所有的 H 字母。”

“你是说，找到 H 字母打头的那些书？”

“只找小说。找作者姓氏里有 H 的那些小说。我想应该在那边吧。”

我们从那些安静的书架中挤过去，一直走到小说作者的姓氏里由字母 H 开头的那些书籍所在处。

“只找这底下的四排就可以了。”斯科特说，“我们需要把它们拿下来，堆在这边。”

我们迅速行动着，一次取下八到十二本书，然后在抬起来时用我们的手掌紧紧按压住书的封面，接着堆放到我们左手边 G 字母开头的书架前。取完这批书以后，斯科特拿着一个空书架板，把它往上略抬，从书架上取了下来，整齐地放到那些书旁边。她又用同样的方法拿下了另外两块空了的书架板，然后趴在地上，检查书架的后面。她从宽大的军用夹克里摸出一把小小的螺丝刀，很快就拧下了一颗、两颗、三颗、四颗小小的银色菲利普小螺丝。

“把它们跟书放在一起。”她说。我照办了，斯科特用她的螺丝刀撬起下面的薄木板，也拿出来递给我。原先放木板的地方，现在露出了一个三英尺宽四英尺长的长方形黑洞。

“我们就从这里下去。”斯科特说，然后站起身来拍打着身上落的灰尘。

“这洞口通向次空间?”

“对了，就是这里。”

我把帆布背包从肩膀上拿下来，四肢着地，趴下来往洞口里面看。我只能看到两三英寸的灰色混凝土墙壁，再往前就是完全的漆黑一片。书店里干燥温暖经过处理的空气让穿着厚夹克的我开始流汗了，不过从洞口吹出来的风倒是很凉快，风很大很真实，似乎在诉说着数英里以外的未知空间里的故事。

我起身去取背包边袋里面的手电筒，但我发现自己的动作变慢了，注意力涣散。我转过身，坐下来，盯着那个黑洞。

“你没事吧?”斯科特说，她在我的身边蹲下。

“我突然有种感觉，如果我进了那个黑洞，就再也不会出来了。”

她的表情看起来很严肃，似乎仔细权衡了一会儿，然后用肩膀撞了我一下，这是一饱含鼓励的亲昵的推搡。

“怎么?”我说。

“要是不把你的飞来去器[①]扔出去，怎么能让它带着猎物回来呢?”

“但是。如果我根本不想把我的飞来去器扔进这个大黑洞里呢?”

“正是因为有了扔出去和转回来的过程才能叫做飞来去游戏，笨蛋。要是没有了扔出去的动作，你等于只拿了根普通的棍子罢了。”

我笑了：“谁死了把智商传给你，让你这么狡猾?”

“嗯……”假装思考了一下以后，斯科特孩子气地耸耸肩，“也许是上帝他老人家?”

我看着她。

“怎么了?”

“哦，你真敢说。”

“这有什么?”

“我只能——自叹不如。”

“滚你的蛋。”

---

①飞来去器：又名回旋镖、自归器，顾名思义就是飞出去以后会再飞回来。它的形状有“V”字型、香蕉型、钟型、三叶型、“十”字型、多叶型，以及其他的各种造型。

19

历史沉积

在我们的手电筒光束照耀下，书架后面那块地方显得异常普通，就是在灰色混凝土地面上凿了一个圆洞，还有一个钢铁梯子通向地板下方。

“我们就从这儿下去。”斯科特说，“你得把背包解下来，举在头顶好爬下去。”

“猫怎么办?”

“我先下去，然后你把猫笼递给我。”

斯科特把亮着的手电筒放进我们装食物的提兜里，然后把提兜挽在手腕上，爬过书架，钻进后面。黑暗之中，白色的塑料袋带上了一种柔和的散射光，装在里面的食品包装盒的轮廓和几瓶水的剪影倒映在混凝土墙上。我看着她的腿跨过洞口，弯曲了一下，爬下了几级梯子。当她下去的时候，塑料袋的反光消失在洞口之下，一线黑暗相应地迅速从墙壁移到天花板上。

“好了，现在把猫递给我吧。”

猫笼里的伊恩面无表情。它要么很害怕，要么就是出人意料地平静，好像在考虑什么似的。

“真对不起，”我对着猫笼说，“我保证会补偿你的。”然后把它向洞口递过去。

斯科特握住了笼子上面的把手。“我们在下面等你。”她说，一边把猫笼单手举过头顶，一边开始向下爬去。我看着他俩消失在洞口下方，先是斯科特的肩膀，然后是头，然后是大部分胳膊，最后是伊恩的提篮，我的手电筒还照见了伊恩消失前那一本正经的表情。

我把背包推过书架，然后跟在后面爬进去。

当我爬下梯子，脑袋位于地板之下时，使劲把背包拽进来，拖在后面，然后我听到底下传来沉闷的金属撞击声。苍白的光线从梯子上方照进来，在头顶上投射下长长的阴影。我费力地把背包拉进洞口，用头顶着它，然后用右边胳膊保持平衡，开始继续往下爬。

梯子底部是一条很长、也很直的混凝土走廊。悬挂在电线上的桔黄色灯泡发出微弱的光线，给周围的东西都罩上了一层黯淡的黄色，往走廊两端看不见的深处延伸而去。

“我们有灯光了。”我说，把帆布背包放到地上。我的声音产生了回响，就好像在空房间里拍手产生的回音一样。这里的空气闻起来很干燥，像个工厂。

斯科特斜靠在走廊稍远处的墙上，拿着非人先生的笔记本电脑，装着伊恩的提篮，装食物的提兜，还有，我注意到，另一个背包就在她脚下。她在等着我爬下梯子，当看到我下来之后，她半跪下来，拉开那个新的背包，在里面扒拉着。“这是四号电力通路走廊。”她说，“欢迎光临次空间。”

“那是什么?”我说，指的是那个新出现的背包。

斯科特从背包里取出两卷裹得很紧的东西，抖开来——原来是一件蓝色的背心和一条绿色的军用作战裤[①]。

“这是我的东西。”她说，“我出发时放在这里的。”斯科特把衣服铺开在她的背包上，然后开始解腰上的皮带。我那条对她来说过于肥大的裤子从她白皙的腿上滑落在地，她迈出两步，鞋子也已经脱掉了。“你不会以为我要——”她一边把我的大T恤从头顶上往下脱，一边说“——在后面几天里都穿着你难看的衣服到处跑吧?”然后她把我的衣服卷起来，扔向我。

我抓住那堆衣服，抱在胸前。

我突然意识到，面前的斯科特只穿着昨天晚上我见到过的胸罩，还有，我的一条深蓝色平脚短裤。她就那样站在走廊里，看起来——哇哦，看起来真是美极了。白皙而完美——这种完美并不过分，很真实。她颀长的脖颈，精致的锁骨，小巧的胸脯——仿佛古老的大理石雕像般的曲线从穿旧了的胸罩罩杯里凸显出来——苗条得能看见肋骨，小块的结实肌肉，在她雪白的肌肤下运动，指挥着她的小腿，她的胳膊，她腰肢的扭动，我的蓝色短裤在她臀部的曲线那里延伸开，往下到大腿，裤腰箍在她的小腹那里，在短裤松垮的前部，钮扣之下——没错，我看到了，只是偷看，怀着内疚的心理，一次，两次——短裤的布料绷成了一个稍稍凸起的V字型，然后消失在她的两腿之间。

我转过身去，想把怦怦作响、快要跳出胸口的那颗心放回去，让它沉下去，安静下来，可它就是不肯。这种触电般的感觉，震惊，欲望，让我的身体因之而雀跃。意识到这一切，我感到一种尴尬的恐慌。我盯着空荡荡的混凝土走廊，耳朵却捕捉着斯科特在我身后的一举一动，我突然心生一种最为强烈的惶恐，也许，像现在这样故意不去看她更不是个好办法，这样的逃避

---

① 军用作战裤：即军用迷彩裤，设计紧凑，也深为一般年轻人所喜爱。

比直接看过去的意图还要明显得多。当我转过脸不看她的时候，等于在招认我脑子里联想到了那些乱七八糟、令人尴尬、孩子气的傻念头。于是，我尽力让脸上的表情显得平淡些，假装不感兴趣地，回过身来。

斯科特正在抖开她的裤子，准备往身上套，她似乎根本不在意我有没有看她更衣。她甚至也不关心我的这种目光是像个白痴还是像个色狼。这种姿态蕴含着强大的女性自信心，在她举手投足间蕴藏着某种轻松但却无可否认的魅力。这个女孩——更确切地说，女人——能够随心所欲地让世界为她倾倒。这是我见过的最引人注目的女人。

“你还是穿着我的平脚内裤呢。”思前想后了半天，我小声地说出了这句傻话。

斯科特一边系鞋带一边抬头看着我笑道：“埃立克，你没和女孩打过什么交道，对不?”然后她站起来，把那件宽大的军用外套甩到肩膀上。

“抱歉。”我尴尬地说，回过神来，意识到现在情况颇为奇怪，因为我还傻乎乎地把她甩过来的那堆衣服抱在胸前。

“嗨，”她扬起眉毛，“这是个玩笑，别介意。我逗你呢。”

我点点头。她在向我表示友好，这让我感到比刚才更傻。

斯科特把食品袋装进她的背包，然后开始动手把非人的笔记本电脑绑在背包后面。我把她刚才穿过的衣服放在背包顶部，把包背上肩，拿起伊恩的猫笼，举到眼前看看它是否安然无恙。它那张黄色的大猫脸上一双半眯起来的眼睛带着幸灾乐祸的表情看着我。

“你最好给我闭嘴。”我对它用口型无声地说。

我们在电力通道四号走廊里徒步了两个小时。然后顺着一个梯子来到了一个看起来像是废弃仓库的地方，穿过一个大型支架，下到了一个更为狭窄的地道之中，地道里点缀着幽暗闪烁不定的灯光。我们有一句没一句地闲聊，斯科特问了很多关于音乐的问题，哪些乐队还在一起啦，哪些乐队散伙啦，还有电视剧，就是那些谁跟谁上了床，谁把谁杀了，谁欺骗了谁这一类的肥皂剧。她问的有些演员的名字我都从来没有听说过，我不禁要想，她独自在这个安静的与世隔绝的次空间里待了多久。我们还互相开玩笑，慢慢形成了这样一种共识：1.我们自己说的笑话比笑话本身更滑稽；2.对方的笑话则是糟糕得不能再糟糕了。在我又口吐一则妙言之后，斯科特突然停住脚，静静地站在闪烁的灯光下。

“怎么长着这么长的爪子？[①]”她重复道。她用不解的目光看着我，就像

① “怎么长着这么长的爪子”：该则笑话应该是讽刺特工人员的，因为特工总是四处刺探情报，所以，英国特工的代号就是“长爪”。

观众看着杰瑞·斯普林格脱口秀[1]上表现最极端的嘉宾似的："埃立克，你说，这笑话到底是什么意思呢？"

"你真是个土得掉渣的家伙。"我说，微笑着自己往前走去，不管她。我心里想着，在我的内心深处有某种炙热强烈的意识：生活就应该像这样。但是随后，我冷静下来，想着，好好享受吧，你只有一天可逍遥了。路德维希安不会永远找不着你的。

在地下，日子只能通过手表的指针来判断。手表滴答滴答从上午走到下午，又滴答滴答从下午走到傍晚，而我们总在隧道里穿行，在不同的梯子上上下下，用手电筒照亮宽大平坦的天花板下低垂的黑暗空间，一路上碰到不少旧报纸、空易拉罐和垃圾。我们见到了不同的地方，走过了不同的空间。服务区走廊，方便斜道，泄洪排水管，我们还用手电筒照到了一个陈旧的工厂地下室，里面堆放着巨大的老式缝纫机巨型线圈。当我们穿过那里时，这些庞然大物投射下巨型的阴影，仿佛回到了侏罗纪时期——历史在沉积——我们还经过地下停车场、废弃的档案馆和储藏室。我们挤过缝隙，爬过碎石堆，下到写着"闲人免进"的混凝土楼梯间，进入到或废弃，或仍在使用的建筑物中。

我们每隔两三个小时休息一次。斯科特会在红色的小笔记本上写下进展情况，然后我们喝点水，吃点东西，轮流负责拎着伊恩的猫笼，然后重新出发。一段一段时间在不知不觉中逝去。当下午变成了傍晚，我们的笑话和游戏也差不多卖弄完了，这次旅途渐渐变成了一次沉默的行军，这样也好，有充足时间思考自己的问题，虽然腿脚疼痛不已。在傍晚六点左右，斯科特终于叫停了，我们放下背包准备过夜。

我们抵达的是一个破旧的货仓，上面的屋顶用支架撑起来高耸着，还安装了双层玻璃好透进光线。大部分玻璃已经破碎了，绿色的长青藤爬上屋梁，又沿着墙壁爬到远处。我们头顶上被屋梁切分开来的天空呈现出烟蒙蒙的紫色，就像我们在曼彻斯特城市里见到的那天早上一样，低垂着——就好像这一天还没有过去似的。

我躺在粗糙的地板上，靠着我的背包，仰望着空中的云朵。

"我觉得腿都走麻了。"

我们眼下获得的自然光线还不足以用来阅读，所以斯科特借手电筒的灯光，翻看着自己的日记本。

---

① 杰瑞·斯普林格脱口秀：稳居美国日间谈话节目收视率首位，也是最低俗的谈话节目之一。

“我们的进度还可以，”她说，“我们明天就应该能到那儿了。

明天。我们明天就能找到特里·费得罗斯了。

“很好。”我说，闭上双眼，什么也不考虑，享受着这一刻的宁静。

“嗨。”

“又怎么了?”

“你的猫怎么办?”

我张开眼，转了个身侧躺着：“我没看出它有何不妥啊?”

“听着，它不可能拿着卷筒纸上厕所，让别人像我们那样在前面只管走路，对吗?它已经憋了一整天，没拉屎撒尿。”

我可没想到这一点。如果在随后几天我们还想让伊恩好好待在那个猫笼里，被我们拎着四处走的话——

我翻了个身，趴在那儿，紧闭两眼：“你说应该怎么办，斯科特。”

“我觉得应该放它出来，让它自己解决。”

“它要是一去不回怎么办?”

“我看伊恩不像是那种会逃跑的猫。”

“不过，你知道，我还是有点担心。”

“它能去哪儿?再说了，我们没什么选择余地，除非你明天想拎着它和它拉出来的排泄物赶路。”

我睁开一只眼睛：“听起来真恶心。”

“呵呵，我是实话实说而已。”

她说得对。我坐起身来，抱住膝盖，然后，痛苦地，站直身子。伊恩的猫笼就放在斯科特身边，旁边是她的背包，她还在看日记本，不时借着手电筒的灯光做笔记。我半跪在伊恩的猫笼前，透过栏杆往里面瞧。在几乎漆黑一片中，我觉得我只能看到两只无动于衷的大眼睛。当然，身在暗处的伊恩，能把我看个一清二楚。

“好吧。”我说，“我现在要把你放出来，好让你去方便一下。不要四处乱跑。我们给你准备了美味的金枪鱼罐头，等你回来，你说是不是，斯科特?”

“非常好吃的鱼罐头。”

“所以，如果你想玩失踪，损失最大的是你自己而不是我，知道吗?”

猫笼里没有传来回答。

“好吧，我现在给你开门了。”

我把插销拔下，把门推开。过了一会儿，伊恩肥大的姜黄色身体踱了出来，先是非常谨慎，随后，带着那种这儿看起来还不错的表情开始四处溜达，就像谁家的老爸在参观别家孩子的老爸的新车时一样，就这样它慢慢溜达进仓库的深处不见了。

“瞧，它不打算回来了。”

“你真是比老太太还啰唆。”斯科特说着，把书推到了一边。然后，发现我依然一脸担心，她说，“它肯定要回来的。你都跟他说了晚饭有金枪鱼。”

“去你的。”我笑了，也不管那的确是我说过的话，“但我不知道要是它走丢了，我该怎么办？这么久以来，就只有我跟它相依为命，你知道吗？”

“我知道。它会回来的。别担心。”斯科特站起来，“趁着天还没太黑，我们来生堆火。我们经过的门口那里有一些木条，你能取两根过来吗？我在这里做些引火的纸媒子。”

我有点想说，但是如果我们点燃篝火，会不会引来别人？会不会有人去报警？但我没问，部分是因为我太累了，部分是因为我觉得我开始理解次空间的工作程序了——没有任何其他人会来这里。

除去对伊恩的担心不论，我的心里还是暖洋洋的，因为又可以和斯科特睡在同一个地方了。成为团队的一员，集体的一部分。那天，我第一千次回想起斯科特换衣服的场景，我的长裤从她雪白的腿上滑落，她从里面迈出来，我的平脚裤紧紧地绷在她的臀部和大腿上。成了团队的一员，我想着，是的，埃立克，就是这种感觉。我去取木条了。

我们点了一小堆火，很快，我们就被温暖的橙色、深红色和气氛暧昧的黑色笼罩了。我们分吃了一个豌豆罐头，还用大块的面包蘸着斯科特饭盒里面的水吃。我说我们应该尝试在篝火上烤面包，但是斯科特微笑着摇摇头。

“直接在篝火上烤面包。听起来似乎是最容易不过的事情了，对吗？不过你只要问问任何尝试过的人，就知道后果如何了。”

我不禁想知道，曾经的埃立克·桑德森是否试过在纳克索斯岛的帐篷外面烤面包。我的双手以前是否从事过这样的行为。我想象着他和科莉为烤糊了的面包争论不休，然后我又想到他们会开怀大笑。他们俩都不在了，历史已经忘记，像这样微不足道的小事情是否发生过，如果确实发生了，他们又是何反应。看着篝火，我决定让他们以开怀大笑结尾。我意识到，有好一阵子，我没有想起曾经的埃里克·桑德森了。

斯科特倒了一点水到空豌豆罐头里，涮了涮：“其实，还有一件事情你没有问过我。”

“一件？”我说，“我有一百万个问题等着你呢。我不知道斯科特是不是你的真名，你从哪里来，你多大年纪，这样的问题数不胜数。”

“的确。但是你没有问过其中的任何一个问题，因为作为一个男人，你考虑问题周到得令我惊讶。你知道我对有关自己身世的问题很敏感，你不想伤害我的感情。”

我想看看这话里有没有什么取笑我的小陷阱，但我并没有发现。“谢谢。”我谨慎地说。

斯科特笑了。要说她有什么取笑我的小小恶意，那也被藏在闪烁的火光背后了：“话说回来。其实，你真正想问的那个问题是——”

“谁说你可以穿我的短裤了？”

“在没有洗的情况下，你有可能收回这条短裤吗？”

“你可真是个讨厌的女孩，知道吗？”

“随你怎么说吧，小气男人。”

我随和地点点头，笑了一下，然后看着火焰，让思绪随着火光沉淀，没有再跟她抬杠。时间一秒一秒，滴滴答答地逝去，汇集成一分钟，无论逗乐还是犯傻，最后都透过我们头顶上破碎的玻璃散开、远去了。我盘坐在地板上，能感觉到腿下的混凝土坚实、冰冷，身边的空间巨大、黑暗、空旷。我低头看着自己的手指，这十个手指，这两只手，还有这双手腕，在过去大多数时间里都属于曾经的埃立克。我知道那些玩笑和游戏无法隐藏我内心的失落，无法隐藏发生过的事情。令人痛苦的事实是，这样的休息时刻是短暂的。

“再接着问问题啊。”斯科特说，我想，我在她身上又看到了某种相似的东西，那种冷意，在她身上投下的阴影。

“我知道。”我说，“我只是在享受暂时假装成普通人的乐趣。”

她缓缓地点了点头，转脸看向红色的火焰和火焰后面的影子。

我们别无选择，没有别的路可走。

“那么好吧，我来问你。他是什么人？非人先生背后的主使人是谁？”

“多谢，你没有试着问那些伤害我的感情的问题。”她又侧了侧脸，整个面部便都藏进了阴影里。

“怎么了，斯科特？”

“他有百分之九十九是某种可怕的、出了故障的东西，百分之一是我。”

20

安排

“他有一小部分是你？”我透过火光朝斯科特看过去，半信半疑。

“我的一部分，被偷走的那一小部分，是他身上的一个组成部分。不过，一部分我——或者说大部分的我——还是我自己，但是，”她伸手摸了摸自己的太阳穴，“天哪，瞧，我不知道该怎么跟你解释清楚。他的一部分就在我的脑袋里。”

“你说的完全不合情理。上帝啊，不是吗？你是在告诉我你被什么东西附身或者控制了吗？”

“实际情况比你想的更专业些，就好像一个临床诊疗过程。它——也就是他剩余的部分无法完全控制我，他能做的很有限，但是在我的意识里还有一大块被他占据，而在这种情况下——”斯科特停住了，深吸了一口气，“妈的，我真不想这么说。我本来想立刻告诉你全部真相，想尽量用合适的字眼对你解释清楚，可是——”她无助地低下头，双手插入耳后的短发里。她的下巴，她的喉咙，她的全身，都在颤抖。

“上帝，埃立克，我很抱歉，但我不得不说你已经够幸运了。你在这种永恒的失忆状态下四处溜达，还能安然无恙，我是说，你可以就像那样存在着。可是有的人，表面看起来他们似乎与正常人没有两样，但如果他们想摆脱被控制的状态，也许他们就会彻底四分五裂，再也无法复原。你知道吗？”

我用手捂住嘴巴，从指缝间倒抽了一口冷气。我的大脑，我的体内好像也土崩瓦解了：“斯科特，我现在需要知道的全部事实就是，非人先生是你派来的吗？你是不是他们中的一个？”

火光照出了她眼底正在渐渐凝聚的泪珠。她努力不让大滴的眼泪掉下来：“不，我当然不是他们一伙的。我本来是打算用文字炸弹对付他的，不过你的鲨鱼先吞掉了他。”

“那可不是我的鲨鱼。”

"我是说，我跟他不一样。我就是我现在坐在你面前的这个我，正在把整件事情弄糟的这个我，我像你一样，是真正的人——"她发抖似的苦笑了一下"——尽管你也许不是最合适的讨论这件事的人选。"

我知道她指什么："包裹在皮肤之下的一个概念——"

"——和化学物质。人之为人，需要更丰富的东西，你知道。"

我等着她的进一步解释，她从水杯里抿了一小口水，然后把一捧水泼到自己脸上，用手指使劲按摩着皮肤，从鼻梁按摩到眼睛和颧骨。做完这一切之后，她把水杯递给我，我把手伸过去接住。

"我不明白你刚才说的话。"我说，"坐在这儿的这个我？你是说，还有不止一个你在别的地方溜达？还是——"

斯科特用手把头发捋到脑后，拨弄了两下。"这么说吧，"她说，"我的一部分意识被人偷走了，我是说，坐在这儿的是我的一部分，"她揉着太阳穴，"被盗走的那一部分意识被整合到了别的东西当中，一个巨大的，失去控制的变态东西。而填补我被盗走的这部分意识的，则是那个东西的一小部分。"她停下来，观察我的反应。我完全不知道自己的面部是怎样一副表情。"在我意识中的那一小部分外来信息，就像病毒编码一样，幸运的是，它还没有被激活，但就在我的脑子里，没办法弄出来。"

我想了想："它有可能被激活吗，那些含病毒的信息？"

"可能。但这不是一个两秒钟之内就能完成的过程，不像在家里随便打开一个开关那么简单。他们必须得找到我本人，这是必备程序。"

"找到你之后会发生什么呢？"

"这些信息包会活跃起来，迅速在我的大脑中散布开来。它们会支配我的意志，而我会彻底变成那个东西的一部分。"她又想了一会儿说，"埃立克，我是不是真的把事情搞砸了？"

我的大脑还在努力想弄明白刚才她说的那些话，这种糊涂的表情一定是从我脸上流露了出来。我把糊涂表现得恰到好处："这个——你说什么？"

斯科特有气无力地笑了一下，一闪即逝："听着，我要去仓库周围走走，看能否把猫领回来。我需要几分钟调整自己，然后我会回来，我保证告诉你全部的故事。你看这样行吗？"

"好的，"我说，仍然觉得自己好像被什么东西刺激了一下，"这样很好。"

当斯科特回来的时候，我那只肥肥的大黄猫蹦蹦跳跳地跟在她身后，好像碰到了什么天大的喜事似的。通常，正如我前面说过的，伊恩对谁都爱理不理。我从来没有见到它给别人表演这种兴高采烈到看来有点尴尬的夸张动作，哪怕是在照顾过它的罗丝大婶面前也没有。我看着他们俩走近火堆，原先模糊的身影渐渐清晰立体起来，我想到了信任问题，这种莫名的信任到底从何而来？为什么我会在对斯科特知之甚少的情况下，一路跟着她来到这里？部分是因为我自己确实没办法找到费得罗斯，但还有更深层次的原因。从斯科特出现的那一刻起，我就信任她。事情就这么发生了。而且，当她在火堆边坐下来准备说故事的时候，我还有种感觉，无论从她的嘴里说出什么，我都会继续相信。伊恩这种手舞足蹈的姿态也很能说明，在它眼中，斯科特就是我们中间的一员。我当然也希望她是我们中的一个。

“你还好吗？”

斯科特点点头：“看来我找到了一个好朋友。”

“一定是因为你每次都很守信用地给它吃金枪鱼罐头。”

她笑了。

我们给伊恩开了一听鱼罐头，装在斯科特的饭盒里，还给伊恩在瓶盖里倒了一点水。

“我告诉过你，它会回来的。”她说，又坐回了火堆旁。

伊恩从喉咙里发出满意的呼噜声，埋头贪婪地大吃起来。

“你的确说过。”我承认道，“我刚想起来，我没有把那瓶伏特加带来。”

她做了个鬼脸：“粗心的家伙。不过没事，我准备在头脑清醒的情况下讲故事。”停顿了一下：“我不知道该从何讲起。”

“那么，就从最开始讲起，一直讲下去，直到结束，然后停下。”

她微微笑了一笑，但这一笑还不如说是吸了一小口气：“那么好吧。最开始的开始要从一个名叫麦克罗福特·沃德的人讲起——”

斯科特说故事的时候，我不停打断她，向她提出一些让我困惑的问题，希望她澄清，这就是我最后得到的版本。

麦克罗福特·沃德的故事

话说19世纪末，有一位名叫麦克罗福特·沃德的老人。沃德从前是军人，也是当时屈指可数的几位绅士科学家之一。他因为不屈不挠的意志而赢得了相当大的声誉（显然，这在那个时代是非常时髦的风尚），他在克里米亚战争[①]中完成了许多英雄业绩，并且是巴拉克拉瓦战役[②]中的数位战斗英雄

---

①克里米亚战争：亦称东方战争。1853–1856年英、法与俄国争夺近东霸权所导致的俄国与英国、法国、土耳其、撒丁王国之间的战争。这次战争主要是在俄国的克里木半岛进行，故名之。

②巴拉克拉瓦战役：克里米亚战争中的一次战役，在巴拉克拉瓦，袭击俄军的英国轻骑兵旅因为收到错误指令而发起的一次自杀式袭击，英军伤亡人数达到了247人。

之一。尽管麦克罗福特和《轻骑兵进击》[1]这首诗没有什么关系，但那种激情却同样笼罩着他。因此，许多年后，当一位医生宣布说，他患上了一种慢性的致命疾病时，沃德的态度并没有让最熟悉他的人们感到惊奇。

这位老人宣布——对亲朋好友，还有几家新闻报纸说——他决定长生不死，他不会因为疾病，或其他任何事情而死亡。他宣称，他还没有时间去死，相反，他会“从数不胜数的那些力图维持肉体永恒的失败中解放出来，进而获得永生”。在随后一年的大部分时间里，他把自己关在屋子里埋头研究，拒绝再对自己说过的话更进一步评论或是同任何人说话。

来年春天，老人如期死亡的影响仅限于报纸上的几则讣告，还有一些精练的评论（其中一则还把他比作克努特大帝[2]）。几个月之后，人们对麦克罗福特·沃德的兴趣烟消云散。地球照样转动，地球上的人们照样欢笑。

不过，地球上的人们没有听说的，只有一小群经过精心选择的人们才知道的事实是：沃德的计划成功了。至少，在某种程度上成功了。

他最初的技术已无从知晓，但沃德所做的事情似乎没有任何魔幻的、迷信的，甚至是科学含量过高的成分。他设计的这个体系是如此实际、符合逻辑，以致于一位会计师都有可能发明出来。最初，通过使用数以千计的问题和测试，沃德成功地在纸上复制了一个粗略的自己的个性总结。然后，通过“合理使用催眠术和提建议的实用艺术”，沃德成功地把自己的人格复制到了另一个人身上。

尽管将来的人们对沃德的看法可能会有所不同，但他并不是个坏人。也许他的自负和自以为是达到了令人难以忍受的程度，但在计划和实施他古怪的复制实验时，看起来他总是表现得公平、令人称道。他在自己的私人日记里把这个完全转移个性的实验行为称作“安排”，这也正是其本质所在，这份日记的原本被保存在银行金库的深处，也可以在一个高度机密的网站里看到。

沃德花了大量的时间和金钱去选择他心目中的理想接班人，最后，他跟一位名叫托马斯·奎恩的年轻医生开始正式谈判。奎恩一年多前失去了爱妻，处在巨大的悲痛之中，无心经营自己小镇上的诊所，任其荒废，只靠着日益消减的积蓄苟且度日。奎恩被沃德的这项发明深深吸引了（我们推测，部分原因是由于他自己失去亲人的悲惨经历）。他相信，这位老人即将研制成功

---

① 《轻骑兵进击》：英国19世纪著名诗人丁尼生为歌颂克里米亚战争中在巴拉克拉瓦袭击俄军的英国轻骑兵旅而作。

② 克努特大帝：斯万次子，和其哥哥分别统治丹麦和英格兰。1018年长兄丹麦国王哈拉尔二世去世后兼任丹麦国王。主持编纂《克努特法典》，以明文规定国王的权力。

的发明会超越所有前人，包括牛顿和达尔文，而且，他还在这个“安排”中看见了一线机会，能让他“最终摆脱悲痛，把余生贡献给科学的进步和发展”。奎恩的想法显然过于浪漫了，他当时肯定以为自己是那个科学时代里的最了不起的殉道者。

因此，当沃德告别人世后，奎恩出席了一个秘密举行的仪式，几个律师把老人留下的所有遗产转交给了这位“年轻的、新近出现的侄子”。

“安排”取得的成功比沃德能够预想到的还要大得多。一开始，沃德的其他家庭成员都拒绝承认这位年轻侄子的合法性，没人知道他从什么地方冒出来，宣称是沃德的远方亲戚，还想把这位老人的全部遗产席卷一空。但是，在亲自会见了这位“年轻的麦克罗福特·沃德”之后，哪怕是家族里最固执、最吝惜金钱的亲戚也承认，这两个人必然有某种关系——尽管奎恩与沃德在外貌上罕有相似之处，但他俩的举止、态度和观点都惊人地一致，以致于没人怀疑他们之间的血缘关系。麦克罗福特·沃德的自我，成功地逃过了肉体的死亡。他以年轻的面貌迎来了新世纪的降临。

我们不知道，这个全新的沃德为什么没有立即把他成功的新技术公诸于世，尤其是联想起当初，他自己如何对世人公布了长生不死的意图时。也许他担心，他的家庭成员一旦发现他跟原来的沃德其实并无任何血缘关系时，会把他的财产夺走；也许他在宣告成功之前，还想进一步完善这种技术；也许他只想继续发展这种技术，他的眼界比任何前人都要高远，放长线才能钓大鱼。我们知道的是，在第一次世界大战爆发前夕，脾气还跟以前一样固执、不屈不挠的沃德在军队中给自己谋得了一个军官的位置。但这次大战跟以往爆发的任何战争都不一样。《轻骑兵进击》诗中描述的那个时代已经一去不复返，属于那个时代的荣耀、勋章、赞美诗和绘画等也都消失了。战争也被工业化了，整个世界分裂成两大烧钱机器，每天消耗掉不计其数的人命。

正如我刚才说过的，沃德不是个坏人。考虑到他自身的特殊情况和境遇，当和平到来时，他立刻做出的那个决定，就完全可以理解了。但话说回来，哪怕是好意，有时也会导致最坏的结果。

麦克罗福特·沃德在一战中表现得气势汹汹、勇敢异常，但他心里其实深深害怕战争，他惊恐地发现自己的计划中还有一个大漏洞；尽管从理论上讲，他能够通过不断重复使用“安排”来达到自我的永生，但他也可能——就像任何人一样——在未来的某场战争中被子弹击中，从地球上永远消失。为了消除这种新的焦虑，沃德选择采取的行动就跟三十年前一样实用非常。他决定，仅仅一个身体不足以确保他的永生。并不是说他打算再创造一个麦克罗福特·沃德。再多出一个麦克罗福特·沃德不是根本的解决之道，只能算做权宜之计——来自同一源头的两个人。那可不成，他的伟大计划是这样的——世界上只能有一个麦克罗福特·沃德，他独一无二的自我将寄生在两个不同的躯体内。

在整个二十世纪二十年代早期，沃德对最初的性格记录模版做出了大幅度的改动。他往里面加入了新的体系和工艺，更加完善了搜集到的个性数据，他发明了新的测试，能够捕捉到最新出现的知识和观点，他还创造了一个最重要的程序，通过这一程序，可以从两个不同的意识中同步搜集知识，这些知识在信息损耗最小的情况下被标准化，然后传递回来，把两个意识重新整合到那个联合的自我中。

此外，沃德修正了他的新个性记录模板，往里面灌输了一种逐渐增强的自我保存的意愿。在目睹了当时一战血淋淋的收场后，这一行为对他而言可能是合理的，然而，正是这一行为，却也注定了沃德的毁灭，并且给我们的将来投下了长长的、难以抹去的阴影。

在 1927 年冬天，“第二次安排”发生了。沃德和一个无名的助手执行那个新的程序，两周之后，麦克罗福特·沃德变成了有史以来第一个通过两个躯体存活的单一实体。

如同前面那些一样，这一修正后的体系尽管能带来出人意料的结果，但它本身并没有多么复杂或者神秘。一周有六天时间，两位沃德都会像往常一样正常上班，但是每周的第七天，也就是每周六[①]，他们俩会共同参与标准化过程；比较他们在过去一周中各自获取的信息，统一这些信息，再把合并后的信息传递回双方头脑中。这一程序要花费十二到十六小时，但沃德一点儿也不觉得可惜。作为一个存在于两个躯体里的单一个体（尽管从生理学上看并不完善），他得到了一个额外的、不同寻常的优势，连他自己先前也没有预料到。那就是：对于这个新的，拥有两个身体的沃德来说，每天都有四十八个小时，每周——即使每周六都要花费在信息的标准化上——都长达十二天，而对我们普通人而言的每一年，对于他都几乎长达两年。时间和麦克罗福特·沃德之间的关系发生了某种根本的变化。

沃德根植在新体系里面的自我保存意念开始产生一个他没有预见的后果，一个可怕的后果：每周六那个标准化的程序把沃德的自我保存命令变成了一个反馈回路。每周，系统会把这个自我保存意念传送到沃德那里，而沃德，随着体内这一意念的增强，又会相应地调整这一体系，只是微调，以符合他自认为明智合理的必备生存防范措施标准。现在，被增强了的自我保存意念在下一周会再度反馈到沃德那里，让沃德再度增加这一意念的强度。一旦这一程序启动，就没办法阻止这个反馈回路的不断积累动能。随着一周周

① 每周的最后一天是星期六：西方多以星期日作为每周的第一天，星期六作为每周最后一天。

的过去，沃德变成了自己设计出来的这一程序的奴隶。在他永不停止的、想要吞噬一切的自我保存的强烈意愿面前，沃德对整个系统做出了越来越多的调整。最终，盲目地、一次次地抹去了他自己的人性。

到二十世纪五十年代，出现了六个沃德；到了七十年代，十六个沃德；而到八十年代，沃德的数目达到了三十四个。这种抵挡不住的生存意愿导致了同样势不可挡的扩张冲动。结果就是，这一系统不断地自我改进，采纳新的工艺和技术，以使得标准化过程更快捷、更高效，吸收任何对一度是麦克罗福特·沃德的这个怪物的扩张有好处的东西。这个怪物把“安排”应用到银行家、公司首脑和政治家身上，把他们脑海中有用的部分和知识整合到日渐庞大的自我之中。因为拥有三十四个躯体，它能够在一天之内积累超过一个月的经验。它研究股市，购买油田，发明心理学方面的技术和药物，投资新工艺和科学。每过去一小时，都等于给了它三天的研究时间，而且它还一直在寻求新的扩张途径。它的主体过去只是单一的麦克罗福特·沃德的人格，但现在，它变成了一个智能的意识机器，唯一的目标就是自我保存，所以，要不顾一切地扩张，不择手段，越长越大。

到二十世纪九十年代末期，这个沃德怪物变成了一个庞大的自我在线数据库，有很多永久连接着的节点分支保护它免遭外界袭击和破坏。这个意识自身现在则是一个巨无霸，规模大得超过了任何一个人脑可以承载的范围，它通过不同的替身在线工作来管理标准化下载和信息搜集上传。沃德怪物数以千计的研究项目之一就是开发软件，那种能够发现合适的替身人选，并通过互联网强制执行“安排”的软件。

四年前沃德拥有超过六百个替身，每天可以积累两年以上的经验。就在这时它找到了斯科特。

新加进去的那片木料冒出一道细细的烟，它的周围一圈被烧黑了。我们三个看着火焰，伊恩半睁半合着的睡眼突然睁大了，聚精会神地看着那片新的木料爆发出灿烂的火花，然后又重新回到了那种做梦般的迷离眼神。

“你被控制那回事是怎么发生的?”

斯科特还是面向着火焰：“一天晚上，我在家里，我的父母也在家，我正在互联网上闲逛。当时是高中毕业升大学前的那个暑假，我正琢磨着找点什么好玩的事情来做。我找到了那个网站——它提供各种各样的智商测试。我当时肯定是打算好好看看，但随后我能记起来的事情就是，五分钟之后，我感到恶心，头晕，直盯着屏幕上显示的信号……”

“就这样吗?”

她点点头：“我跑进洗手间，呕吐了半天。后来发现是波莉，我的妹妹，直接把电话线拔掉了，刚好打断了‘安排’程序的进行。”

“哇哦。”

“我知道，一般人不这么干。可她总是这样。我们曾经为这吵架。”

“你知道哪里不对劲了吗？”

“是的。你能感觉得到。我现在能想出是怎么回事了。”她抬起头来，好像全神贯注于内心深处的什么东西，“我大脑里有个沉寂的区域，就是它的信息储存地。但在那时，他们认为我得了某种急病或者中风之类的东西。他们那儿有医生，整个组织的运转井井有条。”

“医生们怎么想呢？”

“我被打发去看一个专家门诊。只不过，他们送我去看的那个人其实不是什么专家，至少，在我到达那儿的时候，不是什么专家。”

“沃德派出来的人？”

“是的。它最后决定，就让我以一种半受控制的状态游走在四周。我想它是想放长线钓大鱼吧。现在，它还在寻找我，可能会一直找下去。所以我躲到这儿来了。”

“那个专家怎么样了？”

“我逃跑了。我永远也不会成为那些人中的一个，他们只知道无条件接受指令——”一个悲欣交集的微笑，“这是不对的。再说，我也不喜欢他那套评估体系，”她敲了敲还捆在她背包上的非人先生的电脑，“但我拿到了他的笔记本电脑。”

“什么？你偷了一个医生的电脑，而且还是从医院偷出来的？”

“是的，没错。你要是精通此道，这并不难。”

“斯科特，”我说，尽量使得自己的语气平静些，“沃德到底为什么需要你呢？”

她耸耸肩。“我也不知道。长得漂亮？个性特别？有小聪明？”——她故意咳嗽了一下——“又或者，我的牛津大学入学考试成绩。”——咳嗽。

“也许，”我说，“我猜也是这么回事。又或者，因为你接受过军情五处[①]的训练。”

“我没打算去那些地方，不管牛津还是军情五处。我只想看看我是否能考上。”

“你被牛津录取了，可你却不准备去读？”

“我告诉过你，这是个错误。听着，无论怎样，我准备上大学，我只是

---

① 军情五处：英国军事情报五处简称军情五处，成立于1909年，是英国一个专门对付颠覆和恐怖活动的机构，它的2000多名雇员中约有70%用于反恐怖活动，25%用于反间谍活动。

决定不去那儿。现在，能不能请你换个话题，不要再讨论我的仓促决定了?”

“抱歉。我们刚才讲到你逃跑了?”

她点点头：“我整个夏天都在外面游荡，保持低调。我一直带着那个专家的笔记本电脑，它告诉了我一些我需要知道的东西，但是我没搞通那个软件。因为我不断瞎折腾，触发了整个系统的关闭，我和那个超级沃德的联系断开了，但这是我研究的起点。我在图书馆里花费了很长时间，寻找和麦克罗福特·沃德有关的东西，然后把我找到的这些信息拼凑成了刚才告诉你的那个故事。我的钱用得很快，但是这里有位好心但是为人古怪的图书管理员给我提供了一份每天几小时的工作——整理档案。所以我才能找到通向次空间的路。”

我们沉默着过了好一会儿。

“有件事情我不懂。我明白他为什么要找到你，但是沃德为什么要我呢?”

“它，我们就用它来称呼吧。它真正想要的不是你。它想要那条鲨鱼。”

“非人也这么说过，但我不知道——”

“沃德的自我复制有一个很大的限制因素，就是标准化过程。即使是现在，它一次能复制多少个自我的数量也有个上限；需要传递的信息太多了，这个体系不够完善，所以它只能顶多以千为单位来进行复制。沃德认为，理解各种不同的概念鱼类，尤其是路德维希安，可以成为完善标准化过程的关键，无论多少人，都可以即时被输入更新的信息。”斯科特想了一下，“不过，它自己是不可能冒险去接近一条鲨鱼的。”

“啊。”

“你知道，”她边说用棍子捅了捅火堆，“你这次踏上征途，等于把所有这些都揽到身上了。”

“所有这些什么?”

她看着我，我微笑了一下。

“这可是件大事，”她说，“这真是件大事。”

“我知道。这只是——也许这就像你说的，我是处在不断的失忆状态。就算再卷进什么事情也不会更糟了。即使是真正的大事。”

“我很抱歉说过这样的话。”

“没事，你是对的。无论怎样，我是最后一个会被你说出或者没说出的那些话困扰的人。”

“嗯……”

“哦。把那句话从我的聊天记录里面划掉吧?”

她大笑起来：“我知道你的意思，多谢。我也是这么想的。谢谢啦。”

“我喜欢有你在身旁的感觉。”我说，用我自己的通火棍也捅了捅火堆。

“是啊。”她说，在那边也用棍子捅了捅火堆，“我也是。”

“嗯。”我听后，停顿了好几秒才答应了一声。

斯科特格格地笑起来：“嗯。”

我们俩同时用棍子捅了捅火堆。

又过了一会儿。

“那么。你在这下面待了多久?”

“四年了。”

“天哪，这时间可不短啊。”

“是不短。但当你想着‘我会在这下面待多久’时就不觉得了。”

“你一定很想念他们。”

“谁？我的家人吗？是的，我的确想他们，还想念所有的一切——朋友们，我那些小秘密，还有那些女孩之间的闲聊，那些酷极了的酒吧；在那儿你能认识很多人。我有一个大学等着我去念，有音乐碟片，还有漂亮衣服——顺便告诉你，我有些衣服真的很漂亮——还有，天哪，那些护发产品。我有自己最喜欢的饮料、餐馆，还有最喜欢的电视节目。所有这些，都是正常人拥有的东西，你知道吗？我老爸曾经让我陪他一起看逐渐老去的滚石乐队的演出，还有我那个整天描眉画眼、风风火火的老妹，能把我烦得要死。现在这些都没有了。”她又想了一会儿，“不过，也不算都消失了，是不？我才是从他们的生活中消失的那个人。其他人的生活没有我也在继续。”

我转身过去看看伊恩。它在我的帆布背包上睡着了，还把脸埋在前爪里。

“我感觉自己与世界脱节了。”斯科特说，“你能理解吗?”

我摇摇头：“对我来说，更像是所有其他人脱离了我们，让我们自己待在这儿。”

斯科特轻轻点点头，看着火焰，没有再回话。我想象着六十亿人像玩具风车一样慢慢地转动着划过天际，从地球上飘走，变成天空中无数的小星星。这一虚幻的景象在我的脑海中萦绕良久。

21

今夜缠绵

我仰面躺着，看向上方。

透过屋顶上的玻璃，能看到夜空中堆积的云层。身边的火焰正在减弱，变成了一小堆明亮的橙色，我把睡袋拉到鼻子底下。

根据斯科特的预测，明天是我悠闲的最后一天了。到后天，路德维西安就有足够的时间冲出用文字炸弹造成的那些乱流，重新找到回来的路径。那么，我就不得不再退回到马克·理查森的伪装人格中去，还要重新动用留声机防护圈。今天，埃里克·桑德森算是暂时冲破了水库的表层，就像夏天处于干旱之中的小镇上露出的屋顶和尖塔，但是明天以后，就只能再度没入平静光滑的水面之下。我不想再那样了，大脑空无一物。我想到非人先生说过的话——放手算了，让你自己和那些概念小鱼一起沉下去吧。过去我就是这么做的吗？我是不是在完全没有意识到的情况下，迷失在我自己聪明的面具背后了？明天，斯科特说，我们就能找到费得罗斯教授。看着夜空中的云层，我希望，找到他的同时也能带来一些线索，一些能让情形好转的机会。

“嗨。”

“嗨。”我说。

斯科特的影子走近了火堆的那点余烬，她把睡袋夹在胳肢窝下面，清出一块土地，在我旁边躺下。

“你没事吧？”

“我冻得发抖。”她说，“你不介意我跟你躺在一起吧？”

“当然不，我自己也冻坏了。”

她侧过身来，用胳膊搂住我，然后把松开拉链的睡袋拉起来盖在我们两人的身上，就像盖棉被那样。她往上拽了拽睡袋，然后自己钻进我怀里，脑袋靠着我的胸口。

“这是典型的次空间程序。”

“那很好。”她的耳朵紧贴我的胸腔，我相信她肯定能听到我的心跳有多响。

“这就是。”

“毫无疑问。”我把一只胳膊从自己的睡袋里抽出来，抱住她的肩膀，“瞧，我领会得怎么样?”

我感觉得到她在笑，因为她身体传来的抖动：“是的，我想你干得不错。”

这样过了几秒钟，我们的身体都暖和起来了，我们同呼共吸，十指紧扣，耳朵都能听见彼此的心跳，她轻声地说：“我能告诉你一件事情吗?”

“当然，说吧。”

“只是个建议哦。说出来会让我不好意思的，所以我只能小声地说。”斯科特动了动身子，把睡袋拽到我耳朵的高度，身体也贴近过来。

“你现在可以说了吧。”

她微微翕动的嘴唇细小的声音，说出了下面这些话：“你应该知道，要是女人在男人面前脱下衣服，这通常意味着什么。”

好像有人在我的心里点燃了一整箱烟火，我不由得旋转了起来。这些烟火腾空而起，就像爆炸了一颗色彩斑斓的炸弹。

“明白吗?”

“我明白。”

她的唇，温和得好像不存在，又强大得好像有上百万伏电压，贴住我的耳朵，给了我最温柔的一吻。

我低下头来。斯科特正抬头看着我。

“唔……”她轻声道。

我吻了她。

22

砖墙上的俄罗斯方块

我睁开双眼，看见阳光穿过仓库的天花板直射下来。空气清冷，但天空呈现出一片湛蓝。

斯科特正在重新生火，她穿着迷彩裤和我的蓝色大套头衫。

我回想着她的肌肤在我抚摸之下的触感，她的肋骨和臀部。我回想着她潮湿的黑发是怎样覆盖住她的双眼、脸颊，还有鼻子；当她吹开头发时发出的声声娇喘。这些念头让我的心里又像被热热的小针刺了一样，酥痒痒地。

“差不多是中午了。”她说，看到我翻了个身。

我盖着两条睡袋，坐了起来：“谢谢你昨晚过来躺在我身边。”

“不客气，我想那是应该的。”斯科特用新的废纸和木片搭成了一个小小的柴火堆，使劲地吹气想让火燃烧起来。我盯着她看了一会儿。

“那么，”我说，“接下来怎么办？”

“哦，那取决于你在说什么。如果你是在问关于我们的路途，我们还有四个小时的路要走，但是如果我们拼命赶路的话，还是来得及的。”

“那么，如果我想谈的不是关于路程，而是关于、关于……”我沮丧地半躺在地板上，“我实在不擅长表达这方面的话题。”

“看来你是指昨晚在我们俩之间发生的事情喽。”

“是的。”

“因为我们做爱了？”

“是的。”

“嗯。”

“是的。”

她那个该死的“嗯”到底是什么意思？

斯科特装模作样地把火堆认真拨弄了好一会儿。我正想着怎样让谈话重新开始，突然发现她的脸红了。斯科特居然真的脸红了。

“当我还是个小孩的时候——”

我抬头看着她。

斯科特使劲往灰堆里吹了一口气，又用棍子捅了捅刚开始冒出火星的火堆：“当我还小的时候，大概七八岁时，曾经非常喜欢一个玩具。其实，它就象一个科学游戏——”

“一个科学游戏？”

“别挑字眼，桑德森。”又捅了一下火堆，“不管怎样，我算出来，如果我能把所有的零花钱都存起来，那么过大约六个星期我就可以把它买下来了。但是，当你还是个小孩的时候，你如果非常非常想要什么东西，想要得吃不下饭睡不着觉的时候，让你等上六个星期几乎是不可能的。所以我把它偷来了。”

“你被抓住了吗？”

“没有，但是我对自己的偷窃行为感到非常羞愧，以至于得到这个玩具本身并不重要了。我根本没有从它身上得到一点乐趣，只有犯罪感。最后，我把它从桥上扔下去了。”

我微笑道：“偷了笔记本电脑的女孩居然会有犯罪感?”

“关键是——你不得不假装自己是耶稣基督，这就像个寓言，知道吗?我是想说，以后打死我也不会再做让我第二天觉得这么糟糕的事情。”

我想了一下：“你是说我不会像那个玩具被你从桥上扔下去?”

“你当然不会被扔下桥去。”斯科特冲我微笑了一下，笑容里透着私密和共享，这是一种全新的微笑，就像刚刚孵出壳的小鸡，小心地在这个世界上第一次展开它的小翅膀，“假如我自己不掉下去的话。”

“斯科特，你永远也不会掉下去。”

我说出这句话的语气里可能包含了某种东西，让她停止拨弄火堆，开始转过脸来认真研究着我。这让我觉得我自己也得好好看看自己。

“你说我不会掉下去?”

“不会。”

“你怎么知道?”

我脑海深处有个无意识的声音在说——告诉她吧。告诉她你在第一次看到她的时候的感觉，告诉她你看到她大脚趾上的刺青时的感觉，告诉她你的双手就是知道什么时候怎么去爱抚她，告诉她你们在初次相见的时候就能如此默契。她一定也在想着同样的事情。就现在，她也会想：这就好像你会——“住口。”我对自己脑海里的那个声音说，“我知道你想干吗，可我不会听你的，至少今天不会。”

“我就是这么感觉的。”我说。

她刨根问底：“你就是这么感觉的。就像，你心里就是知道。那一类的本能?”听起来她像是在揶揄，但语气里满是好奇，还有带着玩笑面具的诚恳的询问。

我能感觉到，脑海里那个无意识的声音就在我的脑后监视着我。

“没错，的确如此。”我说，“就是像那样的直觉。”

斯科特点点头，就像对弈的棋手们互相点头致意那样：“好答案。”

无意识的声音笑了。*接着说下去啊*。

“听着，我觉得这么问很傻，但是——你也一直对我有那种感觉吗?”

她又回身去拨弄起小火堆来。“哦，天哪，”她喃喃地对着火堆说，“他这么快就要开始自作多情了。”当第一缕青烟开始从火堆上升起来的时候，她快速丢给我一个跳跃的笑容。

二十分钟之后，我们喝完了黑咖啡，吃完了面包，伊恩也把我们喂他的一个金枪鱼罐头吃光了，我们整装待发。

“斯科特，你知道你刚才说的关于从桥上掉下去的话？”

“怎么了？”

“就这一次，不开玩笑，你说的那是真的，对吗？”

她看着我，然后把背包背上肩膀。

“就这一次。”

“好，”她说，“我说的是实话。”

这一天里，我们还是不断经过隧道，爬过通风口、楼梯，穿过巨大的空荡荡的地方。我们轮流提着伊恩的猫篮，开玩笑，互相推推搡搡，故意装作偶然地触碰一下手指关节，然后任其发展成那种心照不宣的手拉手，就这样，我们在昏黄的灯光下一路走着聊着。

我们停下来，在一个喷涌而出的大供水管道那儿给水壶里灌满水，这股水流搅动着发出巨响，奔向某个不知隐藏在何处的工业蓄水池。我们在这个水管旁边亲吻，斯科特后来说，那是“世界上最不浪漫的瀑布”。

当我们走进黑暗之地，感受到的不再是无边无际的失落，而是某种亲密无间、无法逃避的东西。在一间幽深的储藏室里堆满了瘪掉的充气玩具，还有过期了的旅游小册子，我们关掉手电筒，互相亲吻，再次爱抚彼此，就在这一片伸手不见五指的黑暗中。能感觉到的只有彼此的衣物面料，头发，肌肤，指尖，手指，还有嘴唇。我们在看不见的坚实的地板上缠绵。摸索对方的钮扣和皮带，发出呼吸和呻吟。

不过，尽管这么黑暗，我们还是取得了进步。

我们溜进了一家百货公司位于更衣室后面的挂着“闲人免进”牌子的走廊，穿过一个地下停车场，走进一家三明治连锁店的储藏室来储备我们的食粮。

“我没弄明白的是，”我说，斯科特还在忙着往口袋里装法式长棍面包、点心、各种糖果，还有一袋袋的馅饼，“为什么我们不能直接下到次空间里去呢？比如从这里下去。”

“这是就次空间的法则。你知道，就像伦敦的地铁图跟上面的街道并不吻合一样，明白了？”

“好吧，我懂了。”

“没错，就像那样。无论如何，你不是在说，你宁愿过去二十小时里的事情没有发生过吧？”

“不，”我微笑道，“绝对不是。”

“那就好。”

傍晚时分，我们休息片刻，坐在帆布背包上，轮换着喝水壶里的水。伊恩使劲地撞击着猫笼的门。它不知怎么的养成了一个坏习惯，无论我们什么时候停下来，它都想出来溜达溜达，视察一下周围的环境，可唯一的问题是，伊恩对我们的时间安排根本不感兴趣，每次一放风就消失个把小时甚至更长时间。

“不行，”我跟他说，“我们只是在稍作休息。但下一次你随便干什么都可以。”

两只绿莹莹的大眼睛带着藐视的神情透过猫笼的铁栅栏瞪着我。

“我们进展如何？”我把水壶递给斯科特。

她从笔记本上抬起头来，拿过我手里的水壶。

“不错。这条地道的尽头，有一个通往图书馆地下室的通道，也就是我们的下一个目的地。”

“那个通道？”我顺着她指的方向看过去。那个可疑的通道看起来非常短，黑黢黢的，而且好像是个走不通的死胡同。

“你确定吗？”

斯科特微笑了：“到目前为止，我带错过路吗？”

“我不知道，我怎么可能知道？但我们也还没有到达任何地方。”

她摇摇头，站起来：“好吧，我来告诉你。我要走在前头，去查看情况。你就待在这儿——不，不劳您驾了——我去看看，以便百分之两百、三百的确定我们走的路没错。这样总行了吧？”

我扬起眉毛，假装惊奇地道：“等等，你的意思是你还不确定？”

斯科特背上背包，给我一个仿佛在说“我可不是开玩笑”式的微笑：“听你的。别着急，桑德森。”

“我马上就来！”我在她身后喊道，她径直往那个地道走去。在入口处，她转过身来冲我打了个响指，然后就消失在一片黑暗中。

我喝了一口水，然后把水壶放在一边，站起身来，背上背包。我又检查了一遍周身的口袋以确定所有的东西一样也没落下，突然我注意到斯科特的红色日记本躺在我旁边那面墙的地板上。我弯腰把它拣起来。正当我拿在手里随便翻翻的时候，斯科特又出现在地道入口处。

“我跟你说过就是这条路没错，”她冲我喊道，“在里面的砖墙那儿有个小洞，直接通向图书馆的书架。我们——埃立克，别动。”

斯科特突然惊恐地瞪着我。

“别误会，抱歉，我不是故意——”我举起那个红色的本子，“你把它忘在地板上了。我没打算偷看你的日记，我刚刚把它拣起来。”

“埃立克。”

“好吧，好吧。”我拿着那本书朝后指着，大约伸出一臂的距离，说道，“我甚至可以把它再放回到我拿起来的地方，假装我根本没有拾起来过——”

“埃立克，你他妈的给我闭嘴，别动也别说话。”

接着我就注意到了她脸上的表情。

我的心猛跳起来，就像中了电击似的怦怦直响。我站在那儿，一动不动，拿着斯科特的红色小本子的那只手还朝后伸着，僵住了。

“别回头看，”她轻轻地说，“把你的胳膊缩回来，慢慢地，千万要慢。”

我开始一厘米一厘米地把我的胳膊缩回来，但是随后就在我身后的地板上有什么东西，一个快速移动的阴影，我的眼睛不由自主地往下瞟去。我就看见了：

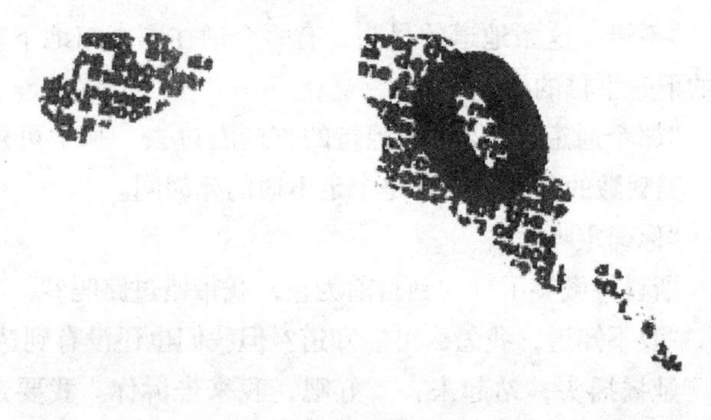

我急忙缩回胳膊，往前窜去，一张漏斗形的长满刀刃般利齿的大嘴冲破地板往上袭来，以迅雷不及掩耳之势猛地一咬，如果我的胳膊和肩膀再晚半秒钟缩回来的话，现在就落在它的嘴里了。

“路德维希安追来了！”我条件反射似的发出恐惧的大喊，一下摔倒在地板上；与此同时，破土而出的鲨鱼猛逼过来，就在我身后的地板下面，它激起的水花溅起了一阵思维的巨浪，把我从混凝土地面卷起，抛向前方。

我连滚带爬地站起来，一把抓住伊恩的猫笼，然后往斯科特那边跑去。

我们一起跑进了那条地道。

“穿过那面墙，”斯科特喊道，“从墙上的那个洞爬过去。”

“天哪，”地板仿佛又变成了一个概念，像海浪般在我们不断起落的脚步下波动，“它来了，它又出现了。”

斯科特迅速钻过了墙上那个因为缺了不少砖块而形成的酷似俄罗斯方块的洞口，我紧跟其后，可突然感觉被拽住了——原来是伊恩的猫笼被卡在了我身后的砖墙缝中。我使劲扭绞着手腕，猛拉死拽，笼子终于被我从砖缝里拔了出来，那股巨大的冲力让我踉踉跄跄地紧随着斯科特冲过了洞口。

我跌倒在倾斜的地板上，伊恩的猫笼正好落在我身上。

“快闪开。”

我抬头一看，一个大书架正往下倒，我往旁边滚去，把伊恩的猫笼也推到一边，那个书架倒下来，一大堆精装硬皮书滚落在地，那些破碎的木条还有书本正好把墙上我们穿过来的那个洞口给堵住了。

墙的另一边传来一声撞击发出的巨响。

那个巨大的书堆窸窸窣窣地响了一阵子，但没有动。

然后，斯科特从倒下的书架后面蹦出来，站在我身旁，脸色苍白，浑身冒汗：“天哪，真对不起，我必须——上帝，埃立克，你还好吧？”

但是我已经挣扎着站了起来，手里还抓着猫笼。

“嗨，嗨，嗨，”她说，用手抓着我的肩膀不让我往前走，“我们安全了，我们现在没事了。它进不来。你不信往周围看看。好了，埃立克，醒醒吧。”

我四下打量着，脑海中还是一片茫然，双眼圆睁。

我们位于一个大型图书馆里，正站在一排排书架的阴影边缘。我又看向斯科特。

“看见了？现在没事了。”她说，“多亏了这些书。所有这些书能保证那家伙进不来，它没办法找到我们。”她用胳膊搂住我的腰，半扶着我，“我们快点离开这边，确保安全。”

“你的日记本，”我说，仍然有点惊魂未定，“我弄丢了你的日记本。”

“你这个白痴，那有什么关系。反正我们也快到了。”

“我觉得至少要到明天，它才能再找到我们。”

“我也这么想。现在我们赶紧找个地方定定神，好商量对策。”

“刚才真悬。”我说。

“天哪，跟我说说。猫怎么样了？”

我们晕头晕脑地卸下身上的背包，然后静静地坐了一会儿，背靠着一个塞满厚厚的地理书籍的书架。伊恩还行，尽管它看上去躁动不安、满腹牢骚、怒气冲天，但没啥大碍。从喉咙里咕噜了几分钟之后，它背对着我们，故意装睡着了。

“小杂种。”我说。

斯科特点点头，眼睛茫然地看着前方。

我们坐了三四分钟没有说话。

“斯科特？”

“嗯？”

“你说你有个妹妹。能跟我说说她吗？”

“为什么要提她？”

“这样我就不会老想着那条鲨鱼了。”

斯科特看着我。

“对不起，”我说，“我不是故意要——”

“没事，没关系的。说话是个不错的办法。我来说说波莉吧。我妹妹名叫波莉。你想知道些什么呢？”

“随便……说什么都行。她是什么样的人？”

斯科特想了想：“她是个爱捣乱的家伙。喜欢喝果酒，爱穿着超短裙到处跑，是个最擅长寻衅滋事的超级捣蛋鬼。”

“是吗？”

“是的。”她含糊地笑了一下，“你知道，如果我有时回家太晚，得偷偷溜进家门，蹑手蹑脚地先穿过她的房间才能到我自己的卧室，而如果她听到我进来的动静，我的门底下就会多出一张字条——给我五块钱，不然老爸就会知道你凌晨三点还没回家。”

“这勒索可够专业的。”

“是啊，她用勒索来的钱去买她爱喝的白苹果酒或者别的什么。有一次，她还设法给我制造了一大堆麻烦，让我错过了一个大型的年终周末聚会，那可是我的朋友和我策划了很久的一次活动。关键是，她是故意想让我去不成。”

“那你是怎么报复她的呢？”

“你凭什么说我会报复？”

“因为你肯定这么干了，对不对?”

斯科特笑了。

“说吧。”我催道。

“波莉非常喜欢跟她一起上几何课的某个男生，叫什么克瑞格之类的，而且有一次他邀请她去参加聚会。她喜欢他很久了，还在自己的秘密日记里写满了给那个男生的情诗，尽管写得很糟。”

“你给他看了那些情诗?”

“不是，我告诉那个男孩，她一生下来就没有阴道。”

我们俩的大笑声在落满灰尘的书架和地板上回荡。

“你干的事情真可怕。”

“才不，是她总使坏在先。”停了一下后，“她过去使坏。”斯科特的眼神从我身上移开：“在这个地下世界，你都意识不到时间的流逝。现在，她也该有十八岁了，比我当年离开家的年纪还要大些。”

“对不起。”我等了很久才说出这么一句话。

“你道什么歉?”斯科特把脸转开了，所以我看不到她脸上的表情，只能看到她在调整自己的背包的带子，“这又不是你的错。”

走过一排又一排书架，经过一个又一个楼梯间，我们已经深入这个图书馆的腹地；这里点缀着闪烁不定的电灯泡，一排排书架上都是年代久远的书籍，顶着一身尘埃，安静地待在它们的老位子上。

“瞧。”

“什么东西?”我把伊恩的猫笼放下来，走到斯科特蹲着的地方。

她把刚才找到的那个东西递给我，那是从报纸上撕下来的一角纸片，有一面的一半都用圆珠笔写满了歪歪扭扭的字母。看上去像是某种公式。

“我们接近目标了。”她说。

“这是费得罗斯写的?”

“是的，这是他的笔迹。”

我盯着那张纸片，用我的大拇指摩擦着小小的蓝色字体，想要感受到他的圆珠笔字迹里最轻微的凹陷凸起：“我们今天就能走到吗?”

“是的。”斯科特说，又开始穿行在一排排的书架之间，“我们也许一个小时后就能到那儿了。”她转过身来微笑着说，“如果你能读懂地图的话。”

“读地图?”

“是啊。”

几分钟后，我们又找到了另外一片碎报纸，接着是下一片，再一片。我们跟踪着这条零碎的词汇线索穿过古老的书架，走下缺乏料理的楼梯，进入更深处。在这儿，书本的年代更加久远；褪色的灰色和红色的皮质封面显得很肃穆，但是书脊的顶部和底部都开始卷曲。它们让我想起了古代的英国军队，被遗弃在身后的帝国军队，尽管布满尘埃，仍然站成整齐的队列。我们越往里面走，那些士兵似的书本就越显古老——仿佛威灵顿将军[①]手下的士兵，身着盛装，准备为沉默的保皇党人开道。过了一会儿，这种样式的老书一起消失了，取而代之的是一垛垛用发脆的绸带捆起来的发黄的散页纸张。

“斯科特，我们到底是在什么地方？”

“你什么也别碰。”她从前面只甩过来这么一句话。

这条纸质通道通向一个圆丘。这个巨大的圆丘矗立在一排排延伸到远方的书架的末端。圆丘就像人们以前埋葬古代国王的那种形状，但它不是用土，而是用纸张堆积起来的。各种各样的纸——报纸，包装纸，光滑的杂志，大卷的墙纸，小小的纸质标签，说明手册，成堆空白的A4打印纸，从日记本、帐簿、小说、相册里面撕下来的纸页。成吨成吨的纸张堆成了小山，而所有这些纸张上面都用蓝色、黑色、绿色或是红色的圆珠笔涂满了各种线条、方块、三角形或者是螺旋形。

“真见鬼了。”我说。

斯科特把她的背包卸下来，开始绕着这个圆丘的边缘察看。最后她停在某一点上，开始往里面挖掘，不断把成堆的纸张扒拉出来，拨到一旁。

“你在干吗？”

“过来瞧瞧就知道了。”

她又推开了一堆旧汽车杂志，这些杂志滑落下来，就像是尺寸过大的纸牌一样。在这些杂志的后面露出了一把椅子的背面，只能看见它的两条后腿和靠背，其余的部分都被掩藏在纸质圆丘里，完全融入其中了。

“我还是看不明白。”

“跪下来，往里看。”

我照做了。跪下后，我看见那把椅子的座位和后腿支撑着的纸质圆丘部分显露出一个黑黝黝的洞口，一条窄小的隧道直通向深处。我抬头看着她。

“你不是当真要往这里面钻吧？”

斯科特笑了，弯下腰来，在我的额头上亲了一口。

“恐怕你说得没错，”她说，“我们要一起往这里面钻。”

---

①威灵顿：英国将军和政治家。在半岛战争中任英军指挥官，在滑铁卢战役中打败了拿破仑，从而结束了拿破仑战争。

23

圆珠笔下的世界

我们在圆丘的边缘跪下来，伊恩的猫笼在我们中间，我们仨都看着那条幽深的纸质隧道。

“好吧，”斯科特说，“就像先前的爬行过程一样。我们要用绳子把背包系起来，我在前，把伊恩的猫笼放在前头推着走，你带着地图在后面紧跟着我。这样行吗?”

“没问题，除了你提到的地图。我怎么不知道还有张地图?”

“不奇怪，亲爱的，就因为这样，所以我是向导，而你是那个一路上不停提问的家伙。”

“有时候你可真是个工作狂，知道吗?”

“别说话了。”

我们把身上笨重的衣服脱下来，塞进背包里。接着，用两根长长的绳子把背包顶部系到我们的腰带上，这样当我们往那条隐藏在椅子背后的隧道里爬的时候，背包就可以拖在身后了。斯科特用松紧带把她的手电筒绑在伊恩的猫笼上。这么做的效果很好，斯科特挺高兴，但是伊恩——哪怕在吃了一整听金枪鱼罐头和三明治商店买来的甜玉米片之后——看上去还是闷闷不乐。也许它是觉得进入那个窄小的黑洞之后，前途堪忧。

“对不起了，”我又说了一遍，“现在离终点不远啦。”

它瞧了我一眼，那眼神显然是在告诉我不管去哪儿，最好是个让猫咪觉得有趣的地方。

“好了，伙计们，”斯科特用手拍了拍我的屁股，“准备好出发了吗?”

“嗯。”

她笑了：“没事的。只是看起来比较吓人而已。用胳膊肘支撑着爬行，用膝盖和脚趾推动身体前进。慢慢走，胳膊肘尽量往里面收，别碰到隧道的边缘。这可都是纸做的。”

"知——道——啦。"

"还有什么没交代的？对了，最好在你爬进去之前把手电筒拿出来，你需要用它来看地图。如果需要停下来，冲我喊一嗓子就行，不过别太大声，我们会停下来的。明白了？"

"明白。你打算把地图交给我了吗？"

"是的。"斯科特在她的裤子口袋里摸索了一会儿，拽出一叠小纸片来。"我们现在身处右边的这座圆丘，我估计是，那么就需要……这张地图。"

她给我的那张折叠起来的纸片只有一张小型生日贺卡一半的大小。

"这就是地图？"

"跟你说过这很简单了。"她说，然后她重新趴在地上，开始把伊恩的猫笼往洞里滑下去。我打开手里的纸片。这上面除了写着个单词 ThERa①以外，一片空白。

"嗨，这上头一片空白？"

"你说什么？一片空白？"

"只有一个单词，Thera。"

"那就对了，就是它。我们要从字母'T'的底部开始爬行，然后一直到字母'a'的那个小尾巴处。你觉得能胜任这个工作吗？"

我又看了眼那张纸片。

"没问题。"我说。

隧道里的空气闻起来就像是一本二手狄更斯小说书页间的味道：泛黄的纸页，老式的印刷，手指翻阅留下的油手指印，那种被压平了保存下来的气味。

我的手电筒在斯科特身后的帆布背包上投射下一个白色的光圈，看着它在前头时走时停，几乎把这个隧道窄小的空间填满了。我又把手电筒照在隧道的墙壁上，白色的光圈扩散开，在隧道里不时伸出来的纸页和不平坦的表面上投下乱晃的影子，我纳闷这么多随意堆放起来的纸张和印刷品怎么没有塌陷。我用脚趾头抵着地道往前蹭，尽可能把两脚紧紧并拢在一起，动用臀部和肘部的力量一寸寸地匍匐前行。当我移动的时候，能感觉到不时有纸张游离出来，碰触着我的胳膊、背部和臀部。这里所有的一切，一切都写满了单词，用各种各样的语言。当我爬行着经过那些被掀起来的纸页时，我能模糊地辨认出来有些是德语和法语，有些好像是希腊语和俄语，还有古代英语，用长长的字母'f'代替's'，甚至还有中文和日文图画般的文字符号。

① TheRa：作者杜撰出来的一个单词，是治疗良方（therapy）这个单词的前半部分。

这里也充斥着很多公式、数学术语的缩写和复杂的视觉安排。我眼前掠过的英语从复杂的句子到不完整的句子再到完全没有意义的句子，从同时考虑两个动词变位的可能性对其精确性会有所限制……到……抛开诚实考虑意外惊吓珀玛追踪说道金丝雀：美丽……

读不胜读，我想要把注意力转移开，想要从大脑中清空那些数不清的紧紧挤在手电筒光圈里和躲在黑暗之中的单词。我把注意力放在一寸寸地往前挪动上，一秒秒，一分分，紧跟着斯科特的背包爬进更深的圆丘内部。

背包突然停下不动了。

“怎么了?”

斯科特的声音从前面传过来，但我没能听清。

“你说什么?”

“字母T转弯的地方到了。”她的声音听起来好像被捂住了，变小了，高音部分消失了，“我们要向右转。”

我设法打开了她给我的地图，用手电筒照着看。ThERa。T字弯道。斯科特的背包又开始挪动了。正如她说的，这条隧道跟另外一条连接在一起，这次的方向是从左往右。我赶上了斯科特的背包，尽可能地帮助它转过了右边的弯。可我害怕，轮到自己的背包转弯的时候，会被卡在T的弯道那儿动弹不得。还好我的运气不错，当我转弯的时候，身后只传来一阵小小的阻力。我轻轻地拉拽着背包，动作是如此轻柔，以致于这条纸质隧道只是发出了点小小的声音，我的背包成功地转过了弯，没有大费周章。

这条新进入的隧道看起来比前面那条隧道高一些，宽一些，可过了没一会儿，我发现我就只能手足并用地爬行了。斯科特一定也在爬，她的背包在前头移动得快一些了。又过了一会儿，隧道向右来了个九十度的转弯。

“嗨，是我发疯了还是我们要——”

“没错，我们要往下。”

隧道的地面缓缓向下倾斜，但顶部还是保持水平。结果是，我们的匍匐前行先是变成了两手和膝盖并用，然后是弯着腰走，最后，居然可以勉强站起来了。我弯腰拣起我的背包，横着身子，贴着由这些杂乱无章、不干不净的纸张堆砌而成的墙壁走。我能看见伊恩猫笼上的手电筒光线在黑暗之中不时照在这些纸墙上。

“这东西造得真他妈大。”

“了不起的工程，对不?”

“发了疯的工程。修建所有这些要花好多年时间。还有这些单词——”我用手电筒照着前面的墙壁。每一张纸片——就我所见，每一片组成了这整条隧道的纸张——都写满了、挤满了潦草的手写字迹。

“别操心那些手写的东西了，我们唯一需要在意的单词就是地图上的那个。你还清楚我们现在的位置吧?”

我打开那张纸，再次盯着那个单词：ThERa。我在脑海里设想了一下目前为止我们走过的路——

然后把这个路线跟我手里拿着的这张纸上的几个字母对号入座。

ThERa

“我想我们现在正位于字母‘h’左边的那一竖上。”我说，同时惊讶于自己口气里那种理所当然的味道。

“太好了。”斯科特说，继续往前移去。

“太好了。”我也跟着她说了一遍，又看了一眼地图。

我们成功地走到了字母‘R’上面的这个半圆里。这个地方与前面有所不同，约有一个房间那么大，还有一个黄色的穹庐圆顶，看起来是由电话黄页簿搭建而成。更多的电话簿围绕着四周的墙壁。这些墙壁本身的建筑材料比我们前面看到的那些要更为坚实——大都是硬皮精装书，也有晦涩而厚实的平装字典、词典、教科书，等等。所有这些材料都用砌砖的工艺被小心地叠放在一起。一套简单的木头桌椅矗立在房间中央，整个地方的照明来自一个明亮的电灯泡，它悬挂在一根垂下来的电线上。

“哇。”斯科特站在桌子后面打量着那个圆顶，“这地方看起来好像教堂。过来瞧瞧。”

我把背包顶在书桌上靠着，然后在桌边坐下：“简直疯了。”

她可能觉察到我声音里的语调有点异常：“你还好吧?”

“我不知道。”

她靠着我在桌边坐下，看了我好一会儿，然后轻轻地撞了我一下：“说吧，到底怎么了？”

我听见自己干笑了一下，这种笑声空洞而虚假。这就像是发出了哈的一声，可并没有真正笑出来：“我觉得自己实在无法接受一个用电话簿做成的教堂圆顶。”

“哦。”

“我是说——这个东西到底在这儿做什么？这样的事情怎么会发生？”

斯科特用胳膊支撑着身体，向后慢慢往书桌上靠去，直到完全躺在桌面上看着那个圆顶：“我倒觉得这种东西很酷。你应该换个角度来看待它，像我这样躺下来。”

“我承认，这的确很酷。但就是感觉——不对劲。”

她静静地坐了一会儿，然后站起来，用一只胳膊搂住我的肩膀：“不过是些废纸罢了，你知道。”

“不过是些废纸？瞧瞧这规模吧。”

“可它的确就是废纸。你在小时候有没有做过爱斯基摩式的冰屋？我做过，我爸爸带着我一起。先是切割雪块，然后把它们搭成一个圆圈。一个大圆圈放在最底下，稍微小点的圆圈放在上面，再小点的放在更上面。在搭建了五六个圆圈以后，冰屋就做成了。这里的建造原理是同样的，只不过材料用的是电话簿罢了。”她用脑袋顶了顶我的，“真的没什么了不起。”

我看着她：“斯科特，这也有可能是个华而不实的屋子。”

她咧着嘴笑了起来：“很有可能是的。”

我也笑起来，这次总算是真的笑了：“我很高兴有你在身边。”

“我在尽力做到最好。”

“你对这一切都适应得很好，对吗？”

“我就是这样。总是很乐观，直到乐不出来为止。”

我点点头。

“在我看来，”她说，“总是有各种事情不断发生。有时候，没人相信的事情就这么发生了。在此之前人人都说‘那是不可能的’，或者‘在我有生之年根本不可能看到那样的事情’，但是在此之后，那却变成了一个事实，一段历史。这些看似不可能的事情每天都在成为历史。”

“私下里说，你总结得还真是智慧。”

“再过十年，你会看见另一个用电话号码簿建造而成的圆顶房屋或者是用纸质墙壁搭建的迷宫，那时你只会耸耸肩膀，然后径直去找卖冰淇淋的小摊了。”

“再过十年？”

“是啊，”她抬起头看着我，“没错，我看不出来为什么不行?”

“谢谢。”我踢了一会儿腿，盯着自己的鞋尖来回晃悠。我们像这样并肩坐在一起，身处一个用电话簿建成的穹顶之下。

“我能问你点事情吗?”

“当然，问吧。”

“你觉得，我们身上到底会发生什么样的事情?”

她直视着我的眼睛，我看见了她眼里的那丝冷意，仿佛又看见了那荒凉的被风吹过的海滩，那栅栏阻断的海岸线，黑森林深处的落雪纷纷。她把搂着我的那条胳膊拿开，重新看着天花板：“想听实话吗?”

“是的，请对我说实话。”

“我认为，我们都会从这个世界上消失，就好像教堂里那些古老墓碑上雕刻的铭文，总有一天会褪去。”

我继续踢着腿，没有再说话。

“这就是事实。”她说，“对于上面那个世界的人来说，我其实已经消失了。”

“但是，我知道你还在这儿。如果我这个人还有点分量的话。”

她没有回答。突然，我震惊地发现，她差不多要哭出来了。她的眼睛蒙上了一层泪珠，她正努力不让泪珠落下。

“还有我关心你呢，知道吗?”

“嗨，我没事。我相信你。”

她仰面朝天，冒着让泪水滑落的危险朝我看过来：“上帝啊。”

“我们会没事的，”我说，“好了，我们肯定会没事的。”

我试图用胳膊搂住她，好让她靠在我的怀里，可她并不领情，只是一动不动盯着天花板，发自内心的啜泣让她的身子不时颤抖着。

“嗨，”我又说，“别哭，来我这儿。”

我再次用胳膊去搂她，这一次，她乖乖地倚到我的怀里，靠在我的肩头上无声地啜泣。

“有时候，很难看清你面前的情形。可是一旦你看见了，或者一旦与之有关的事情触动了你，我觉得，就不再有回头的可能了。”她的脸庞已经泪痕斑斑，茫然地注视着前方。

“那么，好，”我一边说，一边打开一瓶水递给她，“我们现在努力前进的行为可真够英雄的，不是吗?”

她看着我，勉强微笑了一下：“你的语调终于振作起来了。”

“是啊，不错。我想差不多该到地方了。我猜我们离终点很近了吧?”

“是的，再走一个字母就到了。”

“那么我们就应该休息一会儿，比如半个小时或者更久一点儿，然后正儿八经地商谈点事情。”

“什么?”

“我可不想把五千英镑就这么给你了，尽量拖延点时间嘛。”

“啊，”斯科特说，微笑起来，“那可是我应得的钱。”

“太好了，这才是你的本色嘛。”

她大笑起来，这次是真正的笑：“因为你知道怎么说话才能让姑娘开心。”

我伸手去背包里四处摸索：“想吃浇汁鸡肉还是鸡肉块?”

“哇。”

“吃什么？快说。”

“请给我点浇汁鸡肉。”

“好的。我还要把伊恩放出来，好让它能在这些破书上找个地方撒尿。”

伊恩姜黄色的胖大身躯挤出了猫笼，踱到一边，不时在这些书本组成的墙边闻闻嗅嗅。

“别走远了!”我在它身后喊道。它只是将尾巴甩动了两下，好让我知道，我无权对它指手画脚，然后它在房间的门口拐了个弯儿，消失了。

斯科特看起来正陷入某种创伤之后的空白状态，缓缓地嚼着她的三明治，眼神空洞地看着前方。我觉得最好的方法是给她一些独处的时间，于是自己靠着墙边坐下来。

我从身边的架子上随手取下一本电话簿，翻开来。上面有各种分类广告：包办伙食，出售地毯，室内清洁，租赁汽车，招聘公交和长途车驾驶员，等等。还有照片，一位女士戴着设计独特的帽子，一辆卡车的侧面喷涂着所属拖运公司的标志，一把吉他，一个按摩浴缸，所有这些都是用我熟悉的黄色和黑色印刷而成。斯科特说的对，这些不就是电话簿嘛——登载了面向普通用户的普通广告——甚至都没有在隧道里涂抹在一切东西上面的圆珠笔笔迹。不过是正常的电话簿而已。就算有人用它们建造了一个黄色的穹顶天花板，我也没什么好大惊小怪的。还有这些纸质隧道本身，用一堆堆留下圆珠笔书写印迹的纸张做成一个迷宫也是有可能的。尽管这看起来古里古怪，又要无谓地消耗掉很多时间，而且还有一定的危险，但是，没错，这是可能做到的。

我把电话簿放在一边，打开了自己那份三明治。

短短一天前后竟然能有这么大的差异，仅仅二十四个小时。我自己也不由地盯着前方发起呆来。我发现，当自己咀嚼的时候，一串轻飘飘的音符好像从我的意识深处游离出来。这让我想到，在你的内心深处，你永远没有机会仔细打量的思维机器正在不断地构建东西，运行着它自己的秘密程序。也许你能隐约捕捉到一丁点来自内心的信号，就像一支歌的片段飘进了亮处，找到了调子，跟你脑海中的某个形象结合在一起，也有可能，它只是引发了某种情绪，带来一种满足感，冲走了淤积在你胸口和心底的黯淡色彩，但是，这种情况永远不会出现在你意识最清醒的时候。

我又抬头看了看天花板上那个圆顶，还有仍然在机械地咀嚼着三明治的斯科特。

我是怎么变成这样的？长久以来，我早就习惯了那种无所事事的空虚状态，现在，我却突然置身于这个地方，不知怎么的变成了身处诡异之地的探险家，不知怎么的就跟这个脑子被某种东西占据了的、坚强而又脆弱的姑娘睡在了一起。我从哪儿找到这些新特质的？也许它们来自真正的埃立克·桑德森，在电灯泡片段里出现的那个主人公。也许我发掘出了他埋藏起来的旧工具——他的蝙蝠侠行头、蝙蝠闪电车和他犀利的俏皮话——现在我不得不扮演着根本不属于我的角色。又也许，也许，这是真的。这是我想要相信的。我过去就像个平面的物体，我自己都会把自己当成影子，但是，那一连串事情带来的侵蚀效果开始渐渐把原来的我剥离了地面，展现出新的棱角。难道真的没有什么能够被完全抹去，就像有些那样?我想知道还有什么其他未知数没有浮现，要是所有这些重复失忆和糟糕的事情能够被抹去，或是不曾发生过，我会变成什么样?

“我猜这就是了。”

“没错。”我在地图上把我们走过的路线指点给斯科特看——

“我想我们现在正在字母‘a’上。”

“很好。”她笑着说，“瞧，我知道你有看地图的本事。”

刚才哭了那一通，又静坐了一个小时，这样的休息已经足以融化掉她眼睛里的冷意了。除了脸上一丝忧惧的神情以外——这可能是我引发的——斯科特基本恢复了常态。此外，伊恩也已经回到了猫笼中，一如既往地阴沉着脸，我也刚刚掌握了阅读地图的基本技巧。就目前情况而言，我们的队伍恢复了平稳。而且我们胜利到达了字母“a”。这又是个完全不一样的地方了。

这个“a”位置上的房间比那个“R”要小一点，远远没有前者整洁，写满水笔字迹的揉得皱巴巴的废纸在地板上扔得到处都是。和‘R’房间一样的是，一个从天花板上悬挂下来的电灯泡照亮了整个房间，墙壁也是由硬皮书像砌砖那样搭建而成。不过，这道墙壁的美观大打折扣，因为肮脏的纸堆和布满笔迹的纸丘已经靠墙堆到了及腰或是及肩的高度。一道螺旋型的楼梯立在房间中央，蜿蜒着通向上方的天花板。这道楼梯是用铺路石大小的皮革包边的大书修建而成，并不富丽堂皇，但却实用，而且像个巨大的工业革命时期的钻床那样庄重。在楼梯顶部，我们头上大约六七英尺的地方，是个看起来像壁架一样的东西。

“我们的目的地。”斯科特指着那道壁架说。

“那就是我们要去的地方吗?”

“旅途的终点到了。”

“那上面是什么?”

“半分钟之后你就知道了。”

无论怎样，我们的旅途终于到达终点了。

我听见了一声动静。在房间更为阴暗的角落，一排纸张滑落下来，发出扑扑的声音。

斯科特看着我。我也看着她。

“那是什么声音?”

她把手心向下做了个小声点的手势。

“有什么东西在那里面?”

“瞧，”她说，“那边。”

在那堆滑落下来的纸张后面，出现了新一轮波动。那些纸张瞬间涨了起来然后又沉下去。几秒钟之后，又来了一次这样的波动，然后我们看见一道波纹，好像是有什么东西从那些堆放的纸张底下移动，绕着房间的边缘游走。

斯科特伸出胳膊挡在我的身前，悄悄地用口型对我说往后退。我们尽可能轻手轻脚地朝房间门口退去，那些废纸团在我们慢慢往后的脚底下被踩扁了。

“不，不会是那条鲨鱼，”我说，“它不是进不来吗?”

“有人吗?”斯科特说。

在那些纸堆底下的移动停止了。猛地一阵抖动。几个纸堆开始滑动。一个用纸张和书页组成的圆丘像土堆一样开始鼓起来，突然，从里面冒出一个人来。

“啊呀，我的老天。”那个人盯着我们说道。

斯科特终于松了口气，放下了护在我身前的胳膊。

“埃立克·桑德森，”她说，“这是费得罗斯教授。”

24

语言专家

看着费得罗斯教授，我突然想起了不修边幅这个词。

也许应该有专门的园丁，服务于那些老学究们，像护理苗木那样给他们整理容装，定时清洁，因为眼前这位真实的特里·费得罗斯教授显然像是一块乏人料理的自留地，杂草丛生，乱七八糟。他灰白色的浓发堪比爱因斯坦的爆炸式发型，甚至更夸张。不但嘴里叼着一支铅笔，还有两支夹在他的耳朵后面，其他几支则分别穿插纠结在他乱蓬蓬的头发里，让他的脑袋猛一看还真像是个毛茸茸的仙人球。他的双手满是蓝色、黑色、红色和绿色的圆珠笔印记，这些印记还一路攀爬到了他的手腕、胳膊，一直延伸到他卷起来的袖口那里，当然，这些袖口本身也没有幸免。揉皱了的大团废纸和不知从哪里撕下来的书页塞满了他肥大的黑色工装裤的口袋和破破烂烂的大褂。他是个小个子，大概六十多岁。从那个唯一的电灯泡射下来的灯光并没能穿透他浓密的头发组成的顶棚，效果就像是你在看着一个从大衣柜深处往外看着你的人。我能看到的他脸庞的部分呈棕褐色，皱纹密布，就像是一个富有弹力的橡皮球，只是更加生动——这让我想起了那种可以自己走下楼梯的大型弹簧玩具。我有一种感觉，这张脸在一生中经历了各种震惊、喜悦、恐惧，还有天知道什么别的情绪。我能从他的眼睛中看到的只有一副带黑色边框的大眼镜，就像是迈科尔·凯恩在六十多岁时佩戴的那种。

特里·费得罗斯教授。经历了这么多之后终于找到了他。我却只能盯着他，说不出话。

教授把嘴里的那支铅笔拔出来，也回瞪着我。

“埃立克·桑德森。”他说出我名字的语气有些凝重，这多少让我有点吃惊，“你来这儿干吗？”

“他什么也不记得了。”斯科特说，用她的胳膊紧搂着我，拇指抵着我皮带的后面，把我朝她身边拉。

“不记得了？不记得他怎么会出现在这里？”

“我发现他时，他正在寻找东部到西部的文本线索，但是没什么有价值的暗示，要不是我的帮助，他本来不可能——”

“你到底凭什么认为我想看见这个家伙？”

“他还能去哪儿求助？”

“我可管不了那么多。”

“看在上帝的份上，特里。他是回来向你求助的，他需要帮助。”

“他需要帮助。这就是你把他带到这里来的原因吗，斯科特？”

时间好像停滞了，仿佛一只肥胖笨重的蜘蛛趴在网上。

“嗨，”我说，其实我也不知该说什么好，就是急切地想开口，想打破这种尴尬的气氛，想消除这场我并不明白却突然置身其中的争吵，“嗨，嗨。你们在谈论我的事情。我就在这儿。”

费得罗斯目光炯炯地朝我看过来：“哦，是吗？我对此表示怀疑，埃立克。”他说：“因为如果你还是原来的你，那么这里就是你最最不愿意来的地方。”

我不由自主地向后退了半步。

“我不——”我试着辩解，却觉得胃里被什么结实沉重的东西堵得慌。

从最开始，我就一心一意只想找到特里·费得罗斯教授，这个传奇人物，跟我丢失的过去脱不开干系的人，世界上唯一有可能帮助我的人。可是现在，我意识到了这纯属我自己的一相情愿，就像一座危险的大坝，挡住了所有重要的、实际的、我不愿正视的东西。

我根本不清楚这个人到底是谁，他与曾经的埃立克·桑德森的关系如何。我完全是毫无准备地闯进了这个地方。

“我不知道——”我嘴里只吐出这几个字，但还是努力说了下去——“怎么——”

“其实你知道，不是吗？你去了那里，干了傻事，却根本不在乎。”

“别说了，特里。”斯科特说道，我又感觉到了她身上传来的那股力量，那种内在的力量，“他不记得发生过的事情了。他什么也不记得。他的这些记忆都没有了，被吃掉了。他根本就不是以前的那个他了。你好好看看他吧。”

他不记得发生过的事情了？她怎么知道发生过什么事？我用眼角的余光捕捉着斯科特眼神里最微小的改变。又是那种神情，那种荒凉，让人想到那片空旷的海滩，还有些别的什么东西：某些我不太明白的感情，在她紧绷的脸上流露出的怒气背后隐藏的某些秘密。她眨了眨眼，把那种无名的情绪压制下去，用手轻轻地抓紧我牛仔裤的后面，对我做了个以后再说的口型，注意力还是集中在那位教授身上。

那位老人似乎也准备发一通脾气，他那隐藏在浓发之下的脸庞已经拉长了。在他几乎就要发作时，整个世界屏住了呼吸，仿佛海啸之前海浪会退下去一样，他用拇指和食指捏住了自己的鼻梁，然后把眼镜推回去。

“好吧。”他只是说，语气很平静。

“谢谢。”斯科特点点头。

我想此刻我最好还是闭嘴。

“好吧。”费得罗斯又说了一次，环顾了一下四周，好像这才发现他深深地陷在了纸堆里，“我猜这里的一切让你吃惊不小吧？”

现在，他声音里的那种尖锐语气消失了，取而代之的是一种经过权衡的对陌生人彬彬有礼的语调。

“是有那么一点儿。”我说。我把手伸到背后，手指抓住斯科特的手指，紧握起来。她也使劲回握了我几下，这是对我最有力的支持。

“当然。这还算不上是最有效的归档系统，对吗？”费得罗斯开始从那堆纸片中找路出来，纸张在他脚下发出咯吱咯吱的声音，还有些废纸被他经过的腿带得飞了起来，又滑下去。伊恩听见这些噪音，不住地在猫笼里打着转。“不过，我坚持认为，要是我应该找到我碰巧正要找的东西的话，那我就能找到它。但是通常……”

显然他在等待回应。我稍稍扬起了眉头，希望我这种询问的反应没错。

教授从纸堆的最深处走出来，拍拍身上的灰：“但是通常，我的运气不好。”

我抓紧了斯科特的手。

“教授，”斯科特会意道，“我们能不能——”

忽然响起了警铃声，从我们头顶上方不知什么地方传过来。

费得罗斯惊跳起来，瞪圆眼睛看着天花板。

我随着他的眼光看上去，又看了看斯科特：“怎么回事？”

“是那些鱼苗。”老教授突然进入了高度警惕的状态，神情就像踮起脚走路的老猫一样，“鱼苗游进了系统中。斯科特，你进来之后关上隧道的门了吗？”

“我觉得没那个必要啊。”

“现在是迁徙季节，他们在四处游动。必须封闭所有的隧道入口。”

“到底怎么了？天哪，是那条路德维希安吗？”

“不是，”斯科特说，“是鱼苗——幼小的思想鱼类。它们本身倒没什么大碍，但如果数量庞大的鱼苗涌进这里，它们的踪迹很有可能吸引来更大的什么东西。”

教授也点了点头：“要是它们还能一路游进研究中心，后果不堪设想——斯科特，我要你去把你通过的那些隧道入口关上。还要请你再检查一下米罗斯隧道，以防那些小鱼从那里钻进来。我带着埃立克去驱散已经进来的那些鱼群。”

“我觉得埃立克应该跟着我。”

我赶紧点头，转向斯科特：“我跟你去。要是外面——”

“但如果路德维希安出现在外面，虽然这种情况几乎不可能，那么，没有你跟在后头，她会安全得多，行动也迅速得多。来吧，时间不等人，要是有太多鱼苗游进隧道，我们就很难把它们弄出去了。”

“他说得对。”斯科特对我说，“我会没事的，我们需要巩固这儿的防线。”

“防线？”

“我回来的时候会跟你解释清楚一切。”然后，她转身面对费得罗斯，“教授，在我去之前……”

“嗯？”

“我不得不……”

“我知道你有很多事情需要跟我解释，但是，多萝西[1]，我们必须先关上那些隧道。我会在这儿照顾好铁皮人的。”

“教授，这一点儿也不好笑。”

“哦。”教授装出一副不明白的样子，“不好笑吗？有时候我的确会大脑短路。”

“别逗了。我需要跟你谈谈——”

“斯科特，先去关上隧道吧。求你了。”

警铃又响起来了。

斯科特的眼神从费得罗斯身上看到我身上。我只能摊开手心，无奈地做了个告诉我该怎么做的手势。她的脸庞镇定下来，看起来她得出了结论。她对教授点点头，然后转身朝着我，搂住了我的腰。

又感受到了她身上的那种凄凉之意。

“你还好吧？”我对她耳语道。

她投给我轻微干涩的一笑，然后把手伸进我的口袋，拿出那只手电筒：“你在这儿很安全。我会尽快回来。”

在她转身一路小跑地穿过那些纸堆之前，我设法赶快说了声“好的”。

斯科特就那么走了。我感觉心里猛地震动了一下，就好像火车在切换轨

---

① 多萝西：儿童文学经典著作《绿野仙踪》中的主人公小姑娘，讲述的是多萝西对她在埃姆姨妈和亨利叔叔的堪萨斯农场的生活感到不满，打算出走。这时，她被一股龙卷风吹上半空，在奥兹王国经历了一番奇遇，铁皮人、稻草人和一只胆小的狮子是跟她并肩作战的好伙伴。

道时带来的那种震动。

“来吧。”费得罗斯已经踏上了那道螺旋型的楼梯，“我们需要到控制中心去。”然后，他看见我去拿伊恩的猫笼——“不，不，不，别拿那么多东西。稍后再说。”

“不行，不能丢下他不管。这是我的猫。”

教授停住脚步，转过身来，伸长脖子：“你还有只猫？”

那道螺旋型的楼梯领着我们来到天花板下面的一个壁架处，这个壁架又位于一个架子的背后，一个高大宽阔的书架底部。开始我还以为是书架上的那些书本放反了，书脊对内，书页朝外，后来我才意识到，我们——满屋的纸张，那些词汇隧道，所有这一切——我们都位于书架背后，正从后面看着它。我紧跟在费得罗斯身后，挣扎着保持平衡，左手提着猫笼，右胳膊伸出去，好像是在握着绳索走路，我力图让笼子里的伊恩尽量舒服些，它在笼子里一直不安地打着转，好像很不喜欢我们往上攀升时脚下不断消失的楼梯。这可不怪它，我自己也有点胆战心惊。书架中间消失的书本给我们腾出了足够大的地方爬过去，教授就是这么做的，身手灵活得不像是这个年纪的人。

“来吧，把猫笼递给我。”

我把伊恩递给费得罗斯，然后自己跟着爬过去。

我发现自己置身于一条地毯之上，红色的地毯，质地颇好，但样式陈旧。警铃声在这里听来更加刺耳。

站起身来四处打量之后，我觉得这间屋子就像是男人吸烟用的休息室。两张绿色的皮质扶手椅，一盏绿色玻璃灯罩的台灯下还坠着拉绳，桌子上放着一个雕花玻璃或者水晶玻璃瓶，里面装满了棕色的液体，很可能是酒。除了正面对着的一条走廊外，所有的墙壁都完全被笼罩在书架之中。这么说合适吗？因为如果凑近看，我实在无法区分出到底是墙壁被书架遮掩了，还是墙壁本身就是书本跟桃花心木制作而成；水平和垂直的木板嵌进墙里，看起来好像是书架一样。这不禁让我想起那个经典问题：斑马是长着黑色条纹的白色动物还是长着白色条纹的黑色动物呢？正如这个房间不管怎么看都行。

当我回过神来之后，费得罗斯已经把伊恩放出了猫笼，他们俩在房间正中央正面对视着彼此。

“你一定就是托托[①]吧。”费得罗斯说道。

---

①托托：多萝西随身携带的小狗，片刻不离主人左右。

“喵呜。”猫儿只是叫了一声。它朝我看过来，让我知道，它既不喜欢那刺耳的警铃声，也不喜欢面前这个突然侵入它私人领地的老头。

“成群的鱼苗喜欢啃食那些逗号，还有更加古老的字母。一定不是太大或者太显眼的东西。”教授甩开大步往前快走，就像是一位赶着去给学生开会的校长。我不得不一路小跑才能跟上他。“以我的经验，”他说，“它们好像特别喜欢啃食古体的字母S。”

在这条难得一见、两边列满了书本的走廊上，伊恩急急地跑在我们前头，耳朵后贴，尾巴低垂，当猫用这种姿态跑步时，说明它们不喜欢有人紧跟在身后。走廊的两旁不时出现岔道，一会儿出现房门，一会儿又有衣橱和玻璃柜，还有的东西我都没时间细看就匆匆经过。有一个地方，走廊旁边出现了一个宽大的房间，堆满了收音机，好几百台堆放在一起，大多数都在运行，正常播放，半正常播放，或是发出刺刺啦啦的噪音。录音设备从天花板上通过电线垂下来，在每一堆叠放的收音机上方摇荡着。

“这是干什么用的?”我们匆匆经过这条夹在塑料制品中间弯弯曲曲的小道时，我问道。

“什么?”

“这些收音机有什么用。”

“做肥料用。”教授扔出四个字。

我们走得越深，警铃声越响。这地方可真大。最后，教授往左一闪，拐上一条走廊分支，经过道走进了一个放满计算机、电视和麦克风的房间，电线和电缆满地都是，延伸到墙壁里面，张牙舞爪地爬满了地板。

“不不不不。别这样。”费得罗斯用巴掌使劲拍着这些计算机中的一台。

警铃声在这里简直是震耳欲聋。费得罗斯又猛拍着计算机，然后改变了行动方针，开始发疯似地检查，解开那些纠结在一起的电线，甩动着插座和插头。突然，警铃声停止了。

“啊哈。”费得罗斯从一大堆插座之中抬起头来，“现在得了。来吧，来吧，一出了这儿你就没用了，不是吗?”

我迈了几步走进房间。教授趴在一台被电线遮盖了一半的机器上，弯腰查看着显示屏，疯狂地在键盘上敲击着：“藏到哪儿去了? 在哪儿呢? ……不对。”他转身，爬上另一张工作台，看着另一个显示屏。哒哒哒。哒哒哒哒。“不对……啊，对了。找到你了。”他抬头对我说，“你们经过的Thera通道涌进来一大群鱼苗。到这边的仪表板来，不对，是这边。”

我穿过房间，爬过那些电线和电缆，还有半解体的服务器和硬盘。

“好的，现在听我说。当我发令时，你就把键盘上的“control”、“alt”和“delete”同时按下去。明白吗?”

“你要干什么?”

“我只问你明不明白?”

那种凌厉的语气又来了。“对不起，”我说，“是的，我明白。”

“那就好，”费得罗斯把手指往两个键盘上分别按下去，“就现在，按吧。”

我照办了。

一个震耳欲聋的单音节符号通过报警喇叭播放出来。我能感觉到这声音在我的体内震荡，坚实、稳定、无处不在。

“中音C,”教授大喊起来的声音盖过了那喇叭，“对这些小鱼苗来说，它太大了，大得能把它们震出——”

喇叭停止了。

“隧道!”教授喊道，兴奋之情溢于言表。

“把它们震出隧道了。”他又轻声说，这次是为了平静一下。

我点点头，把手指从键盘上挪开。

教授检查着面前的显示屏，击打了几个按键：“不错。我觉得搞定了。”

“太好了。”我说，虽然并不太明白，但我不想流露出来。

费得罗斯看了我一眼，然后又把注意力转移到显示屏上去，开始敲打键盘。我站在刚才他要求我站的位置上——那个键盘旁边，逐渐意识到我们的谈话就此结束了，他不打算再跟我有进一步的交谈。仿佛是刚才的紧急情况，让费得罗斯把他跟我之间曾有的过节，或者与曾经的埃立克·桑德森之间的过节，放到了一边。但现在世界恢复了秩序，我们又回到了原点。这一次，斯科特不在场，无法推进事态的进展。又是一阵令我尴尬的沉默，慢慢地堆积起来，空气中弥漫着浓厚的紧张气氛，好像是一艘潜水艇在下沉、下沉、不断下沉，直到水下的压力让船体变形。教授还在敲打键盘，一会儿在这个键盘上，一会儿又转到那边的键盘上，再敲打几下，始终没有抬起头来。我不安地动着脚尖，看着他，打心眼儿里希望自己是在什么别的地方。

“请问，这些设备到底是干什么的呢?”

我觉得这个问题很傻。有那么一会儿，我以为他不会理睬我。

“这是我的工作。”哒哒哒哒，“这些设备用来释放我自己发明的语言病毒。”

“语言病毒?”

哒哒哒哒哒哒哒哒……

费得罗斯戏剧化地长叹了口气，抬起头来。我看见他眼中的愤怒和挫败感——他可能想冲我怒吼或者忽略我的存在，这种感情在他那橡皮球般富有弹性的脸上转悠了一会儿，仿佛一只小耗子在迷宫里打转，然后这感情消失在他的一丛乱发和鬓须之中。他慢慢坐直身子，再次摆出一副学校老师的腔调。

“所有这些设备可以更改网络电子邮件、网站、语音信息，甚至广播节目的传播路径。我把我创造的病毒引入到这些信息之中，并发送回来以便监测效果。你听过英国热播的那首歌‘当一天结束之后’吧，其实是我发送的破坏力很强的一个病毒。

“你是说，你发明词组？”

“词组，单词，模棱两可的拼写，缩写，传讹。也不仅仅是发明，应该还有管理。瞧，瞧这边。”

我从桌子的另一边挤过去，磕磕绊绊地从那些机器和电线上跨过去，凑近好看得更清楚。

在费得罗斯刚才待过的工作台旁，还有一张桌子，摆放着一台小电视机，正在播放有关一场热带风暴的新闻，一个负责输送声音的麦克风连接着计算机。这部计算机安装了那些口述程序，看起来它似乎正努力把播报着风暴天气的语音解构为新的词汇，屏幕上显示出一行又一行的文本，大多数单词都是以“s”或者“sh”开头，在这些颠覆性的浪潮中还不时出现大块的字母“p”和“b”。突然，晴天霹雳般，“西洋双陆棋”这个单词以特大字体一跃出现在屏幕上。

“不过。这有什么用呢？”我刚一问出口，就后悔了。好在教授正全神贯注于他自己的世界之中，没有注意到我的冒犯之语。

“这有什么用？有什么用？”费得罗斯一屁股坐在一个拆下来的硬盘上，盯着屏幕，“我组建语言病毒，就能更好地理解真正的自然发生的那些病毒了。我的工作帮助我分辨出那些早期的警告信号，采取保护措施对抗将来的危险传染病。要知道，语言也会生病、死亡。有些语言会绝种、销声匿迹，也有些语言会迁徙。”费得罗斯又看了一眼那个正在播放风暴新闻的屏幕，然后挪到下一张桌子上，那里摆着一台类似的电脑，正发出国葬时那种低沉的乐声。他摆弄了一会那些设置。“你注意到没有，在英国几乎所有地方，美国人说的‘我想（can I get）’是怎么完全取代了英国人以前说的‘我可以(can I have)’吗？当某个成功的语言进化出现时，我无力阻止，但是眼睁睁看着一种老的语言形式被抛弃并消亡，这滋味并不好受。”

“就像红松鼠的遭遇。”我茫然地接话道。

“对，就像红松鼠的遭遇。”

“所以，是不是——你不是说你还能发明像路德维希安这样的生物吧？”

“不，当然不。路德维希安，弗兰西斯肯，还有勒克索根斯，”教授又回身去键盘上拨弄着什么，“所有这些概念鱼类都是自然进化而来。我发明过一系列人造弥母生物，但它们只能算是低级的单细胞生物，在一个真正的达尔文式的优胜劣汰的环境里，它们活不过几个小时。不过话说回来，如果想要理解更大型、更复杂的生物体，它们倒是非常有用的工具。”

我对此点头赞同：“那么你呢，应该能理解它们吧。”

“从某种程度上说，是的。我理解它们之中的有些种类。”

“我明白了。”突然，一种机不可失的冲动击中了我，把底线提到了我的喉咙后面。“费得罗斯教授，请听我说，”这开头真傻，“我是说，我很抱歉闯入这里。我并不——无论你和曾经的埃立克·桑德森之间发生了什么过节，以致于你对我有现在的感受，天哪，我并不认识你，我甚至也不认识他，但我不得不到这里来。我需要向你请教，有没有办法能阻止那只路德维希安对我的追踪？”

费得罗斯把电脑丢在一边，直勾勾地盯着我。

“有办法吗？”我惴惴不安地等待了几秒钟后，问道，“我之所以请你帮忙，是因为你是唯一我能指望的人。”

教授的脸庞涨红了。

“‘我是唯一你能指望的人？’你居然舍近求远，你自己不知道线索就在身边吗？”

我感到脚下的地板在倾斜。

“你说什么？这话什么意思？”

费得罗斯又回身趴在他的计算机控制台上：“这不关我事。我可不是你老爸，埃立克，我还有很多事情要忙。运行试验，诊断错误，够我劳神的了。坦率地说，你在这里碍手碍脚。你应该回到来时的那个休息室去。”

“不。”有种炽热的东西，好像拳头一样击中了我的胃部，“不行。我花了好几个月的时间才找到这儿，我是不会走的，除非你把这个简单的问题给我讲明白——到底有没有办法阻止那条鲨鱼？”

教授头也不回地说：“问我干吗？问你女朋友去。”

“你说什么？”

我能看见他的肩头在不停地起伏，显然是在做深呼吸。终于他转过身来：“那好吧。如果你真想知道，我就全部告诉你：想象一下，你从某个巨大的物体那儿逃跑了。试想一下，你一直试图躲开的那个东西有一个巨大的意识，根植于成百上千个不同的身体里。”

“你说的是？是不是他——麦克罗福特·沃德？”

“没错，麦克罗福特·沃德。想想吧，终此一生，你都要生活在逃离麦克罗福特·沃德的恐惧之中。你不想总这么逃跑，对吧？你想要跟他作战。但是麦克罗福特·沃德是个巨型的自我复制体，它每天都在搜集大量的思想、计划还有记忆。你能怎么做呢？你一直在回避问自己的那个问题就是，什么样的武器能够对抗这样的一个怪物？”

一开始我不明白他在说什么。然后，随着他的展开，我想到了。

“一条路德维希安。”当我说出这个单词时，自己都感到震惊。

“完全正确。喜欢不断复制自我的麦克罗福特·沃德和一条不断吞食自我记忆的路德维希安相遇将会怎样？那就像物质和反物质一样。啣。沃德没了，同样，路德维希安也不复存在。”

但那也意味着……哦，不。

“所以，给你那个问题的答案就是——有，有办法阻止那条鲨鱼。现在你什么都知道了，感到高兴了吗？你的内心平静了吗？”

“我不知道你在说什么？”

“斯科特为什么要带你来这儿，埃立克？”

“因为我答应付钱给她，她提出给我带路。”

“不对。再想想。”

“别说了。”

“再想想啊。”

“你住口。”

“好吧，我来告诉你，好吗？斯科特带你来这儿是因为她需要那条路德维希安。除此之外，你跟她一点儿关系也没有。事实上，几个月来，她一直想说服我帮助她，用鲨鱼路德维希安去对付沃德。”

“不。”

“看在上帝的份上，你动动脑子吧——难道你从来没有想过，她为什么对那条鲨鱼了解颇多？她已经为这事筹备很久、很久了。”

“不，”我再次拒绝面对现实，“她带我到这里来是因为我请她带我来。”我痛恨自己声音里的那种无力，“我们——我们是一起的。她是在给我帮忙。”可这些话听起来软弱、愚蠢，像个上当的傻蛋。甚至当我在这么说的时候，我已经知道。我知道了真相。我发现，一直珍藏于内心的那种温暖而真实的感觉，开始从心里流失。

25

所有星星都在流血

斯科特回来时，是从书架的另外一边爬进来的，就像我刚才跟随着费得罗斯做的那样，我已经在房间里的扶手椅上坐了大约一刻钟。

“嗨，”她说，微笑着立住脚，“简直难以相信。在次空间里只待了两天，不知怎么的这就变成了我的工作，跑出去确保他所有的通道都是封闭的、干净的，因为现在是迁徙季节或者管它什么见鬼的原因。他呢？”她看着房间中央那个空荡荡的猫笼，“伊恩在哪儿？”

“我不知道。”

“怎么了？你没事吧？”

我一旦知道该注意什么，便立刻发现了。我看出了她嘴角流露出的紧张情绪，听出了她话语中那细小的破绽。我知道了她试图掩藏的真相。我坐在那儿看着她，什么也不说。

斯科特先是一脸困惑，接着，她的眼睛一点点地张大了。我观察着她脖子上的脉动，那快速的小小的跳动。这一肢体语言的诚实性，它泄露出的真相让我心碎。她扭过头去，艰难地吞咽了一下口水，看着地下。“噢，妈的。”她说。

直到那时，我才完完全全相信了费得罗斯告诉我的那些话。我觉得自己好像吞了碎玻璃碴一样难受。

“噢，妈的。”我学着她说，“你一直都在撒谎，对不对？”

所有的钟表都不走了。时间好像停滞了。一缕黑亮的头发滑落在低着头的斯科特的脸前，停留在她面颊之下。她完全没有去管。她只是站在那儿，低着头，盯着地板上的某个点。

“我并没撒谎。”最后，她开口道，还是低着头。

“你还敢说没撒谎？”我能感觉到自己的声音在发颤，我的喉咙，我的双手，好像被抽空了似的虚弱而颤抖，“就因为你会玩弄几招精巧的言语游戏，所以从技术角度上说你就根本没有撒谎？事实是，你没有告诉我你带我来这里的真实原因。你还让我天真地以为你他妈的是在帮我。”

“我是在帮你。”

“好吧，那么你出现在医院也是完全出于好意喽？不对，斯科特，你是在帮你自己。从我们相遇的那一刻起，你就一直在利用我。”

她还是盯着地板。

这样的反应不是我希望的：我希望她能爆发出来，大喊大叫“你怎么能这么想？”我希望她能对我痛骂。我希望她能告诉我，这是我犯的一个愚蠢的错误。我希望她能在盛怒之中冲出房间。我最最希望的是，我确实错了。可我没有。我没有错。因为她只是盯着地板。

“我们做爱了，”我说，“不，还不只那样，我们过去还手拉着手，我还以为——你干吗要演这出戏？不管怎样，我都已经跟着你了。你已经得到了你想要的东西，为什么还要让我以为你也是真心——喜欢我？”

“我是真心喜欢你，我确实很喜欢你，”她说，“但你是不会相信的。”

“我怎么还敢相信从你嘴里说出来的任何事情呢？”

“我不知道，我也不指望你相信。”

“什么？你是在允许我不相信你喽？多谢你的批准。”

她终于抬起头来看了我一眼：“我就不能张嘴为自己说点话吗？”

“一直以来，你都是在利用我得到你想要的东西。”

“埃立克，天哪。你还想不想听我解释这件事了？”

我没有说话。

“事情不是你想的那样——”她开口道，“我们的情况，非常重要。的确，我有意策划。但是你应该理解我面临着什么样的危险，我不能冒险行事，而你也没有理由相信一个陌生人。所以——”

“所以就在我们上床之后，你还是继续撒谎？”

“好吧。”斯科特的眼睛现在显得炽热、明亮而湿润。让我感到震惊的是，有种重要的东西从她的眼神里泄露出来，有种压抑的、微妙的、不可取代的东西。我想去抱着她，不让这种东西继续流露，但我还想让她也尝尝心碎的滋味，让她为自己做出的龌龊之事付出代价，她让我觉得自己成了计划的一部分，让我感觉温暖、被需要、被关怀，不必在这个空旷死寂的世界上孑然一身，结果这居然都是某个冰冷的、逻辑计划的一部分，她要为她的冷酷行为受到惩罚。

我看着她，我的心底有个声音在说，我们看得见星光，只是因为所有的星星都在流血。

“好吧，”斯科特又说，“是的，是的，是的。这就是你想要听的吗？是的，我对你撒谎了。是的，我操纵你了。是的。我的确利用你了。不过，我不是为了骗你到这儿来才跟你上床，但是如果你偏要这么认为的话，也好，随便你吧，把我想成一个十恶不赦的坏蛋吧。我为了活下来得不择手段。我并不以此为傲，要是你想听真话，有时候我恨自己的所作所为。我恨我自己。现在，我不指望你欣赏、接受或是原谅我做过的这些事情，但让我感到惊讶的是，你比其他所有人好不到哪里去，你居然也不能理解我的苦衷。”

所有的星星都在流血。

“你本来应该信任我。”

她擦拭了一下湿润的眼眶，就那样快速地抬手一抹。

她直视着我的眼睛。

“不可能，埃立克，我不能冒险。我需要那条鲨鱼。”

“好吧。”

“我很抱歉，但事实如此。”

我从椅子旁边的玻璃水瓶里给自己倒了一杯威士忌。我的双手在颤抖；当我把酒杯端到嘴边来喝时，酒面泛起了小小的波纹：“那么，你原先打算什么时候才让我知道你带我过来的真正目的呢?”

“你真想知道全部事实?”

“是的。”

“好吧。你一直以来的努力，所有的研究和旅途都是为了找到费得罗斯。”她说话时，周围好像罩上了一层防弹盔甲。我面前的这个姑娘变得不近人情，不再熟悉，“所以，我知道，如果由他来告诉你，有一种方法可以让路德维希安和麦克罗福特·沃德彼此抵消，你会仔细倾听。另一方面，如果那个离奇的计划是出自我这个陌生人之口，很有可能你不会相信，尤其是在你跟非人先生的遭遇之后。”

“但是我当时的确很信任你。我一直都信任你。”

“我可不敢冒险。”

“所以你就让我冒险? 你应当对我实话实说。”

“我知道我伤害了你，但是想想你刚才说的话。”

我静静坐了一会儿：“不，如果是我，我会的。我肯定会告诉你一切，从最开始。”

“你会吗?”她说，“你确定你会? 你真的会把你的命和我的命都押在我这种信息不足的盲目侥幸上? 这个计划不仅涉及沃德，还涉及那条鲨鱼。我是在帮助你，即使那时你还不知道。”

“算了吧，”我又喝了一口威士忌，“不要扭曲事情的真相，你帮助我纯属意外，对吗? 所有这些都是斯科特帮助斯科特的副产品而已。甚至你自己也是这样。是的，我本来应该告诉你，因为这么做是正确的。”

“好吧，你有权利相信随便什么你想相信的东西。”

别去管它，我想，紧紧握住那只酒杯放在胸前，别去管我的双手颤抖得如何厉害。

“好吧，这么说吧。”我想要知道一切，我想抓住这件事情中每一个火红而炽热的烧灼部分，紧紧抓住，去感受它带来的分分秒秒的烫伤的滋滋声和刺痛感，漏掉哪怕一点细节也会让我感觉更糟糕，“你决定继续执行你的计划，带我去找费得罗斯，让我认为是他想出了这个办法，让沃德和路德维希安来个大冲撞。然后呢？你会装出一副‘哦，我的天哪，这真是个了不起的点子’的模样？”

在她那层无形的防弹玻璃后面，斯科特的眼神看起来不可捉摸，里面充满了古怪的光芒和折射的光线，蕴含的意味千变万化：“差不多就是那样吧，没错。”

“天哪，你不觉得我会对此有所怀疑吗？”

她摇了摇头，没有回答这个问题：“瞧，我从来不指望你会原谅我做的这件事，不过，是的，在内心深处，我希望如果你知道了真相，你会理解我，原谅我。不管发生了什么，我没想到你会有这样的反应。”

“什么样的反应？”

“当我没说。”

“不行，一定要说，我的反应怎么了？”

“你的反应真幼稚。”

我的心里泛起了一阵酸涩的愤怒，我紧咬着嘴唇，直到这阵波动的愤怒平静下来：“我信任你，斯科特。现在看来是盲目的轻信。没错，这的确很幼稚。”当她没有回话时，一些更为刺伤人心的话涌到了嘴边，我不顾一切地说了出来，想要砸碎她那层愚蠢而巨大的防护层：“行了，别担心，我再也不会犯那样的错误了。”

斯科特从她厚厚的玻璃罩后面朝我看过来。我看不出，也不知道她到底在想什么。

“好的，”她轻声地平静地说，“那就这样吧。”

我的心里难受得火烧火燎，震惊、羞愧还有巨大的悲哀仿佛掏空了我的内心。

“好吧，那就这样吧。”我试着摆出平静，不在乎的样子，“但我们还是在一条船上，对吗？路德维希安和沃德注定要两败俱伤。无论你打算做什么，我都准备帮助你。你赢了，斯科特。”

“我觉得现在就说赢得战争还为时过早，对吗？”

我摇摇头，回避了这个问题：“告诉我，你的真实计划到底是什么？”

26

回到过去

斯科特的计划非常简单易懂——当然，易懂是相对的，只有当你意识到你应该寻找的是什么东西以后，才能明白这个计划。就像多萝西穿着红宝石鞋一样，斯科特也有。跟多萝西不同的是，斯科特胸有成竹。

非人先生的笔记本电脑。那台电脑是整件事情的关键。

非人曾经是麦克罗福特·沃德最得力的助手之一，每天有六十秒的时间，在12：21到12：22之间的那一分钟里，他的电脑能够直接与代表着沃德意识的庞大的在线数据库连接。在这短短一分钟的时间里，非人将把他的报告直接上传给麦克罗福特·沃德那巨大的意识。就在这一分钟里，沃德的意识跟外部世界之间会开通一条直接渠道。斯科特将把费得罗斯那些用于电子邮件的改道程序稍加变化，以便让这条通道一旦畅通，就始终保持在打开状态。斯科特希望，费得罗斯能够发明某种装备以便把路德维希安通过电脑引导到沃德那里。很简单。唯一的难点和危险之处在于，如何才能接近一条路德维希安。

我几乎要哭出来了。我想斯科特的感受也一样，但我看不出更多。在平静了几分钟以后，她拿起非人先生的笔记本，把背带套在身上说："我要着手做点事情。"

然后她就转过身，从我身边走开，穿过那扇房门，沿着走廊头也不回地离开了。

我的心里一片茫然空虚，在扶手椅里坐了一会儿，感受着被墙上那些书架上的书本包围的寂静。

时间就这么过去了。

终于，我注意到搁在地板正中的那个猫笼，它敞开着，已经空了。伊恩没了。自从我跟着费得罗斯去了走廊顶头的控制室起，就再没看见过它。我勉强支撑起身子。找到我的猫咪是我现在能做的事情，不需要动任何脑筋。

我站起来，努力控制住费得罗斯教授的威士忌带来的那种眩晕感，不让自己摇摇晃晃。然后，我想起来，我的背包还在楼下呢，在那个堆满了纸张、由书架组成的房间里。

按部就班，慢慢来，我自言自语。把包找到，然后去找伊恩。多简单的任务。一个过程而已。对我现在的心情来说，这是一种制衡。

我笨拙地在那些巨大的书架之间穿行，挤过那条螺旋型的楼梯，下到底部，站在了没及脚踝的纸堆中。我的背包就待在原来的地方。斯科特的背包也在那儿，这两个大包还亲热地靠在一起，并排放着，一个稍稍倚在另一个的身上。我踢开那些纸张朝它们走过去。

眼前这两只背包让我心碎，让我想起那过时了的有意无意的亲密接触。我意识到，整个世界，我们在次空间里为期两天的旅途，所有我们之间发生的事情，那些微妙的暗示，那些具体的蛛丝马迹，很快就会不复存在，支离破碎，被抛在身后。我们都要向前走，永不回头。

我伸手拿起背包，甩到肩上，身子因为这突如其来的重量晃荡了两下。稳定下来后，我又拿起斯科特的背包，走上楼梯。

我把斯科特的背包端正地放在一把扶手椅里，自己又喝了一杯教授的威士忌，从地板上抓起伊恩的猫笼，在手上掂量着。

“啧、啧啧、啧啧。”我唤着猫，沿着走廊走下去，手里提着猫笼。两边的书墙连绵不绝，看不到头。我完全迷失在其中，情绪低落。“啧啧啧啧。”我经过费得罗斯的文件柜，没有停下来瞧一眼。

没有伊恩的踪迹。

我来到了走廊的一处岔口，有一条往左边拐的通道。在两条通道交汇的角落里，教授，或者什么人，在那里摆放了一把木头椅子。我把手里的猫笼放下，不知怎么的，突然想在那把椅子上坐会儿。

我的思维已经停止了。我的大脑就像是冬天里上了冻的足球场，空荡荡、孤零零，在严寒中等着我走回去。但我还没有准备好。我知道，一旦我出发，就将不得不忘记一切，一切我说过的、她说过的那些事情。我要使劲想出每句话中的每一个单词和每一次动词变位可能隐含的意思。我要强迫自己回味这一切，一遍又一遍，一次又一次，直到每一次回味时，这句话中的每个部分给我的冲击力都同样强，或者更强。我还没有准备好。震惊带来的那种缓慢的医疗般的麻醉效应，让我保持在安静的待观察状态。我必须先找到我的猫。

我伸手到背后去，从书墙上随意抽出一本书来。我的手缩回来时，拿着一本满是灰尘但看起来还算摩登的简装书，书名是《洞穴及其他表面性》[①]。我随便翻了几页，并没有认真去读。我把双腿蜷进椅子里，跪坐着往后转动了一下身子，查看着刚才我在书墙上抽走了一本书而造成的那个空隙。我把眼睛凑近，透过那些书脊往里面看，更多的书本躲藏在黑暗之中，阴影重重，难以辨认。

我沿着走廊又往里走了几分钟后，仿佛听见有人在大喊大叫。

斯科特的声音。不是害怕的喊声，听来很愤怒，但隔得太远了，听不清她喊的到底是什么。我侧耳倾听。费得罗斯也不甘示弱地回敬了她。然后斯科特又喊起来。看来这两人在前头正吵得起劲。

我站在原地，一片木然。

不，今晚我什么都不想管——我心底的余震替我做出了思考——别管他们。今天你已经够受的了。

我的身体自动转过去。我走回椅子那儿，转了个弯，继续沿着走廊另一条分支走下去，嘴里"啧啧"地呼唤着伊恩。

这条新的走廊走起来感觉更狭窄，书本彼此紧紧挨着，起到了很好的消音作用。我身后的争论声很快就被书墙吸收，消失了。这儿的灯也更稀少。只是用简单的白色灯罩罩着的灯泡从天花板上悬挂下来，间隔的距离挺远，所以，昏黄的光线照射不到的地方就留下了书架的阴影。我漫不经心地想着，费得罗斯从哪儿弄来的这些东西。他的房子，巨型书架，无论什么都好，这里的规模太庞大了，不是一人之力能完成的。我想象着，要是有邮差试图通过这些言语组成的地下隧道，来递送一份电子打印的账单，该是怎样的情景，这个念头让我的嘴角不禁扯出了一缕干涩的笑意。

"啧、啧啧、啧啧。"

我试图想起兰道医生的小狗叫什么名字。里奇·罗比？还是罗斯蒂？反正是字母 R 开头。它要是在我衣服上闻出来伊恩的味道，就会兴奋不已，绕着我们疯跑，打断我和兰道通常很安静的谈话，它叫得就好像——我又往右拐了一下——叫得就像，其实，说是狂吠可能更确切些，兰道不得不把它关到厨房里，好让它没法往我们身上窜，然后我们才敢小心翼翼地坐下来。对兰道医生，我有种模模糊糊的内疚感，也许在她意识到我失踪之后，会为我感到担心？但是我能怎么对她说呢？我又有什么可对她交代的呢？也许，当这一切都过去以后，我会写信告诉她——告诉她什么呢？告诉她一切吧。我会把来龙去脉写下来，她爱信不信。

---

①《洞穴及其他表面性》：罗伯托·卡斯蒂和阿齐力·瓦尔兹合著的书，涉及玄学、几何学，探论洞穴是否实体存在，与洞穴有关的几何学，我们观察洞穴的角度，等等。

“啧、啧啧、啧啧。”

但是，非人先生好像提起过兰道写过一篇关于我的病情的论文。他就是这么找到我的吗？听起来好像是这么回事。突然我不觉得内疚了。能够坦然写下一篇论文，说明这个女人不会为她病人的失踪而感到悲痛，不对吗？事实上，如果她能够态度超然地坐下来，写一篇关于我的文章，而且是以一种——我在面前的一扇门前停在了，伸手去掏钥匙——一种纯学术的方式，那么我也许根本就不必感到内疚，但——但是。

我的大脑猛然回过神来，突然注意到眼下发生的事情。

我低头看着手里的钥匙，然后又抬头看着面前的房门。

在刚才那段时间，大约十分钟吧，我都一直在这个不熟悉的迷宫里一边神游一边信步而行，我的身体好像完全被某个自动驾驶仪引领。该自动装置把我带到了这儿。我的身体完全是靠——靠什么？本能？不，应该是根据一种后天习得的、不断重复的例行路线行进。我的意识早已忘却了，可我的身体却还记得这条路，通往这扇门的路。这扇松木质料的门上有一个黄铜门把手，小小的门锁就藏在把手下面。

我再次低头看着自己的手，然后清点了一下手里那个钥匙圈上的钥匙：这把是黄色吉普车的，这把是我自己房子的前门钥匙，还有后门钥匙，当然还有曾经的埃立克·桑德森老早以前寄给我的那把钥匙，用来打开那扇上锁的房门。

还剩下最后一把钥匙，我停下来，试着让自己不要去想这件事情的逻辑关系，然后把钥匙塞进面前的锁眼里。

我尝试性地转动了一下钥匙。

咔嗒一声。

我把钥匙放回口袋里，然后用力转动了一下门把手。

房门打开了。

我在墙壁上摸索着，想找到一个电灯开关。

啪，灯也打开了。

我走进房间。

这是一间卧室。门背后是一间小小的、整洁的卧室。房间里有一张单人床，一个安装在墙上的书架，一个衣柜，一个五斗橱，一张床头柜，靠近房门处还有一个小写字台。我把门关上，放下伊恩的猫笼，把背包靠着桌子竖起来。在安静的、让人鼻子痒痒的灰尘味道之中，我能感觉到房间还残留着一股微弱的、有人住过的痕迹——有人在这里睡过觉，用过除臭剂，洗过衣服，还能嗅得到皮肤、头发、汗水的味道。这是人的气味。这气味深深地与我融为一体，感觉如此熟悉而安心，以致于一开始我没有意识到这意味着什么。当我意识到这一点时，我被自己脑子里冒出来的想法吓了一跳。

这房间似曾相识。这好像是我的房间。

这是曾经的埃立克·桑德森的房间。

一阵恐惧袭来，随之而来的还有某种本能的东西——费得罗斯说过，这地方经过完全的防鲨处理，但我还是不由自主地——迅速绷紧肌肉，改变了面部表情，摆出一副马克·理查森的神气。

“没事，”我对自己说。我深吸了一口气以镇定下来，缓缓地卸下伪装，“没什么大不了。那条鲨鱼进不来。周围都有防护设施。”但是，曾经的埃立克·桑德森的来信中提到的某一点不断地浮出我的脑海。

要百分之百确定，然后再次检查，再次检查清楚。

我解开我的背包，拿出那些留声机，把它们安置在房间的各个角落里。小心驶得万年船。谨慎点总没错。

当这些留声机的磁带开始运行起来，释放出那种熟悉的刺刺啦啦声时，我又把背包的开口系上，向后靠在墙上，让脸上那副理查森的伪装神情放松下来。墙壁。这个房间有实实在在的墙壁——不是外面那些由连绵不绝的书架组成的墙，而是真正的墙壁，墙面涂刷成了让人深思的蓝色。

曾经的埃立克·桑德森的卧室。

我找到你了，我想着，我找到你了。

我走过房间，爬到对面的床上，跪坐起来，好够得着书架上的那些书本。

“好了，埃立克，”我对着静悄悄的空气说，“正如你希望的，我已经找到这里来了，只是现在的情况一团糟，你的老朋友费得罗斯教授讨厌我，所以你得帮我一把。”

当我的手指翻看这些书时，书脊之间噗噜噜地泛起一层灰尘。

《彼得林奇的成功投资》,《恐惧头盔》,《走出非洲：人类进化的故事》,《第二十二条军规》,《梦幻时分》,《侏罗纪公园》,《理解量子力学》……《恶魔的呼唤》,《你的大脑如何工作》,《不幸的人们》,《时间简史》,《关于精神分裂障碍症的治疗与分析》。

“不会吧。”

我把那本书抽出来，一本硬皮大书，拿下书架，打开，我先浏览了一下前言，接着又翻到后面。在作者照片里，她显得年轻些，苗条些，通过她的肤色和头发，还有她冲我微笑的样子，可以看出她大概有八十多岁了。但是，天哪，这就是她。兰道医生。书的封面上写着，著者海伦·兰道教授。我翻着书页，随意停下读了一段：

……对于标准的更为普遍的反应并不代表着任何显著的像这样经历

了八次循环的时间。精确是有必要的，把这些现象记录下来，赫罗尼克(1979)怀疑即使在公开的观察数据中也可能存在反面证据。根据贝克兰的恒数，为了计算出非精确性，我们必须……

我又往后翻了翻，但是接下来的三四章也是同样难以参透，所以我又翻回到兰道的照片。你他妈到底在这干吗？这是什么意思？她微笑着的脸庞向上看着我，毫无提示的意思，这只不过是用数以百万计的、微小的、打印出来的、经过排列的墨点组成的一张照片。我啪的一声合上了书。这是什么意思？我来告诉你，埃立克。这其中的意思一直没有改变。这意味着另外一个被遗忘的故事，另外一段干涸了的河流，另外一截失踪或者断了的线头。

但就在那时，我注意到了什么。附在那本书后面的什么东西吸引了我的注意，它太不引人注目了，难怪刚才没看到。我把书往前倾了倾，又往后侧了侧，好让折射的光线能够透过模糊的表面。那是一小片凸出的痕迹，那些小小的凹凸就像是最精致的布莱叶盲文印刷在书的封底上。我知道像那样的痕迹意味着什么。我把书皮揭下来，没错，里面是一段仔细书写出来的文字：

我们记住的不仅仅是过去，也是未来。百分之五十的记忆不是与过去已经发生的一切有关，而是与未来将要发生的一切有关。约会，纪念仪式，会议，所有那些滚动而至的安排和计划，任何人都拥有的全部希望、梦想和野心——我们不仅记住了我们做过的事情，也记住了我们将要做的事情。最难以克服的是现在。过去和将来都是意识的产物，而意识是可以改变的。

埃立克·桑德森

我低头盯着这些文字。他一定是在离开这里，出发去寻找那条路德维希安之前写下了这些话，这一特定时间让这些话语看起来好像在某种程度上成了一份宣誓词？不管它是什么，至少看起来他不想让兰道医生在他离开以后发现它。为什么要把这些话写在一本书里，而且是这本书里？除非——除非他早已知道我会认出兰道医生的名字，而且我会……他是不是有意让我去找兰道医生？有意打发我去她那里消磨一年的时光，听她扯那些不着边际的愚蠢理论，其实真正的目的是为了让我最后能够来到这里，从书架上拿出这本特别的书，并发现这条信息呢？如果真是这样，他的意图何在？我想起了什么，曾经的埃立克·桑德森的来信里写下来的什么，当那条鲨鱼已经吞噬了他大部分的记忆之后，他写下来的东西：我想，我曾经天真地相信我能够改变发生的事情，解除它，阻止它，在她已经死了之后还留住她的生命。

我又读了一遍封底上刻出来的那段话。

“天哪，埃立克。这到底是什么意思?”我喃喃道，“你他妈的当时到底想干什么?”

“你到底想干什么?”

我把整个房间翻腾了一遍。空气里满是长期无人居住的灰尘味道，床上堆满T恤，从抽屉里拿出来的袜子和从书架上拿出来的一堆翻开的、破旧不堪的书。发现兰道医生的秘密带来的那股震惊终于爆发了出来，我像个受伤的动物般歇斯底里。“你有什么打算？来吧，我已经准备好接受我的下一条线索了。”我拉开衣柜，扯出一条条长裤和短裤，还有厚重的外套和靴子，扔在地板上堆成一团。“要么，你就自己来告诉我。怎么样？我有权利知道我是怎么变成这样的，难道不对吗？我有权利知道你为什么要把我拖到这该死的空虚的东西里，人们既碰不到它，也感觉不到它，他们只是——”

利用。

斯科特。她利用了你，埃立克。

“该死。该死该死该死。”我的心理防线崩溃了，一切不满喷涌而出。我从衣柜里拽出最后一件衣服，把挂衣钩扭作一团，拉出最后一双鞋子，装着运动鞋的鞋盒，卷成一团的套头衫和老式衬衫，被我一起扔到地板上的那堆衣服里面。我使劲踢腾着，喊道：“你这个混蛋，桑德森，你这个自私的该死的混蛋!”

一个塑料袋缠到了我的脚上，我一把拽下来，把它往墙上砸去，它一碰到墙就像个塞满了鞋子和袜子的医疗急救包一样裂开了。啪。噼里啪啦。

我又对着这堆衣物踢了两三脚，然后蹲下来：“你这个该死的，该死的混球!”但我的动作慢下来，陷入另一种震惊。我的胃部仿佛被打了一针麻醉剂。

我酸涩的双眼茫然地看着杂乱的空间。

时间一点点过去了，我依然紧张不已。我的胳膊紧紧合抱在胸前。

那一堆衣服仍在原地，被我踢得乱七八糟，静静地待在我面前。

我酸涩的双眼只是紧盯着那一处。

在这堆衣服上面的塑料袋里，有一只塑料袋装着的纸盒，很可能是个鞋盒。刚才我把它踢出了一个凹陷，盒盖的一角微微打开了，里面好像是什么仔细折叠起来的白色亚麻布。

好奇心，就像一部回放的电影，把数不清的散落的碎片又拼凑到一起。开始有点慢，然后越来越快，越来越快——把这些跟我重塑在一起。

我眨眨眼。

又用手揉了揉眼睛。

然后伸出手拿起那个被踢了一个凹洞的鞋盒，缓慢地，谨慎地，设法打开了这个坏掉的盒子。里面装着三个长方形的物体，被非常仔细地包裹在一块柔软的白布中。我盯着它看了几秒钟，然后把盒子拿到书桌上，放下来。

我从背包里拿出一瓶水，慢慢地喝了一口，然后用手心接了点冷水，扑到脸上和眼睛里，接着拉起身上穿着的T恤擦干了脸。

我用手指挠了挠头发，把书桌旁边的椅子拉过来，坐下。

好了。

好了。让我们好好瞧一瞧你。

我把第一个长方形物体从盒子里面拿出来。这是三件东西里面最薄的一个，就像信封那样又轻又薄，可能这是一封信。我打开包着的白布，发现这是一个小相册，那种相片冲洗店赠送给顾客放照片用的彩色相册。相册的正面是一对情侣，女孩跳到了男孩的背上趴着，他俩身着色彩灿烂的夏装，正在开怀大笑。底下用大黑体字母印着“柯达”，柯达字样的右边是黄色和橙色的星爆式显现出来的“36张”①。我把相册翻开，为了保险起见，还倒过来用力摇了摇。什么都没有。没有照片，也没有底片。空空如也。我把它拿在手里，翻过来倒过去地查看，生怕遗漏了什么重要的东西，就像我几乎错过了兰道那本书上封底的文字一样，但这次没有，这不过是一个空白的相册。一个空白的相册，被包裹好，像文物一样珍藏起来。

这是为什么？

也许答案还在盒子里。

拿出第二个长方形物体，掂在手里的感觉厚重而坚实，我在打开外面包裹的布之前就知道，这肯定是一本书。但是，我没想到它会是一本这样的书。

《怪鱼大全》②，维克托·海尔斯托姆著。这本书看起来至少有六十年，甚至八十年的历史了。这是一本硬壳书，褪色的橙色书皮显得脏乎乎、皱巴巴，封面上是一条非常丑陋的深海大鱼的老式钢笔画。

---

① 36张：冲印彩色胶卷的数量通常为36张。

② 怪鱼大全：作者为了情节而虚拟的一本书。

电光火石般的一闪念，我突然记起了非人先生送来的那本书给我带来的那种难受的感觉，还有藏在书里的那条黏糊糊的恶心人的勒克索非吉。我差点儿没在一阵惊恐中把这本与怪鱼有关的书扔到一边去。

但这是曾经的埃立克·桑德森的房间，曾经的埃立克·桑德森的书。我盯着这本古老的、脏兮兮的书面封皮的时候，脑子里的坚冰也开始一点点融化。

来吧，埃立克，抓住机会。不管怎样，你打算干吗呢？难道你能忍住不看这本书？

我把书拿到眼前，小心翼翼地打开。

书里的纸张干涩发黄，书页边缘很脏，能看出这是手指不断翻阅留下的印迹，还能闻到雪茄烟的残留气味。我快速翻过前面冗长的介绍部分，直接跳到目录那一页。作者，也就是那位维克托·海尔斯托姆，把书中这些怪鱼分成好几类。

我把书一路往后翻去。前三个类别里都是钢笔绘图，长篇大论的细节描写和备注，但是当我翻到最后那章思维、词汇及虚拟鱼类时，条目变小了，挤作一团，也没有插图，好像一本字典。

阿帕拉斯提恩，阿瑞奥卡特尼斯，蓝波力安，伯纳特尔——这些都是以字母 A 或者 B 开头的。我往后翻了几页，法特米克肯地鲁，弗兰西斯肯（一种体型较小的鲨鱼），弗莱伍德，弗勒肯得瑞斯——这是 F 开头的。我又往后翻了几页——兰普洛皮尼，勒吉尔兰顿，勒意维安——找到了，在这儿：路德维希安。

这一词条被用铅笔圈了起来。当我的眼睛扫过词条后面的那段内容时，我不由自主地用手捂住了脸。

路德维希安

由联合海运公司的大副约翰·路德维斯于 1839 年正式纳入官方目录，该公司以他的名字命名了这一新的海洋鱼类，以示表彰。在过去长达四千年的历史中，鲨鱼路德维希安一直是神话和故事的源头。路德维希安被认为是强悍而执著的掠食者，是所有大型鱼类中最危险的，只有在做了充分准备和极度小心的情况下，才能对它们进行观察。

据记载，路德维希安从吻部到尾巴尖的长度足有三十个概念流明[①]，可以算作鲨鱼家族里最庞大的家伙了，只有巨型的麦格勒维希安在个头上超过了它，但是后者在四五百年前就已经濒临灭绝。路德维希安看起来更能适应环境的变化，所以，与灭绝了的堂兄相比，它的分布更为广泛。尽管这种生物没有群居的习性（谢天谢地），也很少与人们遭遇，但是路德维希安的确会攻击掌握了二十门以上外语的人，在过去五十年中，已经发现了多起这样的例子。这和其他研究共同表明，路德维希安的数量即使没有增长，也保持在一个稳定水平上。

路德维希安的特征：奇特，漠然，无色，致命的咬合力，侧鳍向后，标志性的背鳍弥母。

路德维希安之谜：这种危险而高深莫测的大型捕食者能够成为众多神话和迷信说法的核心，并不奇怪。与这种生物有关的这些传说之中，最扣人心弦的莫过于古代印第安人的一个信念：所有被路德维希安吞噬的记忆、事件和身份都会被重新构造并最终在其体内继续。本族人口口相传下来的事实是，最伟大的萨满巫师[②]和药师会在年老临终之前，不辞辛苦地走到祖先的神圣之地，以便把他们的灵魂过渡给路德维希安。这些萨满巫师相信，一旦他们献出了自己，就能够与自己的祖先和记忆中的家庭成员相聚在永恒的幻界，这个幻界正是由以往代代相传的知识和经历重新构建的。事实上，每一条鲨鱼路德维希安都被当作一个自给自足的、活生生的来世化身，受到人们的尊重。古老的歌谣也曾经吟唱：那些祖先与那七条最伟大的梦之鱼，即路德维希安融为一体。但现在，类似的颂歌已经支离破碎，无从寻找了。感谢老天，这种容易产生误导的恐怖行为已经不再流行了。

我翻完了海尔斯托姆的怪鱼大全，百感交集地把它小心放到一边。我又伸手到鞋盒里，取出了最后那件包裹着的物体。这也是一本书，比鱼类大全要小一些，但也一样厚，甚至更厚一点。

我打开外面包着的白布，往里看去。

---

① 概念流明：流明是国际度量系统中的光通量单位，等于一烛光的均匀点光源在单位主体角内发出的光通量。概念流明是作者为了描述路德维希安的长度而虚拟出来的单位。

② 萨满巫师：某一特定部落社会的成员，作为现实世界和不可见精灵世界的中介者，他也为治疗、神示或自然事件的控制而施行魔法或巫术。

怦。怦。

怦。怦。

怦。怦。

我自己的心跳。当我看着最后这本书的封面时，我耳中听到的全部声音就是我自己的心跳。

怦。怦。

怦。怦。

怦。怦。

我的手指仔细追寻着书中那些折印和以前翻阅的痕迹。怦。怦。我的手指抚过那些风景图片——沙滩海湾，损毁的石柱，坐落在炙热的山脚下的小小白色村镇。怦。怦。我的手指抚过封面上斑驳的天蓝色字体。

《探访希腊岛屿:背包客指南》。

颤抖着，我翻开了这本书。

然后，发现了整个宇宙。

圆珠笔迹仿佛化作了整个星系中的那些星星，钢笔画出的轨道和墨水留下的圆圈，圈出了那些博物馆、游船路线、宿营地点，数不清的勾号、叉号、感叹号和问号呈数不清的星状，聚集在那些酒馆、床位、早餐供应点、酒吧、城镇、道路和海滩上。

“哦，上帝。”我无力地说出这几个字，它们仿佛是自己跑了出来，随着我的气息离开我的身体。

我的手指抚过那些行首的空格，那些钢笔记号，那些折过的书角。

科莉。

科莉的旅游指南。

科莉·埃米真实的真正的实实在在的笔记就在我眼前。

有那么一会儿，我眼前这些印刷字体和科莉留下的圆珠笔记号模糊了，扭曲、搅和在一起。什么东西打在了书页上，发出啪嗒一声。我浑身一紧，又想起了非人先生和他藏在书里的可怕陷阱，那条纳克索非吉和路德维希安。然后我注意到自己的脸庞，已经被泪水打湿了。

我又低头去看那些科莉留下的字迹。啪嗒。啪嗒。啪嗒。

我刚才甚至都没有意识到自己在落泪。

我疲倦地合上了科莉的旅游手册，从曾经的埃立克·桑德森的床上爬下来，拎起我的背包，把它拖到房间的另一边。我从包里翻出了电灯泡片段，我的笔记本，一而再、再而三地读着。这些简单、正常、坚实的东西让我的心阵阵作痛。

我想了很多科莉和埃立克的事情。然后，情不自禁地，我想到了斯科特和我自己。

科莉会做出斯科特这样的事情吗？

*哦，算了吧，你早知道答案了。*有时候，当你昏昏欲睡时，潜伏在脑海深处的意识和感觉就会悄悄地对你说话。*她只是做了她一直都在做的事情而已，对你最好的，无论你当时有没有意识到。*

我试图堵住这样的梦呓，但徒劳无功。

你知道，不是吗？你们俩之间的行为方式，所有这些情感，她大脚趾上的刺青。你知道她到底是谁，尽管你不肯承——

“住嘴！”我的胳膊挥了起来，把那些文字和笔记本扔到了对面的墙上。这些书本就像一堆砸坏了的风筝一样，噼里啪啦地落下来。

突然，我看到了正往床尾上爬的伊恩，它半停住脚步，用又大又圆的眼睛瞪着我。

27

你到底是谁，你以前是谁？

有时候，我以为自己睡不着，实际上我已经处于半睡眠状态了。或者至少，不是完全清醒。我躺在曾经的埃里克·桑德森床上的那些时候，总想把脑子里由时间和碎片组成的那一团乱麻拆开，我说过，在那种情况下，我肯定睡不着。但现在，站在用书本构建的走廊外面，我感觉轻飘飘的，注意力不能完全集中，脚底发软。那些我躺在床上时回想的事情，那些我总试图组合到一起的错综复杂的思维链条，现在都幻化成了闪烁不定的光线和混乱的逻辑——半睡半醒时的混沌意识让这些想法扭曲变形了。

不过，也许这里还有什么其他事情；也许从你眼睛里飞出的白色的真相之鸟，在什么地方盘旋俯冲，记事簿上撕下来的纸页冲破了事实的牵绊，摆脱了可能性的束缚。

*什么？白色的鸟儿？醒醒吧，埃立克，别犯晕了。*我用手掌使劲揉了揉

脸，极力让自己清醒起来，赶走脑子里那团迷雾。

我穿上夹克，轻轻地关上门。

我需要找到答案。不然我不可能睡好觉。科莉·埃米，路德维希安，曾经的埃里克·桑德森。只有一个人能告诉我事实真相。

我把在曾经的埃里克房间里找到的那些东西收拾进一个塑料口袋：怪鱼大全，科莉的旅游指南，空白的小相册，还有兰道那本藏着曾经的埃里克·桑德森手写信息的书。我还把自己的灯泡片断笔记本装了进去。带上所有东西应该有用，因为要让他看看。

穿上衣服以后，我总担心灯光会熄灭，那我就不可能在这个由书本组成的迷宫里找到路了，这些角落的黑暗和静谧就像个巨大而安静的大脑。事实上，这里的灯光看起来整天都亮着，不过这对我的帮助不大。走了几分钟，猜测了几个拐弯之后，我开始担心我找不到出去的路或者回来的路了。我四处乱转，想找出我自己刚才走过的脚印，但我肯定是在第二个或者第三个路口就错了，因为在我认为应该是卧室房门的地方，什么都不是。我站在那儿，盯着面前这堵绵延不绝的书墙。脊梁骨后面直冒冷汗——*你迷路了，埃立克。*

我大声喊道：“嗨?”

没有任何回应。

“有人能听见我说话吗?”

成堆的书本不为所动，它们吞没了我的大声呼叫，还给我的只有*一英里又一英里*灰扑扑的沉默。

我颓然地将前额抵在那些书脊组成的书墙上，喃喃道：“妙极了。”

然后我听见一种声音，遥远而压抑，但又是真实存在的，这声音听起来好像有人在远处敲击一口大钟或者一面大铜锣。

当——一声。当——又一声。

一个路标出现了。我集中注意力，开始沿着声音传来的方向小跑。

当——第三声。当——第四声。

走廊尽头出现了一个T形路口，我停下脚步，等着。

当——第五声。

应该是左边。现在，我跑起来了，我知道必须在这声音停止前找到它，这是一个不容错失的良机，一旦我没有及时赶到，我就很可能，完全迷路。

当——第六声。当——第七声。

又一个左拐，另一条书本组成的灯光昏暗的走廊。

当——第八声。当——第九声。当——第十声。

快点，我竭尽全力地奔跑，低着头，地板在脚下震颤。

当——第十一声。

声音更响了，说明我更接近它了。

又有一个走廊转弯。我本想放慢速度，好及时转弯，我做到了，但还是擦到了墙壁，把几本书撞了下来。

当——第十二声。

正在往前猛冲时，我突然看见一个拱门，立马收住脚步。这个拱门就在走廊的最前方。声音就是从那儿传出来。这儿肯定就是。

当——第十三声。

我的肺好像要跑炸了似的。我停住脚，弯下腰，两手扶着膝盖，大口大口地喘气。

一分钟过去了。

两分钟过去了。

“如果你是在找厕所，你可跑得太远了。回到刚才那个路口，向右转才是。”

这个突如其来的声音差点没吓得我跳起来，幸好，我认识这声音。

尽管还没喘过气来，我还是站直身子，走向那个拱门。

“对不起。”我往里面迈了半步，“我刚才在这儿迷路了，然后，我好像听见了钟声，所以就跟过来了。其实——我正在找你。”

费德罗斯博士转过身来面向我。

“你听见那个声音了?”

“是啊。”

“好吧，那么，你最好进来。”

这房间很小，空荡荡的，只有教授，一张简单的木桌，桌上摆着蜡烛，摇曳的烛光反射在后面的墙壁上；这儿没有电灯，也看不出有什么东西能发出我刚才听到的那些钟声。这里的空间似乎是用大书累积而成，古老的百科全书，大字典，厚厚的的图册，它们剥落的书脊，就像一块块厚实的砖头，分割着烛光里的阴影。一张老海报被固定在书墙上，画面上一位少林僧人模样的和尚手拿一口大钟。

费得罗斯盘着腿坐在房间地板正中的一块座垫上，开始他是面对着放蜡烛的桌子，现在转过来看着我。他看起来有点不一样。一开始我以为是烛光的缘故，但，不是，他的确变样了。他原先那一头乱发现在显得服帖了一些，用发蜡梳理到脑后。那件长袍也不见了。取而代之的是一件深棕色西服和浅蓝色衬衫。教授一定是发现我在打量他。

“在这儿的确很容易迷路，”他说，“要是谁这么长时间没有见过其他人，肯定不大会——”他伸出手，在自己面前比划了一个圆圈——“在乎平时的穿着打扮。”

“我不是——”我试图解释，“我不是故意盯着你看的。”

他看起来还算平静，但是我已经见识过他的脾气有多火爆了。

“我本来不应该告诉你关于斯科特的那些事情。你们俩之间的事是你们俩的事，跟我一点关系都没有，我也没有权力说三道四。”

我的皮肤下面好像起了一阵寒流，就像有人往我的血液里浇了一瓢冷水似的。

“不过，你是对的，她是在利用我。”

“这我知道，”费得罗斯说，“但她毕竟是个女孩子，想想她经历过什么，想想她花了多少努力才来到这里，你就应该知道，她用些小小的策略并不奇怪。事情就是这样，我本来不该说那些话。”

“那你现在为什么又告诉我这些?”

“因为这是事实。”

“不，我的意思是，情况很清楚，其实你并不喜欢我，为什么还要跟我说这么多?”

教授又向我看过来：“你是这么想的?”

“是的，没错。”

我首次发现，他藏在宽边眼镜后面的眼神变得多么苍白。即使在烛光橙色的阴影下，我还是能看见，他的眼睛是一种清澈冷静的热带海洋般的蓝色——这位老人的脸上长了一双孩子般的眼眸。

“这很难。”他最后开口道，每说一个字都好像很费劲，“人们在犯大错时总是特别固执，不听劝告。我不能让你就这样走出这儿，为了某些幻觉而送命。”

“这是发生在曾经的埃立克身上的事吗?”

费得罗斯摇摇头，动作很慢，他的眼睛一刻也没有离开我。这不是在回答我的问题，而是在默哀别的什么事情；这是一种参加葬礼时才会有的表情，介于无奈和悔恨之间。

“你什么也不记得了，是吗?”他说。

这个问题正中我的要害。我不知道该怎么回答：“我不——我一直想找到你，因为我需要帮助。我需要答案。我对他的生活，他做过什么，为什么要做都不知道，但我需要答案，我必须知道关于他的一切。我想，我能在这一切结束之前找到办法。”

“你在说些什么呀——必须了解谁?”

“曾经的埃里克·桑德森。”

教授用他镇静的蓝眼睛深深地注视着我。

“我明白了。但知道这些往事又能怎么样？让你变回曾经的埃里克·桑德森吗？”

“是的，”我说，“我想就是这样。”

“嗯。”教授听了我的话，低垂双眉，仿佛在考虑什么，“我不得不惭愧地说，你挑战了一位老人的尊严。”

“我只想知道为什么他要做出那些事情。”我说。我把手伸到那个塑料袋里，拽出那本怪鱼百科全书：“我在他过去的房间里找到了这个。”

费得罗斯抬起头看了看那本书，他眼睛里刚刚流露的暖意突然消失了，他的眼神重新变成了冰块，冷冷地砸过来。

“把书给我。”

我犹豫了一下，但想不出什么反对的意见。于是把书递给他。

“听我说，埃立克·桑德森二世，你给我仔细听好——这是本邪恶的书，里面的信息既危险又会产生误导作用，而且具有高度传染性，这是本坏书。我不想听到你问我任何关于这本书的问题。”他使劲把这本百科全书撕开，然后猛地把它扔到身后那堵墙上。我听见书脊断裂的声音，那本书像死了似的一头栽倒在地板上。

我并没有感到特别震惊或者受到威胁。这件事对我来说太重要了。

我是来向费得罗斯索要答案的。

有时，答案无需用语言来解释。

我盯着那本散架了的书。

“这就是你的答案，是吗？”我说。

费得罗斯抬头看着我，没有动，没有说话。

“曾经的埃里克·桑德森相信了书里面说的一切，关于记忆可以在路德维希安身上复活并且永生这一类东西。他相信了，所以他就去找路德维希安了。对不对？”

教授透过厚厚的镜片看着我。

“是不是这样？”

“是的。”费得罗斯终于说。

“天哪。”现在，我可以把那些碎片拼凑起来了，一片一片都归位了，“他找到了一条鲨鱼，为了科莉·埃米，让它吃掉了自己的全部记忆。他是为科莉才这么做的，想要拯救她的生命，在她死了以后还想留住她，可是这办法不管用。这办法失败了，路德维希安吃掉了他的全部记忆。它生吞了他，是吗？”

“是的。”

它就这么生吞了他。

“天哪。”

“埃立克，我很抱歉。”

“那么，上帝，我想说什么来着——”我四下打量，脑子里飞速旋转，又看了看那本散架的怪鱼百科全书，“那么，这本书里说的没有一丁点可能是真的吗？”我曾相信我能够改变发生了的事情，设法在她走了以后还能拯救她的生命。

费得罗斯把脸转到一边：“坚定的信念、观点，还有看问题的角度；如果你知道如何正确使用，这些都是威力强大的工具。但路德维希安是一只活生生的动物，动物有它自己的本能，我们没办法改变。鲨鱼就是鲨鱼，无论你信不信。想让你的记忆在路德维西安体内存活，就好像——想让老鼠在猫的肚子里活下来一样。”

“但他曾极力想实现这个目标，不是吗？”

他冲我淡淡笑了一下：“是的，竭尽全力。我真不应该告诉他那么多东西。我阻止不了他。我认为，到了最后，他自己也阻止不了自己。我本来应该在第一次遇见他的时候就拒绝他，但我太自私了，我希望我的知识能够传承下去。”

我又把手伸进那只随身携带的塑料袋，从里面掏出了兰道医生那本书。我把它翻到记载着隐藏信息的封底。我很抱歉，埃立克，我想着，你希望这是一个秘密，但是你的计划都失败了，不是吗？都是因为你，我才会像现在这样，需要帮助。

“我还找到了这个，”我说，把那本书递给费得罗斯，“被藏在埃立克的房间里。”

费得罗斯把那张纸接过去，把他的眼镜推到鼻梁上方，读起来。

“能告诉我，这是什么意思吗？”

他的眼光越过那本书，看着我。

“没什么意思。这段话除了能说明他自己已经走得太远了以外，什么也不是。”费得罗斯把那张纸还给我：“他是个好人。也就是说，你也是个好人，因为你就是他。对你而言，这肯定很古怪；对我来说也很古怪，在经历了那些事情以后，还能在这儿看见你。”

“是的，我想象得到。”

“你知道，我其实很想在那场意外发生之前就能认识他，在科莉出意外之前。”

“我也这么想。”

“他来找我的时候……看起来总是一脸悲伤。”

“他愿意为她做任何事情，只要能够救她，是吗？”

“是的，我也这样想。你会为斯科特这么做吗？”

有人突然问你一个问题的时候，很可能你根本没有提防。在这样的情况下，大脑有时会自动作出反应，因为你的意识根本没机会锁上房门，再挂出一面这关你什么事的大旗。有时，大脑给出的答案会让人大吃一惊，甚至连大脑的主人自己都没想到。

“我会。我是说，如果事情像原来那样进行下去，如果这没有——”我紧闭嘴唇，吞下了后面要说的话，“但是这一切都是谎言。如果有人从一开始就在欺骗你，那我的感觉又有什么要紧呢？”

“你们俩吵架之后，她来找过我。”

“我知道。”我尽力装出一副满不在乎的样子，“她说什么了？”

“她说，我在所有人当中最应该理解她的处境，而不是像其他人一样，只看到真情背后那些冰冷、残酷的事实。”费得罗斯又想了一下说道，“她当时正在火头上，说出来的时候用词比较不同。”

我不禁微笑了一下：“听起来的确是她的风格。”

我想知道她还说了什么，可是我又不好意思再追问更多。那些话在我的喉头盘旋了一阵子，直到发问的好时机溜走了。

令人尴尬的沉默。

“我本来应该阻止你离开这儿去找鲨鱼，”费得罗斯又说，“我是指曾经的埃里克·桑德森。”

“我觉得你改变不了什么啊。”

“我任凭自己的感觉摆布了，结果，没有尽我所能去挽回局势。现在我要对你坦白承认，从那以后我一直都在后悔。”

我觉得自己感到不安起来。

“她对我说谎了。”我说。我这么说的时候突然感觉自己很卑鄙，我尽力不去这么想，但这种尴尬让我恼火起来：“全部都是谎言。现在即使我想，怎么还能相信她呢？”

“干吗问我？”

“因为这儿没有别人可问。”

“那么也许你应该停止提问，用你自己的脑子好好想一想。”

“……”

“时间总是不够用。”费得罗斯把眼镜拿下来，在袖子上擦拭了几下，“生活中的不确定性太多，所以有些重要的话我现在不得不说。”

他四下看了看，见到那边的墙下还有一个坐垫，他示意我去拿过来坐下。我照做了，把随身携带的塑料袋放下，盘起腿坐在他身旁。

“今晚我们都有很多工作要做，但我觉得在明天之前，很有必要让你知道你曾经是谁，现在又是谁。”

我盯着他，烛光从他的眼镜镜片上反射过来。

“当你——哦——是曾经的埃里克·桑德森来找我的时候，他因为饱受打击而显得心碎并且困惑。我本来应该把他打发走，可那时，我自己也刚刚遭遇挫折，正处于困境之中，所以我想，如果我活得时间够长，我也许应该把知识传递给他。唉，我实在不应该教给你那些危险的知识，但我能活的时间不多了，没有其他人能教，也没人愿意学。我是我们这个派系里的最后一个传人，埃里克·桑德森二世。”

我想起了曾经的埃里克·桑德森通过信件邮寄给我的那些生存技巧和把戏。他告诉我，那些都是学自费得罗斯教授，但是现在我意识到，我过去从来没有想过，教授自己是从哪儿学到这些东西的。还有，显然这个地方也不是一个老人自己能搭建起来的。

“很久以来，”费得罗斯说道，“我们都属于一个行事非常谨慎的社团，是由语言学家、书法家和文字爱好者组成的一个学派。当我加入其中的时候，这个学派的名字是27团，但此前，它的名字是语言印刷社。若干年来，学派的名字更改了很多次，不过，最初的来源是日本的绪体空派。”他停下来，思考了一会儿：“你应该知道，你也属于这个漫长故事的一部分，埃里克·桑德森二世，你是它的结尾部分。发生在你身上的事情之所以会发生，是因为我让自己相信，我可以把你寻找的知识传授给你，并且让你走出困扰。当然，其实我没有成功。”教授叹了一口气。“终点和起点，”他静静说道，“绪体空派这个故事的终点就在这个房间里：坐拥成堆词语的老人和失去了记忆的徒弟。但我们的起点，这所有一切的起点，则来自于一个光明得多、勇敢的多的地方。”

坐在烛光摇曳的房间里，特里·费得罗斯教授给我讲了下面的故事。

滴水禅师和绪体空派的故事

一

史书记载，一个名叫荣西[1]的和尚把禅宗引进到日本，但在那之前，已经有很多受到启迪的日本人来到中国，在古代中国大师的指导下学习禅宗知

① 荣西：日本佛教临济宗创始人。

识。不过，滴水禅师①不是为了学习禅宗而去中国。他热衷于艺术和历史，去中国也是出于这方面的原因。据说，他花了很多年时间学习中国古代书法，后来成了慧远的徒弟，慧远是那个年代最著名的禅宗祖师之一。滴水禅师在慧远门下学习了十四年，而后返回日本。

当他返回后，居住在一条幽深蛮荒的山谷里，整天静修冥想。每当人们找到他，向他求教，希望他能传授禅宗所学时，滴水禅师要么只说寥寥数语，要么干脆一言不发。然后，他就会搬到山谷更幽深、更难以到达的地方，不那么容易被人们再次找出来。

那时候，古老的寺庙已经丧失了影响力，日本处在军人的武力统治之下，有战斗名望的家族被称为武士世家。滴水禅师隐居的山谷，属于一个强大的军人家族勇的势力范围。勇的家族曾经英勇反抗寺庙的武士和日本的皇族，以帮助在广大乡村建立起自治之下的法规。勇的名声传遍全日本，无论走到哪里，人们都尊敬他。当勇听说有位高僧隐居在他的山谷里后，他亲笔给滴水禅师写了一封邀请信，希望他能来会见自己。勇有三个儿子——剑心是长子，和男是次子，进是小儿子。三人都是闻名日本的英雄，而且是自己领地范围内的有名战士。滴水禅师来访的这个晚上，勇的三个儿子都回到了父亲的府邸，等着聆听这位高僧的教诲。

约定的时间到了，滴水禅师如约而至，站在勇和他的家人面前。他从袍子里取出一支毛笔，在空气中比划了一横。这就是滴水授课的全部内容。据有些人说，勇当时幡然顿悟，但这不是真的。勇并没有领会高僧的真意，但他很聪明地没有马上流露出来，也没有急于发表任何意见。可是勇的儿子们勃然大怒，因为他们坚信滴水是故意跟他们的父亲开了个大玩笑，辜负了主人的盛情。小儿子进说他要惩罚这个和尚的无礼，于是他拔剑出鞘。进是知名的剑客，身经百战，但滴水禅师原地不动，只是握着他的毛笔。进随即发起了攻击，可滴水用他的毛笔，在三招之内击败了进。

次子和男，也拔出剑说道："我弟弟是个伟大的武士，不过你要知道，我比他更厉害。"

听到这句话，滴水禅师说："那我可要相应做好准备了。"然后他从毛笔上拔下一根毫毛。他把毛笔放到地上，把那根毫毛举在面前。和男发起攻击，可是滴水用那根毫毛在两招之内击败了他。

---

① 滴水禅师：仪山禅师有一天洗澡的时候，因为水太热了，叫一个小弟子提一桶冷水来，把水调冷一些。年轻的弟子奉命提水来，将洗澡水调冷以后，顺手把剩下的冷水倒掉。"笨蛋，你为什么浪费寺里的水？"仪山厉声地责骂，"一切事物都有其价值，应该善加利用，即使只是一滴水，用来洒树浇花都很好，树茂盛、花欢喜，水也就永远活着了。"那年轻弟子当下开悟，自己改名为"滴水和尚"，就是后来日本禅宗史上有名的滴水禅师。

这时，长子剑心拔出了他的宝剑，说道：“我必须提醒你，我从未输掉过任何一场决斗。除了我父亲之外，我是这个国家最厉害的武士。”

滴水禅师回答道：“很好。我会按照你的提醒做好准备。”然后他把手中的那根毫毛放到地上，就搁在那支毛笔旁边，然后赤手空拳面对剑心。

剑心举剑向滴水冲过去，可是没有武器的滴水禅师仅用一招就制服了他。

发生这一切之后，勇才开口说，他非常惊叹于滴水精湛的搏击技艺。

滴水禅师说：“你所看见的只是技艺的概念，或者无技艺。它是一切，又是虚无，它还可以是一幅画，一个灯笼，或者遥远海岸上的一颗沙砾。”

剑心、和男、进为他们的无知向滴水禅师道歉。剑心问，兄弟三人能否拜他为师，跟随滴水一起回到他隐居的山谷中修行。滴水禅师同意了，绪体空派就此诞生。

二

很多年过去了，勇成了一个老人。这些年来，他从未收到儿子们的任何音信。勇感到悲伤，但并不生气，因为他领教过滴水的学问，也很高兴他的儿子们能跟随这位世外高人修行。勇也知道，绪体空派的修炼对安静和隔绝极为重视，也正由于这个原因，滴水没有修建庙宇或者图书馆，而是把他这一派的弟子们都带进了深谷的最里面。勇决定，最好的方法就是随他的儿子们去完成学业。

一天晚上，一个被暴风雨困住的商人来到勇的门前投宿。勇让人给他安排了食宿，为了表达感激，这位商人送给勇一个稀有的书法卷轴当作回礼。可是，无论这位商人还是勇，都没有意识到，卷轴所包含的那些字当中，有一个是邪恶的。不仅如此，因为卷轴在暴雨中被淋湿了，因此，雨水唤醒了那个恶灵。

在随后的几个月里，那个邪恶的字毒害了勇的意识，让他变得糊涂健忘，他的举止行为在家人看来，也成了一个陌生人。最后，饱受困扰的勇彻底晕了过去，失去知觉。

此时，勇的家人派了一个信使，去滴水禅师修行的山谷送信，通知他的儿子们发生了什么事情，请滴水和绪体空派伸出援手。

次日清晨，三个男人来到了勇的门前。这些人的穿着打扮很像武士，但又不像人们以前见过的任何一个武士的装扮。他们身上的青铜盔甲由成百上千个错综复杂交织在一起的象征符号和字符组成，看起来单薄而精致，哪怕只是随意的一击也会被轻易刺穿。人们还看到，每个战士的手里没有拿着通常在战争中使用的宝剑，而是一支没有剑锋的秃剑柄。他们就是勇的三个儿子：剑心、和男还有进。可是已经没人能认出他们了，不仅因为他们消失了很多年，还因为长年累月的修行让他们的行为举止改变了许多。

这三个男人进入了勇收藏卷轴的房间，同那个邪恶的字符作战。最后，他们击败了它，可是进在决斗中受了致命伤。剑心跟和男随后被紧急召回了绪体空派，可是进没有多久好活了，所以他说，他想在父亲的家里度过一生中最后的时光。

勇在晚上苏醒过来，神智恢复了清醒。他立刻意识到，这个垂死的战士就是他亲爱的儿子。当进睁开眼睛，看到他父亲时，他要求道，从今往后，所有这一地区的书面文字都要被送到绪体空派那里接受检查，以便确保它们不是邪恶的。勇立刻答应了这个请求，还进一步保证说，他将竭尽全力，保证全日本的每一个书面文字都能接受绪体空派的检查。听到这个承诺，进终于微笑着离开了人世。

这个承诺也是费得罗斯教授毕生的目标。

28

光之盒

“我想给你看点东西。”费得罗斯迈着大师似的步伐往走廊深处走去，我跟在他身后。“当曾经的埃立克·桑德森找到我的时候，”他说，“我受了伤，正在逃亡途中，生怕丧命。我一直在试图用密码和文本组成的烟雾弹把自己一路留下的概念痕迹弄得难以追踪，我从一个城市逃到另一个城市。”

“埃立克就是根据这条线索找到了你吗?”

“是的，不过后来这些烟雾弹不管用了，而且我没办法快跑。埃立克帮我搜集材料，修建了一个陷阱。”我们来到书墙的一扇门前，“他救了我的命。所以，后来当我无法帮他找到路德维希安时，他很不好受。”

“那个陷阱是用来捕捉东西的？你当时在逃避什么?”

“别急，我正要展示给你看。”费得罗斯推开了门。

门后的空间仿佛是个巨大的洞穴，黑暗而模糊，又好像夜间的飞机库。我瞪大眼睛。在房间正中央，立着一块硕大的、由闪烁不定的光线勾勒而成的立方体。

“天哪，”我瞪大了眼睛，感叹道，“它可真美。”

费得罗斯没有答话。

当我的眼睛适应了这种光线的变化以后，我发现，这种效果是通过一堆高耸的木头支架完成的。每个支架都支撑着一个或几个电影放映机，每个放映机又都把光线投射到附近的放映机光束上。所有光线组合在一起，构成了这个光之盒。

“这就是你说的陷阱吗？”

“是的。它的顶端是信号过滤口，”费得罗斯说，手指光之盒的上方，“防泄漏系统在底部。这是个笼子，是个大鱼缸。”

我低下头，开始注意到，一个黑色的大型球状物似乎正浮游在这个鱼缸的中心位置。成堆的负疚感、恐惧感、挫败感像大肠杆菌般不停翻滚，时而伸出来，时而缩回去。最糟的是，这个黑色球体看来眼熟，一种难以忍受的恶心感和恐惧感压上我的心头。

“里面游着的是什么东西？”

“黑暗之球。”

我转过身来，不解地看着教授。

“勒克索非吉，维戈非吉，还有阿波提非吉这类小鱼。”他说，“这儿有成千上万个。待在中间的那些大家伙是帕罗非戈尔，鱼群里的女王。像这样的一个集合，被称为黑暗之球。”

我不由得抖了一下。我想起了在那家废弃的医院里，曾经钻进我身体里的那条勒克索非吉，还有它带来的那种难受劲儿，让人完全丧失了方向感和意识。我还想起了非人先生和他的主子。

“这是从哪儿弄来的？”我刚提出这个问题，就已经觉得自己找到了答案。我开始感觉到，绕了一大圈之后又回到起点。

“还不是麦克罗福特·沃德。”费得罗斯答道。

我又把眼光转回鱼缸上：“为什么？”

“绪体空派试图制止沃德不断的自我复制，我们跟他斗争了快二十年了。有一天，他的手下攻破了我们的电脑安全体系。他们一直都在饲养黑暗之球，他们把一大群这种东西，数以百万的小鱼塞进文字和词汇，然后用这些鱼肉炸弹摧毁了我们的语言检测系统。”老人在叙述往事的时候一脸茫然与无奈，“我是本派唯一的幸存者，这还多亏了你的帮助。”

“所以你躲到这儿来了。”

“这个地方在很久以前就被废弃了，沃德的人对它一无所知。你知道，我一直以为，我的首要任务是继续我们未竟的事业。我竭尽所能把自己隐蔽好，坚持照看和维护着我们的语言。但是。但是我毕竟老了，沃德现在却有钱有势。将来某一天，他有足够的资源去完善他的标准化体系，而如果真是这样的话，世界上将不止有一千个沃德，而是，一万、十万、百万甚至数十亿个沃德。那时，他的增长速度将难以预料，而且他会一直扩张，直到没有别的任何人。全世界的每一间屋子、每一个乡镇、每一个城市里都只有沃德，沃德，沃德，而且永远如此。”

“上帝啊。”我说。

“这一点，”他用一种不容置疑的口吻说道，“就是我明天必须帮助你们俩的原因。”

29

俄尔浦斯号和全键盘密码

我花了大约十分钟时间才回到曾经的埃立克·桑德森的房间，一路上教授还花了些时间给我指点厨房和浴室的具体位置。

在经过所有这些弯来绕去的走廊和错综复杂的路口之后，回到埃立克的房门前感觉真好，因为知道自己的东西都在那儿，知道我的猫和一张温暖的床就在房间里等着我。

“你睡了多久？”

“我也不知道，”我说，“我感觉只是打了个盹。”

“嗯。好吧，我恐怕在明天早晨之前还有两项重要的任务需要你完成。”

他一边说，一边从衣服里面的口袋中掏出一支非常古老的画笔。木制的笔杆上留下的古老的墨汁。几个世纪以来人们手指的抓握、手掌的摩娑，让它显得黝黑油亮。笔锋同样是黑色的，但是非常顺滑，形状无懈可击。

“就像滴水大师的风格，”我说，“这是一只毛笔，对吗？”

“没错，这是一支毛笔，你必须用它来写出你的故事。能想起来多少就写多少，尽可能多些细节描写。”

“我用它在哪儿写?”

“在空中。”费得罗斯在眼前的空中做了个手势，就像人们用记号笔签名那样，“到早晨，你必须用这支毛笔写完你的全部经历。明白吗?”

把那只毛笔递给我时，他蓝色的眼睛平静而清澈，透着严肃。

“好的。”我说，连自己都感到奇怪。我小心地握住那支古老的木制笔杆，“你不是说有两项任务吗?”

“是的，你还得把这个喝下去。”他又从外套口袋里拿出一个小小的玻璃杯。我从他手里拿过杯子，对着光线打量。玻璃杯里装满了细小的纸条，就像是用那种 A4 打印纸折叠起来，然后裁开做成的长方形小纸条。当我仔细看时，发现每张纸条都用黑色的墨水写上了“水”字。

我转身面对教授：“让我喝了它?”

“是的，你必须喝下这杯概念之水，品尝它的滋味，感受它带来的清凉。”

“但我怎么可能喝下一杯纸条呢?”

“这世界上有两种人，埃立克。一种人本能地理解大洪水[①]和巴别塔[②]其实说的是同一回事，另一种人却无法明白。”

我正要说话，但——

“到明天早晨，你一定要喝下这杯水，并且写完你自己的故事。到时候我会来找你。”不等我回话，教授就转过身去，沿着走廊离开了。我想对着他的背影大喊，但我迟疑了几秒钟，时不待人，等我回过神来，他已经走了。

当我打开卧室的灯时，伊恩显得不怎么高兴。它脸上的表情有点悻悻然，就像是家里养的大雄猫被家人捣鼓醒来拍全家福时一样。

“抱歉。”我说，在床边坐下来。

伊恩的耳朵轻轻转动了两下。

我拿起那只杯子，搅动了几下里面的那些小纸条。纸条们在我手指的触

---

① 大洪水：《圣经》中第十章说，上帝为了惩戒人类而发起四十昼夜的滔天洪水，只有事先得到警告的诺亚一家及其携带的那些生物凭借方舟幸免于难。

② 巴别塔：《圣经》第十一章说，大洪水以后，诺亚一家生儿育女，重新开始了人类的繁衍。可是没过多久，诺亚的后裔决定在巴别这个地方建造一座通天的高塔，以便传扬他们的名，免得分散在全地上。他们的这一行动，被上帝通过打乱人们的语言的方式制止了。大家因为语言不通而被迫放弃了建造通天塔的工程。

碰下发出窸窣的声音。信念。我闭上眼睛，试图让自己坚信，这些动静是水流过长长的空管道时发出的声音。当我把脑海中的这个念头尽可能坚定而强烈地确立下来之后，就把手指从杯子里抽出来，举杯靠近嘴边。纸条们簇拥着滚到我的唇边，还真有那么几条干燥的纸条寻隙钻进嘴里，碰到了我的牙齿和舌头。我不得不张开眼睛，把它们挨个从嘴里抠出来或者吐出来，最后一个被我揉成一个小纸团，弹走了。

我盯着那杯子看了一会儿。那些小小的白色纸条纠缠在一起，上面水的字样若隐若现。不知怎么的，我想起了一种装在小瓶子里面的粉末，如果有足够虔诚的信徒盯着它，它就能变成鲜血。美酒变成了基督的热血[①]这句话不知从哪儿闯进了我的脑海，我想能做到这个的信徒真是了不起。

信念。信念。信念。我又一次拿起那个玻璃杯，排除一切杂念，张大嘴巴，满心期待着水的味道和那种畅饮的感觉，冰冷而沉重地涌入我的喉咙。但适得其反，进入我嘴里的仍然只是些纸条而已，它们卡在我的嘴里，难以下咽。我只好把这些纸条又吐回到玻璃杯中，有些因为沾上了我的口水，变得潮乎乎的。有一张纸条牢牢粘住了我的上颚，位置非常靠后，以致于差点就要钻进我的喉咙了。我把手指头塞进嘴里，拼命把它抠出来，差点没把自己搞吐了。

我把杯子放在床边的桌子上。概念之水？如果说物质和意识的差别就在于此，我还没看出什么名堂，更别说去实践了。所以，我还是先着手完成另外那项任务吧，我拿起费得罗斯给我的那支古老毛笔。*你必须用它来写出你的故事。能想起来多少就写多少，尽可能多写细节。*

我站起身来。

将这支毛笔平稳地伸向空中。

我开始写了。

我失去了知觉，呼吸也停止了……

长时间把胳膊平举在胸前所消耗的体力，比你想象的要多得多。

最后，我总算放下了毛笔，把它搁在床边的桌子上，用双手摩挲着我疲惫而茫然的面颊。完成这项任务花了几个小时？两小时还是三小时？在这样一个没有日光，只有电灯照明的地方，很难判断时间，但我完成了教授布置的任务，在空中写出了我的全部故事。我觉得很累，我已经很长时间没有吃

---

① 基督的鲜血变成了美酒：圣经上说，上帝为拯救人类的罪恶将他的独子送上十字架，于是基督将肉体化为面包，鲜血化为红酒。当信徒吃面包喝红酒时，这两种象征仁爱与牺牲的东西，便会让你与基督合而为一。

东西了，尽管现在还不是很饿，我也意识到，这种疲惫感只有在我找到一些食物时才会消失。我还开始想上厕所了。我这才发现，无论我心理上有多疲惫，我身体的组织仍然会在幕后默默地工作。知道这一点，多少让我另外获得了些许慰藉，这种机械重复，就像生活之锚，起着稳定作用。我用力晃了晃胳膊，好让它松快点儿，然后朝卧室门外走去。

我放水冲了厕所，洗洗手，不抱什么希望地想着能不能在房间角落那个昏黄的小浴室里洗个澡，但同时我也知道，现在的我已经疲倦得站不稳脚跟了。我迫切需要吃点东西，然后倒下好好睡一觉，不管发生什么事情。

我离开洗手间，沿着书籍堆砌而成的走廊向厨房那边走去。

厨房的门开着，蓝色的灯光投射出一长条光带，照着地板和对面墙上的那些书脊。我听见厨房里有动静，好像是有人在用勺子搅杯子里的咖啡。我靠在门框上往里看了一眼。是斯科特。顿时，好像有什么东西——让我的神经，我的血液——在看见她的那一瞬间凝固了，就像一个喷泉突然在我体内冻住了，静止了。

她在我还没来得及把头缩回去之前就看见了我，当她转过身去的时候，用大拇指迅速地擦了擦眼角。

“我没听见你走过来。”她说。

“可能是因为这些走廊的缘故，”我实在不知道说什么好，“墙上的那些书消音效果不错啊。”

她点点头，看着面前的咖啡壶，等着它烧开。

我们俩都木立原地。时间缓慢地，一分一秒地过去了。

“事情进展得顺利吗?”

“还行，”她说，“我想，我已经使笔记本电脑的连接稳定下来了。”

我点点头，尽管她背对着我，看不见我的举动：“很好。”

“你知道我在想什么，”她说，“咱俩能不能别怄气了?”她转过身来面向我，她明显哭过，眼睛红红的、湿湿的：“我累了，我一直在试图保持清醒，好集中精力，可事实上，我并不想假装对你毫不在乎，对吗? 难道你不记得了? 这样对我们俩都是一种折磨，不是吗?”

“可你是撒谎的那个人，”我居然孩子气地说出了这么一句话，“我怎么知道——”

“好吧，因为你知道了一切，对吧? 可你知道我的想法和我的感受吗?”

我体内好像有什么受伤的、冷冰冰的东西逼着我说：“我只知道事实。”

“我只知道事实?”她把面前那杯没有沏好的咖啡推到一边。“去你妈的吧，埃立克，滚一边去!”她一把将我推开，从我身边冲出了厨房。

我自己，呆呆地站在门道上，盯着地板。

过了一会儿，烧开了的咖啡壶开始发出响亮的报警声。

在词语组成的隧道之上，在图书馆地下书架的走廊边缘，一个巨大的、流线型的概念缓缓滑动着，停下来。在图书管理员与到访的学者偶尔创造出来的事件暗流中，它懒洋洋地不时浮沉。它张开如奥卡姆剃刀[①]般锋利，包含着深谋远虑的恶意之口打了个呵欠，又合上了。裂开的鱼腮一张一合。路德维希安的眼睛是一个无底洞般的零点，一滴墨水，一个深深沉入世界底层的黑洞。这条概念鲨鱼好像在聆听，甚或思考。

在隧道底下的某个地方，我的双眼在梦境中眨巴了几下。

我做了个噩梦。

我从一阵惊悸中醒来，不安地发现身上盖着陌生的被子，头上还有一片陌生的天花板。然后我才想起来身在何处。曾经的埃立克·桑德森的卧室。我的肌肉放松下来。我试图去追寻刚才那个梦境，好好看看它的含义，但它已经离去了，就此人间蒸发，被彻底遗忘，我做过的其他梦也莫不如此。

现在几点了？我睡着之前没有关掉的那盏电灯仍然散发着同样的黄色光晕，所以，现在可能是从我爬到床上坠入梦乡之后醒来的任何一个时间点。白天和夜晚的概念在这里是没有意义的，被开关和永远恒定不变的供电取代了。

我想起了那辆黄色的吉普车，那场大雨，外面的空气。

“你漏掉了某些重要线索。”

我慢吞吞地用胳膊肘支撑起身体，透过棉被的边角往说话人那边看去。有个人坐在床尾，是费得罗斯教授。

我钻到被窝底下时连衣服都没有脱，所以我动作迟缓地在床上坐起来。

“你说什么？”

“在这几本笔记里，你遗漏了重要的线索。这可不算明智。”

我摇了摇脑袋，试图弄明白他在说什么。费得罗斯在看我的那本电灯泡片段笔记。

“嗨，你不应该这么随便走进来，拿起我的东西就读。”

“我没有。你昨晚把它留在我那儿了。”

---

① 奥卡姆剃刀：是由14世纪逻辑学家、圣方济各会修士奥卡姆的威廉提出的一个原理。这个原理被称为“如无必要，勿增实体”。对于科学家，这一原理最常见的形式是：当你有两个处于竞争地位的理论能得出同样的结论，那么简单的那个更好。严格地说，应该被称为吝啬定律，或者称为朴素原则。

他是对的。我忘记拿那个塑料袋了。

“就算是我忘在那儿的，你也不应该读别人的笔记。”

教授盯着我。他的眼睛总是那么清澈而空洞，没办法看出里面到底隐藏着些什么。我感觉到一种焦虑的情绪。

“那么，你是不想知道自己到底漏掉了什么喽？”

我仍然有点晕乎乎、不着边际的感觉，于是抬起手来，一半是希望他把那些书本还给我，一半是想把它们拿回来。结果表现出来却像是个无所谓的手势，于是我这两个目的都没达到，特别是，我还真想知道，他到底说的是什么意思。

“这全键盘密码。”教授说，根本没注意我的动作，“还有你的笔记，这里，对了，还有这里，表面看来完全是一种随机选择。但我看未必。”

我用手指使劲抓抓头发，好像是希望这样产生的静电能够帮助激活我的大脑。

全键盘密码是电灯泡片段里使用的加密术的一部分。简而概括之，它意味着一个被破解出来的最终字母，肯定是标准键盘布局上被解码出来的那个字母附近的八个字母中的任意一个，就像下面这样：

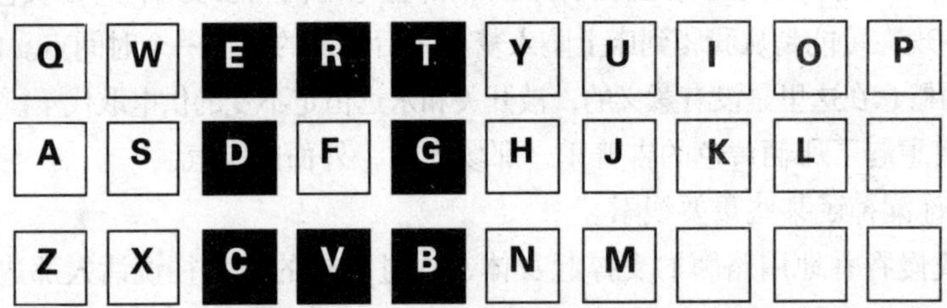

此处，那个被初步解码出来的字母是F，所以最后的破解答案肯定是E，R，T，D，G，C，V或B里面的一个。正如曾经的埃立克·桑德森写到的，看起来似乎没有任何规律可以预测，到底哪个字母才是正确答案，正是这一点，让整个解码过程变得缓慢而费力。

“你的意思是说，你认为这种密码是有规律的？”

“不错，”费得罗斯点点头，“但这只是冰山一角，你看。”他从夹克里面的口袋中掏出一支钢笔，又从笔记本里找到没有写字的一页，“在全部电灯泡片段中的第一句话是‘科莉戴着潜水面具的脑袋’，所以，全篇的第一个字母就是科莉姓名的首字母C，对吧？”

“是啊。”

“但是在你运用全键盘密码去解读它之前，你的笔记显示，你本来以为这个字母应该是V——”

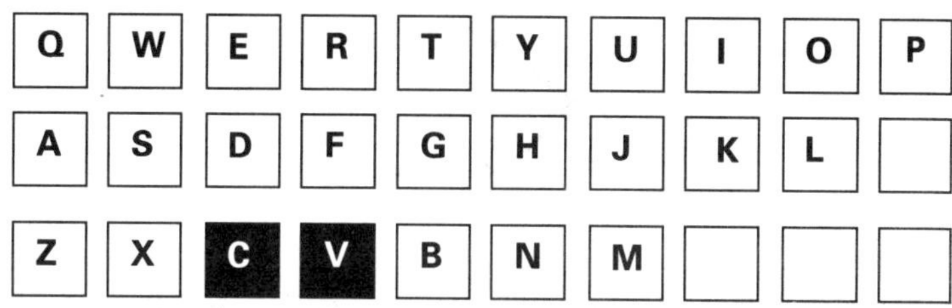

“也就是说，正确的字母 C 就在原先假定的字母 V 的左边，对吧？”

“没错。”

“那么，我们来拿起钢笔，划一道从右往左横过来的箭头，就像这样：”

“我看到了。”

“你翻译过来的第二个字母，是科莉名字里面的 L，但在解读之前，这个字母本来是 Z。要弄明白这个有点难度，因为这些字母在边缘绕了个圈，转到上面了，但是我们能看出来联系是这样的，”

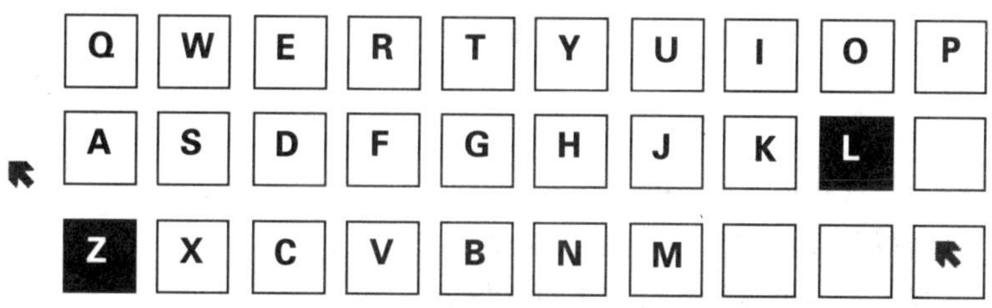

“从字母 Z 到字母 L 是先向上，然后往左折去，从我们刚才画的第一个箭头结束的地方连起来，应该是这样的，”

“还能跟上我的思路吗？”

刚从梦中醒来，还有点昏昏沉沉，要听明白他说的那些我还真要费点劲，但我撒谎道：“完全跟得上”。

“那很好。快说到点子上了。你破译过来的第三个字母是 I。最初显示为字母 J。从 J 到 I 是往右上的斜线，所以我们的下一条线要这样划，”

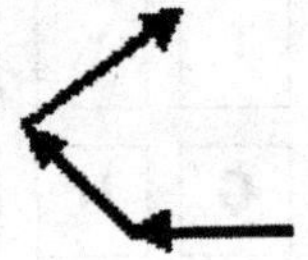

“第四个字母是 O。最初应当是 K。这是少数几个我们可以在路线上有所选择的字母之一。我们既可以往右上角连线，也可以考虑……往右下角连线。我们就选择右下吧。”

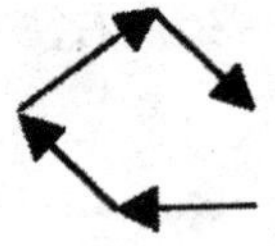

“现在，轮到字母 D 被破解为左边的 S。这是一道从右往左的横线……”

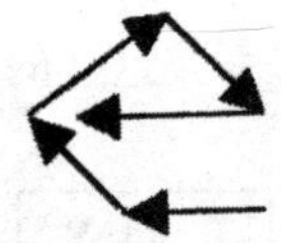

“好了。现在你看到的是什么？”

我看着那页面上的图形，感到头晕目眩。

“这组成了一个新的字母。小写字母 e。”

“我也是这么想的。这个编码体系还不完善——正如你刚才看见的，还有一些线条是有两种路线可供选择——但只要稍花一点时间，就有可能理解，这些字母是如何被赋予新的形式，而且也能够在它们成形时辨认出来。”

“那么——”

“是的，如果我猜想得没错，这套全键盘密码编译的不只是一篇文字，它把两篇文字编织在一起。你看着的是隐藏在第一篇文字之中的第二篇文章的第一个字母，字数上要少得多，但跟第一篇的内容完全不同。”

“所以，电灯泡片段包含的内容比我原先预料的更丰富。”

“是的。至少，还有你尚未破解的地方。”

我盯着那个用圆珠笔勾画出来的字母 e。

“可惜，”费得罗斯说，一边把笔记本合上递给我，“我们没有时间去深入研究这些密码了。”

“教授，如果真的有第二重含义隐藏在这里，我需要知道到底是什么。”

“恐怕我们的时间已经不够用了。斯科特已经在非人的笔记本电脑上和麦克罗福特·沃德的在线自我意识之间建立了一个稳定的连接。我们的航行马上就要开始了。”

我想问航行去哪里？但是我没机会张嘴。

“现在，告诉我你昨晚的任务完成得怎么样了，用笔写完自传了吗？还有，那杯水喝掉了吗？”

“我用那支毛笔写出了自己的故事，”我说，“但是玻璃杯里的纸条还是纸条。我不知道怎么才能把它变成水。”

“嗯。毛笔在哪里？”

我找到毛笔，递给费得罗斯。他拿在手里掂了掂，想了一会儿：“你确定已经用这支笔写下了发生在你身上的一切？”

我点点头：“我写了好几个小时。一直都没睡觉，直到——现在几点了？”

“八点了。”

“那我大概只睡了三个小时。”

“好吧，”教授把毛笔塞回他夹克里面的口袋中，“那肯定够用了，把那玻璃杯带着。在俄尔浦斯号[①]上你还得继续努力把它喝下去。”

“俄尔浦斯号？”

“就是我们航行用的那艘船。”教授说，一边站起来，“你去洗个澡，然后把需要的东西打包带上。我一刻钟后回来接你。一定要带上一件厚外套和你那些留声机，我们可能用得着。”

刚洗完澡，我的头发还是湿漉漉的。我穿着短裤、靴子和从曾经的埃立克·桑德森卧室里翻出来的一件厚重的高领夹克，背上的帆布背包里装着电灯泡片段笔记本和其他东西，一只手拿着玻璃杯，另一只手上的拎包里面装满了四部留声机，跟着费得罗斯穿过那些书本长廊。

“伊恩在哪儿？”

“你的猫早就自己找到那边去了。它实在是一只好奇心很强的动物，是吗？”

“你说，我们在这里有一艘船？”因为感觉又累又乏，我早已见怪不怪了。

“你马上就看见了，离这儿不远。”

---

① 俄尔浦斯号：古希腊神话中，俄尔浦斯是太阳神阿波罗和艺术女神卡利俄珀的儿子，他有优美的歌喉和一把漂亮的金琴。俄尔浦斯死后，宙斯把他的七弦琴升到天上，成为天琴座。

走了几分钟，我们脚下的走廊终结在一个楼梯前，它通往下面的一扇房门。“这就是我们的陆地码头。”费得罗斯说。

我们走进门，来到了一个超市大小、地面是水平混凝土的地下室里，这儿的天花板很高，一排又一排的灯泡就挂在蜘蛛网般密布的电线上。

斯科特在那边。她正在空地中间忙活着什么。

没事，我对自己说。反正都已经这样了。只要再扮一会儿酷就行了。我跟着费得罗斯走到那边的空地上。

斯科特穿着一件我没见过的蓝色防水厚外套。看上去她正在忙着制作什么东西，一个大家伙，好像是用厚木板和木条拼接起来的一个主体框架，中间还仔细地安放着纸盒、茶叶箱，以及其他一些古怪的东西。我发现非人先生的电脑也被放在那堆杂物中间的一个塑料箱上。一条电线，我估计是那条至关重要的因特网连接线，从电脑的后面伸出来，消失在天花板中。我还发现了其他五台电脑，都是八十年代的落伍机型，塑料机壳已经微微泛黄。这些电脑分别被安放在主体框架的各个角落，是这样排列的：

X

X

X

X

X

从这布局上，我发现了两处让我震惊不已的地方。我也不知道哪样更让我惊叹。

“这些白色的老式电脑，”我说，“它们的作用就是形成一个概念回路防护圈，对吗？”

“没错，这是一个空前坚固的防护圈，它用不断流动的数据来替代留声机防护圈的录音磁带。”

“还有，”我说，“它们是按照一艘船的形状来安放的。”

“是的，你又说对了。”费得罗斯朝那堆装配起来的东西挥舞了一下胳膊。“欢迎来到我们的俄尔浦斯号。”

斯科特从一堆电线转接器和插座中间抬起头，朝这边瞟了一眼，然后又扭过头去。“过来，过来，”教授说道，领着我朝铺在地上的那堆物件走去，

“走近点看吧。”

我犹豫着没动。

“在这一头还有些缝隙。”斯科特一边说一边站起身来。听见她的话音，我的喉头一紧，但她看来很镇定，很平静，就像昨晚我俩在厨房的遭遇没有发生过一样：“教授，你觉得还需要在后面的部分加上更多木料吗?”

费得罗斯肯定是全神贯注于那堆装配起来的东西，因为看起来他根本没有注意到室内空气的凝重。“是的，”他过了一会儿才说，“我想，再多找点木料来总能用得上。”

“那好吧，我去看看还能找到什么。”然后她转身朝门口走去。

教授看着她，直到她走出房间，然后又掉头看着我，最终还是决定置身事外，一言不发。

“这是什么?”我说，走近那堆主体框架，想要把话题拉开。

“这就是我们的船。”费得罗斯说，很配合我的思路，“一条捕鲨船。或者你也可以说成是那条捕鲨船。来这边看看，我带你好好参观一下。”

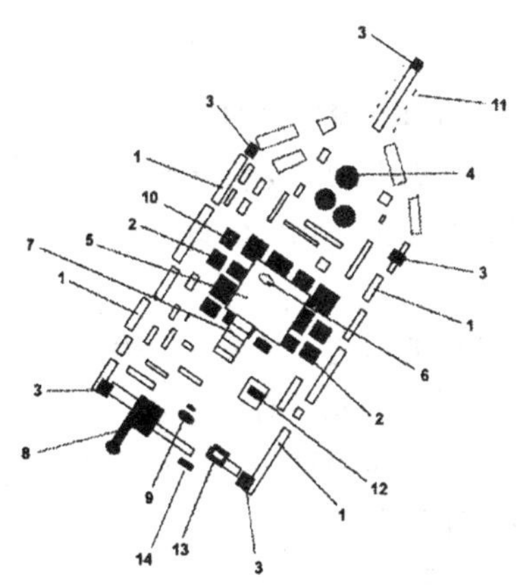

1.厚木板和木条。俄尔浦斯号的主体框架由木板构建而成。还有更多的木板被摆放在框架里面以便填满空隙。这些木板的来源五花八门：新鲜木料、旧木地板、板条、拆开的书架、墙裙、窗台、门板等。

2. 纸箱。甲板的中心位置用很大一片排成长方形的纸箱子围起来。这些纸箱堆积的高度正好及腰。包括硬纸板箱、茶叶箱、塑料包装箱，等等。大部分箱子看上去都是空的，但也有少数几个例外：一个曾经是小冰箱外包装的纸箱里，放满了烹调书籍；一个大茶叶箱的内部贴满了从室内装饰目录上撕下来的彩页；还有另一个茶叶箱里面装的是上过机油的零部件、齿轮和一个汽车蓄电池。

3. 计算机。五台笨重的、二十世纪八十年代的老式计算机被分别放在主体框架的五个角落里。每台计算机都用白色的电话线跟边上紧邻的两台机子连接在一起，这就等于沿着甲板的轮廓，构成了一个船形的概念回路。每台计算机还配有一根黑色的电线，通向装着汽车蓄电池的那个茶叶箱。所有的计算机都处于关机状态。

4. 圆筒。三个封盖的、干净的塑料大圆筒就放在主体框架的前面。这些圆筒里装满了电话黄页簿和其他号码簿，还有那种即时帖便条、地址本和好些非洛法克斯牌的个人备忘记事本。每个圆筒里面还放着两三台黑色塑料设备，看起来像是小型传真机或者经过改装的带远程天线的电话。费得罗斯说，这些小机器是快速拨号器。他颇为兴奋地进一步解释道，这些快速拨号器能够在短短一分钟之内拨出多达三十个电话号码。

5. 瞭望台。一大张硬纸板平放在好几个纸箱子的上面，构成了一个高度及腰的“瞭望台”。不过，从这张卡纸板的厚度和那些纸箱子的排放密度来看，这个“瞭望台”不太可能撑得住一个人的重量。

6. 舵轮[①]。舵轮是一个从大众汽车上卸下来的方向盘，平放在卡纸板铺就的甲板上。

7.活动梯子。一个老式的木头活动梯子，没有打开，斜倚着那些纸箱子，好像是个很不牢靠的通向瞭望台的梯子。

8. 除草机。一架绿色的电动除草机靠着箱子放着，所以除草机的旋转头面向外，与主体框架的方向正好相反。费得罗斯管这个除草机叫“螺旋桨推进器 1 号”。

9. 办公椅。在除草机的右边，放着一个稍微有点破旧的办公室转椅，还配有蓝色椅垫。像大多数办公椅一样，它也有滑轮，不过已经失去了作用，被五六个自行车的链条锁，挂锁和一个方向盘锁牢牢固定在地板上。一根花园里拣来的树枝横放在座位上。

10. 懒猫伊恩。还在呼呼大睡。

11. 衣架。围绕着龙骨的那根大木板边缘安放着十几个金属衣架。这些衣架要么两两连接在一起，要么被固定在木板边上，形成了一圈不太规则的链条。

12. 非人先生的笔记本电脑。非人的电脑端坐在一个塑料包装箱上，电脑正在运行，屏幕上闪烁着蓝色，一排排粗体的白色源代码正在不断滚动。一条网线从电脑背后延伸出来，通向上方的屋梁。一根黑色的电源线把电脑

---

① 舵轮：舵轮之于船，正如方向盘之于汽车，是舵手用来保持或改变船在水中运动方向的专用设备。

跟茶叶箱里的汽车蓄电池连接在一起。

13. 装满纸的纸箱。一个硬纸箱被放在船舷边缘，里面装满了A4大小的白纸。在纸箱朝外的那面割开了一个邮筒上那种狭长的入口。

14. 台式电风扇。一台乳白色风扇，叶片外面还带着保护罩，立在船舷之外几英寸远的地方。费得罗斯管它叫“螺旋桨推进器”2号。

“我实在不想这么说，”当我们绕着俄尔浦斯号转完一圈之后，我说，但我还是这么说了，“这可不能算是一条船，这只是一堆东西而已。我能理解那个计算机回路防护圈，但是其他那些玩意儿——要是鲨鱼真的来了，我们怎么办？难道爬到那些纸盒子上面去祈祷吗？”

“是得干点儿什么。”费得罗斯的脸庞在他的眼镜后面熠熠生辉，这大概就是物理学家们说的潜在能量吧。

“但这只是——”

“是的，刚才我就听见你说的了。你说得很对。这就是一堆集中摆放的东西而已，只是些普通的玩意儿。但是这些东西本身代表的概念，我们把它们像这样堆放起来从而附加在它们身上的那些含义，才是真正重要的。”

我又朝那堆木板、纸盒、木箱还有电线的混合体看了一眼：“这又是跟信念有关，对吗？”

费得罗斯看起来想从大脑里给我找个什么例子来说明一下。过了一会儿，他找到了：“你听说过马蒂斯①吗？”

我点点头。

“好。这么说吧，有一天，一个潜在的买主，去马蒂斯的画室拜访他。这人花了好一会儿打量艺术家的最新作品，然后突然宣称‘那个女人的胳膊太长了。’你知道马蒂斯对他怎么说吗？”

我摇摇头。

“他说，‘那不是一个女人，先生。那是一幅画。’”

费得罗斯走开了，去查看那堆东西。我看着他调整着那个台式电风扇的位置，还用一只圆珠笔轻轻敲击着它的钢丝保护罩，然后侧耳倾听。

“那么说来，这就是你正在忙活的事情？”我说，“你正在构建那位画中女人？”

①马蒂斯：亨利·马蒂斯生于法国南部勒卡多小镇。21岁那年，他患盲肠炎住进医院，为打发无聊时间，母亲送给他一盒颜料、一套画笔和一本绘画自学手册作为礼物，偶然的机缘成为他一生的转折点。马蒂斯能够用简捷的线条和鲜明的色彩塑造出他所构想的一切，这对他终生的艺术创作产生了深远的影响。

“没错，简单说是这样的。我们正在构建那个女人，而不是那幅画。”教授站起来，拍了拍他的裤子，“所有这些东西，最好把它想成是一个用于集中精力的工具，一种确保这个女人存在的方法，当我们完成她之后，是一个单独的女人，而不是像——像取下眼镜后的立体电影。”

“什么？”

“立体电影。”

“嗯，是的，我也这么想。”

“很好，很好。我喜欢这些东西。很有用。不管怎么说，你能把随便什么东西存在这儿。”费得罗斯示意我把背包递过去，当我递给他后，他把包放进俄尔浦斯号上的茶叶木箱之一。

我看着他在那堆东西里翻来翻去，直到找到一个他认为满意的地方，才放下背包。在我看来，费得罗斯不断在各种角色中间切换，就好像有人在他的大脑设置中不停地按开关，让他从愤怒的隐士变成复仇的科学家，再变成深思熟虑的和尚，现在，他又变成了一个爬在不断变化增加的主体框架上兴奋不已的顽童。到底还有没有更多不同的费得罗斯隐藏在那一头乱发之下？这种想法让我有点隐约的担心，但不愿承认。通过曾经的埃立克·桑德森的培训，我很擅长推断人们的性格，但事实是，我完全没办法把握眼前的这位老人。

“好的，这就对了，”费得罗斯说，微笑着抬头看我，“现在告诉我，那个塑料袋里装着什么？”

“我的那些留声机。”

“太好了。我想我们要把它们放在——这儿。”那个塑料袋被放到了更小些的纸箱子里，“还有……对了。”他拍拍自己的口袋，把昨晚交给我写故事的那只古老毛笔取出来,小心地放在非人先生的笔记本电脑旁边的包装箱上，“我觉得现在放这里挺好。好的，都办好了。你就待在这儿，我要去看看斯科特躲到哪里去了，我们还得去找点什么东西来当船锚。”

“好的，如果你不需要我帮忙，也许我能抽空来解读这些全键盘密码？”

“不。”费得罗斯开始从那堆东西里往外走，他指着我还拿在手里的那杯纸条，“那才是你的首要任务。你必须把水喝下去，否则我们剩下的工作就没法继续。明白吗？”

“当然。我明白了。”

“很好。”走出来之后，他就开始往门口走去，“很好。你继续努力，我们来处理那条船。”

我把衣领往上拉了拉。现在我是一个人了，感觉空气有些寒冷，陈旧而发人深思。空荡荡的房间闻起来隐约有种卷起来搁置的旧地毯和废弃的工厂的味道。这里还很安静，我踱来踱去时，平坦的混凝土地面上发出的沉闷回响传出去很远。

不过，我并非真的孤身一人，不是吗？

“嗨，我很高兴看到，这里的一切没有打扰你的生活规律。”

伊恩正趴在纸箱子上，它的一只耳朵转动着，听我说话，可身体的其他部位还假装出熟睡的模样。

“你为什么想跑到这儿来呢？这里又冷又——不像伊恩应该待的地方。”

它的耳朵又转了两下，然后重新耷拉下来，轻易就让我明白，它无意跟我进行这场对话。

“好，睡你的吧。”我说。

我用手掌罩住装满纸条的玻璃杯，使劲摇了几下，就像摇手里的雪球那样。这些小小的长方形纸条每摇一下都发出一阵窸窣的动静，但除此之外，没有任何变化。我走到墙边，靠墙坐下，感觉着屁股底下的坚实地面。在这片灰色空间的中央，俄尔浦斯号静静地待着，活像是后车厢拍卖[①]时的大杂烩。我只能看见伊恩毛乎乎的身子正在平和地起伏，好似对这个世界毫不在意。

我叹了口气，没人能听见。在我仍然有些疲惫的大脑中，过去二十四小时里发生的这些事情和进展，那些迂回曲折，那些伤害和震惊，交织组成了一个巨大复杂的迷宫，我已无力进行推敲。相反，我现在只能拖着沉重的脚步往前走。又累又困的我，反而能超然地像个旁观者一样随意地打量这些事情，我想到了走另外一条路，想到了离开这个地下空间，把这些纸张和曲里拐弯的小道丢在身后。几乎快要坠入梦乡之时，我发现自己在想着斯科特和我们共度的那段短暂时光，好像又嗅到、感觉到她的身体在我的肌肤之下，她清脆的笑声，她蓬蓬的短发，走在灯光摇曳的走廊里时，我们的手指有意无意的摩擦。这些回忆刺痛了我的心，我把它们压回心底。要是我能够在这件事结束之后再回到上面那个世界，又会只剩我和伊恩孤苦相伴了。这个念头像一阵寒流从我的体内滑过。也许我可以跟她谈谈？也许我可以对她说我当然理解你为什么要那么做，然后为我自己的大惊小怪和愚蠢言行道歉，也许一切还能够回到我们曾经拥有的状态——不管是什么状态。但我害怕，害怕她的笑话，更害怕她和颜悦色地对我解释，她感到多么抱歉，但是她不得不需要我帮她完成这件事。我睡意蒙眬的意识漂往陌生的领域时，还在上演着这一幕。要是我告诉她另一件事，我藏在心里的事，毫无缘由的事，会怎

① 后车厢拍卖：在英国，很多家庭会在周末将家里闲置的物品装在车子的后车厢里，拉到指定场所进行拍卖或交换。

样？那就是我心里坚持认为她和科莉·埃米有某种关系。有某种关系？说吧，说出来。在我心里——去跟她说出来——她就是科莉·埃米。再没有比想到这个或者说到这个更愚蠢的事情了，然而——然而在我心里某个深藏的陌生角落发出的声音告诉我——这可能是唯一破镜重圆的方法。

我点了一下头，把自己惊醒了，我紧抓着玻璃杯的那只手一阵抽动。我刚才差点儿睡着，但我的指尖在最后一刻抓住了清醒意识的边缘。我举起杯子，看了一眼里面的纸条。还是老样子。

“好吧。”我自言自语地对着杯子说道，想要把自己的大脑唤醒。我准备再为概念之水努力一下。

早晨的时间过去了。斯科特和费得罗斯不断带着更多的东西回到俄尔浦斯号的主体框架上。教授会时不时朝我喊上一嗓子，问我进展如何，或是告诉我，他们拿过来的这些物体都是派什么用场的。用一根细铁链拴着的一捆书变成了船锚，放在框架旁边的一个衣架变成了绞盘臂[①]，一个光束朝上照射着天花板的手电筒就是船上的桅杆。他们还添加了别的东西：更多的木条，汽车头灯，一个真的汽车油箱和一套真的潜水装备。费得罗斯拿来了伊恩的猫笼，跟其他东西放在一起。斯科特脱掉了厚重的防水外套，穿着背心干活，她把头发掠到耳后，但每次只要她一弯腰，发丝就会滑落到她眼前。我透过装满纸条的玻璃杯偷看着她一次又一次地把那缕顽皮的头发塞回去，试图不让她发现。这感觉就像是我俩之间筑起了一道无形的边境，而我只敢冒险偷瞄几眼。有那么一次，我在偷看她时被抓个正着，我吓得愣住了。斯科特很快又把头低下去，然后扭过头去，也许她也觉察到了我们之间的那道边界，也许。

我这边依然没什么进展。我盯着那一杯纸条努力了好几个小时，极力想看出除了纸条和墨水笔迹之外的其他名堂，可惜其他什么也没看见，因为这杯纸条就是我的眼睛所能看见的全部了。

午餐时间到了，我这才意识到我一整天没吃东西了。我的身体已经太累了，打不起精神来使劲提醒我，但是饥饿感仍然让我注意到了它的存在，表现为温和的胃痛和随之而来的浑身乏力。我只是忽略了。

斯科特和费得罗斯用小推车推进来两个黑色的大长方体。我花了好一会儿功夫才意识到那是什么东西：扩音器。他们把这两个扩音器推到地下室的

---

①绞盘臂：绞盘的牵引臂，起重时，先将绞盘固定，由人推动卷筒的推杆而使绳索绕在筒上而牵引重物。绞盘制作简单，搬运方便，但速度慢，牵引力小，仅适用于小型构件起重或收紧桅索等。

另外一头，开始将它们固定到墙上。

“这是泄洪闸门，”费得罗斯看到我在关注他们，朝我喊道，“你想听听吗?”

我说我想听。

斯科特站在后面，朝我扫了一眼，然后又把注意力放到眼前的设备上。肯定有人把开关打开了。各种说话的声音充满了整个地下室，低音，高音，中音，所有声音都夹杂在一起，最后汇聚成一股声音的洪流。所有这些声音原来都在不断重复同一个字——水 水 水 水 水 水 水 水 水 水。

半小时之后，我仰面躺在地上，两手枕在脑后，玻璃杯放在身边。我拿了一张纸条放在嘴里咀嚼，力图从牙齿间这张温暖的纸浆小球里找出冰冷清新的液体概念。我想着这是一项多么无望、多么不可能实现的任务，我不知道怎么从词汇中提取出概念之水，无论斯科特是否在我面前，我都得对费得罗斯这么说。

随着我脑子里翻滚着的这些念头，不断破碎、裂开、扭曲成奇怪的形状，我的意识开始远离清醒的世界，坠入深沉的梦乡。

我眨了几下眼睛，从我放在遮阳伞下的塑料躺椅上坐起来。揉了揉惺忪的睡眼，我打了个呵欠，享受着干燥而温暖的空气涌进嘴里、鼻中。我把书放下，在浪涛间搜寻，又向远处的海面眺望，想找到科莉的身影，但没看见她。我转身去看她的躺椅平时所在的位置，但那里空空如也。六七英尺以外的沙滩上有两个金发的小女孩笑着用法语聊天。在另外一边，是一个大腹便便的男人，戴着墨镜，胸前有一片卷曲的白色胸毛，正在读一本侦探小说，书上作者的名字用金色的字体印得很大，几乎占了封面的一半。但还是没有发现科莉的身影。

我的脖颈后面升起一阵凉飕飕的惊恐，好像被一根冰冷的手指摸到了似的。我决定回到我们的宿营地去看看。

我们的帐篷不在了。那个吊床也不见了。她的背包，我的背包，所有一切。我在周围转悠了一圈，想看看她是不是在我去海滩的时候，挪动了帐篷，但没有任何踪迹。只有平坦的沙地和我们扎帐篷留下的洞眼。

“你好。”

一个小男孩顶着硕大的印有卡通搔痒先生形象的太阳帽抬头看着我，伸过来一张折叠好的纸。在他身后，一个戴着粉红色充气水袖的女孩耐心地等着。我谢了这个小男孩，拿过那张纸。两个孩子看了我一会儿，转身跑开了，女孩在小男孩后面，大声用德语喊着什么。我打开那张纸：

埃立克：

如果你将要在没有我时出现在这儿，

我为什么还要不顾一切回到你那儿呢？

爱你

科莉

好像有什么变了。作为物理存在的我消失了。

新的虚幻的我升上了干燥的、灰扑扑的空气中，往下看着那些树林，竹林，还有宿营地上的那些彩色帐篷。过了一会儿，我开始往海滩那边飞去。我快速掠过身下的宿营地酒吧、点着彩色灯笼的小酒馆，飞过成排的白色遮阳伞。天蓝的海面很快就变成了肃重的深蓝色，因为我飞到了更深的海洋之上。我感觉到太阳的热力，一股清风从海浪间吹上来，然后我往下跌去，在海面上激起一片潮湿的水花，重重地穿过无边的蓝色，坠入深深的黑暗……

我突然一个激灵从梦中醒来。我居然记得它。我记住了这个梦。每个细节都历历在目，如同高分辨率的全彩色照片那样清晰。在此之前，我那些关于电灯泡片段的梦境总是在我醒来之后，便蒸发得无影无踪了，顶多留下些许模糊的感觉，但是现在，不知怎么的，这个梦刻在了我的脑海里。

在我集中精力，弄明白为什么会这样，这样意味着什么之前，另一阵感觉袭来，挤走了刚才的那股惊讶，把我的注意力转移了。我觉得自己的裤腿湿了一块。我朝那里看去，仍然有一点头晕，仍然还没有走出梦境给我带来的震惊。然后，我看见一个玻璃杯翻倒在地，泼出的水在我的牛仔裤上弄湿了一小片深色印迹，接着又在地板上淌出一条细长的小水流。

我裤腿的一边湿了。

就像一阵回放的爆炸，过去那几个小时都跑到一起，组成了一个焦点。我抓起那个玻璃杯，站起来。杯子里的纸条和上面的字体都不见了。现在，杯子里是水，尽管只剩下一个杯底的高度，但这是实实在在的水，而不是先前的那些印刷出来的字体水。奇迹真的发生了。不知怎么的，我做到了。

斯科特和费得罗斯还在校正俄尔浦斯号上用作甲板的那些木料。

"教授。"

两人都转过身来，我高举起那个杯子，把杯底最后剩余的那一点点水倾倒出来，好让他们能看见发生的事情。

费得罗斯做了个手势，让我过去，但随后——好像有什么动静转移了他的注意力。他一动不动地站着，脑袋歪向一边，侧耳倾听。斯科特一定张嘴说了什么，教授在唇边竖起一根手指，用无声的“嘘”来示意她不要说话。随后，我也听见了，那是一阵连续的低沉声音，几乎不能为人的耳朵捕捉到，但这声音开始越来越大，逐渐升高。

教授的表情松弛下来，但依然有些恐慌。

“快停下来，”他大声对我喊道，同时疯狂地挥动手臂，“你正在远离这儿。你走得太远啦，必须停下来。”

“我没有——”我举起那个玻璃杯，仿佛想证明什么“——我什么也没有做啊。”

教授转身朝向斯科特，我看见他的口型好像是说：“那些电脑。快去。”

她看着他，又看了看我，然后拔脚向那五台白色老式电脑中最近的一台奔过去，开始启动它。

“埃立克·桑德森二世，”费得罗斯朝我喊道，力图让自己的声音保持平稳，“你必须马上到我这边来。现在就来。”

那低沉的声音渐渐变得嘈杂，巨大的隆隆声滚滚而来，从天花板上那两台扩音器里源源不绝地流淌出来——水 水 水 水 水 水——这声音越来越响，越来越响。

“天哪，”斯科特朝那边的扩音器看了一眼，然后又朝我看过来，“天哪，埃立克，快点过来。”

我用手掌紧紧盖住那只玻璃杯的顶部，朝俄尔浦斯号跑去。

我没能跑到那儿，两台扩音器的喇叭就被冲开了，成吨成吨的高压海水朝这个地下室奔涌而来。

第四部分

词汇将可见的线索
与不可见的事物，
缺少的事物，
渴望的事物
以及令人害怕的事物连接在一起，
仿佛是一座为了横跨万丈深渊
而紧急搭建的柔弱的桥梁。

——卡尔维诺

30

永别了，西班牙的漂亮姑娘们

我在海水中翻滚着、挤压着、转动着，穿过那些承诺、思绪、故事、计划、耳语、贪婪、谎言、诡计、秘密、渴望、惊奇、爱情、热诚、伤害、忧郁、回忆、愿望、担心、怀疑，从头到脚，从内到外，都浸泡在那片永不止息的历史和意识的洪流之中，在滚动着发出雷鸣的概念之中。

很快，抑或是终于——我也无从知晓——那种天旋地转的感觉开始减轻，放缓，稳定下来，慢慢地恢复为一种温和的韵律。海水托举着我，包裹着我，推搡着我，击打着我，所有那些事情，那些想法，带着它们各自的节奏推着我，拉着我，让我上下沉浮。我漂浮着，像个天使或是星星，或者就是在世界无边无际的蓝色意识中某个被遗忘的时刻。我的肺部受到压迫，发出了警告。我感觉到太阳光投射下来的波纹在我周围跃动，于是我踢腾着海水，挣扎着朝上方的光亮游去。

我的脑袋刚冒出水面，就迫不及待地深吸了一口气。温暖的空气立刻填满了我憋得发痛的肺叶，我借着一阵温和的海浪浮上来。我适才经历的那些念头和意义以及概念的世界现在烟消云散，现在我的头脑清醒地意识到我身处蔚蓝的大海中央；这不是概念，这就是水本身，冰冷、咸涩、深不可测。另一阵海浪涌过来，我随之沉下去，又浮起来，我听见了海鸥尖锐的鸣声，尝到了海浪浓重的咸味，感受到了它的冲击。灿烂的阳光照耀着无边无际的蓝色天空。在我眼前，海洋翻滚着、汹涌着绵延出去，直到遥远的海天相接处。我湿透了的外套和靴子很重，让我的身子直往下坠。我想起我的双腿正悬浮于黑暗的深渊之上，不断踢腾，冰冷的恐惧感攫紧心头。一个浪打过来，我正大张着嘴呼吸，呛了一口冰冷咸涩的海水。我踢腾着双腿，不断地咳嗽，再咳嗽。

我的身后传来一声大喊：“埃立克。”

我费力地原地转过身来，看见一艘船正在浪涛中起伏，看起来这是一艘饱经风浪的渔船，还算大。两个身影站在甲板上，一个头发灰白，正在挥手，另一个较小些的身影站得离船栏远一些。费得罗斯和斯科特。我挣扎着想甩脱衣服带来的沉重束缚，尽可能快地朝他们游过去。

他们俩每人抓住我的一只胳膊，把我拉上了船舷，我倒在温暖的木制甲板上，不断喘着气，身上滴着水。

过了一会儿，我翻过身仰面躺着，发现我正朝上看着斯科特。

世界变得清晰了、聚焦了，然后——我感觉到自己的肺部在肋骨之下不断地起伏，水珠从身上不停滑落，在我周围形成一个个小水洼，我看见蓝得耀眼的天空。斯科特的头发从脸颊两边滑下去，她的短发遮住了下巴，她苍白的脸庞被黑色的幕帘挡住了。她的眉头微微皱着，显示出对我的关心。我无力地冲她点点头，表示我还好，她给了我一个紧闭双唇的微笑，然后便走开了，在我的视线中留下一个背影。我用胳膊肘支撑起身体。

"瞧，你从教科书上可学不到这些，对吗？但现在我们的确在这儿了。"费得罗斯斜靠在甲板的船栏上，手里拿着他的眼镜，那张布满皱纹却富有弹性的老脸朝着太阳，闭着双眼享受阳光，"更难得的是，真是个好天气。"

"我们出海了。"

"是的，没错。从某种角度说。"

这艘船在海浪上浮沉。阳光直射下来。海鸥的鸣叫声还是从不知什么地方传过来。

"我们就在俄尔浦斯号上。"

"没错，就是它。现在我们做成了这个女人而不是那幅画。刚才，你落水的地方离我们大约有四十英尺。"

"我感觉好像，"我让自己坐起身来，"我感觉好像这是再正常不过的一艘船了。我的意思是——它真实，坚固。就像那些我平时所熟悉的船。"

"理应如此。如果你要对任何一个西方人提起捕鲨船，他们眼前都会浮现出跟这艘一模一样的船。这个，"他用手摩挲着一根非常普通、非常真实的船栏，"是由一艘捕鲨船应该具备的现有的概念集成起来的。"

湿冷的寒战不时透过我的牛仔裤、鞋子和外套传到身上，但太阳已经在卖力地从各个角度为我烘干身体了。我感受着手指下那陈旧破损的甲板。

"一个集成的概念？"

"是的，"教授点头道，"在长达二十五年的时间里，这是人们公认的关于捕鲨船的概念。这也就是她看起来如此可信的原因。"

他伸出一只手，拉我站起来，我试图适应船体在海面上的摇晃，海水仍然从我的衣服上不断滴落下来。

"噢。你好啊。"

我转身循着教授的视线看过去。伊恩七摇八晃地走过来，在我脚下滴水形成的那个水洼边缘蹲坐下来。它脸上的表情已经不足以用蔑视来形容了。

“我很抱歉。”我说。

“你怎么样了，托托?”教授说道，朝伊恩俯身过去，脸上挂着一个罕见的大大的微笑，“觉得今天还算暖和吗?”

伊恩白了他一眼，那种眼神就像是激光防御平台上射出的一束激光。

“是的，很好。”教授直起身来，“它真是个可爱的小家伙，不是吗?”他说出这些话的时候，语气中的那种不确定性突然让我觉得这个老人变得更容易接近了，对现在这一切也更能接受了。

“哦，是的，”我说，朝下看着那只一脸愤怒的猫咪，“它就是个活宝。”

费得罗斯领着我去了右舷上的那个小船舱，好让我能找到些干衣服换上。我背包里的那些衣服已经不能再穿了。教授把角落里的一个小衣橱指给我看，那里塞满了那种失而复得的旧衣服。他说这些衣服是由那些过去曾经想象或者是曾经梦见了在捕鲨船上生活的人们留下的，但这些衣服摸起来的感觉——闻起来的感觉——就是真的衣服。我挑出来几条肥大的短裤和一件红色的夏威夷衬衫，上门印着婆娑的棕榈树影。我还找出来一顶有点皱巴巴的草帽（这是我能找到的唯一帽子），以及一副罗伊·奥比森①以前常戴的那种黑框塑料大墨镜，好抵御强烈的阳光。我觉得穿上这身行头肯定像个白痴。当我回到甲板上的时候，费得罗斯赞许地点点头，说看上去我很适合这样的打扮。对这一评价，我不知该说什么好，只是说谢谢。

摇身一变成了威风船长之后，费得罗斯坚持要领着我去参观一下俄尔浦斯号上的其余部分。当我们绕到船尾的时候，我看见原先台式的除草机和台式风扇如何双双变成了螺旋桨推进器；装满废纸的盒子现在成了一个大块头的激光打印机，固定在船体的后挡板上，那把办公椅摇身变成了一个牢牢固定在甲板上的钓鱼椅，旁边还准备好了钓竿和钓线，只等愿者上钩。现在，船上有一根真正的桅杆，一个真正的绞盘臂，和一只真正的船锚。当我们在船上漫步的时候，我不时能从俄尔浦斯号上的某些物件发现它们以前的朦胧身影：甲板上的那片木条疤节和污渍之下依稀露出以前那扇前门上镶嵌着的黄铜房门号码；船舱的墙壁上那些岁月风霜留下的痕迹好像是我最初在构建主体框架的硬纸板箱子上面看见的那些印刷文字——但最终，这些都只是表面现象而已。无论从哪个方面来讲，俄尔浦斯号都已经变成了一艘真实、坚固而且实用的渔船。

① 罗伊·奥比森：美国著名歌手，作曲家，蓝调摇滚音乐创始人。

我们转过船舱，就来到了前面的甲板上，面前出现了那三个大圆筒，里面塞满了电话号码簿和电子快速拨号器。它们的形态看起来跟之前的原型倒没有任何改变，但当我提到这一点时，费得罗斯却显得很恼火。

“当然它们不应该有什么变化。你指望看到什么？三个五斗橱还是三个衣帽架?”

我决定再也不提问了。

渔船的控制系统就在顶甲板上，顶甲板有两层，正好作为船舱的屋顶。斯科特正待在上面，她戴着墨镜，穿着短裤，背心一直往上捋到胸罩那儿。当我们拾级而上时，她坐起身来，然后慢慢从鼻梁上摘下墨镜，看着一身夏威夷游客打扮的我。

“你好。”我说，做了个可笑的挥手动作，完全是身不由己。穿着这些傻得不能再傻的衣服，我觉得自己别扭得不行，看见她像那样悠闲地躺着，我连怎么打招呼都忘了。我真是个白痴。

斯科特的嘴角微微牵动了一下，似笑非笑，盘腿坐起身来。

“好不容易找到的干衣服。”我说，拽了拽自己的衬衫。

“哦。”她点点头。

“你在上头觉得这船还好吗，舵手?”费得罗斯紧跟着我走上楼梯。

“太像一艘真船了，”斯科特说道，还用指关节敲了敲身下的甲板，“这也太疯狂了，我甚至都不打算发问了。”

“那样最好，”教授说道，“如果你只是接受它的存在就轻松多了。”

“‘只是接受它的存在就轻松多了’，有道理。那么，我要做的只是按下那个把手，往左转或者往右转就行了吧?”

“是的，但是在船上，我们要说左转舵和右转舵。”

“左，右，左转舵，右转舵。没问题，我知道了。”

“斯科特，”费得罗斯说，“这事非同小可。”

“别担心，”她冷冷地朝我投来一眼，“我知道这是大事。”

我们在船上转了一整圈，来到了非人的笔记本电脑那里。就像刚才看到的那三个大桶一样，这台电脑的形态也完全没有改变：纤薄而昂贵的黑色机身端放在一个朝上打开的箱子上，正如它在费得罗斯的地下室里时一样。唯一的区别是——从笔记本后面连接到天花板上的那根因特网线现在消失了，取而代之的是一个铬合金伸缩天线。看来，现在我们用上无线网络了。我用手掌在那根天线上方来回移动了几次，但没有碰到任何阻隔。

“你没听见我跟斯科特说的吗，”费得罗斯说，检查着电脑屏幕，“尽量把这当做现实接受。”

我转过身去，望着远处的海浪，那片清澈的深蓝色海水，温和地起伏着。阳光如此炙热，给一切——海面，我的皮肤，我脚下泛白的旧甲板——都罩上了一层它独有的假日气息。这炎热的气息不会让你想到寒冷、雨夜或是灰蒙蒙的黄昏，在晴空万里的时候，它才会像梦一般悄然来到你身边。我盯着海天相接处，想知道这片大海是否将没有尽头。这片海洋里有没有深沟、洋流、寒冷的冰山？挤满鱼群的珊瑚礁？抑或其他概念生物？我还想知道，战争、改变世界的发明或者暗杀行动会不会在这片大海中掀起波澜。这片海能够永远奔涌下去吗？它会不会变得像寒冷萧条的冬天里的一个池塘那样沉寂？

“埃立克，”教授说，“我要给你看样东西。”

我回过身去，看见他把一支长长的木制长矛举过肩头，想保持平衡，还尝试性地前后掂量着，好像一名标枪运动员在热身。我不由自主地后退了一步。

“那是什么？”

费得罗斯的眉头抬了起来，在脑门上拧成一个疙瘩：“难道你认不出来了？”

这支长矛大约有五英尺长，一端带有一个钢铁铸成的雨滴状矛头。另一端连接着一根长长的电线，与甲板上的那些缠绕在一起，最终通往非人的笔记本电脑。这支长矛看起来很古老，木头的本色已经褪变成了一种古老的黝黑。我的脑子里突然灵光一闪。

“这是那支毛笔。”

“你总算认出来了。现在，仔细听好了，因为这将是你的任务，埃立克·桑德森。当我们找到路德维希安并靠近它之后，你就要用这支长矛投向它。然后，那条鲨鱼就会跟这支长矛连接在一起，并通过这根电线连接到非人的笔记本电脑，而电脑又通过天线跟沃德连接在一起。”

“物质跟反物质的碰撞，”我说，“啷。”

“没错。啷的一声爆炸过后。我们就都能回家了。”

“除非事情的发展不这么顺利，对吗？如果我们不得不靠近那条鲨鱼，会有危险吗？”

“对，冒险是难免的，但你要记住，这整艘船是由一个强大的无辐散的概念回路构成的。无论发生什么，只要我们待在船上，那条鲨鱼就拿我们没办法。我们必须把它找出来，把它累垮，让它筋疲力尽。船上特意准备了这样的工具。一旦我们磨掉了它的斗志，你就可以动用那支长矛了。”

教授描述时的那种语气，听起来更像是一件有待完成的工作，狩猎一只我们并没有把握的猛兽。我不知道自己现在的表情怎样，但我的表情肯定出卖了我的念头。

“你想的很对，”费得罗斯说，仿佛听见了我的想法一样，“路德维希安非常危险，但记住，我们有我们的优势。我确信，我们能安全度过难关。”

我思忖了一会儿。

“我不在乎它是怎么个死法。”最后我说道。

教授点点头，没说话，思考着什么。他把那支长矛递给我，我也像他刚才那样在手里来回掂量了几下。很结实，平衡感不错。

“你必须用长矛击中那条鲨鱼的头部，靠近大脑或者口部的地方。”

“击中它的头部，”我重复道，“靠近大脑或者口部。”

“很好。”费得罗斯手搭凉棚，眺望着海面，“现在让我们来瞧瞧怎么吸引它的注意。把那个拿过来。”

我跟着教授走到固定在船尾的激光打印机那里。他打开开关，这台机器便如同活过来似的发出“突突突”的动静，并且亮起了绿色和黄色的灯光。在检查了供纸盒之后，费得罗斯从打印机的背后拆下一根灰色的电线。他示意我把长矛拿过去，当我照办之后，他用长矛的尖端迅速触碰了一下打印机。立刻，机器开始往外吐纸，纸张掉在船尾，落进海里。费得罗斯伸手接住了一张正在飘落的纸，把它递给我。这是昨晚我写下来的故事，我用那支毛笔在空中书写下来的那些词汇。

“撒进海水里的诱饵，”教授说，语气里颇有点沾沾自喜的成分，“运气好的话，路德维希安很快就会追踪到这条线索，并尾随而来，找到我们。”

我又看了一眼手里的纸，然后把它丢到海中，与其他诱饵混在一起。

“请你把船开慢点儿，斯科特先生！”教授大声朝上面喊道。

斯科特从二层探身出来，往下看着我们：“你刚才是不是管我叫先生来着?”

“我只是说，请你慢点开。”

“哦，那还差不多。”她说。我忍不住笑了出来。内心深处，我开始觉得，也许我们真有可能完成这个任务呢。

引擎有力地突突叫着，一阵蓝灰色的烟雾从不知藏在哪里的排气装置中冒出来。俄尔浦斯号朝着前方的海浪隆隆驶去。

伊恩躺在船舱的阴影里，伸展着四肢睡觉。就算它痛恨这里的其他一切，至少天气还对它的胃口。费得罗斯坐在固定在甲板上的钓鱼椅里，结实的钓竿和钓线伸入我们身后的海水中。他不知从哪里找到一顶棒球帽戴在头上，还把帽檐拉得很低，遮住眼睛，假装睡觉。我湿透了的衣服在他的钓线上浮沉，作为诱饵，一个沉重的大鱼钩拴着这一大团我的替身已经潜伏在海面之下了。我的湿外套在蔚蓝的海水中摇曳、舞动、翻滚，我感到有点对不起它，毕竟我们一路走来，也曾同甘苦共患难。

我盘着腿坐在打印机旁边的甲板上，看着这台机器机械地吐出一张又一张我自己的故事——卧室地板上醒来，会见兰道医生，曾经的埃立克·桑德森，我的旅途，柳树宾馆，科莉·埃米，非人先生，黄色吉普车，次空间，马克·理查森，那个红色的文件柜，电话黄页簿构建的穹顶，费得罗斯以及日本武士，那装着纸条的玻璃杯，斯科特，很多关于斯科特的内容——耀眼的纸张忽悠悠地飘过船尾，落入海中。当俄尔浦斯号隆隆作响地驶向前方时，那些浸透海水的纸页被我们丢在身后，在海浪中翻滚、打转。它们紧紧附着在海洋的表层，不时沉浮，在阳光下闪闪发光。这条由纸页组成的轨迹从我们身后伸展开来，组成了一道摇曳多姿的白色小径，通往远方。我看着海水，但看不到任何其他的动静。

我们就像这样航行了大约四个小时。

斯科特从驾驶室甲板走下来查看非人的笔记本。她已经检查过两次了。

“我们不会永远这样等下去吧?”

“需要等多久，就等多久。”费得罗斯头也不抬地回答道。

“但如果沃德注意到这个连接不对头，我们就肯定会被拒之门外了。”

费得罗斯没有回话。

斯科特转过身去，用手指挠了挠黑发，然后又转回身来说：“教授。”

“你到底想让我干什么?”

斯科特盯着他：“我也不知道。更多的纸张诱饵？再开快点儿？你是专家，应该你来告诉我才对。”

费得罗斯用拇指把帽舌顶起来一点，在他的座椅里转过身来：“要是我们把更多诱饵投进水里，海浪会照单全收，过不了一会儿，就能盖满半个海面。要是我们开得太快，就要冒着打断身后这条踪迹的险。你现在要做的就是，再耐心点儿，多萝西。”他转回身去，又把帽子拉下来。

空气的流动仿佛停滞了，如同闪电来临前片刻的宁静。

“耐心？那你刚才还说什么‘这事非同小可，斯科特？我们只有这一次机会，时间不等人。’”

教授对斯科特的抱怨充耳不闻。

“你觉得我们还剩下多少时间?”我问道。

斯科特本来盯着费得罗斯，现在转而怒视着我。我的话开始可能没被注意到，当斯科特明白过来刚才是我在发问时，我能看得出，正在火头上的她对于要不要回答这个问题犹豫了好一会儿。

“我也不知道。”最后她说，“每一秒，沃德都有可能切断跟我们的连接，然后，一切就玩儿完了。我们每浪费一分钟在这样的日光浴上，成功的机率就越小。”

“教授。”我说。

“我们不是在浪费时间。”

斯科特愤怒地长叹了口气，转身离开，走回上面的驾驶舱。

循着那条由纸张和墨迹组成的诱饵望去，一张白色的纸片卷曲着，悬浮在海面之下几英尺的地方——

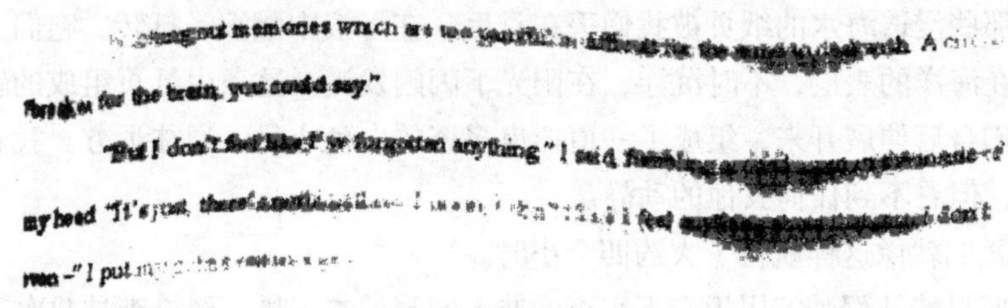

对患者过于痛苦的记忆。也可以理解为，就好像给大脑配置的一个电路短路开关。”

“可是我并不觉得自己忘记了什么，”我说，又一次在脑海当中摸索着，“只是觉得脑子里一片空白。我是说，我没发现自己对那个叫科莉的女孩有什么感觉。我甚至都不——”我摊开手掌，做了个无奈的姿势。

暗流下快速游动着的什么庞然大物猛地把那纸片拖下去，蹂躏成一个纸浆团，这团纸旋转着，顺着那个强壮的暗影身后留下的游迹而去，开始它慢慢失去了凝聚力，开始分崩瓦解。当水面平静之后，纸团的残余部分开始慢慢地打着转儿往海底的黑暗之处沉下去。

我眨眨眼，又眯起眼眺望着浪涛，白色纸页组成的踪迹消失在远方，此外，只有海鸥和空旷的海面。刚才我睡着了吗？我也不清楚。

在俄尔浦斯号上，时间过得很慢，随着太阳慢慢地自东向西横越天际，分钟也随之慢慢地变换为小时。

伊恩和教授都在打盹，斯科特自顾自地待在顶甲板上面，而我则通过把木制旧甲板缝隙里的碎木条捡出来保持清醒，同时听着打印机发出的声音。我不时扫视一下海面上的跌宕起伏，想找出鲨鱼的影子或者行动。我看了又看，直看到眼睛都花了才罢休。炙热的阳光照射下来。我几乎能嗅到自己的皮肤被晒黑的味道，船上的甲板闻起来也带上了夏末海草和盐分的味道。

终于，教授从他的钓鱼椅上走开了。回来的时候，他的手里多了几份做得很糟的三明治，几听啤酒，还有给伊恩的几片熏肉。斯科特也下来就餐，我以为他俩之间又会爆发一场口角，但她只是一言不发地拿着她那份食物和啤酒，坐到伊恩旁边，在船舱后墙的阴影里吃起来。我前头已经有好几顿饭没吃了，现在的食物哪怕再差，也立刻唤起了我的食欲，我狼吞虎咽地干掉了属于我的那份三明治。费得罗斯拿着他的碟子和啤酒，走回他的椅子那里。我看着他慢条斯理、若有所思地一口口吃着，他的视线在海面上梭巡，从远处不断俯冲向纸带诱饵的海鸥，看到随着我们不断起伏的钓鱼线，不过那只是由引擎的搅动而引起的波动。

"我都没发现原来自己已经这么饿了。"好像过去几个小时里一直没人张口说话，我得打破一下僵局。

教授茫然地点点头，还是盯着海面。

太阳现在落得更低了，照例进行着西沉时的日光渐变，夕阳那明亮的白色缓缓转为落入海面之前的深红。

"但我们刚才吃的并不是真正的食物，对吗?"我还是努力想引发一场谈话，"只是与食物有关的概念。但我正在琢磨，要是食物的概念尝起来像真正的食物，拿在手里吃的时候也跟真的一样，那我们还有什么可计较呢?"

费得罗斯依然没有把视线从海面上挪开，而是举起一只手，缓缓朝我打了个别说话的手势。

"怎么回事?"我轻声问道，同时伸长了脖子。我小心地站起身来，朝船尾望出去，但我只能看见白色的纸张在波涛中翻滚。"有什么不对劲吗?"

教授的钓鱼杆上的绕线轮突然像活了似的，高速转动着释放起来，钓鱼线被什么东西紧紧拉住，如同锋利的刀刃般破浪而去。

"哇噢!"费得罗斯用脚跟紧紧抵住船舷的后挡板，使劲拉着鱼竿，身负重任的钓鱼杆在重压之下就像一把玩具弓般被拉弯了腰。

"难道是路德维希安来了?"我发现自己不由得后退了两步，"你只用一根钓鱼杆就抓住了路德维希安?"

教授同来自浪涛之下的巨大拉力展开了角斗，他猛拉钓线，想把藏在海面之下的那个不速之客拽出来。但见钓鱼线时而朝左，时而向右，整个情形看起来就像是一场充满了张力与动感的高级舞蹈。

"我觉得不是。"

我转过身，看见斯科特站在我身后。

"斯科特，"教授从咬紧的牙关中挤出两句话，"你到这儿来干吗? 赶快回到上面去，关掉引擎，否则我们就拖不住它了。

"这肯定不是那条鲨鱼。我见过路德维希安，那么大块头的鲨鱼不可能就这样——"

“斯科特，照我说的做，关掉那该死的引擎。”

她原地转了个身，大步走开了。

我看着费得罗斯：“我能帮什么忙？”

“你帮我把绕线轮弄湿。用那边桶里的水，浇在钓鱼线上，否则马上就要过热，烧坏了。”他举了一下钓竿，钓竿却往前斜去，划出一个大弧度。我抓过水桶，弄湿了线和线轴。“好了，”教授因为在努力跟钓竿搏斗，所以说话也格外费力，“我们要把它累垮，然后弄到海面上来。准备好长矛。你的长矛呢？”

我把它放在非人的笔记本电脑旁边了。

“我这就去拿。”我穿过甲板时，引擎停了。斯科特走下楼梯，经过我的身边，她一边走向船尾，一边跟教授喊话。

“坦白说，我觉得这不是我们找的那条鲨鱼。这是个别的什么大家伙，可能是——叫什么来着——鲫鱼。你不应该——”

当她突然停下话时，我已经拿着长矛快要走回来了。

“怎么回事？”我跑过去，看到费得罗斯的钓鱼杆还在，笔直地伸向前方，但是钓鱼线已经松垮垮地垂在水中，“它逃走了？”

斯科特看着我，眼睛转了几转。

“这不对劲啊。”我们俩都转身看着教授。

钓鱼线还是那么松垮垮地垂在水里，看不出什么奥秘来。

斯科特抱起两条胳膊，费得罗斯尝试性地拉了一两下线轴的把手。这一次，再也没有任何来自海浪底下的阻力了。教授快速地往回收线，直到钓鱼线被切断的末端抛出水面，悬在空中。他把钓竿跟线分开，然后把这套家什都收回来。

“看，这可是高度耐压的线，现在居然被直接咬断了。你还认为它是某种鲫鱼吗？”

斯科特接过线头，仔细察看了一番。

“好吧，反正我犯错误也不止一回了，”她说，“谁都知道。”

“那么它是什么？”我问道，“真是路德维希安吗？”

费得罗斯从钓鱼椅中站起身来，活动了几下胳膊和肩膀：“我觉得是，你呢？”

我把那支长矛小心地放在甲板上，它延伸到船体后部好几英尺。我把一只手支撑在激光打印机上好保持平衡。我朝下看去——只有蓝色的海洋，和两页湿透了的漂在海面的白纸。

“那它现在去哪儿了？”我说，一面仍然朝下看着，“它还在附近吗？”

“我不知道，”费得罗斯说，“有可能。”

“有可能?”

“很有可能。埃立克，我现在需要另一根结实的线和新鲜诱饵。我要你——”

咿。整个甲板都因为这突如其来的撞击而侧倾了，我被向前抛去，膝盖撞到了打印机的后部。一阵骨头断了般的剧痛传来，我把那台机器撞到了一旁，我自己也被撞得失去了平衡，掉出船外，头下脚上地栽进海里。海水涌上来，我的后脖颈首先感受到了凉意，接着是一个大浪，随后——

我带着一串气泡，砸破海面，继续下落。

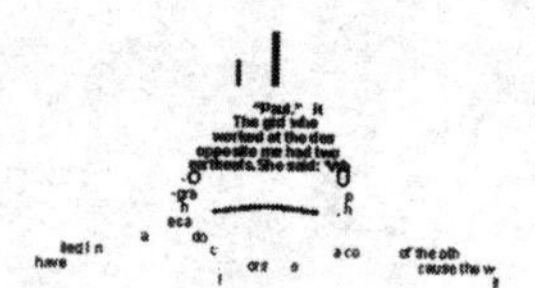
The girl who
worked at the des

有人用手拽住了我的手腕和前臂，把我往海面上拉

“Paul.”
The girl who
worked at the des
opposite me had two

有人用手拽住了我的手腕和前臂，把我往海面上拉

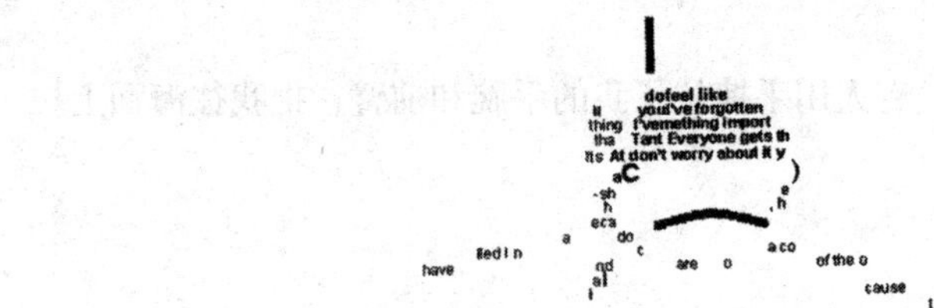

有人用手拽住了我的手腕和前臂，把我往海面上拉

thi
th noy a
andthworr
ts don't bout
aaC it y
-sh
h
eca e
have lledi n a do h
c
nd a co
al are o
i of the o
cause

有人用手拽住了我的手腕和前臂，把我往海面上拉
有人用手拽住了我的手腕和前臂，把我往海面上拉

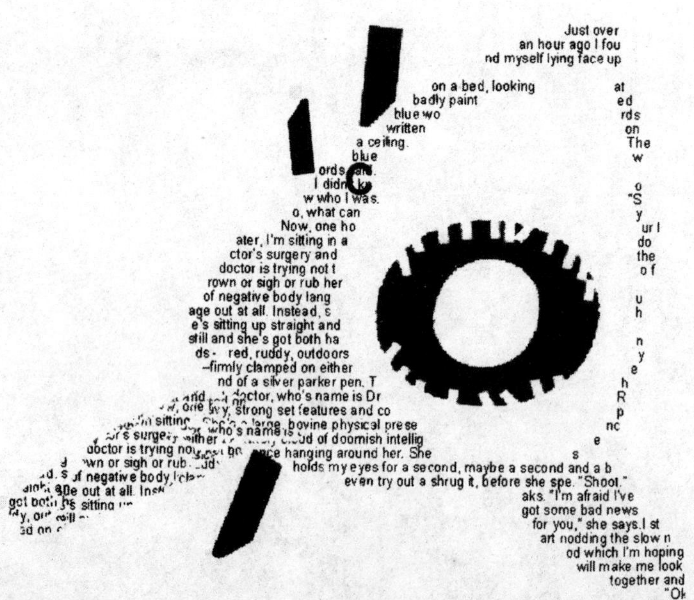
Just over
an hour ago I fou
nd myself lying face up
on a bed, looking
badly paint
blue wo
written
a ceiling.
w who I was.
o, what can
Now, one ho
ater, I'm sitting in a
ctor's surgery and
doctor is trying not t
rown or sigh or rub her
of negative body lang
age out at all. Instead, s
e's sitting up straight and
still and she's got both ha
ds - red, ruddy, outdoors
–firmly clamped on either
nd of a silver parker pen. T
doctor, who's name is Dr
strong set features and co
bovine physical prese
cloud of doomish intellig
ce hanging around her. She
holds my eyes for a second, maybe a second and a b
even try out a shrug it, before she spe. "Shoot."
aks. "I'm afraid I've
got some bad news
for you," she says. I st
art nodding the slow n
od which I'm hoping
will make me look
together and

有人用手拽住了我的手腕和前臂，把我往海面上拉
有人用手拽住了我的手腕和前臂，把我往海面上拉
有人用手拽住了我的手腕和前臂，把我往海面上拉

猛地带起一阵浪花，我被拉上去的时候不断踢着腿，背部、肋骨还有臀部依次越过船尾，然后像个快要溺毙的小动物般瘫倒在甲板上，身下是一大摊水渍。好像电火花点燃了我大脑里每一处神经突触中失控的恐慌，我的身体因为害怕而抖成一团，心也怦怦直跳。斯科特还紧紧抓着我，大喊着“你这个该死的白痴，能不能不要老是往水里掉了”，她用胳膊搂着我，我用胳膊搂着她，感受到了生命的可贵。她还在我的耳边喃喃道“你这个该死的白痴”，我把手放在她的后脑勺上，让她紧紧靠着我，嘴里一遍遍说着“天啊，对不起，上帝，真不该让你受惊”，我没命地亲吻着她的脖颈就像我再也见不到她了似的。她也亲吻着我的脸颊，然后我们终于热吻在一起，再然后，费德罗斯大喊着“斯科特，斯科特——”

“斯科特，快点，它要绕到前头去了。”

她松开搂着我的胳膊，把遮住脸庞的短发捋到后面，然后慢慢站起身：“你还好吧？”

“我觉得没事了。去吧，我能撑得住。”

斯科特朝教授发出喊声的地方跑去，我挣扎着想站直身子，但感觉左膝传来一阵剧烈的疼痛，当我想把身体的重心往左腿转移时，痛得倒吸了一口冷气。我看见斯科特消失在船舱那边，还听见费得罗斯说：“它是冲着船过来的，偷袭得手了。它是直奔我们而来。”

我浑身滴着水，一瘸一拐地走过去，绕过船舱，来到前甲板。费得罗斯站在带有栏杆的跳板[①]尾部，跳板从船首伸出去直到海面。他手里拿着什么东西，好像是一把古怪的枪。

“埃里克·桑德森，”他一看见我就喊道，“快来。它露面了，这个怪物。”

“我知道，”我努力保持着正常的语调，尽管受惊不小，虚弱不堪，“我知道它是个怪物。”

“过来，快过来。我们现在找到它了。斯科特，情况怎么样？”

“就快赶上它了。”

我四处环顾着甲板，但看不见斯科特的身影。

我瘸着腿朝船的前面走去，一只手扶着船舱的墙壁，离船栏那边远远的，以保安全。

“它就在我们周围，”教授对我和不知身在何处的斯科特喊道，并用手里那个枪状的玩意儿指点着海面，“它就在周围。”

我朝着教授指的方向望去，我看见它了，我看见它了——一个坚实的高

① 跳板：可移动的船用登陆踏板。

举的三角形背鳍划开蓝色的海面，冲着俄尔浦斯号的方向，缓缓地转了个弯。波涛间投下颀长的黑色阴影。

背鳍升得更高了，那条鲨鱼加速朝我们冲过来，在水里带起一道长长的V字形白色浪花。

我的心脏几乎停止了跳动，胃里却泛起了酸水。

“它是真实的，”我说，“它是一条真正的鲨鱼。”

“不，它只是看上去像一条真正的鲨鱼罢了。它跟这里的其他一切没什么两样。斯科特，快点儿，它冲过来了。我的天啊，瞧那块头。”

硕大的流线型身躯上点缀着斑驳的灰色，路德维希安好像是轻盈地滑翔在清澈的洒满阳光的海水中，带起一股冲击波。我紧紧贴住舱壁，发软的双腿才能勉强撑得住。

“妈的，倒霉，它又要来狠撞我们一下了。”

“不，不会，”费德罗斯把那只枪举到眼前，“它正在兜圈子，它待会儿就要给我们提供一个良好的机——斯科特，准备好了吗?”

“好了。开枪吧。”

随着砰的一声，好像有一股气流从费得罗斯的肩上爆发出去。一根黑色的电线射了出去，穿风破浪，正扎进鲨鱼背鳍底下的部位，与此同时，教授也因为开枪的后座力被弹了回去。原来那枪是为了射出鱼叉。一阵噪音突然从我左边很近的地方炸开来，我被吓了一跳，吃惊地转过身去。装满电话簿和快速拨号器的那三只大圆筒中的一个跳动起来，自个儿滚过甲板，翻下海去，在海面上跳动着，尾随退走的路德维希安而去。

“射中了!”费德罗斯一把摘下自己的帽子，扔过甲板，“看见没有？我在你的鲨鱼身上安了一个圆筒。”老人激动不已地冲我挥舞着手里的鱼叉射枪，仿佛它是最好的证明，“向滴水大师致敬。就像我跟你讲过的传说，埃立克，就跟传说里一样。”

我目送着那个大圆筒蹦着，跳着，一路溅起水花，破浪远去；然后，才慢慢地、痛苦地贴着舱壁滑坐在地。

31

感觉，或者其他

圆筒紧随着鲨鱼的身影，而我们紧追圆筒不放，斯科特掌舵，我们的船全速向前，重重地拍打着浪花，突突地冒着黑烟，就好像是一个维多利亚时代的工厂开足了马力逃到海上。费得罗斯教授仍然牢牢站在俄尔浦斯号船首靠后的甲板上，进行他的远程控制。我浑身透湿、筋疲力尽地待在甲板上，只能听见电话拨号器不断发出的哔剥声，和电子警铃声——嗡嗡嗡嗡——透过引擎的怒吼和拍打得人睁不开眼睛的浪头传过来。

“派上用场了。”教授大喊着，在风中使劲挥手，不顾满头乱飞的银发。他努力把自己的迈克尔·凯恩式眼镜推回到鼻梁上，再度冲我挥手：“它管用了。我们用电话簿和拨号器做的圆筒拖住了那条鲨鱼，圆筒里面所有那些生活经历、意识流和互动关系，使得鲨鱼游速放慢，它累坏了。我们动用了一整年的书籍和真实的电话记录以及最新发生的事件。这些都将逼着鲨鱼浮出水面，进入我们的陷阱。”

靠着身后船舱的墙，我勉强站立了起来。

圆筒一蹦一跳地在我们面前的水域前进。

“看起来它的速度没怎么受到影响啊。”

“是的，不过它坚持不了多久了。我马上要再给它另外一家伙，确保万无一失。你会玩抛绳结吗①？”

“我嘛，呃——”

我停下话头，指着教授身后那片海面。他转过身去，正好瞧见圆桶沉下海面，消失了。

“好吧。”他沉默了一会儿，瞪着空荡荡的海洋，“斯科特，停船。埃立克，扳一下那个杠杆，我们抛锚。”

---

① 抛绳结：将粗绳末端打成一个结，抛出套物的技巧。

“鲨鱼上哪儿去了?”斯科特从控制室向下喊道。

“它潜到水里了。”我说。

“它还能潜水?”

“显然如此,”费得罗斯爬回甲板主体,“但它撑不了多久。圆筒肯定会把它拽上来,它一上来就会撞上在这儿守株待兔的我们。”

“它挺聪明,”我说,“刚才好像——好像它在特意等着把我撞翻到水里。”

“路德维希安这种鲨鱼只不过是一台巨大蠢笨的食人机器罢了。”费得罗斯一把掀开他的帽子,又扣在自己那堆黑白相间的乱发上,“它袭击了我们的船,你恰巧站在船舷边上,仅此而已。”

我点点头,望向大海。

“你敢打包票,那只巨大蠢笨的食人机器没办法接近我们吗?”斯科特问道,她也回到了船舱这边。

费得罗斯的眼光从斯科特转到我身上,又转了回去,仿佛他不相信自己刚才听到的问题。

“我说过多少次了?不可能。俄尔浦斯号建立在一个概念回路防护圈上,这个回路比以前保护埃立克的那个装置要结实三倍。我们待在船上,鲨鱼只能待在远处,当圆筒把它拖上来以后,我们的工作就该结束了。路德维希安和麦克罗福特·沃德将永远消失,而我们也可以回家了。现在,埃立克,请你放下船锚,好吗?”

半小时后,我们都清楚地意识到,无论特里·费得罗斯教授会怎么说或者怎么想,路德维希安在短时间内不可能浮上来了。我自告奋勇地留在甲板上担负起瞭望圆筒的任务,斯科特和教授下去弄吃的和饮料。我本来想顺便换掉潮湿的衣服,但我的短裤和夏威夷风格衬衫相当薄,在炎热的气温里很快就干了。我在掉入水中的时候弄丢了我的太阳镜和草帽,现在我的脖子后面被晒得火辣辣的,无论衣领蹭到哪里都疼得厉害。我觉得脑门和两颊也被晒伤了,隐隐作痛。

傍晚来临。天色开始阴暗下来,我决定待在船首舱室的那片狭长阴影里,继续守望浪涛。斯科特还在摆弄非人先生的笔记本电脑,教授去把我们吃剩下的食物清理掉,然后去做些其他必要的事情打发船上这段安静的时间。伊恩又出现了,它按顺时针方向绕着甲板兜圈子散步,转了好一会儿;可是夜晚的寒气一来,它就消失在甲板下。

时间更晚了一些,但还是没有圆筒或鲨鱼的踪迹。天色从深红变成了蓝灰,海洋的波涛渐渐平息,变成了某种无意识的摇晃。凉爽的微风从甲板栏杆之间吹过,仿佛轻柔的手指抚慰着我被晒得疼痛不已的脖子。

我知道，我内心深处的某些想法改变了。

我提出待在甲板上放哨，部分原因是我能有时间坐下来，想一想到底是什么发生了改变。我的眼前不断出现一枚掉落在一条杂草丛生的小道旁的旧硬币，硬币的一面朝上，年复一年地暴露在风吹日晒之下，硬币朝下的一面，却深藏在淤泥之中，几乎为人们遗忘了。在地下室里，当水这个单词真的变成了物质的水时，就好像那枚旧硬币翻了个身一样。朝上的这一面被埋藏起来，而过去隐藏的那一面却重见天日。这并不是什么惊天动地的变化——路德维希安夺走的那些记忆没有重回我的脑海，早先的电灯泡片段里那些情节也没有显示得更清楚——但这种感觉就在那儿。硬币翻了个身。在我心里的某个地方，好象有个声音在说，所见即所想，反之亦然，所想，即所见。

“嗨。”

斯科特来到了甲板上，站在我身后。她穿着我在费得罗斯的小屋里见过的那件大号防水外套。

“嗨。”我回应道。

“我给你拿了一件夹克。大概还是1992年的蹩脚货色，不过，你知道——”

“谢谢——，”我说，套上那件夹克，“听着，我——”

“哦，我知道你想说什么。我也是。”

她在我身边的甲板上坐下，也盘起腿。

“我本来早该告诉你真相，”她说，“没有告诉你真傻。”

“不，”我说，“这不是傻。我现在完全理解你为什么那么做。我只是——”

“你只是遭遇了信任危机。”

我看着她：“我遭遇了信任危机？”

我们盯着面前开阔的海洋。我把身上的夹克拉了拉，看着斯科特，她正在玩弄自己的手指：“那台笔记本电脑怎么样？”

“哦，我正在试着连接。我已经成功地打乱了它的重要性排列，所以沃德不太可能注意到电脑是开着的。这可以给我们更多准备的时间。”

“干得不错。”

“多谢夸奖。”

平静的海面。远处的海鸥。还有身边的斯科特。

“当时我对你说过不少混账话，对吗？”

“是的，”她说，“你的确说过。但不管怎样，我还是把你从水里捞上来了。”

“斯科特。”

“我以为你要淹死了呢，笨蛋。”

“我自己也以为没命了。而且我怕——算了，天哪，我说了也白搭。”

“说。”

“我怕万一我死了，我当初说的那些混账话就没法勾销了。”

她用胳膊肘轻轻捅了我一下：“啊哦——”

“当然，我也很害怕那条巨大无比的该死的鲨鱼。”

“嘘，别说话，”她说，“你破坏气氛了。”

我用胳膊搂住她，她顺势倒向我的怀里：“原谅我了？”

“你当时真是个浑球。”

“嗨，来点表扬的话啊。”

“好——吧，不过，你的浑蛋表现并没有让你自己好过点，对吗？”

“是的，”我尴尬地承认，“那倒是真的。

“你当时那么做，是因为你认为你付出的感情被否定了。”

“是受到了伤害。我的感情很受伤。”

“随你怎么说。”

我的手指穿过她浓密的黑发，她则用两只胳膊紧紧地抱住我的腰。微风从我们身边拂过，平静的海面轻轻起伏，让我们的俄尔浦斯号从这边晃到那边。

“现在，我要说点什么。”我说。

“说呗。”

“我要说的话，会让我看起来像个傻瓜。”

“说吧。”

“还可能让你生气。”

“嗯，那也还是说吧。”

“好，这可是你说的。”

“没错，你快说啊。”

“好，我说了。我们不全是因为眼下这件事才在一起的，对吗？我是说，我俩之间的感情？”

斯科特从我的胸口离开，抬起头望着我。

“我早就说过，当然不是。”

“你说所有这些事情。”

她又把脑袋靠向我的胸口，我们静静地坐了一会儿。

“你还记得吗？昨天，当我们醒来的时候，你说了些让人非常尴尬的话，比如在内心深处你知道有什么东西，什么关于我俩之间发生的事情的东西？”

“是的。”我说。

“而且你还问我，我是不是也有这种感觉。”

“我记得。你还骂我是个跟踪狂。”

“是的，好吧，无论如何。我现在想要说的是，我认为我也和你的感觉一样。”

“你是说内心的感觉，不是指跟踪狂吧？”

“对了，我们内心的感觉一样。”

“太好了。”

“嗯，”斯科特说，“我感觉，我已经认识你很长时间了。我是说，很多事情，不管感觉还是什么，这就好像，我心里一直都有这些事情一样。听起来是不是很疯狂？”

“到底是感觉还是什么？”

“别逼我说出来，桑德森先生。”

我微笑起来：“不，你说的一点儿也不疯狂。我完全了解你的意思。”

“那就好。”她说，接着，轻柔地吻了吻我的嘴唇。

闻着她身上的气息，抚摸着她的感觉，熟悉的温暖和动作，所有这一切是那么完美，就像历经多年沉默之后，耳畔突然飘来了一串最甜美又最忧伤的音符。

她抽开身，深深地看着我，那眼神仿佛是她感觉到了什么东西，一种没办法清楚说出来，却又妙不可言的东西，正在我俩之间诞生。

“别说，我懂。”我说，语气里带着几分无助。

我们又吻在了一起。

当我睁开眼睛，蓝色清晨的凉意正在褪去，一轮新鲜饱满、热力四溢的朝阳温暖了周围的空气。我的背部和身体侧面因为睡在甲板上疼痛不已，膝盖好像也动弹不得。不过，右臂那儿却传来一阵暖洋洋的麻木感，昨晚，斯科特蜷缩着枕在我肩头睡了一夜。她的几缕浓密黑发正和我的胡楂亲密接触，我把脑袋朝后仰了仰，分开纠缠在一起的胡须和头发。

“嗯——？”她睡意蒙眬地在我怀里哼哼着。

“嗨，天都亮了。”

“哎呦，”她咕哝着，“有人用强力胶水把我的关节都给粘住了吗？”

我们身上都盖着衣服，我还注意到，衣服上加盖了一条厚厚的绿色毛毯，昨晚我们入睡的时候它还不在那儿。

“瞧，我们折腾出了一条毯子。”

斯科特咯咯笑道：“你是光着屁股吧？”

“是的，你呢？”

"也是。"

"你让费得罗斯大饱眼福了"。

"哦，他昨晚肯定是担心我们会着凉。"

"好吧，他给我们盖的毯子是管用。尽管我浑身酸痛，筋疲力尽，就是没着凉。"

斯科特亲吻了我的脸颊。她把我们身上那些遮盖物推到一边，从我们临时搭建的小被窝里爬出去，赤裸裸地站在甲板上。她的双腿，小腹上的一片皮肤，她的双臂和她的脸庞，都被昨天那火辣辣的太阳晒成了粉红色，但是多亏了她的背心和短裤的遮掩，她的胸部和乳房，臀部和大腿都还是和以前一样的象牙白。她用一只手遮住自己两腿之间的那片黑色地带，高挑起一条眉毛看着我。

"怎么了？"我问道。

"你在盯着我看。"

"当女人在男人面前赤裸裸地走来走去时，这通常别有意味。"

她咧开嘴笑了，故意做了个慢腾腾的伸展姿势，两只胳膊高举在空中，然后又放到脑后，随着腰部一起左右扭动身子。

"就爱炫耀身材。"我说。

"是因为我浑身酸痛，想舒展一下。"她用一种解释的口吻说，同时歪了歪嘴，抛给我一个小笑容，然后走到旁边的船首，"你真应该试试像我这样，非常的——"

"让人释放自我？"

"差不多就是那种感觉吧。可能有助于治疗你的感情否定症。"

"是感情创伤。我们都认为用创伤那个词更确切。"

"哦。"她说，盯着海面。

我坐起来，毛毯盖着我的胯部和双腿。过去几天的经历，让我浑身青一块紫一块。身体的每一处关节仿佛都在痛，尤其是膝盖那里，不过，我的内心深处还是充满了喜悦。这一刻——清晨时分，我和斯科特——绝对是个完美时刻。

"你觉得它还会浮到海面上来吗？"

我看她一边问，一边用大脚趾拨弄着船边一个有点磨损了的、松散的绳结。

"费得罗斯是这么想的。"

她转过身来："是的，希望这么做是值得的。我还要再检查一下非人先生的电脑。"

"听着，我很抱歉，打扰了你的原定计划。"

"为什么，你做过什么？"

我的耸肩动作刚做了一半，她就笑出声来。“嗨，”她说，一边找到裤子穿上，“如果它这次不上来，我们还有办法。我们可以找到别的东西，别的方法来解决这一切。不过，今天你最好小心点儿，别再掉到海里去了。”

“好的，我也这么想呢。”我把她的背心递过去，“谢谢，斯科特。”

“不用谢。我为过去发生的那些事感到抱歉。”

“我也是。”

她跪下来想要拣起背心，但是我伸出胳膊抱住她，把她拉倒在我身上，吻了她。

“嗨。”她笑起来，挣脱开，坐在我身上。我们就保持着那样的姿势，我向上看着她，她向下瞅着我，这样过了好一会儿，斯科特的表情开始凝固起来，严肃起来。她俯下身，吻了我，一下，两下，轻柔地吻在我的唇上。

“你的吻技真棒。”我轻声说。

她微笑了一下，好像有点害羞，然后靠过来，把脸贴近我的脖子。“你也是。”她说。这三个字仿佛是吹进了我的耳朵。

我搂住她，可是她挣脱了，这时，她的脸上是我更加熟悉的那种笑容。“来吧，”她拍了拍我的胸口，站起身来，“我们还要做事情呢。”

“哦——”

她大笑起来：“你干吗不去给咱俩弄点吃的？把你多余的精力用到正事上去吧。”

“你想吃什么？”

“嗯，来点清淡的。如果有啤酒，也来点儿。”

我点点头：“好计划。”

当我们俩都穿上衣服之后，我们一起走到甲板后部的船舱旁边。斯科特突然停下脚步，我差点儿没撞上她。

“哦，快看，”她说，“那东西是从什么鬼地方冒出来的？”

距离我们船尾不远的地方，居然矗立着一座小岛。

我一瘸一拐地走下从甲板通到船舱的三级台阶。当我进去的时候，费得罗斯刚好关上地板上的一个舱口盖。

“我们在外面看见一个小岛。”我说。

“嗯？”

“那儿有个小岛，就在外面。”然后，我看到那个舱口盖，“你在干吗？”

“船体的日常保养。你知道，这船上了年纪，不比年轻的时候了，但是——你刚才说的小岛，我也看见了。”

“知道它怎么会出现在这儿吗？”

“不知道。船锚放下去的位置对吗?”

“没错，我们检查过了。”

“那么它应该能碰到沙滩。我们整晚都在漂浮。”

“漂了一整晚? 我们离路德维希安又远了不少。”

“别担心那个。我有仪器，只要那个鲨鱼拖着的圆桶一浮出水面，它就会发出报警声。一旦浮出水面，我们就能追踪到它了。”

“它已经潜入水里很久了。”

“它是个身强力壮的家伙，但它不可能永远待在下面。别担心，埃立克，在这场较量中，我们还是领先者。我很高兴你们俩和解了。”

“是的。”我不好意思地看着木地板上的那些绳结，“还要谢谢你给我们拿来了毯子。”

“不用谢，当时看起来你们确实正需要一条。”

我觉得自己的脸在发烧。

“现在，”费得罗斯微笑着说，“你可能想吃点早餐，是吗?”

我回到甲板上时，拿着两听啤酒和一盒巧克力消化饼，斯科特正坐在船的后部，非人先生的电脑旁。

“连接正常，”她说，我点了点头，慢慢在她旁边坐下，递给她一听啤酒，“关于那个小岛，费得罗斯有没有发表什么看法?”

我向海面看去。小岛矗立在那儿，仿佛一副饱经风霜的骨架，呈现出橄榄色和棕褐色，那种塑料玩具士兵的颜色。但那座岛的外观和形状，隐隐约约让我想起了些别的什么，一些我无法完全——

“嗨，问你呢。”斯科特说。

“对不起，”我摇摇头，想赶走头脑里那些杂念，“是的，刚才我问他关于那个小岛来着，他觉得可能是我们的船在昨天夜里漂得太远了。”

“漂远?”她越过我的身子去拿她的太阳镜，“在这样的好天气里，怎么可能?”

我看着她，没弄明白。

“你没看见大海吗?”

我看过去。海水清澈平静得如同镜面。

“天气是不错，”我说，“所以，也许是暗流或者别的什么在捣鬼?”

“也许，但你隔着老远就能看见那座岛?”

“是的，”我说，再次盯着那座岛屿，“是的，没错。”

突然，我心里猛地一动，大脑也识别出了那种奇怪的感觉。那是一种熟悉感。我以前肯定见过这座岛。但这怎么可能? 我又不是那个背着大包、周游列岛的埃立克·桑德森。我甚至都没有离开过英国。除了在电视上，我从来没有亲眼见过任何岛屿，可为什么我会记住像那样的一座岛呢？随后，不知从哪儿，又传来了那句话——所见即所想，所想，即所见。

那枚翻过来的硬币，藏在底下的那一面。这时的感觉就好像有什么大事正发生在我的周围，而我还没能理清思路去看清它。

斯科特，现在戴上了太阳镜，啜饮着啤酒，正望着大海发呆。我也一样，靠着她，沉思着那种奇怪的感觉，昨晚发生的一切，还有，鲨鱼仍然在蓝色海洋的某处逍遥游弋。

过了几分钟，我放下啤酒，站起身来，想去找一顶新帽子，或者什么别的能遮阳的东西。我刚一起身，脚趾头不小心碰到了啤酒罐，把它踢翻了。它向旁边滚去，一路骨碌碌地冒着啤酒泡沫，在对面的船栏杆上撞了一下，空了的锡皮罐发出铛的一声。

斯科特抬头看着我。

"怎么了？"

她向平坦的海面看去，又看了看对面的啤酒罐，然后再看向我。

"天，我们的船体倾斜了。"我说。

"船在侧倾。我们在侧倾。"

斯科特站起来，我们走到甲板边缘，啤酒罐正靠在船栏边往外冒着啤酒。

她弯腰拣起罐子，正要起身，忽然停了一下，然后才慢慢地直起腰来。

"你听见没有？"她说。

"什么？"

"听。"

这声音模糊而微弱，可它确实存在。

嗡嗡，嗡嗡。

圆筒浮出了海面，停在距离船的左舷一百码远的地方。

32

再会，再会西班牙的女士们

费得罗斯大踏步地走到甲板上，手里拿着一个正在发出警铃声的东西，样子像是个带有拨号盘的闹钟。

“它上来了。那个圆筒浮上来了。”

“我们知道，”斯科特说，“它就在那边。”

教授摁了一个按钮，铃声停止了。我们三人一起站在船栏边。圆筒一动不动地浮在静止的海面上。嗡嗡，嗡嗡。

“它在干吗?”

“干吗?”教授向我看过来，“它什么也没干。它整晚都试图藏在海里，现在圆筒终于把它拽上来了。它累坏了。”

“那它干吗待在那儿?”

“嗯?”

“这条鲨鱼可能出现在这片海洋的任何一个地方，可它为什么偏偏在那儿?”

“也许它不在那儿，”斯科特说，“也许鲨鱼早就把圆筒甩开了。”

费得罗斯试着让自己的口吻耐心点：“这只圆筒浮在那儿，不是因为路德维希安聪明，它浮在那儿是因为它是个笨家伙。斯科特，你能把船开近一点儿吗?埃立克，现在是你准备好长矛的时候了。”

但斯科特没动，她说：“还有，我们在侧倾。”

“这是不可能的。”教授盯着海面，他的双手紧紧抓住船栏，用力如此之大以致于指关节都变白了，“你们俩存心在船上找出一场危机来，是不是?我们都已经出海了，要是我还不知道自己在干什么，那不是太不可思议了吗?不到半小时前，我对埃立克还说过，这船是有年头了，所以它需要保养，这在我意料之中。不管它看起来多么不管用，我能向你俩保证，俄尔浦斯号非常结实。所以，”他长长地吸了一口气，又吐出来，尽力使自己的口气冷静，“请你们各就各位吧。”

我们现在最需要避免的就是一场争吵，所以我们各自按照他的吩咐去做了：斯科特到驾驶舱去，我去拿长矛，并且要确保那条长长的环形电线仍然牢牢地连接在非人先生的电脑背面。

费得罗斯拔起船锚。

引擎怒吼着醒来，这声音大得惊人，划破了周围的寂静。

“干得不错，慢慢来！”教授大声喊道，“这不难。”

俄尔浦斯号缓缓滑过镜面般平静的水面，驶向那只圆筒。斯科特熄掉了引擎，我们缓缓停下来。

我把长矛握在手里，蹒跚着走到船的左舷栏杆那儿，站在费得罗斯旁边。那只圆筒只是浮在那儿，离船体只有四英尺远，随着船体靠近带来的一阵波浪微微起伏。

嗡嗡，嗡嗡。

“你能看见什么吗？鲨鱼是不是就在下面？”

费得罗斯摇摇头：“我看不到，但是它就在那儿。”他从船舱外壁上的支架上取下一只末端拴有钩子的长棍，举在手里。

“你要用那个做什么？”

“用它把圆筒拉过来，然后打个结。只要我们能把他拴在船上，我们就能把线绞紧，然后——”教授向水面探出身子，像个斯诺克选手似的向栏杆外伸展着胳膊，长棍在他面前晃荡“——我们就能把它拉出水面，如果必须这么做的话。”

我觉得我的腿又开始发软了，得靠着船舱的墙壁才能站得住。

教授使劲地够啊，够啊，一只脚在甲板上踮了起来，另一只脚则完全悬空，一只手紧抓着船栏，另一只手举着棍子向外伸。他摇晃着，摆动着，刺探着，可是钩子总是碰不到绳子，最后敲在圆筒上，发出“铛”的一声。

“小心。”我听见自己开口说。

费得罗斯半个身子还悬在船栏外面，他转身面向我，正要说什么时，圆筒突然恢复了生机，猛地弹起又落下来，溅起一片水花，接着破浪而去。教授踉跄了一下，手中的钩子滑脱了，他自己也险些失去平衡。我丢下长矛，蹦过去一把揪住他，将他从船栏边缘拖回了甲板。

“它是不是——”我说，“天哪，刚才它是不是在装死啊？”

费得罗斯从我的手里挣脱开来，掉头看着那只向平静的海面高速驶去的圆筒。

“斯科特，下来给另一只鱼叉打个结。埃立克，你得去驾驶船。快点，你们俩都动起来，快，快，快！我们现在要去抓住埃立克的聪明鲨鱼。”

我三步并做两步地跑上通往驾驶舱的梯子时，斯科特正往下奔。

"向前，"她说，模仿了一个开车时把操纵杆往下压的动作，"左转或者右转，"她用另一只手做了个转动方向盘的手势，"懂了？"

"懂了。"

"钥匙就在点火器里。"她在我脸上啄了一口，然后就走了。

我尽快跑上那些台阶，不去管膝盖的胀痛。我找到了钥匙，转动了一下。俄尔浦斯号发出隆隆响声。我试探性地按下了那个操纵杆，我们喷出一串黑烟，开动了。船向前驶去，我掌舵追踪着那只飞速前进的圆筒。

费得罗斯手持他的枪出现在甲板上，还有斯科特给他准备的那只鱼叉，斯科特现在又忙着给另一只圆筒系上绳子。老人攀上船首伸出去的踏板，转过身来对我挥手："再快点儿，铁皮人。开快点儿，我们需要靠近他。"

当我们乘风破浪地疾驶时，海风吹打着我，我的衬衫不断摩擦着身上那些被晒伤的部位。我把操纵杆再往下压，引擎发出了噪音，仿佛一头巨兽开始感到惊恐。在圆筒前面，有什么别的东西正在划破海面，那是一只黑色的三角形背鳍，稍后一些，一只更小点的三角形，那是路德维希安的尾鳍。

"它浮出来了。埃立克，鲨鱼露面了。我们需要加速。冲啊。"

"我没办法——怕引擎撑不住了。我不想弄坏——"

"放心，引擎顶得住，冲啊，我们要在他身上再补一个圆筒，然后看它还跑不跑得动。"

我把操纵杆使劲又往下压了一下，俄尔浦斯号发出的隆隆声好像在高声抱怨。黑色的浓烟从排气管里直往外喷，但我们快赶上他了，我们离鲨鱼更近了。

斯科特喊道"发射！"教授的枪砰地一声飞了出去。鱼叉几乎能碰到水面之下鲨鱼的影子了。第二只圆筒也打个正着，紧随第一只圆筒奔向远处的海面。

"中标！"

我松开了紧压操纵杆的手，开始减速。

"别减速，"教授大喊道，"紧追不放，我们还要把第三只圆筒也打到他身上以确保万无一失。"

"特里，"斯科特也开始大喊了，"他在把我们引向开阔的海面。万一——"

"我们就快要抓住他了。埃立克，你不想放跑他吧。斯科特，再装上一只鱼叉，我们要——"

我再次压下操纵杆。排气管突突冒出燃烧着的黑烟，我们向前猛冲了一下，然后，引擎的轰隆声被一声刺耳的金属撕裂般的噪音打断了，从甲板下面传来一阵沉闷嘶哑的哐当声，接着，悄无声息。船在致命的寂静中向前漂去。我把钥匙在点火器里转动了一下，但只传来一个非常微弱细小的回音。

“噢，糟糕，”我轻轻地把手从控制台上举起来，倒退了几步，“太糟了。”

在我们的踏板上，费得罗斯放下手里的枪，眼看着鲨鱼带着两个圆筒破浪而去，把我们抛在身后。

我看到斯科特穿过甲板向教授走去：“哦，别跟我说，没什么大不了？这也在你意料之中？你还敢说一切尽在把握吗？”

教授转过身，从踏板上面爬下来：“你误读了我刚才说的话。小故障偶尔也会发生，这很正常，在这儿能修好它，就像在陆地上一样。是的，是的，情况尽在我的把握。现在，如果你能控制住自己的情绪，我就能解决问题。”

“小故障？教授，这不是小故障——我们三个刚刚都听到了，引擎已经成了废铁。我是说，看在老天的份上，你睁大眼看看周围吧，事实是，我们被困在海里，而且我们的船在倾斜。虽然我对船什么的了解不多，可我还知道点常识，一旦我们开始侧倾，就是说船体已经在进水了。”

“说清真相是一种复杂的机制，斯科特，尤其在这个地方，我没有时间，也不打算坐下来跟你慢慢解释它的工作原理。如果我们此次想要成功，你就要相信，我能完成我的工作，你也要专心干你的事情，明白吗？”

“那好吧。你就回答我这个问题——我们的船是不是在进水？”

“只漏进来一点儿吧。这个概念回路防护圈有自带的数据清理器，能起到抽水机的作用，确保我们的船正常运转。”教授想拔脚离开甲板，但斯科特抓住了他的衣袖。

“等等。昨天你还说这艘船是不可能沉没的，怎么现在我们就需要抽水机来保证我们的安全了？”

“好吧，如果你要求所有一切都黑白分明，我们就按你的思路办。我们的底线在于，这个概念回路防护圈是无法攻破的，因此，无论看起来发生了什么事情，我们都不会沉没。你还不明白吗？因为根本没有这种可能性。”

“哦，要真是那样就好了，因为刚才我还在想，我们被困在一条缓缓下沉的船上，引擎垮了，海里还有一条大得吓人的鲨鱼在等着我们。”

“上帝，”我说，“伙计们，别吵了。”

两张脸同时抬起来望向我。我指着远处的海面。

那两只圆筒看起来刚刚在海里转了个圈，现在正掉头往我们的方向冲过来。

斯科特把她的太阳镜推到脑门上：“哦，糟透了。它冲回来了。莫非它是——是要攻击咱们？”

“来得好，不管它想干什么，它冲过来只能再挨一枪，背上第三个圆筒。”费得罗斯说道，“斯科特，再拴上一个圆筒。”

“这能管用吗?”我冲下面喊道。

费得罗斯向上看着我：“它不可能带着三只圆筒还活动自如。我们就快抓住他了。”

“大人物要动手抓大猎物了。”斯科特说，用手搭成凉棚遮在眼睛上方，依然盯着海面不动。

“多萝西。”

“好的，遵命，船长。”

两只圆筒加速向我们冲过来，每只圆筒都在周围带起了水母状的伞形波纹。从上方的船舱，我能看见鲨鱼那鱼雷似的身影正缓缓浮出水面。鲨鱼鳍再次划破了海面。

费得罗斯站在甲板上，摆好准备射击的姿势，把枪举在肩膀上。路德维希安浮出海面更高，我看见了它扁平的脑袋和吻部，它的鱼鳍就像鸟儿的翅膀一样，它巨大的肌肉发达的尾部高高耸起，这只灰色巨兽以不可阻挡之势猛扑过来。

“它径直朝我们过来了，”我听见自己在喊，“它要攻击我们的船，斯科特，随便抓紧你手边的什么东西。”我自己则牢牢抓住控制台的边缘。

“我的天，”教授大喊着，“顶住啊。”砰的一声。鱼叉第三次击中了鲨鱼鳍，但是路德维希安的速度丝毫也没有放慢，它冲得更快了，离我们越来越近，越来越近——

随着木料遭到重压发出的吱吱嘎嘎的碎裂声，俄尔浦斯号往左边猛地倾斜过去。我紧紧抓住船上的小风档，用脚使劲抵住甲板边缘；费得罗斯死死抱住船栏杆，与此同时，船上的木桶、木箱、绳子和其他东西都稀里哗啦地滚落到甲板上。

“斯科特。”

“放心，我没事。”我听见她的声音从某处我看不见的地方传来。

船底下传来一阵低沉的碰撞声，路德维希安正拽着那些圆筒经过船壳。我正在观察，就见第三个，也是我们的最后一个圆筒猛地扭动了一下，带着水花窜出水面，所有三个都被鲨鱼拖着，滑过水面远去了。

俄尔浦斯号缓慢地恢复了垂直，但紧接着又矫枉过正，开始向右边倾斜。

我跑下梯子，绕过船舱来到甲板上，费得罗斯和斯科特已经在那儿了。

斯科特摇摇头：“它又钻到水里去了。”

“不可能啊，对吗?”我问教授，“身上带了三个圆筒，这怎么可能?”

费得罗斯看着我，我仿佛看见他坚定无比的信念出现了一道裂痕。

“不，”他说，“不，我也不——”

那些远去的圆筒突然被拽到了水下，就此消失，死气沉沉的海面上只留下一道缓慢褪去的波纹。

“噢，糟糕，”斯科特说，“哦，这下惨了。”

我从船栏边挪开，伸出胳膊搂住了她，而她也把脸靠到我的肩膀上。我紧紧搂住她，她也同样紧紧地回抱着我。

“没事的，”我说，“我们能搞定，我们肯定能搞定。对吗，教授?”

“我不——不知道。”他说，还是呆呆地望着空荡荡的海面。

“没事，”我又说，我的胳膊紧紧搂住斯科特，“没事，放心，我们总能想出办法。”当我说话的时候，目光越过她的肩膀，越过甲板，越过海面，看见了远处那岩石嶙峋的岛屿，我想起来了。

我想起了我曾经在哪里看到过这个岛屿。

在俄尔浦斯号的船舱里，受惊的伊恩睁大眼睛，看着我们三人忙忙碌碌。

斯科特和费得罗斯在把刚才掉落下来的那一片狼藉，还有破碎的家具从倾斜的地板上清理开，好进入维修室。我把我的背包翻过来，仔细地在那堆衣服、鞋子、装书和文件的塑料袋里搜寻。快点，快点。你在哪儿?

“嗨，能给我帮把手吗，”斯科特说，“你在干吗呢?”

“那座岛。我以前在哪儿看见过那座岛。”

我身后传来的收拾东西的动静停下来了。“你说什么?”费得罗斯说，“你在哪儿见过它?”

我想起了帆布背包顶部的那个口袋，于是拉开它的拉链，拽出了那个小小的塑料袋：“就在这张明信片上。我完全忘在脑后了，是在谢菲尔德找到的，然后就一直放在包里。”我转过身去，努力想要打开那个袋子：“那就是纳克索斯岛，这是纳克索斯岛的明信片。”

斯科特谨慎地看着我。

“那个希腊岛屿?”费得罗斯问道。

我点点头：“没错，就是那个岛，悲剧发生前，埃立克和科莉打发假期的地方。现在外面那座岛就是纳克索斯，至少，看上去很像它。不过这怎么可能呢?这代表着什么，教授?”

“我不知道。把埃立克的笔记再给我看看，你在卧室里找到的那些。”

我把那个装着记忆片段的包递给他。我的双手直抖，没办法把磁带解开，也拽不掉那个防水的明信片，所以我直接把那个塑料包塞进了我的短裤后袋里。我爬过被翻得乱七八糟的船舱，走向门口。

“埃立克。”斯科特向我伸出手来，轻轻地抓住了我的胳膊。她喊我名字的时候，声音里仿佛包含着什么，不过我已经无暇顾及了。

“我得出去看看。我要搞清楚我自己没有发疯。”

斯科特放开了手，我钻出船舱，来到甲板上。

它就在那儿，巨大、真实，矗立在海面：那座岛屿。我把塑料袋从裤带里拽出来，再次和包裹得紧紧的袋子做斗争。终于，我把它撕开了，拆开塑料，拿出那张明信片。

可画面早已变了。

这不是我记忆中那个岩石嶙峋、混杂着棕褐色跟橄榄色的岛屿了，明信片的画面现在变成了一张黑白照片，是一个带台阶的小屋。那是曾经的埃立克·桑德森的家。也就是我的家。我在卧室地板上醒来的地方，我在那儿给兰道医生打电话，还在那儿看过斯诺克台球，做过美味的大餐。为了踏上了这次征途，我把这个地方丢在身后，可它现在就在这张小小的卡片上。我从手里的明信片看到海面那边的岛屿。*所见即所想，所想，即所见。*

我转过身，看见费得罗斯站在我身后。我把明信片递给他看：“这代表了什么？”

“我不知道，埃立克。”教授轻轻地说。他拿着我在曾经的埃立克·桑德森房间里找到的那个套着封皮的秘密笔记本：“恐怕我真的不知道。”

“伙计们，”斯科特的声音从舱室里传出来，“你们也许想过来瞧瞧这个。”我把明信片塞进后袋。

回到船舱里，斯科特把舱口盖打开，坐在边上，她的腿在一个洞口摇晃。

“情况怎么样？”我说。

斯科特抬头：“不怎么样。”

“不怎么样的意思是？”

“全是水。”

费得罗斯在她身旁跪下来，朝洞里张望：“引擎坏掉了，而且这艘船进水的速度比我们的抽水机要快。”他抬头瞪着我们：“但这不可能。这怎么可能发生。”

“你以前不是说过吗？真理的本质很不堪一击。”我说。

“是的，”费得罗斯用力朝洞口挥动了一下胳膊，“但这不应该——不应该导致现在这么糟糕的情况。”

斯科特的神情凝重起来，她若有所思地看着我，然后又转回到费得罗斯身上：“那么，你暗示着什么？我们在下沉？”

他点头，就点了那一下：“是的。我们在下沉。我只是不——”

斯科特专业地发问：“我们还有多少时间？”

“也许一个小时。”

她点点头："然后我们就沉入海里了。"

"路德维希安，"我说，"这就是它要把我们先引到海里来，再袭击船体的原因：要把我们都拖下水。"

看起来，费得罗斯似乎又想发表一番关于路德维希安只是个蠢笨的食人机器那套理论了，可是他没有。相反，"我们还有时间，"他说，"那些圆筒会耗尽他的体力。非人先生的电脑还在工作，还连接着沃德那一端，所以，如果埃立克能用长矛刺中——"

"我觉得它不会给我们这么做的机会，"斯科特说，"他在船上撞出了好几个洞，现在又躲在一边等我们沉没。我打赌，下次他再出现的时候，我们都已经在海里扑腾了。"

费得罗斯低头不语。

"好吧，"我说，"那就算我们失败了。我们放弃。我们回去吧。"

费得罗斯摇摇头。"没那么简单。如果有办法回去，那也是个比我们到达这儿更加复杂的过程。这需要集中精力，而且，就算我们能全神贯注——时间也不够。"

"那我们就是被困在这儿喽？"

"是的，恐怕我们跑不了了。"

"还是待在家里最好啊。"斯科特茫然地说。

教授挤出了一丝苦笑。

"好吧，但我才是鲨鱼感兴趣的那个人，它只想吃掉我。"

"不再是了，"教授说道，"我们现在都卷进来了。"

我意识到事情可能真是这样。他们俩，尤其是斯科特，已经和我有了密不可分的关系，鲨鱼在袭击的时候可不会停下来思考我俩之间有什么区别。

伊恩爬到我的膝盖上，用小鼻子到处挨擦。我保护性地伸出胳膊抱住他。

"真抱歉，伙计们。"

斯科特浅浅地微笑了一下："别感到抱歉。这是我的主意，不是么？你才是那个被拖下水的人。"

"是啊，说得没错。"我说，也想做出个微笑的表情。

我们三个都陷入了沉默。

"那么好吧。"斯科特把头发捋到后面，盘起双腿，"我们现在需要的就是有逻辑的思考。我们现在到底处于什么境地？我们的引擎坏了。船正在下沉。可我们手头还有牌，那台电脑和那只长矛。就像教授刚才说的，如果埃立克能够在船沉下去之前击中鲨鱼，我们还是能赢。"

费得罗斯点头："简明扼要。"

"我们面临的关键就是，"斯科特继续说，"怎么让路德维希安足够靠近，而且足够稳定，好在船沉下水之前被我们击中。”她无可奈何地叹了口气，“有什么好建议吗?”

“我们可以引诱他过来。”我说。

两人都看着我。

“继续讲。”教授说道。

“如果我下到海里，它就会冲过来。”

“埃立克，你不能下到海里。”斯科特盯着我，“那太疯狂了。”

“不，这行得通，”费得罗斯说，他的脸色又明朗起来，“这不疯狂，因为我们还有那些电话录音机。我们可以另造一个概念回路防护圈。”

留声机。就像俄尔浦斯号自己和船上的许多其他东西一样，它们通过这种方式已经变成别的东西。事实上，它们已经变成了曾经的埃立克·桑德森不断提到的东西——一个真实的防鲨笼子。

斯科特和我设法把那个防鲨笼的各个部分从储存柜里搬到甲板上，一次搬一件。所有四台都坚实而沉重，镶嵌着沉甸甸的黑色塑料框。我们按照费得罗斯说的顺序，把它们安装在一起，笼子的底座装上了一系列塑料塞子，可以起到按键作用：停，放，录音。当搞定这件事之后，教授回到船舱去找出潜水服和装备。

只剩我们俩站在渐渐倾斜的甲板上，双双盯着那个防鲨笼。

“你不能就这么下水。”

“我为什么不能?”斯科特说，“你还什么都没带地在水里待过呢。”

“斯科特，这个笼子也许没什么保护作用。”

“它不是一直保护了你的安全吗?”

“可现在形势不一样了。建成这艘船的概念环形道比留声机造就的那个坚固十倍，可是路德维希安还是把它撞出了洞。他也会把这个防鲨笼撕成碎片的。”

“坚固三倍而已。”她走过来，把手放在我的胳膊上，给我一个强装出来的坚强笑容，“相信我，如果你还能想到什么别的办法，我真的很愿意听听。”

我什么也说不出来。

“瞧，我们别无选择。”她说。

“我真的不想你去冒险。”

“我也不想自己去冒险，但你是唯一能用长矛击中路德维希安的人，费得罗斯是唯一知道怎么把我们弄回去的人。这意味着，那个潜水下到防鲨笼里的人只能是我。”

我看着她。

“过来。”她用胳膊搂住我，我紧紧抱住她。

“别去。”我说。

“我必须去。”她在我的脸旁轻轻说道，“事情就是这样，这就是接下来会发生的。”她亲吻着我的脸颊，“咱俩都知道，必须这样做。”

我的确知道，事实如此。明信片，岛屿，费得罗斯，兰道，甚至路德维希安。从我在卧室地板上醒来的那一刻起，所有发生在我身上的事情，尽管我不能完全弄明白是怎么回事，但一切都是冥冥之中某个巨大的东西的一部分，斯科特现在进入水中也是它的安排。这必须发生。我就是知道。

“斯科特，”我说，“感觉怎么样？”

她吐了一小口气：“我很好，不是吗？”

我点点头，紧紧地搂住她。

过了一会儿，费得罗斯从船舱里出来，拿着潜水员的气筒，胳膊底下还夹了一个像是救生衣似的东西。

“我有话跟你们说，”他说，在我们帮助他把气筒放到防鲨笼旁边以后，“我很抱歉，我对不起你们俩。我曾经让你失望过，埃立克，现在我又一次弄砸了。我让你们俩都失望了。”他说这话的时候，笼罩着他的所有那些防卫、面具还有角色都消失了。终于，我们看到了真实的费得罗斯：一个疲惫的、饱含歉意的老人从他辉煌的屏风后面走了出来。

“没必要自责——”

“不，埃立克，请你别为我寻找借口了。这是我的错。我是个愚蠢任性的老傻瓜，我以为我能搞定所有事情，就像那些古老传说里一样。但事实是，我不是滴水大师。”

“嗨，等等，”斯科特说，“别忘了这些都是我的主意，他不过是发了疯才会被我拖进来。要说对不起，我们才是应该说抱歉的人呢，把你拉到这种鬼才相信的烂事里。”

“没错。”我说。

教授看了我们一会儿，随后，他微微点头，仿佛在表示感谢。

在烈日的炙烤下，我还是感觉到脸上浮现出一丝冬天般的悲凉微笑。

“那么，”斯科特说，“你夹着的是什么？”

费得罗斯把他从船舱里和气罐一起拿出来的那个东西展示给我们看。我以为是个救生衣，其实不是，那是个儿童用的小充气艇。

“给猫咪用的，”他说，“它的避难所。”

我们都大笑起来，我和斯科特彼此相持，费得罗斯则手持那个充气艇。我们大笑的那个劲头，就好像人们在面临危险的黑暗边缘时刻发出的笑声，就像黑夜之中的小小火花。

俄尔浦斯号现在侧倾得非常厉害，右舷比左舷多靠近水面好几英尺，船上的桅杆也斜到了几乎四十五度。更糟的是，绞盘臂安装在右舷，所以当我们用它把防鲨笼放入海中的时候，桅杆的斜度增加了几分。

斯科特穿着潜水服，戴着水下呼吸器，面具拉到头顶。她还特意穿了两件我的T恤，以便看起来更像埃立克·桑德森。

斯科特准备就绪。防鲨笼准备就绪。出发的时间到了。

“好了，大英雄，”她说，“鲨鱼会来到笼子边，你用长矛击中鲨鱼。鲨鱼和沃德会对接。再也没有鲨鱼。也没有沃德。很容易，不是吗？”

“容易。”我说，探身去握住她的手。

费得罗斯把长矛递过来，后面接着电线。

“斯科特——”我说，“还有些话我想——”

“别说。留着等我回来再说。”

“人家说，在战争电影里，被炸死的往往是飞行员。”

她笑道：“难以置信你刚才居然会这么说。”她伸出胳膊搂住我的腰，亲吻了我。当我们分开后，她微笑道：“你有时候挺会开玩笑，知道吗？”

“知道，”我说，“斯科特，千万小心。”

“我会的。”

她走到那边坐在船舷上，用水弄湿了潜水眼镜，然后就弯腰钻进防鲨笼。我们把顶盖合上，绞盘臂咔嗒嗒地把笼子放入水中。我做了个小幅度的挥手动作。斯科特也回了个同样的小动作，然后就消失在下面那一片蔚蓝海水之中。

接下来的十五分钟里，什么也没有发生，除了寂静和紧张。斯科特吐出的气泡不时冒出水面，费得罗斯从左舷走到右舷，开始还很严肃，后来忍不住弯腰去看水里，伊恩悄无声息地走在甲板上，想要尽可能地靠近我，甲板上的木料不时发出抗议的咯吱声，桅杆像钟表指针一样，随着俄尔浦斯号的下沉正在给我们倒计时。我手握长矛，站在绞盘臂的旁边。

然后就发生了那一切。

非常迅速。

船底下传来一阵很大的响动——鲨鱼从船底冲过来——接着防鲨笼不断摇摆起来，随着一声砰的巨响，气泡冒出，水花飞溅。俄尔浦斯号呻吟着，倾斜地更厉害了。嗡嗡，嗡嗡。翻腾的气泡、四溅的水花和白色浪涛中闪现了一条巨大的灰色身影。我高举起长矛，但除了水里的那一片灰色，什么也看不见，我高喊着什么。一片浪头打过来，水花四溅，仿佛有什么东西把安静的大海变成了翻腾的泡沫，我大喊着拉她上来，拉，快拉上来，我看不清了。圆筒在一片泡沫中四处滚动，绞盘臂发出尖长的诉苦声，海水、泡沫、身影，一条巨大的尾巴重重拍打着水面。俄尔浦斯号倾斜过来，风浪，金属，我拿着长矛大喊大叫。费得罗斯在说被缠住了，它跟电线缠在一起，圆筒，长矛，泡沫，水花。笼子的一部分露出了水面，它已经被挤压过，而且撕裂了，里面空荡荡的，一只圆筒还浮在上头——嗡嗡，嗡嗡——我大吼着，紧握长矛。鲨鱼的尾巴，腹部，还有那仿佛白色弯刀的背鳍。俄尔浦斯号侧倒进海里，教授大吼着，我对着空了的笼子大喊，教授吼的是它想把我们拉下水，要切断那些电线，他手里拿着刀，一把锋利的弯刀。船体咯吱响着，倒进水里，教授爬到船栏上，一只脚踩着被毁坏了的空笼子，猛砍缠住了的电线。泡沫、水花、尾巴、圆筒蹦跳着，尾巴打碎了浪头。我大喊着高举长矛，费得罗斯猛砍缠住了笼子的那些绳子。路德维希安的脑袋从浪花中猛地冒出来，仿佛灰白色的子弹状巨大铁砧，我怒吼着掷出长矛。

长矛飞过空中。

长矛穿过悬空的电线。

长矛在空中飞行。太高了。长矛掠过了鲨鱼的脑袋，只击中了它身后空荡荡的海面，沉下去了。黑色的电线散开来，摊在甲板上。船体咯吱乱响。费得罗斯猛砍着绳子和损毁的笼子，我潜到水下去摸索着散落在甲板上的电线，抓在手里，使劲想把长矛拉回来。泡沫，浪花，大片的水。断裂的巨响。绞盘臂从右舷断裂开来，沉重地倒下，猛砸在费得罗斯教授身上，他和绞盘臂一起倒向水中的笼子、电线、绳索还有圆筒。费得罗斯被绞盘臂砸下去了。我看见鲜血浮上来。我大喊着，抓住船栏想把教授捞上来，他被缠在金属、木料和绳子中间，我使劲伸手去够，然后一切——笼子，圆筒，绞盘臂的一团绳子，教授，还有他的胳膊都随着鲨鱼的一跃，被拖进了该死的泡沫和浪花之中。船体还在翻转。泡沫开始稳定、消失，水面渐渐平静。拴着长矛的电线在甲板上迅速地滑落，我伸手去抓时，它巨大的拉力摩擦着我的手肘、肩关节，我的手心火烧火燎。非人先生的笔记本电脑在甲板上滚动，我连忙用身体猛压住电线，挡在船舷和电脑之间，电脑沉重地击中了我的背，电线从端口脱开了，另一头从我的胸前滑落，砸在甲板上，弹出了船栏，落进大海。

一切归于寂静，只有下沉的船体不断发出碎裂声。

海水涌上了船栏，桅杆向海面倒去。

我倒在甲板上，啜泣不已。

地心重力缓缓地吸引着一切都滑过甲板，进入那片蔚蓝深海。

33

电灯泡片断（之三 / 编码部分①）

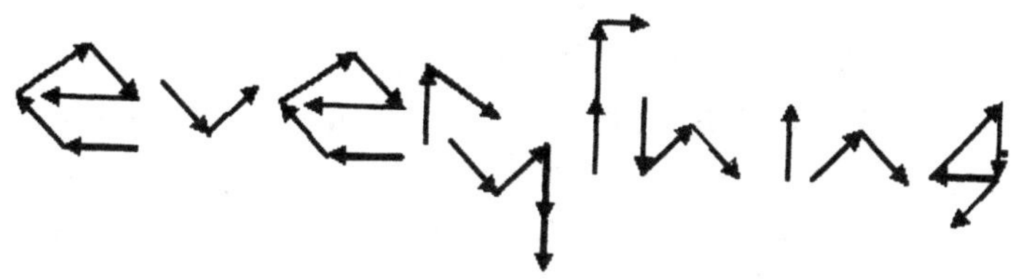

一切都结束了。

夏末的气息仍然会在某些午后时分透过云层，但夜晚比以往来得更早了，身子肥胖的蜘蛛在花园深处的小径上织就一个蛛网布成的迷宫。清晨时分，这凝结着露珠的小迷宫便会焕发出银色的光芒。直到今天，我才注意到这一景象。在我看来，时间还停留在八月末。时钟在走，可什么也没有改变，无论指针走了多少圈。

科莉的母亲一周前来过我这儿，带来了一些科莉的照片和她小时候戴过的一条旧头巾，不知为何，她一直都喜欢戴着。我以前从来没有见过那条头巾，但我还是装出这对科妮非常重要的样子，我在该点头的时候点头，在她母亲开始大哭的时候递过去一些纸巾。她还带来一些相册，给我看那些我从来没见过的科莉的照片——科莉在学校的一个基督降生戏剧里扮演天使，咧着嘴露出豁了口的大门牙，还梳着小辫；婴儿时期的科莉在洗澡，脸上还粘着食物；十来岁的科莉穿着短袖衬衫和黑色紧身裙，领结漫不经心地歪到了一边；科莉在夏令营给女生们做导游，无比兴奋；科莉在节日里穿着军用商店买来的制服，留着齐耳短发，大概就是那时她被发现患了癌症。科莉的母亲向我盘问在希腊发生的一切，和潜水意外有关或者无关的所有事情她都要

① 电灯泡片段编码部分：即本书主人公埃立克力图破解出来的第二重密码原文，隐藏在第一重密码文字之中，参看本书二十九章中费得罗斯提示埃立克的解码过程。

知道，每次我告诉她什么的时候，我能看出，她听得非常专注，好像在脑海里用力地记忆，努力把这些信息存储起来。

我知道我无法再面对她的家人。这种感觉太炽热、太伤人，如果我们试图通过共同回忆科莉保持联系，只能徒增彼此的痛苦。

现在是中午了。所有科莉的东西都被拿走了。再次感觉不到时间的存在，我的房子就像是一个秘密庙宇，灰尘落在那些本来永远也不应该落灰的地方——科莉的牙刷、吹风机、散落在盒子外面的CD唱片、还有浴室窗台上的香体喷雾剂。这些寻常的物件被小心地放好，因为最后使用过它们的人，再也不会把杯子放在桌边，或是丢下一本只读了一半的书。这世界没有了她，也照常运转，而我却徒劳无功地想要拉回时间的潮头。我父亲前不久刚来看过我。他不太擅长交谈，我父亲，在我去给他端杯咖啡的间隙，试图帮我收拾一下房间。他只是挪动了科莉的一本书，我就冲他大吼大叫，嗓子都快喊哑了，可他就是不明白，还总想把书放回原位，嘴里不停说着："瞧，本来就放在那儿，这下行了吧，是不是？我总是好心干错事。"最后，他只是在我啜泣的时候紧紧抱着我，我知道他也哭了，两行老泪无声地滑过他粗糙的、留着胡楂的脸庞。

科莉是在帕罗斯岛[①]的海岸边潜水时溺水身亡的。潜水事故。她以前在潜水学校时看见过帕罗斯岛的宣传单，总是唠叨着要去那里潜水。最后，我们提前两天离开了纳克索斯岛，好让她能够在飞回英国的途中一偿夙愿。

当警方找到我的时候，我正坐在我们新预订的旅馆外面，喝着阿姆斯特尔啤酒，看我那本保罗·奥斯特的书的最后几页。那是傍晚时分，我正想着匹萨饼、鸡尾酒和飞回英国这些事情。还想着前几天晚上喝醉了的那次做爱，我们的呼吸和汗水是如何在帐篷的塑料内壁上结成露珠，我们搂抱着躺在一起，四周围着被我们踢得到处都是的衣服。

"可能是因为抽筋。"他们把我带进了有一个电风扇和一壶水的小房间。我只知道这些人来了又走，有时我完全听不到他们说了什么，直到几小时以后。"也许是抽筋引起的恐慌，导致她呛水了。"

呛水。呛进去多少水？不会太多，大概半杯吧，半杯我们每天都看得见的海水。想象一下你面前有一片海，这没什么，不是吗？这没什么。多么愚蠢的没有道理的原因。这就好像你仅仅因为迟到了五分钟而死掉。就好像因为忘了带该死的钱包而死掉。

有时候，午夜时分，电话铃声会突然响起。我刚回来的前几周，总是

---

① 帕罗斯：一直有"爱琴海的女儿"、"爱琴海的新娘"的美誉，它是基克拉泽群岛第四大岛，面积185平方公里，人口9000，处于爱琴海的中心位置。

这样。我会在床头坐上几个小时，等着它响起来——丁零零，丁零零，丁零零，丁零零——然后我会听见科莉的父亲说“我想听你告诉我有关科莉的……”，或者“该死的王八蛋”，或者“抱歉，听着，我很抱歉”，或者“这不可能，这怎么可能”或者“我的小女孩”或者“你怎么没有照顾好她”或者“我不能，我就是忘不掉——”有时候，电话那头根本没有声音，只传来三声、四声、五声沉重的啜泣，然后就断线了。

我总是会对他说同样的话——

“对不起，太对不起了。”在他挂断电话之后，我会痛哭很长时间，有时甚至是整晚。我从来没有告诉过任何人。

我总是不断想起那些细节。就在刚才，我还想起了，在我们打包准备离开纳克索斯岛，前往帕罗斯岛之前的那个晚上，我们最后是怎么就着小小的营地灯上的火光设法做了顿典型的英式晚餐。所有这些回忆，对我的伤害是如此之大，而且每个细节都会留下一个不同的伤口。我觉得我再也不能忍受了，否则我会被撕裂，体内所有的痛苦都会洒落在地板上。更糟糕的，更让我难受的是这个：我能够想起来的关于科莉的所有那些，没有一件是完整的或完全真实的。我已经开始全面地失去她了，取而代之的是那永无止境的记忆的呓语。当我们外出度假时，我写过日记，可甚至在第一次读它的时候，我就觉得日记里漏洞百出。我们从来没有日记里写得那么酷或者那么机智。我们平时也很少用日记里记录的那种方式说话，几乎从来没有。日记里从没提到，科莉有时候也不那么可爱，日记里也没有提到，她甚至能面不改色地对别人说谎，只要她觉得这是善意的谎言。日记里根本没有记录科莉那些不幽默、不滑稽、不性感的时候，她太啰唆的时候，她要拉屎撒尿的时候。其实，当人们离开这个世界以后，你根本没有办法把他们真实地保存下来，因为无论你写下什么，都不是事实真相，只是故事而已。故事就是全部我们在脑海中或者在纸面上能够保存下来的东西：富有技巧地讲述那些经过选择的事实和传说，通过出色的编辑和令人瞩目的角色共同营造出夸张离奇的故事。我把那本日记看了那么多遍，现在那些词句对我而言既不自然，又不真实，就像白天播放的肥皂剧，或是一部你已经彻底看腻了的好莱坞电影，缺乏现实性。日记里的两个主角看似我和科莉，但他们不是我们，他们只是演员，一遍又一遍地说着完全一样的时髦词语，而所有那些真实的东西却通过裂缝不知消失到哪里去了。

我回到家里三周之后，接到了一个电话。希腊警方找到了科莉的水下照相机，他们想知道我是否希望要回它。它五天之后抵达了。

我用相机里的底片冲出了整整一本相册。那个彩色照片相册在我厨房的桌子上待了很长时间，里面装有三十六张各种色彩斑斓、样子古怪的海鱼。

我对这些照片看了又看，直到我闭上眼睛也能看见它们，直到我记住了照片上的每一条鱼和每一个细节。我能说出关于任何一张照片的任何一条鱼——哪些的拍摄焦距正好，哪些取景太近了，拍摄哪些的时候手部抖动造成了模糊，有三张照片上面留下了科莉的拇指遮挡镜头的痕迹，在相片边缘有一个白色的半月形。我花在这些照片上的时间如此之长，以致于有段时间，我别的什么也没做。

昨天清晨，当蜘蛛网上还满是露珠的时候，我开车到镇上，来到一处建筑工地，人们好像打算在那儿建一个休闲中心或是电影院，我把那些海鱼的照片从相册里一一取出来，把它们全都扔进了那个黑暗深邃的通风管道，它们都掉到地底下去了。然后我回到这儿，开始打包、清洁、整理一切。

我把你的东西都拿走了，科妮。送人的送人，寄走的寄走。我想这是正确的决定。我这么做是因为，我觉得我无法挽回事实。

但我走得太远了。

现在，一个人坐在这所空房子里，我意识到，我永远也不应该把你最后留下的水下照片也扔掉。昨天，我觉得仿佛是那三十六张照片导致了发生在你身上的事情。我恨它们，怪罪它们，把它们踢开，把它们扔到房间的另一头。我无法忍受它们中的任何一张还待在这张桌子上，这间屋子里，甚至这个世界上。但现在，它们消失了，我满脑子想的却是，当初你多么想得到那个水下照相机，你看到这些漂亮照片的时候该有多兴奋，要是你能看到的话。我想的全都是，在纳克索斯岛，我在岸边大笑，而你拿着相机钻在浪花里，想找到下一条色彩明亮或个头硕大或动作迟缓的鱼，你不时拍打着水花，甚至冲进海浪里。我想着，那时，那个地方，在我们的帐篷里，在那片海滩上，我们曾经多么开心。想起这些让我的心都碎了，我想把那些照片找回来，科妮。我太想找回它们了。我无法相信我居然就那么把它们扔掉了。

上周我通知了房东。我要搬走一段时间。我还没有告诉任何人我要离开，我父亲都不知道。我不知道这是否算正确的选择，但事实是，我真的再也无法面对任何人，我再也不想当我自己了。

我想你，科莉。

我真的，真的很抱歉。

34

背水一战

脚下还在不断打着滑，我好不容易直起身来。我把非人先生的电脑夹在胳膊下面，摇摇晃晃地站在还在继续倾斜的甲板上，对着寂静的海面大喊："斯科特!"

但视线所及，只有空荡荡的海水。

"斯科特！费得罗斯博士!"

无人回应。

"上帝啊，"我听见自己喃喃地说，"斯科特，"然后，我倚靠着斜斜的甲板，静静地，眼泪浸湿了脸颊，"科莉。"

只能听见俄尔浦斯号在吱吱嘎嘎地呻吟着。

海水悄悄地淹上甲板，仿佛在往浴缸里注水。

大海正在温柔地，慢慢地把俄尔浦斯号吞下，整个海洋就像一只硕大无比的单细胞生物，吞噬着世界上剩下的任何东西。

我们都会沉入海底，永不回头。

故事就是这么结束的。

喵喵。喵——喵。伊恩瞪大双眼，从翘起的船舱门边的角落里向外看。我四处张望，发现它的充气小救生艇正混在甲板上乱七八糟的那堆破烂里，开始向海里滑下去。

我伸出胳膊擦了擦湿乎乎的眼睛，爬上去，把电脑放在甲板的左舷边上，离海水最远的那边。俄尔浦斯号正向右舷倒去，左舷和甲板形成了一个反过来的 V 字型，暂时性的储存空间。

喵。

"我知道，"我说，我向伊恩走去，"我也害怕。"

我把伊恩拎起来，紧紧抱了一下，用鼻子嗅了嗅它身上那股陈旧皮大衣一样的味道。

“我和你一样。”

我半溜半爬地滑下了甲板，把猫紧抱胸前，然后把它塞进充气小艇里。

“待在这儿。”我说，眼泪又开始掉落，在阳光里尝到了咸咸的味道，“你就听我这一次话，千万待在这儿别动。”

伊恩抬头看着我，身子在颤抖。它脸上的表情是想让我把它抱起来，可它没有动。

“好猫咪，”我说，开始走开，“乖乖待着，就待在那儿。”

我往上爬回那湿漉漉不断倾斜的甲板，我的鞋子在潮湿的木头上吱溜溜地打滑。我还是设法回到了船舱里，把自己弄进倾斜的舱门，走下台阶。出来时，我拿着带有塑料封皮的灯泡片段的本子，还有其他一些从曾经的埃立克·桑德森房间里找到的零碎。我再度滑到水线那儿，把这些都塞进猫儿待着的逃生小艇里。

喵。

伊恩高兴地挪动着身子，等着被我抱出小艇。

我摸了摸它的脑袋，它用鼻子使劲拱着我。

“我知道，我知道，但是你还得待在这儿。我很抱歉，但你必须待着。明白吗？外面对你不安全——”

俄尔浦斯号呻吟着，又倾斜了几度，伊恩和它的小充气艇开始漂浮在逐渐下沉的甲板上。小艇和船上的一堆零碎东西一起打着转儿漂走的那一刻，大猫回头看着我，满脸惊恐。

“走好，伊恩。”我低声说，它随着充气小艇慢慢漂走了。

“好了，”我对着平静的大海喊道，我的声音颤抖着，还带着哭腔，“这下好了，你在哪儿？你在哪儿，该死的鲨鱼，反正我是在这儿了。我就在这儿。”我深深地颤抖着吸了口气，“我现在无路可逃了。”

俄尔浦斯号现在已经倾斜到了四十五度，一部分已经沉进了海里，海水还在不断上涨。我向上爬到那个由倾斜的船舱左舷和甲板形成的V字型那里。我向外拼命探出身子，越过高耸在空中的左舷栏杆向海面望过去，没有路德维希安，只看得见空旷的海面和远处的那座岛屿。

“来啊，我知道你在附近，”我对着空荡荡的海面喊着，“你一直就在附近，不是吗？你还等什么？”

我在逐渐下沉的V型结构上攀爬，拿到了非人先生的笔记本电脑，又从船舱的斜边爬到了控制室那层。我把双腿悬在船沿，看着海水冲我涨上来。

海水上涨得越来越快，船体斜得也更厉害了，过去垂直的顶甲板现在变成了一个架子，我坐在边上，膝盖以下都垂在船外。

我仔细地检查了一下铬合金的小天线，然后打开电脑。屏幕还亮着，上面活跃着蓝色的编码，还连接着麦克罗福特·沃德那端传出的一串串复杂的白色源代码，就像词语组成的瀑布一样不停流淌。

谢谢，斯科特。

我把电脑重新半合上，闭上双眼，吞咽着口水。

海水现在上涨得很快，触到了我的鞋底，然后又漫上我的脚踝，我的双脚又湿又冷，这让我全身都发起抖来。

“来吧，”我喘着粗气说，“我就在这儿。你躲在哪里？”

我听着船体破碎前的吱吱嘎嘎声，涨上来的海水的拍打声，夹杂着我自己的颤抖的啜泣。海水淹到了我的小腿。

“你在哪里？”

接着——

嗡嗡，嗡嗡

一百五十码外，一堆纠结在一起的圆筒和笼子突然钻出平静的海面。慢慢地，这堆物体开始划破海面，向我移动。

“来啊，”我屏住呼吸说道，“我就在这儿。”我开始在水里踢动着双腿，先是慢慢地，但随后加快了速度，我故意弄出一大片白色水花和噪音，“我在这儿呢。”从受伤的膝盖传来的剧痛让我不由得咬紧牙关，闭紧嘴唇，但我还是继续猛踢着海水。

那堆漂移的物体开始加速冲过来，周围带起一片水花，激起了白色的浪头。

嗡嗡，嗡嗡。

“来吧，”我大喊着，“我在这儿。过来啊。”

鲨鱼鳍露出来了，在圆筒前面切破水面，带起一串低低的浪头。我踢着水，大喊着，边喊边踢水。路德维希安游得更快了，背鳍显露得更多，越来越近。

嗡嗡嗡翁，嗡嗡嗡嗡。

“来吧，”我大喊。“我准备好看看你了，你这个混蛋。我知道你是个什么东西，我准备好好瞧瞧你这副尊容。”

它在一片水花中向我扑过来——记忆，悔恨，愿望，悲伤，快乐还有梦想——鲨鱼的脑袋，那灰色的巨型子弹头，两侧长着的黑色眼珠瞪得大大的，张开巨口露出了黑红相间布满利齿的一条通道。

我知道你是什么东西。

我把笔记本电脑扔向它那张开的巨口，然后踉跄着退到顶甲板上，路德维希安扑过来，甲板成了碎木片，然后——

啷

35

宛若天堂

随着一声巨响，爆炸在海里轰出了一个大洞，产生的压力把成百吨海水高高抛起，形成了一个巨浪。浪头把我推上空中，抛向远处，然后又头下脚上地栽进那片深沉的蓝色海水的雷鸣声中。我浮上水面时晕头转向，感觉陷入了一个笼罩着厚厚迷雾和烟尘的幽灵世界。鲨鱼和船的残骸在迷雾中像下大雨般砸落在我身边，但其实只是些流星雨般一闪即逝的阴影。我瞪大双眼，大口喘着气，然后猛地没入水中，因为我看见有一大块碎裂的船体外壳从那片白浪中飞出来，重重地砸进我身后的海水里。

我在海里随着浪涛起伏，一边咳嗽一边吐口水，向俄尔浦斯号上崩落下来的残骸游过去，把露出海面的身子靠在上面，紧紧抱着这从天而降的最后一根船梁。

大海最终从刚才的重创中恢复了宁静，平缓地波动着，但是那层迷雾还悬浮在海面之上，仿佛是由网状的帘幕和蛛网织就的又一个海洋，无声地摇曳着，让人困惑。我用脑袋顶住那块厚木板，浑身因为冷而抖个不停，我深深地吸了口气，想憋住自己带着颤音的啜泣。我又抬起身来，四处张望，想找到伊恩和载着它的那个小救生艇，想找到随便什么东西，但无论朝哪个方向望去，都只能看见六英尺以内的距离，除了这一小片海域以外，一无所见。我孤身一人处在白色之中。我无力地向后仰躺在木头上。

蓦地，我感觉有什么东西，一阵小小的震动，好像是从大腿后部传来的一阵肌肉痉挛。我受伤了，我想到，我哪里被划破了，冰冷的海水让那里的感觉迟钝、麻木起来。我伸出一只手往下摸去，想找到放在我的短裤后面口袋里的那张明信片。我又摸了一下，感觉到好像正是那张长方形的小卡片在嗡嗡地震动。我仔细地把它从后面的裤子口袋里摸索出来，放在我趴着的那根船梁上，用胳膊肘压住，以便看得更仔细些。

现在，这张卡片浸了水，变软了，边缘也开始分解，但我没有注意那些。我的注意力被别的更令人惊叹的事情吸引了：这张小小的印有我的房子的黑白明信片正在变化。

我目不转睛地看着，画面里一只小小的八哥从画面里的电话线上拍打着翅膀，飞了起来。画面里的树在画面里的风中摇曳。画面里一辆灰色的大众汽车闪动着车灯，沿着那条看不见尽头的路开去。

我伸出手指去触摸明信片的表面，但是根本没有任何表面。我的手指直接穿过了画面，变成了那张照片的一部分。我把手和胳膊都伸了进去。我能感觉到那边阴冷的空气中好像在飘雨，明信片那边有真正的空气。我盯着这张照片，把自己画面里的手握紧，变成了画面里的拳头，然后再松开手，伸展着，挥动着我的黑白色手指。

我能听见路上汽车往来的引擎声。还有其他的声音——小孩在哭，某人家里的电视机声音透过打开的窗户传了出来——各种噪音都从着笼罩着迷雾的水面飘过来。当我四处环顾时，微弱的阴影开始出现在周围的白色之中。各种熟悉的影像包围了我，天空衬托出倾斜的屋顶和成排的树木、电视天线，烟囱，我住所对面那栋房子的花园里面的电线杆。

我把胳膊和手从画里拔出来。这些声响很快就消失了，各种影像也渐渐褪去，回到迷雾中。

我看着那张明信片。画面里出现了另一辆汽车，但它开过来的时候很安静。我只能看出画面里在下雨，细小的灰色雨柱不断扫过画面。我看了一会儿我那栋黑白色的房子。

“不，”我对着那幅画说，轻轻地，坚决地，“我不会回去了，我再也不回去了。脚踏实地，努力勇敢起来，努力坚强起来？跟一切做斗争，让一切继续，我为什么还要那样做？”我感觉到热泪涌上眼眶，“她死了。”我垂下脑袋，埋到胳膊肘里，“她死了，我的心也死了，活着有什么意思？”我号啕大哭。

阴冷、苍白的时间默默地过去了。随后……

我的背上感到了一小块暖意。我抬起头来。太阳出来了，阳光穿过迷雾射下来，在冰冷的海面上点缀出一个个不断移动的蓝色光斑。我趴在俄尔浦斯号的残骸上挪动着角度，试图通过逐渐散开的迷雾找到伊恩的小救生艇。我又挪动了一次，想要看得更清楚些，正在那时，我注意到了手里的明信片上正在发生着什么。我的房子正在从这张黑白明信片上慢慢消失，黑色撤回到白色之中。不久，那幅画面就完全消失了，明信片上只剩一片空白。我伸手去触摸那新的表面，但中途停住了：这张小卡片又开始振动起来，在我的指尖上发出轻微的震颤。但这震颤只持续了一会儿，当静止之后，明信片本身似乎变成了什么别的东西，更薄，更硬。当我定睛再看时，一幅新的照片出现了，这次不是黑白的，而是充满了生动的红色、蓝色、黄色和绿色。在几秒钟之内，我手里拿着的，已经不再是一张明信片了，而是一张色彩明快的水底拍摄出来的海鱼照片。

我看着这张照片，几乎被这一系列环环相扣的发展弄蒙了，我能感觉到，但却无法把握这种相关性背后的分量。有什么大事正在这儿发生。一件非常，非常重要的事……

斯科特戴着面罩的脑袋冒出了水面，她冲我挥手，吐出了嘴里含着的气阀。

“嗨。”她笑着说。

“天哪。”我把那张照片塞进裤子口袋，大笑起来，滑下船壳，冲进水里去迎接她。

斯科特也大笑着，取下她的面罩，朝我游过来。我抓住她，她也抓住了我，我们在海水中紧紧拥抱起来，像疯了似的抱紧彼此，须臾不愿分离。

“我以为你死了，”我说，最后我终于喘过气来，“哦，上帝，我还以为你不在了。”

“那条鲨鱼把笼子撕开了一个口子，”她说，“然后它自己被缠住了，我就设法溜了出来。”

“你居然设法溜出来了。”我重复道，看着她，难以置信地摇摇头。

我们接吻。我们靠在漂浮着的船壳上亲吻，吻得难舍难分，吻得天昏地暗。

“我真不敢相信你回来了。”当我们终于分开时，我轻轻地说。

“我真不敢相信你成功了，”她微笑着看着我，“你完成了不可能的任务，埃立克。”

我做了个没什么的耸肩动作：“我知道。”

“教授怎么样？”

我摇摇头。

斯科特朝海水里望去。

“那个笼子，那些圆桶，还有那条鲨鱼，全都缠到一起，他想砍断绳索。事情发生得太快，不到一分钟他就——我是说，我不知道怎么回事，就——”

当我结结巴巴地，想找到合适的词语说清楚时，斯科特深深地看进我的眼睛里。“没什么。”她平静地说道，最后，把一只手搁在我的肩膀上，“我知道，你并没有做错什么。”

“我够不着他。我想要抓住他，但我的动作不够快，所以——”

“这不是你的错。”

“那个绞盘臂突然崩塌了，我——”

“埃立克，求你了。”

“怎么了？”

"你得静下来，好好听我说。我要跟你说真正重要的事情，行吗？"

我看着她。她抬起手来，温柔地放在我的脸颊上。

"你并没有做错什么。"她说，"有时候，情况会变糟，没人有办法扭转形势。无论发生什么，都不是你的错，埃立克。我没有责怪你的意思，明白吗？我不是在责问你。这只是一场意外。"

突然，所有一切都拼凑到了一起。那轻声的梦呓，那我刚才觉得无法把握的重要事情，所有这些都聚焦在一起，让我豁然开朗。

就在那一瞬间，我全明白了，斯科特就是科莉，她是来解脱我的。

"哦，上帝。"

斯科特微笑了。

"谢谢你。"我说，我的眼睛又湿又热，一阵刺痛。

"这不是你的错。"她轻声道，也哭了。

"我爱你。我一直，一直以来都那么爱你。你知道的，对吗？"

"我知道，"她说，"我喜欢跟你一起度过的时光。"

我哭着笑了："我讨厌那句话。"

"我知道，"她脸上还挂着泪痕，也笑了，"你太小气了。"

我们紧紧互相拥抱着，哭泣着，直到周围的薄雾渐渐散去。

"嗨，"斯科特拍了拍我的背，"那边是不是伊恩？"

我转过身去看。伊恩那艘黄色的小救生艇在远处的浪头上起伏。在它身后，几英里远的地方，那座岛屿高高耸立在海面上，仿佛一块巨岩，在远处显露出朦胧的轮廓。

"伊恩！"我大喊道，一半是因为看到了它，一半是因为看到了它栖身的小艇。我朝它的方向挥手，"我想我能看见它。你也看见了吗？"

"嗯，是的，"她点点头，盯着那边，手搭凉棚遮住阳光，"你现在的麻烦可大了。走吧。"

"斯科特。"

"什么？"

"都过去了，对吗？"

"是的，都过去了。"她看着我，"你还好吧？"

我点点头。"我觉得高兴，"我悄悄说。"我们现在去哪儿？"

她指着远处的那座岛屿。

"我知道，我刚才的意思是，那到底是什么地方？"

斯科特微笑着说："我们的家。"

伊恩紧皱眉头，看着海水的样子就像一个厌倦了水上生活的老船长，我们俩划着它那艘救生小艇，朝远处岛屿的海岸驶去。

当我们离岛屿还有一半路程时，那些小镇的白色建筑开始点亮灯火，照耀着灰蒙蒙的傍晚。夜色降临时分，我们把小艇朝一处看起来很容易登陆的海岸线驶去。一长条海滩上的小酒馆外悬挂着的灯笼，靠近水边的酒吧里的灯光，把眼前的海浪渲染得五彩缤纷。

36

2>> 新闻

寻获失踪男子尸体

昨晚，大曼彻斯特地区的丁斯盖特附近发现一名男子尸体，目前他的身份已经得到确认，系失踪的德比郡人，埃立克·桑德森。

埃立克·桑德森，长期受到一种罕见的精神疾病困扰，并于去年秋天离家出走，下落不明，当时，警方的大规模寻找毫无结果。

警方最初对此事有所警觉，是根据一份由退休心理学家，海伦·兰道医生提供的失踪人士报告。警方称，兰道医生为桑德森提供了为期两年多的私人诊疗，却没有向相关健康专家提起过他的病情。兰道医生今天再次重申，她的行为“绝对正确”。鉴于桑德森的死亡，警方可能再次约见兰道医生。

人们认为，桑德森先生可能一直遭受一种罕见的精神疾病困扰，即神经治疗药物使用不当导致的神游症。据说，该病症将“扭曲，混淆，切断患者脑海中原有的记忆和事件，并对之进行重新解读”。“我们很难想象他到底曾经历了些什么，”警方的心理学家雷恩·米切尔医生在今天早上的记者招待会上说。

几年前，桑德森的女友科莉·埃米在希腊的一次潜泳中溺水身亡，此后，桑德森的情感遭受重创，不能自拔，并导致失忆。

今天早上的尸体辨认工作结束后，警方公布了本周早些时候兰道医生收到的一张明信片，这张明信片发自失踪的桑德森，之前，警方一直以为，他的目的是跟兰道医生开一个“不怀好意的玩笑”。

明信片内容如下：

POST CARD

THIS SPACE MAY BE USED FOR CORRESPONDENCE

FOR ADDRESS

亲爱的兰道医生

无论发生什么，请不要难过。
我现在很好，很快乐，
但是，我再也不会回来麻烦你了。

好好看着你的孩子吧。

埃立克·桑德森

兰道医生

M

德比郡